KNAUR
SCIENCE FICTION

Herausgeber
Werner Fuchs

Auf der Trockenwelt Mahali ist Wasser wertvoller als Gold; Pflanzen, Tiere und Menschen brauchen es zum Überleben. Wer es in ausreichendem Maße besitzt, der ist unermeßlich reich, und wer die Wasservorräte kontrolliert, regiert die ganze Welt.
Generationenlang wurde Mahali von »Wünschelrutengängern« beherrscht, die mit ihrem besonderen Sinn das lebenspendende Naß auf mentalem Wege ausfindig machen konnten. Aber ein blutiger Staatsstreich hat die letzte Herrscherfamilie dieser Talente hinweggefegt, und nun wird der Wasserhaushalt des Planeten von Computern kontrolliert.
In dieser Zeit wächst die junge Deza auf. Ihr Vater zieht mit ihr von Siedlung zu Siedlung und präsentiert sie den staunenden Leuten als letzte Überlebende des Königshauses. Für Unterkunft und kärgliche Kost demonstriert Deza ihre Macht über das Wasser durch allerlei Tricks und Illusionen – bis sie eines Tages erkennt, daß sie tatsächlich Wasser finden kann!

Cynthia Felice, 1942 in Chicago geboren, schreibt seit Ende der siebziger Jahre Science Fiction und hat bislang vier Romane dieses Genres veröffentlicht: »Godsfire« (»Im Schatten des Rings«), »The Sunbound«, »Eclipses« und den vorliegenden, zusammen mit Connie Willis.
Connie Willis wurde über Nacht bekannt, als sie 1983 für ihre Kurztexte »Fire Watch« und »A Letter from the Clearys« zweimal den Nebula- und einmal den Hugo-Award gewann.

Deutsche Erstausgabe

Titel der Originalausgabe »Water Witch«

Aus dem Amerikanischen von Marcel Bieger
Umschlaggestaltung Franz Wöllzenmüller
Umschlagillustration Frank Kelly Freas
Satz Werksatz GmbH, Wolfersdorf
Druck und Bindung Clausen & Bosse, Leck
Printed in Germany · 1 · 7 · 1084
ISBN 3-426-05786-7

1. Auflage

Cynthia Felice
Connie Willis

# Die Wasserhexe

Science-Fiction-Roman
Deutsche Erstausgabe

Knaur

ISBN 3-426-05786-7 880

*Für Ed Bryant und die Colorado Milfordianer,*
*ohne die dieses Buch eine Reihe*
*von bestürzenden Fehlern und Widersprüchen*
*aufgewiesen hätte.*

# 1

Radi erreichte die Empore der Prinzessin und trat auf die Empfangshalle zu. »Sag Sheria, daß ich hier bin«, erklärte er barsch der Wächterin, ohne die Etikette zu beachten. Sheria hielt sehr auf Etikette. Dies hatte ihre letzte Entscheidung erneut bestätigt.
Die Wächterin, die fast so schlank und zierlich wirkte wie die Prinzessin, der sie diente, stellte sich Radi in den Weg. »Die Prinzessin hält gerade eine Audienz ab. Sie möchte dabei nicht gestört werden.«
Sag es ihr trotzdem, hätte Radi sie beinahe angefahren, man läßt mich nicht warten. Aber dann besann er sich eines Besseren. Zorn und Anmaßung zeigten selten eine positive Wirkung auf Sheria, sondern ließen sie nur noch kühler und distanzierter auftreten. Und Radi wollte eine Erklärung von ihr, nicht aber einen verbalen Eisguß. »In Ordnung«, erklärte er höflicher und bemerkte, wie die Wächterin sich daraufhin entspannte. »Ich warte unten.« Zumindest wollte er Sheria nicht die Genugtuung verschaffen, ihn wie einen gewöhnlichen Boten vor der Halle warten zu sehen.
Er kehrte über die Treppe zu den engen Gängen zurück, die früher zu den Wohnräumen der weniger vornehmen Adligen geführt hatten. Aber es gab heute keinen weniger vornehmen Adel mehr. Es gab keine Familien mehr, die die grob bearbeiteten Kalksteinkammern, die in die Wände der großen Roten Höhle gehauen waren, hätten bewohnen können. Die ehemaligen Erbauer hatten die Rivalitäten, den kleinlichen Zank und die Intrigen nicht vorausgesehen, die den Palast bis auf ein einsames, schmales Mädchen geleert hatten, das kaum dazu geschaffen schien, die riesige Stadt in der Roten Höhle zu regieren, ganz zu schweigen von der Herrschaft über die ganze Welt Mahali.
Radi beugte sich über die marmorne Brüstung und sah hinab in die Stadt. Sie sah von hier so aus wie immer: die dachlosen Wohnungen und Geschäfte, das glitzernde Computerzentrum mit seinen gemauerten Quarzwänden und den gleichmäßigen

Reihen des Wassernetzwerks, auf das sich die Herrschaft der Stadt über ganz Mahali gründete. Das ausgeklügelte, computerentwickelte Netzwerk verzeichnete bis auf den letzten Quadratzentimeter das unterirdische Wasser des Planeten, den Schlüssel zum Reichtum einer Wüstenwelt, auf deren Oberfläche Süßwasser so gut wie nicht vorkam. Zwar besaß Mahali einen Ozean, doch der war mit Schwermetallsalzen übersättigt, und die Umwandlung seines Wassers in eine genießbare Flüssigkeit war so unerhört kostenaufwendig, daß die uralte Stadt in der Roten Höhle von ihrer unangreifbaren unterirdischen Position aus die Kontrolle über die ganze Welt innehatte.

Die Nomaden – zumindest in ihrer großen Mehrheit – fürchteten noch immer die Stadt und waren von ihr abhängig. Sie bezahlten ihr wie eh und je den Zehnten und beherbergten im Austausch für das Wasser die heiligen Frauen und Männer aus der Stadt. Offensichtlich war ihnen entgangen, daß seit einiger Zeit schon keine voll ausgebildete Wasserhexe mehr unter ihnen geweilt hatte. Das Computerzentrum und das Wassernetzwerk machte diese Illusion möglich. Nur bei ausgesprochenem Mißbrauch der besonderen Stellung der Stadt würden sich die Nomaden auflehnen und die wasserlose Wüste für sich in Besitz nehmen. Aber da waren auch die Fremden vom weit entfernten Planten Kalmar und die Eingeborenen, die sich um deren Standorte angesiedelt hatten . . . sie bedeuteten eine andere Entwicklung, die wahrzunehmen Sheria sich weigerte.

Während Radi auf den gewaltigen Stadtkomplex tief unter ihm sah, beschlich plötzlich Furcht um diesen Ort sein Herz. Man konnte es drehen und wenden, wie man wollte, Sheria war noch ein Kind, ein Kind, das man gezwungenermaßen zur Prinzessin gemacht hatte, weil niemand anderer mehr vorhanden war, der die Herrschaft hätte antreten können. Ihrem ehrgeizigen Vater und seinen Taten war es zu verdanken, daß die königliche Familie keine anderen Kandidaten mehr aufbieten konnte und daß Akida mit seiner minderjährigen Tochter aus der Stadt geflohen war. Keine Wasserhexe hielt sich mehr

in der Stadt auf, und das paßte Sherias Vater gut in seine Pläne, obwohl er offiziell stets die Abstammung seiner Tochter von den heiligen Männern und Frauen hervorhob. Fünfzehn Jahre hatte er mit eiserner Hand und Sheria als Galionsfigur geherrscht, und es hatte für ihn keiner Hexerei bedurft, um in den Fremden eine wachsende Gefahr zu erkennen. Er hatte gewußt, daß die Stadt auf der Hut sein mußte, und daraufhin die Flotte verstärkt. Und er hatte das Geheimnis um den Standort der Stadt und die Wasservorkommen bewahrt, um seine Herrschaft zu sichern.
Erst als ihm bewußt geworden war, daß sein Tod nahe bevorstand, hatte er Sheria auf die Nachfolge vorbereitet. Die Tochter verstand die politischen Feinheiten und Winkelzüge genausowenig wie die gewaltigen und komplizierten Wassernetzwerke, auf die sich ihre Herrschaft gründete. Der Vater hatte nicht alle Erfahrungen seines Herrscherlebens in einigen wenigen Monaten an seine Tochter weitergeben können. Sheria sah aus wie eine Herrscherin, wenn sie unnahbar und gebieterisch dastand und die zeremoniellen Einlagen der Wasserhexen in der Wange trug. Aber die letzte Entscheidung der Prinzessin hatte ihre politische Naivität erbarmungslos vorgeführt. Vergiß nicht, wie jung sie ist und wie ungeübt darin, selbständig die Macht auszuüben, sagte sich Radi. Wenn sie doch nur in nächster Zeit schon den Ehebund eingehen würden, damit er sich der Herrschaft über und der Verantwortlichkeit für die Rote Stadt annehmen konnte. Die Stadt brauchte einen Erben, um die Nachfolge zu sichern, und den konnten nur Radi und Sheria ihr schenken. Er erinnerte sich, wie Akida ihm kurz vor Ausbruch des Bürgerkrieges, vor dem er aus der Stadt geflüchtet war, gesagt hatte: »Vergiß nie, das Schicksal der Stadt in der Roten Höhle liegt in der Herrschaftskontinuität ihrer reinen Linie von Wasserhexen, nicht in der Macht ihrer Computer.«
Radi hörte über sich Stimmen und trat vorsichtshalber ein paar Schritte zurück. Mittlerweile dachte er freundlicher über Sheria als noch zum Zeitpunkt seines Kommens. Offensichtlich hatte die Audienz ihr Ende gefunden, und Sheria war mit

dem Bittsteller, wer immer dies auch sein mochte, nach draußen getreten. Radi hörte eine tiefe Männerstimme und die viel hellere Stimme der Prinzessin.
»Es hat kein Grund bestanden, dies zu tun«, sagte die Männerstimme. »Das waren doch nur ein paar Oberflächen-Eingeborene, die sich einen harmlosen Schwindel ausgedacht haben.«
»Harmlos?« meinte Sheria. »Ein Thronschwindler ist niemals harmlos. Ich konnte mich dabei auf kein Risiko einlassen, und bei dieser Mission kann ich es erst recht nicht. Ich habe alles wohl geplant und werde dir nun sagen, was zu tun ist.« Sie zögerte kurz, bevor sie fortfuhr: »Bist du sicher, daß uns diese Eingeborenen keine Schwierigkeiten mehr machen werden?«
»Aber natürlich. Ich brauchte den alten Mann gar nicht erst lange zu überzeugen. Er nahm sofort die Fluchtmöglichkeit wahr, die ich ihm offengelassen hatte. Ich schätze, ihm war klar geworden, daß er sich viel zu tief mit dem Magnaten eingelassen hatte, um in naher Zukunft noch den Absprung schaffen zu können. Einige Zeit lang fürchtete ich, der Junge würde sich als Problem erweisen, aber sie haben sich nicht um ihn gekümmert. Nein, ich mache mir viel mehr Sorgen um die Mission. Er ist wirklich fest entschlossen, die . . .« Den Rest des Satzes konnte Radi nicht mehr verstehen. Offenbar war der Sprecher ein paar Schritte von der Brüstung zurückgetreten.
»Ich habe die nötigen Vorsichtsmaßnahmen getroffen«, sagte Sheria. Radi hörte fest auftretende Füße, die sich ihm näherten. Er wollte sich schon in Bewegung setzen, um es so aussehen zu lassen, als sei er gerade erst angekommen, als er bemerkte, daß der andere Botvidi war. Der ältere Mann war in Eile und machte irgendwie einen mißmutigen Eindruck. Ganz sicher sah er nicht so aus, als wollte er jetzt ein Schwätzchen mit einem Bekannten halten. Radi verbarg sich im Schatten der Galerie und lief erst dann die Stufen hoch, als Botvidi die nächste Ebene unter ihm erreicht hatte. Vielleicht hatte er sich in Sheria geirrt. Wenn die Prinzessin schon den Oberflächen-Gouverneur Botvidi zu einer Audienz empfing, mußte

sie sich Gedanken machen, möglicherweise sogar Sorgen, und in dieser Stimmung würde es Radi nicht schwerfallen, sie davon zu überzeugen, ihr Mariner zu unterstellen. Er empfand es nur als lästig, jeden einzelnen seiner Schritte mit Sheria absprechen zu müssen, gerade jetzt, wo alles darauf ankam, wie rasch er zur Tat schreiten konnte.

»Harubiki«, sprach er die Wächterin an, »kannst du mich jetzt anmelden?« Er lächelte sie freundlich an.

Sie erwiderte sein Lächeln nicht, entweder weil sie wegen seines Verhaltens von vorhin noch verärgert war oder weil ihr klar war, daß er Botvidi gesehen haben mußte. Höchstwahrscheinlich galt das erstere, denn Sheria hatte keinen Grund, den Besuch des Oberflächen-Gouverneurs vor ihm geheimzuhalten. Und Radi hatte die Wächterin wirklich nicht nett behandelt. Mit Harubiki verband ihn mehr als nur die Loyalität der Prinzessin gegenüber. Radi war hauptsächlich für Harubikis Ausbildung als Wächterin verantwortlich gewesen. So zerbrechlich sie auch aussehen mochte, sie wußte sowohl die Prinzessin als auch sich selbst vorzüglich zu verteidigen. Obwohl Harubiki, außer in der Liebe, nie ihre Arme um Radis Hals gelegt hatte, hatte er keinen Zweifel daran, daß sie hervorragende kämpferische Fähigkeiten zum Einsatz bringen würde, sobald ihre Herrin bedroht wurde.

Harubiki drehte sich auf dem Absatz um und sagte scharf: »Jawohl, Herr.«

Radi hielt sie am Arm fest. »Harubiki«, sagte er sanft. »Es ist Sheria, die mich zornig macht, nicht du. Verzeih, daß ich dich so unfreundlich behandelt habe.«

Sie streifte mit den Fingern seinen Arm ab. »Sie ist deine Herrin, nicht deine Mätresse, mit der du nach Belieben zornig sein kannst.«

Überrascht ließ Radi den Arm sinken. »Selbstverständlich – und bald auch meine Frau.«

»Ich melde dich an«, erklärte die Wächterin und schritt davon. Radi folgte ihr durch den Vorhang in die Empfangshalle.

»Die Prinzessin«, verkündete die Wächterin mit eisiger Stim-

me und rauschte an ihm vorbei durch den Vorhang auf ihren Posten zurück.
Radi sah zu dem erhöhten Sitz, wo Sheria für gewöhnlich die Bittsteller empfing. Aber sie war nicht dort. Erst nach einem Augenblick bemerkte er sie auf dem Balkon, von wo aus man die tiefer liegenden Ebenen und Galerien gut sehen konnte. Ihr blondes Haar hatte sie zu einer kleinen Krone zusammengeflochten. Nun sah sie Radi und begab sich hinauf zu ihrem erhöhten Sitz.
»Es freut mich, dich so gesund und bereit für deine Mission zu sehen«, begrüßte sie ihn. Die Prinzessin sah so unnahbar und schön aus wie immer. Radi durchschritt die Halle, und sie hielt ihm ihre Hand zum Kuß entgegen. Anscheinend wollte sie nicht bemerken, daß er sie lieber in die Arme geschlossen hätte. Schon so früh am Tag trug sie die weißen Gewänder einer Wasserhexe und an den mageren Wangen die Einlagen aus versteinertem Perlbein, die in der Lage sein sollten, die Wasservibrationen in die innere Knochenstruktur des Kopfes und von dort aus ins Gehirn zu übertragen. Radi konnte sich kaum daran erinnern, sie jemals ohne ihre Insignien gesehen zu haben, obwohl er nur zu genau wußte, daß Sheria keine Wasserbotschaften durch sie empfing. Sie verriet in vielfältiger Weise ihre fehlende Wassersensitivität: ihre Unfähigkeit, Wetterwechsel zu spüren, ihr Rückgriff auf die Computer selbst bei den simpelsten Bewässerungsangelegenheiten und die singenden Schlangen, die sie eingesperrt in einem Kasten als Zeichen ihrer besonderen Würde in der Empfangshalle aufbewahrte, obwohl jede echte Wasserhexe die tödlichen Tiere am Körper getragen hätte. Sheria war klug genug zu erkennen, daß sie keine Macht über die Schlangen besaß.
Auch wenn sie nicht über die Gaben der Wasserhexen verfügte, so trug sie doch die Anlage dazu in ihren Genen, genauso wie Radi. Er mußte Sheria dazu bringen, ihn so bald wie möglich zu heiraten. Doch zuvor durfte er es nicht versäumen, ihr klarzumachen, daß die Angelegenheit mit den Fremden und dem Magnaten absolut keinen Aufschub mehr duldete.

»Zu meiner Mission«, sagte Radi. »Ich nehme an, du erwartest, daß ich sie auf mich allein gestellt durchführe?»
»Ich teile dir Chappa und eine Majini-Besatzung zu. Pelono ist ebenfalls bereit, dich zu begleiten. Und ich gebe dir noch Harubiki mit, wenn du möchtest.« Die Prinzessin wandte sich von ihm ab.
»Harubiki ist kaum ein Ersatz für das Marine-Kontingent, das mir in Aussicht gestellt wurde. Was ist mit den Seesoldaten, Sheria?« Radi machte sich kaum noch die Mühe, seinen Ärger zu verbergen. »An den Docks habe ich keine abfahrbereiten Mariner entdecken können.«
»Sie sind nicht mehr da«, sagte die Prinzessin, als sie sich wieder zu ihm umdrehte und ihm ernst ins Gesicht sah. »Ich habe sie zu einer anderen, wichtigeren Mission ausgesandt. Du meinst, die Fremden seien das einzige Problem auf dieser Welt. Aber dabei vergißt du, daß ich mich allen und allem widmen muß, Einheimischen wie Fremden. Und mir steht für diese Aufgabe nur eine begrenzte Anzahl von Marinern zur Verfügung. Die dir zugeteilten Soldaten standen schon bereit, aber dann habe ich ihnen den Befehl erteilt, die Piraten in Sindra auszuräuchern. Sie haben die ganze Nordküste heimgesucht.«
»Eine Piratenbande willst du unschädlich machen!« Radi klang sehr heftig. »Ein paar Piraten sind nichts im Vergleich zu der Gefahr, die von den Fremden ausgeht. Wir dürfen in dieser Situation nicht länger die Hände in den Schoß legen. Der Magnat hat sich erdreistet, einen Priester aus seinem Fort zu verbannen. Niemand, weder Einheimischer noch Fremder, hat so etwas bisher gewagt. Der Magnat hat damit einen gefährlichen Präzedenzfall geschaffen. Du hättest mich schon im letzten Frühjahr losschicken sollen, als der Magnat seine Zehntzahlungen einstellte. Dann wäre es gar nicht erst so weit gekommen.
Nun ist es fast schon zu spät: Er hat Pelono hinausgeworfen, er weigert sich, mit Botvidi zu verhandeln, und das Wasser seines Forts hat sich völlig unserer Kontrolle entzogen. Wenn wir das Wassernetz wieder vervollständigen wollen, bedeutet

das für uns einen erheblichen Aufwand an Zeit und Geld. Und es bedeutet, daß der Magnat sich sechs Monate länger seiner Ungebührlichkeit erfreuen kann, bevor es uns gelingt, ihm die Wasserzufuhr abzuschneiden. In einem solchen Zeitraum kann alles möglich passieren. Wer weiß, wie viele Standorte der Fremden sich bis dahin ebenso weigern, den Zehnten zu bezahlen? Die Macht der Roten Stadt wird sich einer ernsten Belastungsprobe ausgesetzt sehen.«

»Er will doch nichts weiter als mehr Wasser«, entgegnete Sheria scharf. »Er war sogar bereit, dafür zu bezahlen, war willens, einen guten Preis zu zahlen. Ist die große Rote Höhle so reich, daß sie es sich erlauben kann, einen hübschen Gewinn auszuschlagen?«

»Natürlich sind die Finanzen der Stadt von besonderer Bedeutung, aber mittlerweile dürfte der Magnat kein zusätzliches Wasser mehr benötigen. Seine Burg erhält die vierfache Menge des Wassers, das einer normalen Einheimischen-Siedlung zur Verfügung steht. Wir dürfen es nicht riskieren, den Wasservorrat weiter zu erschöpfen, bloß damit die Fremden das wertvolle Naß verschwenden können. Und wenn der Magnat das Wasser für etwas anderes als die heißen Bäder benötigen sollte, die er so gerne nimmt, wüßte die Stadt längst davon. Du hast doch mit Botvidi gesprochen und weißt jetzt zur Genüge, wie gefährlich die Fremden werden können.«

Sie warf ihm einen ärgerlichen Blick zu. »Davon ist mir nichts bekannt«, entgegnete sie, »und ich wußte auch nicht, daß du über seinen Besuch informiert bist.«

»Auf dem Weg hierher habe ich ihn gesehen und daraus geschlossen . . .«

Als Sheria ihn jetzt ansah, waren ihre Augen nicht mehr so streng. »Ich habe ihn gerufen, damit er die Vorbereitungen für unsere Hochzeit treffen kann. Wir ziehen die Banner hoch, sobald du zurückgekehrt bist.«

»Falls ich überhaupt zurückkehre«, sagte Radi düster, obwohl er gleichzeitig Freude über ihre Mitteilung verspürte. »Wir haben keinen Priester mehr in der Burg des Magnaten und verfügen damit über keinerlei Garantie, daß er uns die Wassergastfreundschaft gewährt. Ohne die Mariner, mit denen ich zumindest etwas eindrucksvoller die Staatsmacht repräsentieren könnte, setze ich mein Leben und das meiner wenigen Begleiter aufs Spiel.«

»Niemand wird es wagen, einem Prinzen der Roten Stadt die Wasserfreundschaft zu verweigern.«

»Was bedeutet den Fremden schon ein Prinz? Sie haben nie die Stadt gesehen und zu keiner Zeit ihre Stärke auf die Probe gestellt. Du hättest besser dieses Problem mit Botvidi diskutiert, statt die anstehende Hochzeit zu bereden. Er hätte dir bestimmt erklären können, wie dringend ich die Mariner benötige.«

»Wenn du sie brauchst, dann nimm sie dir. Du reist kaum einen Tag mit meinem Majini, um sie in Sindra zu erreichen. Ich befehle ihnen, zu deiner Verfügung zu stehen, sobald sie die Piraten ausgeschaltet haben. Dann kannst du dich mit aller gewünschten Zurschaustellung unserer Macht nach Süden zum Standort des Magnaten begeben.«

Doch Radi hatte immer noch Bedenken. »Damit verlieren wir mindestens drei Tage. Einen, um die Mariner zu erreichen, und zwei weitere, um von Sindra aus zum Fort der Fremden zu gelangen. Und diese drei Tage kann der Magnat nutzen, um von unserem Marsch und der Anzahl unserer Soldaten zu erfahren und seine eigenen Streitkräfte entsprechend zu verstärken. Wir kommen aus dem Norden und müssen durch den Karst. In den dortigen Engpässen, Hohlwegen und Stolperlöchern könnte er uns überall auflauern und ein Blutbad anrichten.«

»Radi«, ermahnte sie ihn, »du siehst schon einen ausgewachsenen Krieg, wo es doch nur um einige Unstimmigkeiten wegen des Wassers geht.«

»Muß ich dich denn wirklich daran erinnern«, antwortete der Prinz, »daß alle Kriege auf Mahali um Wasser geführt worden sind?«

Ihr Gespräch drohte zu einem Zank auszuarten, und darin war Sheria ihm sehr wohl überlegen. Radi hatte schon genug Zeit mit dieser neuen Entwicklung in seinen Plänen verloren.

Fast eine Stunde lang hielt sie ihn bereits mit Dingen auf, die eigentlich keiner Debatte mehr bedurften. Ihr Vater hätte anders zu handeln und zu entscheiden gewußt. Er hätte begriffen, welche Gefahr die Fremden darstellten und daß man sich ihr unverzüglich widmen mußte.
»Nun denn«, meinte Radi nach einer Weile und hoffte, er klang überzeugt, »so stehen die Dinge nun mal. Die Mariner befinden sich in Sindra. Daran kann man nichts ändern, und dieser Kompromiß ist immer noch besser als andere.«
»Das denke ich auch«, bemerkte die Prinzessin.
»Doch sobald wir erst verheiratet sind«, konnte Radi sich nicht verkneifen zu erwähnen, »übernehme ich die Strategie und Plannung der Roten Stadt, und zwar von Anfang bis Ende.«
»Aber selbstverständlich«, antwortete sie etwas zu rasch. Radi fragte sich kurz, ob auch sie das Gespräch nicht fortführen und sich weiterer Argumente enthalten wollte.
Es gefiel dem Prinzen nicht, sie so zu verlassen. Durch ihren Streit war er nicht dazu gekommen, sie nach Botvidi und den Informationen zu fragen, die er über den Magnaten mitgebracht hatte. Jetzt konnte er sich nicht mehr danach erkundigen, und draußen wartete Chappa bei dem Boot, verärgert über die Verzögerung und sicher noch erzürnter, wenn er von Sherias neuer Entscheidung erfuhr.
Sheria rief die Wächterin herein. Harubiki hatte sich bereits für die Reise angezogen und führte einen Rucksack und ein perlbeinverstärktes Wassermeßgerät mit sich. Somit war Sherias Angebot, Harubiki solle ihn begleiten, doch nicht so spontan, sondern von langer Hand geplant. Und das bedeutete, daß Sheria sich bewußt war, wie verärgert Radi über ihren Sinneswandel sein würde, und ihn mit der Wächterin besänftigen wollte.
»Harubiki hat geschworen, meinen Anordnungen ohne Bedenken Folge zu leisten. Sie wird dir gehorchen, wie sie es mir tut. Nicht wahr, Harubiki?«
»Jawohl«, antwortete die Wächterin und machte noch immer kein freundliches Gesicht. »Ich diene der Prinzessin auf ewig.«

»Sagtest du nicht, das Majini warte schon?« meinte Sheria. »Du solltest dich besser beeilen.«
Radi zögerte und hoffte, sie würde die Wächterin zuerst entlassen, so daß ihnen noch ein paar private Minuten blieben, aber die Prinzessin machte keine Anstalten, ihm diesen Wunsch zu erfüllen. Es schien ihm kaum glaubhaft, daß diese Sheria ihn nach seiner Rückkehr heiraten wollte.
»Möge das Wasser dich bis zu meiner Rückkehr nicht verlassen«, rezitierte Radi den alten Abschiedsgruß der Menschen, die sich gegenseitig die Wassergastfreundschaft gewährt hatten und in Frieden voneinander zu scheiden gedachten. Aber Sheria trat nicht auf ihn zu, um seine Hand zu umfassen und so das Ritual zu beenden. »Und mögen wir uns dort wiedersehen, wo das Wasser süß und reichlich fließt.« Unbeweglich stand sie da und wartete auf seinen Abgang. Radi eilte aus der Halle. Als er die Stufen erreichte, hörte er schwach aus dem Saal ein »Auf Wiedersehen, Radi«. In Sherias Stimme klang immer noch die Kühle mit, die kennzeichnend für ihr gesamtes Gespräch gewesen war. Der Prinz verlangsamte seine Schritte nicht. Harubiki folgte ihm dichtauf.

## 2

Mutig watete Deza ins Wasser. Sie hatte ihre Röcke aufgeschürzt und die Säume am schmalen Kupfergürtel befestigt, um nicht darauf zu treten. Der Strand war an dieser Stelle tückisch. Schon bevor das Meer diese kleine Bucht hier ins Land geschnitten hatte, war hier eine Mineralwasserquelle entsprungen, reich gesättigt mit Kieselsäure und Kalzium. Ihr Wasser hatte einen Bach gespeist, der sich terrassenförmig über den Sandsteinboden ins Meer ergossen und auf den breiten Stufen eine glatte und glänzende Travertinschicht hinterlassen hatte. Das Meer hatte eine Sandschicht darüber verteilt, die jedoch nicht sehr dick war, und darunter war der Boden glitschig wie Glas. Deza setzte vorsichtig einen Fuß vor den anderen und vergewisserte sich, ob sie fest und sicher stand, bevor sie den nächsten Schritt tat.

Die Wellen bewegten sich träge auf den Strand zu und überlappten sich dort. Unbeirrt trat Deza in sie hinein, bis sie fast bis zu den Hüften im mineralhaltigen Salzwasser stand. Dann erst hielt sie an. Gedankenverloren zog sie mit den Fingern die Linien ihrer Wangen nach.

*Zum Fischfang bist du nicht weit genug hinausgegangen, Tochter.*

Deza drehte sich um und starrte auf das Wesen, das sich hoch über dem Wasser auf einer Terrassenstufe am Ufer befand. *Ich kann nicht tiefer hinein, und das* weißt *du auch,* antwortete sie wütend. *Mein Vater sollte es wissen.*

*Ich weiß sehr wohl von deiner Wassersensitivität, obwohl ich mir nicht so recht vorstellen kann, daß sie dich wirklich so behindert, wie du vorgibst. Ganz davon abgesehen, daß du nicht weit genug vom Land weg bist, machst du auch viel zuviel Lärm, um überhaupt nur die Chance zu haben, einen Fisch zu . . .*

Deza hörte nicht mehr auf die Stimme. Ein Fisch glitt langsam durch das grüne Wasser auf sie zu. Ein schwerer Brocken mit übergroßen, silbrigen Schuppen. Sie hakte die Finger ineinander und beugte sich vor. Ihre Hände befanden sich knapp unter der Wasseroberfläche und ließen dem Fisch nur einen schmalen Kanal zum Durchschwimmen offen. Dann berührte das Tier Dezas Daumen. Sie stieß mit den Händen fest zu und riß den Fisch aus dem Wasser. *Ich bin zu laut, was, Vater?*

Plötzlich waren ihre Hände voller schwebender Daunen. Deza schluckte und würgte an einer silbernen Feder. Der Fisch wand sich heftig und zappelte wie ein nasser, hysterischer Vogel. Nur besaß er keine Beine und keinen Schnabel, um sich aus dem Griff zu befreien. Sein Schwanz war besonders schlüpfrig. Deza versuchte, den Fisch an ihre Brust zu reißen und gleichzeitig die Röcke zu heben, um ihn darin einzufangen. Aber damit machte sie es nur noch schlimmer. Die gefiederten Flossen schlugen wild auf sie ein, und vor ihrem Gesicht wirbelte eine Wolke von Federn. Deza nahm den Saum

eines Rockes fest in die Hand und trat einen Schritt vor, um den Fisch zu umwickeln.
Ihre Ferse grub sich tief in den Sand, durchstieß ihn, glitt auf glattem, braunem Travertin entlang und hatte plötzlich keinen Halt mehr. Der Fisch schwamm in aller Ruhe davon, und die trügerischen Federn lagen wieder glatt an seinen Seiten. Deza stürzte. Sie riß die Arme nach unten, um den Fall abzubremsen, aber das Wasser machte alle ihre Anstrengungen zunichte. Deza ging unter.
Sie konnte schwimmen. Ihr Vater hatte dafür gesorgt und sie gnadenlos wieder und wieder in die Agate-Becken in Sindra geworfen. Deza hatte geweint und geschworen, ihn dafür umzubringen. »Es tut so weh! Das Wasser tut so weh!« hatte sie geheult. Aber ihr Vater hatte sich von nichts beeinflussen lassen. Fast hätte er sie ersäuft, aber dann hatte sie doch begriffen, wie sie sich im Wasser bewegen konnte, wenn sie nur ihre Panik überwand.
Jetzt geriet sie in Panik. Der stechende Schmerz in den Wangenknochen verwandelte sich in ein langsames Pochen im Rhythmus der Wellen. Deza fühlte sich von der Macht des Wassers überwältigt, wurde von seiner dunklen, pulsierenden Kraft davongetragen.
*Deza, augenblicklich kommst du aus dem Wasser!* sagte ihr Vater.
Deza öffnete den Mund, um ihm zu antworten, aber Wasser drang ein. Sie würgte an dem bitteren Geschmack und spuckte heftig, um es nicht schlucken zu müssen. Ihre Arme ruderten so wild, wie vorhin noch die Flossen des Fisches, und wieder ging Deza unter. *Ich kann nicht . . . schwimmen.* Sie hustete ununterbrochen.
*Dann steh auf!*
Sie erhob sich.
*Wunderbar*, sagte ihr Vater. *Du hast mich zumindest vor der Schande bewahrt, den Leuten erzählen zu müssen, daß meine Tochter in einem Gewässer von kaum einem Meter Tiefe ertrunken sei.*
Vorsichtig watete Deza zum Ufer zurück und hielt dabei ihre

durchnäßten Röcke hoch. *Das wäre in der Tat knifflig, nicht wahr, Vater? Falls du wirklich mein Vater bist. Ich hätte nicht gedacht, daß ein Mbuzim sprechen kann, oder gar schwimmen.*

Sie verließ das Wasser, stemmte die Hände in die Hüften und stellte sich neben das kleine schwarze Tier mit dem langen Geißenkopf und dem weichen Katzenkörper. Es hatte sich hingelegt. Es liegt ständig irgendwo herum, dachte Deza, wenigstens immer dann, wenn es nicht mehr von mir herumgetragen wird und seine stummelförmigen dreizehigen Hufe schlaff gegen mein Schlüsselbein schlagen. Deza trug ihn jetzt schon sechs Tage lang herum, seit dem Augenblick, in dem ihr Vater den Tod gefunden hatte. Sie dachte sich, daß sie den Mbuzim wohl so lange tragen würde, bis die Wunden seiner Krallen auf ihrer Schulter die in ihrem Herzen verdrängt hatten.

Du weißt doch genau, daß diese Stimmen nur in deiner Einbildung zu hören sind, sagte sie sich traurig, als sie sich neben den Mbuzim setzte. Armes kleines Ding, ob du mein Vater bist oder nicht, wir sind wohl für die nächste Zeit aufeinander angewiesen.

Der Mbuzim und seine Mutter hatten sich mit Deza und ihrem Vater in dem gestohlenen Hovercraft befunden, als die Maschine abgestürzt war. Edvar hatte Deza die Tiere geschenkt. Sie hatte sie nur angenommen, weil keine Zeit mehr geblieben war, sie zurückzuweisen. Ihr Vater hatte darauf bestanden, sofort zu verschwinden. Deza hatte es damals nicht verstanden, ihr Schwindel funktionierte doch bestens. Edvar, der Sohn des Magnaten, war in Liebe zu ihr entbrannt, obwohl er sich noch zurückgehalten hatte. Seine Eltern hatten sich von Dezas Vaters Vorführung angemessen begeistert gezeigt, doch dann war ihr Mißtrauen erwacht, bis sie nur noch nackte Gier verspürt hatten. Und alles hatte dem Plan von Dezas Vater entsprochen. Dennoch hatte er sich plötzlich an Deza gewandt und gesagt: »Wir verschwinden von hier.« Als sie ihm von Edvar und den beiden Mbuzim erzählte, hatte er nur gesagt: »Wir verschwinden auf der Stelle!« Kaum hatte

Deza ihren Ärger über sein autoritäres Verhalten heruntergeschluckt, da war das gestohlene Hovercraft auch schon am Boden zerschellt, und ihr Vater lag mit Genickbruch neben ihr. Und seitdem saß sie – Deza mit dem wunderschönen Brokatkleid, dem Kupfergürtel und der Perlbein-Schnalle, Deza, die Prinzessin aus der Stadt der Roten Höhle, versehen mit gefälschten Geburtsmalen und Wangeneinlagen – in diesem stupiden kleinen Küstennest fest, deren Einwohner zu einfältig waren, um zu wissen, was eine Prinzessin ist und wie man sie zu behandeln hatte. Sie gehörten zu den primitivsten Nomaden und hatten sich anscheinend ohne vernünftigen Grund an diesem öden Stück Strand niedergelassen. Sie ernährten sich von einer ekelerregenden Masse aus Würmern und Gras, die Deza den Magen umdrehte. Den Meeresfisch rührten sie nicht an, weil sie diese Tiere für die heiligen Abgesandten des Mondes oder sonst eines Wesens hielten, deren Fleisch von irgendeiner namenlosen Gottheit mit Bedacht vergiftet worden war. Für Deza lag es auf der Hand, daß die Nomaden zu beschränkt waren, um den Fischen die schwermetallverseuchten Gallen herauszuschneiden und diese zu vernichten, um aus den Tieren das giftige Quecksilber und Blei zu entfernen. Sechs schreckliche Tage lang hungerte Deza nun schon, während die Winde aus den sandigen Bergen über den Strand fuhren und gewaltige Staubwolken aufwirbelten. Alles sah so aus, als würde Deza auch über diese Zeit hinaus hungrig bleiben. Und naß. Und sich elend fühlen.

»Ach, mein lieber, armer Vater«, sagte sie laut. »Warum mußtest du nur sterben.«

Der Mbuzim sah sie mit den gelben, pupillenlosen Augen an. *Möchtest du eine philosophische Antwort über die Wege, die die Zeit und das Schicksal gehen, oder möchtest du lieber einen praktischen Rat? Letzterer lautet folgendermaßen: Wie ich immer schon vermutet habe, wohnt den Maschinen eine grundlegende Animosität in bezug auf Menschen inne. Diese manifestiert sich vor allem, wenn die Menschen weitab von jeglicher Zivilisation sind und man sie folglich leichter beseitigen kann.*

Diese Worte hätten wirklich von ihrem Vater stammen können. Die Gedanken des Mbuzim, falls es sich wirklich um solche handelte und nicht um Hirngespinste ihrer eigenen, kummerbeeinflußten Phantasie, hörten sich stets genauso wie die ihres Vaters an. Leider wußte sie keine Möglichkeit, das eine oder das andere ausreichend zu beweisen.
*Würde es dir besser gefallen, wenn ich Zuflucht in einem dieser gräßlichen, kleinen, versteinerten Knochen gesucht hätte, die manche Menschen sich um ihren Hals zu hängen belieben?* fragte ihr Vater.
*Weiß nicht, vielleicht.* Deza hatte sich immer wieder über die Gespräche amüsiert, die diese Menschen mit den »Seelen« ihrer verschiedenen teuren Verwandten führten, die, wie allgemein angenommen wurde, ihr neues Domizil in den versteinerten Fortpflanzungsknochen toter Mbuzim aufgeschlagen hatten. Zu ihrer Überraschung hatte sie erst kürzlich feststellen müssen, daß auch die Gebildeten unter den Fremden, wie zum Beispiel der Magnat und seine Familie, diesen lebenden Toten ihren Respekt entgegenbrachten. Zumindest gestattete es der Magnat den Mbuzim, friedlich in seiner befestigten Oase zu grasen, und führte auch regelmäßig seinen Tribut an den Priester aus der Roten Stadt ab. *Ach, es ist alles so seltsam. Warum mußte es gerade ein Mbuzim sein? Das will mir so . . . so lächerlich vorkommen.*
*Nun ja, meine liebe Tochter, ein Mbuzim war alles, was im Moment greifbar war. Wir sind an einer der ödesten Stellen dieses Planeten gelandet. Nicht einmal ein wurmfressender Nomade hätte sich dort länger aufgehalten. Meine Seele zog es rasch und mit aller Macht zu den Fernen Landen. Ich mußte so schnell wie möglich einen Halt finden. Sei froh, daß ich mir nicht die Mutter des kleinen Mbuzim ausgesucht habe. Sie wiegt gut und gerne ihre siebzig Pfund und verströmt außerdem einen etwas unangenehmen Körpergeruch.*
Das hörte sich wirklich alles nach Vater an. Und die Stimme wußte Dinge, die nur ihr Vater gekannt haben konnte. Die nur mein Vater und *ich* gewußt haben können, korrigierte sich Deza. Und das war der Haken an der Sache. Wenn die

Stimme wirklich ihrem Vater gehörte, dann mußte sie auch Dinge und Begebenheiten kennen, von denen Deza nichts wußte. Aber wenn das der Fall war, wie sollte Deza die Stimme dann in bezug auf Dinge testen, von denen sie selbst keine Ahnung hatte? Ihre Phantasie konnte sich doch einfach irgend etwas ausdenken, oder?
*Warum haben wir die Oase der Fremden so rasch verlassen müssen?* fragte sie unvermittelt.
*Weil es für uns dort zu gefährlich wurde,* kam die prompte Antwort.
*Was war das denn für eine Gefahr?*
Der Vater schien eine Weile zu zögern und meinte dann: *Das Übliche eben. Bei jedem Schwindel gelangt man an einen Punkt, wo die Chancen, entdeckt zu werden, die eines weiteren Erfolges zu überrunden beginnen. Dort angekommen ist es stets das beste, die Sache aufzugeben und woanders erneut sein Glück zu versuchen.*
Aber eine Entlarvung war doch gar nicht zu befürchten gewesen. Alles hatte wunderbar geklappt. *Was war das für eine Gefahr?* fragte Deza noch einmal.
*Wenn du noch einen Fisch fangen willst, solltest du dich besser schleunigst daranmachen. Der Mond ist bereits aufgegangen, und du mußt die Beute hier verspeisen, sonst machen dich die Nomaden einen Kopf kürzer, weil du es wagst, einen ihrer »göttlichen Boten« zu verzehren. Und da mir nur wenig daran liegt, die ganze Nacht auf diesen glatten und schlüpfrigen Klippen zu verbringen . . .*
Einer Frage einfach auszuweichen, war extrem typisch für ihren Vater. Allerdings hatte er – oder ihr Unterbewußtsein – recht. Sie verdrängte einstweilen das Problem und erhob sich. Diesmal öffnete Deza den schweren Brokatrock und zog ihn aus. Darunter trug sie einen Unterrock aus Musselin, der ihr nur bis an die Knie reichte. Sie breitete den Überrock über eine breite Travertinstufe zum Trocknen aus und watete dann entschlossen ins Wasser. Deza blieb stehen, als das Wasser kaum ihre Knöchel bedeckte, legte die Hände an die Wangen und runzelte die Stirn. *Vater,* sag-

te sie, *hier stimmt etwas nicht. Irgend etwas ist auf dem Wasser ...*

*Ein Kretin?*

*Nein, etwas auf dem Wasser. Auf der Wasseroberfläche.*

Sie preßte die Hände fest an die Jochbeine und spürte eine nicht unbekannte Vibration. *Ein Boot.*

*Ein Boot der Fremden?*

*Nein, ein Majini. Aber irgend etwas an ihm stimmt nicht!*

*Komm lieber aus dem Wasser, Deza.*

Aber sie rührte sich nicht, sondern stand einfach da und ließ die Wellen sanft und flach gegen ihre Beine schlagen. Die Hände hatte sie immer noch an die Jochbeine gepreßt. Kein Kielwasser oder eine andere Bewegung, die auf ein Boot schließen ließ, war auf der Wasseroberfläche auszumachen. Der grüne, anmutige Mond stieg weiter über dem trägen Ozean auf, und der Himmel war dunkel und blau wie Lapislazuli. Ganz still stand Deza da. Sie verlangsamte ihre Atmung und versuchte, die einströmenden Eindrücke zu ordnen.

*Der Rhythmus ist falsch,* sagte sie endlich und hob den Kopf. *Er verläuft zu rasch.*

*Der Motor?*

*Der Motor. Und das Majini. Beide sind zu schnell.* Sie verengte die Augen, um bis zum Rand des Horizonts sehen zu können. *Viel zu schnell.*

Während der Mond höher stieg und seine grünliche Färbung verlor, stand Deza immer noch unbewegt im Wasser. Klobige Schatten bildeten sich in den friedlich daliegenden Dünen, und Mondlichtwirbel wogten um die Ausläufer und Nasen der gezackten Klippen. Im Zeltdorf am Rand der kleinen Landzunge wurden Lampen entzündet. Endlich verließ Deza das Wasser und setzte sich auf die braune Travertinstufe. Sie hob den Mbuzim in ihren Schoß und preßte ihn an sich. »Sie werden zerschellen«, sagte sie laut. »Sie sind zu schnell.«

Das kleine Tier sah zu ihr hoch, doch bevor es etwas sagen konnte, entdeckte Deza die Wassergischt des Majinis, als es um eine Ecke bog und auf die Bucht zusteuerte. Der Bootsrumpf war dunkel angestrichen, so als hätten die Erbauer im

Sinn gehabt, das Boot im Mondlicht unsichtbar zu machen.
»Die armen Leute«, sagte Deza.
*Paß lieber auf,* mahnte der Vater. *Du läßt dich vom Wasser hypnotisieren. Es ist doch nur ein Boot.*
*Aber es wird gleich zerschellen.*
*Natürlich wird es das. Die Unterwasserträger sind einer zu großen Belastung ausgesetzt, und weit kann das Boot nicht mehr in die Bucht hinein.*
*Die Bucht verfügt überhaupt nicht über einen brauchbaren Kanal,* dachte sie und schob geistesabwesend den Mbuzim von ihrem Schoß.
*Nein, aber du bist da. Und im Moment würdest du das große Los nicht erkennen, wenn man es dir auf die Augen drücken würde.*
*Das große Los?*
*Würmer kannst du nicht essen, und Fische kannst du nicht fangen, aber du könntest zumindest als erste beim Wrack sein, wenn du dich nur entschließen könntest, das Herumbummeln hier einstweilen einzustellen. Vielleicht hat das Majini Trüffel für die Fremden an Bord oder Säcke voll Perlbein. Möglicherweise sogar einen großen Schatz, den sie aus der Stadt der Roten Höhle geschmuggelt haben. Womöglich kannst du das Leben eines schwerreichen Händlers retten, der sich dann als dankbar erweist und dich in seinen Palast mitnimmt.*
Deza steckte sich den Mbuzim unter den einen Arm, griff mit der anderen Hand nach dem Brokatkleid und sprang auf. Das Majini war schon an ihr vorbei und schlingerte vom Dorf weg an der Landzunge entlang. Deza rannte über die Travertin-Terrasse. Sie brauchte einfach Gold oder ein anderes Tauschmittel, wenn die Barkenkarawanen auf ihren Reisen an der Küste hierher kamen. Gold oder Perlbein wären sehr günstig, und zur Not könnte sie sich mit einer Rolle Fiedlergarn einen Platz im Laderaum einer Barke kaufen. Vielleicht würde sogar der schwerreiche gerettete Händler die Reise bezahlen und ihr dazu noch ein hübsches neues Kleid kaufen, sobald sie eine der Oasen küstenaufwärts erreichten. Die Glasperlen und die

Blechtöpfe konnten die Nomaden gern behalten und daraus an den langen Winterabenden, wenn die Gras- und Treibholzfeuer ihre elenden Zelte mit Rauch erfüllten, etwas für ihre Verhältnisse Hübsches zusammenbasteln. Deza würde sich dann in einem festen Steinhaus befinden, das nicht bei jedem Windstoß schaukelte und wackelte und das über eine richtige Röhrenheizung und ausreichend Wasser verfügte. Sie mußte nur einen wichtigen Mann retten, den Rest würde sie mit ihrer Pfiffigkeit schon regeln.
Von der Terrasse aus rannte sie über ein versteinertes Sanddünenriff zum Strand und dort zur Bucht, wo die sanften Wogen die Trümmer anschwemmen würden.

## 3

Radi kannte sich mit Majinis nicht besonders gut aus. Gewöhnlich reiste er in einer Korsarenbarke oder kaufte sich, wenn er unbehelligt vorankommen wollte, einen Platz in einer Händlerkarawane. Die Korsaren wie auch die Händler waren loyale Untertanen der Roten Stadt, so daß man dort keine besondere Notwendigkeit für den Bau eigener Schiffe sah.
Dies änderte sich erst mit dem Auftauchen der Fremden von Kalmar. Die Kriege, die Mahali von den anderen zivilisierten Welten abgeschnitten hatten, waren seit Generationen vorüber, und mittlerweile fühlte sich Kalmar wieder bereit, andere Planeten zu kolonisieren. Die Kalmaren hatten anfangs erwartet, begeistert als endlich heimgekehrte Landsleute empfangen zu werden. Anscheinend hatten sie sich nicht vorstellen können, daß die Stadt der Roten Höhle während ihrer langen Abwesenheit selbst die Herrschaft übernommen hatte.
Erst allmählich gewöhnten sich die Kalmaren an die neuen Verhältnisse, was aber noch lange nicht bedeutete, daß sie sie auch akzeptierten. Ihnen ging es sehr bald schon gegen den Strich, wie ihnen immer wieder die unterschiedlichsten Güter und Gegenstände von den raffinierten einheimischen Piraten gestohlen wurden. Doch statt sich an die Stadt um Hilfe zu

wenden, hatten sie von ihrer Heimatwelt sogenannte Hydrorapiere und Söldner kommen lassen, um sie zu bemannen. Von da an patrouillierten die Kalmaren selbst die Küsten entlang. Die Hydrorapiere waren viel schneller als die Piratenbarken und außerdem unabhängig vom Wind. Selbst Sherias verstorbenen Vater, der sich kaum für etwas anderes als die Computerprogramme interessierte, mit denen man die Einheimischen und die Fremden gleichermaßen von der Macht der Roten Stadt über ganz Mahali überzeugen konnte, hatte die wachsende Kontrolle der Kalmaren über die Küsten zunehmend beunruhigt. Er hatte einen beträchtlichen Teil des städtischen Etats dafür aufgewendet, das Majini zu entwikkeln: ein Wassergefährt, das vieles vom Hydrorapier übernahm und gleichzeitig über Unterwasserträger verfügte, die die Hülle über die Wasseroberfläche erhoben und das Schiff bei mäßigem Seegang auf ebenem Kurs hielten. Die Rote Stadt besaß nun eine kleine Majini-Flotte. Diese Boote waren schneller als die Patrouillenschiffe der Fremden – Radis Majini hatte gerade einen Hydrorapier abgeschüttelt – und reagierten rascher auf die Kommandos des Steuermanns, was besonders in den tückischen flachen Küstenregionen von Vorteil war. Die Schiffe der Fremden waren für weniger salzhaltige, also schwerere Gewässer konstruiert, und so wies ihre Konstruktion auf Mahali einige Mängel auf. Ihre Ausstattung, die Motoren und die Kreiselkompasse, waren den Versionen der Mahaliten hingegen an Zuverlässigkeit überlegen. Dennoch war es für die Rote Stadt befriedigend zu erfahren, daß die Kalmaren Aufträge für den Bau von Majinis an die lokalen Werften erteilten. Diese Wünsche konnten im Moment jedoch kaum erfüllt werden. Der Magnat hatte sich für den Geschmack der Roten Stadt in der letzten Zeit erheblich zu arrogant verhalten. Es wäre töricht, ihm noch mehr Macht zur Verfügung zu stellen.
Radi saß in der winzigen Kabine im Bug des Schiffes. Er hatte seine Schicht angetreten und steuerte das Majini über das grüne Gewässer. Der Mond war aufgegangen und stieg wie eines der glitzernden Sternenschiffe der Fremden in den La-

pislazuli-Himmel. Im Mondlicht konnte Radi die ferne Küstenlinie sehen. Er steuerte auf sie zu. Solange er kein Land sah, fühlte er sich unbehaglich, obwohl er sich mit der Navigation unter den Wüstenleuchten und den berechenbaren Bahnen der Silberfische auskannte, wie die Nomaden die Planeten und Sternkonstellationen nannten. Selbst der fette, grünliche Mond würde ihnen den Weg zeigen können. Radi und seine Leute waren keine Seefahrer. Sie verfügten an Bord über Fischhaken, aber im Gegensatz zu den Korsaren und selbst den Mannschaften der Handelsbarken wußten sie nicht damit umzugehen. Radi hätte einiges darum gegeben, einige der großen Harpunen mitzuführen, für die die Fremden bei der Jagd auf die riesigen Meeres-Kretins berühmt waren. Er fühlte sich nicht wohl auf dem pfeilschnellen Majini. Es schien zuviel Fahrt zu machen, durchflog die sanften Wellen mit fast schon wahnwitziger Geschwindigkeit.
Ein Stoß fuhr durch das Majini. Spanten krachten, und Planken rieben sich geräuschvoll aneinander. Doch ebenso unvermittelt, wie sie aufgetaucht waren, hörten die Geräusche wieder auf. Radi warf einen Blick auf Chappa, den jungen Mariner, dank dessen Tüchtigkeit das Majini dem Patrouillenboot entkommen war. Er hatte diese ruhigen Küstengewässer angesteuert und schließlich das Steuer an Radi übergeben, weil Harubiki seine Musik hören wollte. Chappa machte einen deutlich ruhigeren Eindruck als Radi. Er saß an Deck, im Schneidersitz zu Harubikis Füßen, und seine Flöte überschlug kaum vernehmbar einen Takt, als er die Achseln zuckte. Harubiki lächelte ihn freundlich an. Ihre Füße bewegten sich leise im Rhythmus seiner Musik. Radi war froh, sie so entspannt zu sehen. Sie schien sich bei der Fahrt noch mehr Sorgen gemacht zu haben als er und hatte darauf bestanden, unter ihrer Musselinbluse einen Treibring zu tragen. Vor kurzem noch hatte sie ihr Wasserbotschaftengerät fest umklammert gehalten und vorgegeben, Nachrichten aus der Roten Stadt zu lauschen. Aber sie hatte mit solcher Intensität ihre Ohren an das Gerät gepreßt, daß Radi den Verdacht hatte, sie versuche so, der Realität des Majinis zu entfliehen.

Von der allgemeinen Anspannung war nun nichts mehr zu verspüren. Pelono runzelte zwar die Stirn, aber schließlich war er Priester und zumindest teilweise Wasserhexer, und er mochte über einen irgendwo ausgemachten Regenguß nachdenken. Radi hielt locker das Steuerrad und entspannte seine Muskeln, während er über das Wasser zum schimmernden Ufer sah. Sie fuhren rasch, um die Zeit aufzuholen, die sie während der Verfolgung durch das Patrouillenboot verloren hatten. Der Magnat war sicher längst über ihr Kommen informiert, denn die Patrouillen verfügten über Funkgeräte. Sie hatten ihm gewiß auch mitgeteilt, daß das Majini unter dem roten Banner der Stadt fuhr und sich geweigert hatte, den Namen des Kapitäns und den Zweck seiner Reise durch die Gewässer des Magnaten anzugeben. Ein eindrucksvolles Zurschaustellen arroganten Verhaltens. Aber es war dringend an der Zeit, dem Magnaten zu zeigen, wem dieses Gewässer in Wahrheit gehörte, wessen Welt dies war. Der Fremde konnte nicht einfach einen Priester der Stadt der Roten Höhle wie einen dahergelaufenen Schamanen aus seiner Oase jagen; genausowenig wie er Radis Majini anhalten konnte. Der Prinz hoffte nur, daß der Magnat keine Flotte zusammenziehen würde, wenn er mit seinen Marinern Sindra verlassen konnte.

»Laß mich ans Ruder.« Pelonos Stimme erschreckte Radi trotz ihrer Sanftheit. »Man sagt uns Priestern nach, wir kämen mit dem Wasser und allem, was dazugehört, ganz gut zurecht«, sagte er, und seine Augen funkelten.

»Es war nichts, nur eine verborgene Strömung«, antwortete Radi, aber er übergab dennoch das Ruder an den alten Mann und ging zu den anderen, um ein paar Minuten mit ihnen zu singen. Sie umrundeten gerade die Landzunge. In der Ferne waren Lichter, wie gelbe Sterne, doch Radi wußte, daß es sich dabei um die Lampen in einem Nomadenlager handelte.

Der Prinz nahm seine Tunika mit den Goldborten und den Perlbeinknöpfen ab und legte sie beiseite, bevor er sich neben Chappa niederließ und versuchte, sich auf die Musik einzustimmen. Das Majini kam leicht und rasch voran, und einen

Augenblick lang schien es so, als würden die Reisenden direkt zu den Lichtern im Lager getragen. Radi hörte, wie Pelono etwas rief, doch plötzlich krängte das Majini ruckartig und schlingerte unter ohrenbetäubendem Krachen. Bevor Radi Pelono antworten konnte, spülte ihn eine Woge über Bord. Instinktiv begann der Prinz zu schwimmen. Die muskulösen Arme und Beine drückten gegen das Gewicht des ganzen Ozeans, das ihn zunächst mit aller Macht untertauchen wollte. Wild trat Radi um sich, und obwohl er wußte, daß die vollgesogenen Hosenbeine an seinen Schenkeln zogen, glaubte er einen kurzen, schrecklichen Moment lang, er habe sich in den Tentakeln eines Kretins verfangen.
Vor Erleichterung keuchend, durchstieß er die Wasseroberfläche. Das Majini war nirgends zu sehen, bis dem Prinzen bewußt wurde, daß er in die entgegengesetzte Richtung blickte. Er drehte sich um. Die Lichter am Strand waren nur noch undeutlich durch eine dicke Rauchwolke zu erkennen, die aus dem an den Klippen zerschellten, brennenden Majini strömte. Radi hatte gewußt, daß das Boot viel zuviel Fahrt gemacht hatte. Dennoch überraschte ihn die Distanz sehr, die das Majini seit seinem Untertauchen zurückgelegt hatte, und das schnell um sich greifende Feuer fügte seiner Verwunderung Schrecken hinzu. Irgendwo mußte der Treibstoff ausströmen. Was für ein Glück, daß das Wrack noch nicht explodiert war. Grimmig schwamm Radi auf den Rauch zu.
Das brennende Majini hing etwa hundert Meter vom Strand entfernt in den Klippen. Radi hatte beim Schwimmen die Flut im Rücken, aber diese Kraft setzte auch alles daran, das Boot ins Wasser zurückzuzerren. Der Prinz glaubte zu sehen, wie jemand von den Klippen sprang, aber es konnte sich dabei genausogut um ein brennendes Stück Holz handeln, das rasch im Salzwasser erlosch. Auf einem Wogenkamm entdeckte Radi einige kleine Boote im Wasser und Flöße, die vom Strand zum Wrack gezogen wurden. Die Nomaden eilten den Schiffbrüchigen zu Hilfe. Erleichtert schwamm der Prinz mit kräftigen Zügen weiter. Alle seine Leute konnten schwimmen, aber wenn sie sich verbrannt oder das Bewußtsein verlo-

ren hatten, war Hilfe dringend angebracht. Nur die vorsichtige Harubiki hatte einen Treibring angezogen. Im Licht des Feuers waren seine Gefährten leicht auszumachen. Die Nomaden konnten sie rasch bergen.

Als Radi das mehr schwebende als hängende Wrack erreichte, mußte er einer Lache brennenden Treibstoffs auf dem Wasser ausweichen.

Die Nomaden hatten ihre Boote und Flöße bereits an den Klippen vertäut und gossen Wasser auf das Feuer. Radi sah allerdings nirgends einen seiner Leute.

»Meine Mannschaft!« rief der Prinz, als er sich von einer Woge hochtragen ließ und sich auf die Klippen schwang.

Ein überraschter Nomade fuhr herum. Er trug seinen Wassereimer noch in der Hand und schlug damit ohne Zögern nach dem Prinzen. Der Eimer prallte von seiner Schulter ab und traf ihn schwer am Kopf. Mit klingelnden Ohren fiel Radi durch eine Feuerlake zurück ins Wasser. Eine Stange stieß ihn tiefer hinab. Radi erkannte, daß nur der unsichere Stand des Nomaden auf den Felsen und das brennende Wasser ihn davor bewahrten, durchbohrt zu werden. Er tauchte tief genug, um einem zweiten Stoß zu entgehen, und entfernte sich gleichzeitig von den Klippen. Als er es wagte, wieder aufzutauchen, hatte der Nomade seine Aufmerksamkeit schon wieder dem Wrack zugewandt.

Während Radi unter Schmerzen versuchte, den Kopf oben zu behalten, bemerkte er, daß die Einheimischen das Feuer mittlerweile unter Kontrolle gebracht hatten und bereits darangingen, ihre Flöße systematisch mit Laken, Stoffen, Kleidern und Nahrungsmitteln aus den aufgebrochenen Schiffsschränken zu beladen. Wrackteile trieben an dem Prinzen vorbei, aber er machte nirgendwo Köpfe seiner Gefährten aus. Vielleicht waren sie längst von den Nomaden niedergeschlagen oder ins Wasser gestoßen worden. Weitere Flöße näherten sich vom Strand. Radi wagte es nicht, noch einmal nach seinen Leuten zu rufen. Sein Kopf fühlte sich von dem Schlag seltsam an, und sein Rücken war von dem derben Stoß verstaucht, was ihm das Schwimmen erschwerte. Benommen

versuchte er, das Ufer zu erreichen. Er hoffte, die Flut würde ihn weiter zum Strand tragen, denn er besaß nicht mehr die Kraft, gegen die Strömung anzukämpfen. Nur langsam konnte er die Arme bewegen, und die Beine schienen sich überhaupt nicht mehr zu rühren. Als er mit einem Knie über Sand kratzte, versuchte Radi aufzustehen, aber eine Welle überspülte ihn und zog ihn beim Zurückgleiten mit sich. Seine Halskette verfing sich in etwas, und er kam nicht mehr los. Der Prinz tastete mit den Händen hinter sich und fand zwei starke Arme, deren Finger nach seinem Perlbein-Medaillon griffen.
Mit einem wütenden Schrei bemühte er sich, seinen Hintermann zu Fall zu bringen. Diese stupiden Nomaden besaßen nicht einmal soviel Anstand, den Prinzen erst nach seinem Tod seiner Habe zu berauben. Doch statt eines wilden Brüllens kam nur ein klägliches Gurgeln über Radis Lippen, und er war es, der zu Boden ging. Die Brandung wirbelte ihn herum, während sein Gegner kaum in ihr schwankte. Grob wurde der Prinz an Hals und Haaren hochgerissen.
»Nun komm schon«, sagte eine Mädchenstimme, »du mußt es nur versuchen. Ich kann dich nicht auch noch tragen!«
Radi schwankte. Die Wellen schoben seine Füße nach unten auf den Grund, doch als er endlich stand, glaubte er, Wasserstricke wollten ihn zurückreißen.
»Stütz dich bei mir ab, wenn du allein nicht stehen kannst, aber gib auf den Mbuzim acht.«
Während der Prinz langsam begriff, daß ihm hier jemand helfen und ihn nicht angreifen wollte, legte er dem Mädchen einen Arm um die Schulter. Er glaubte, das klagende Blöken eines Wüstengrasers zu vernehmen, doch erst als das Mädchen ihn hinter einem Felsen am Strand fallen ließ, erkannte er, daß es sich bei dem pelzigen, unruhigen Kragen am Hals des Mädchens um einen jungen Mbuzim handelte. Sie ließ ihn dort liegen, wo er gerade war, während sie den zappelnden Mbuzim über ihren Kopf hob, ihn in den Armen wiegte und ihm über das feuchte Fell strich. Die kleinen Beine des Tieres galoppierten ziellos, während sie

ohne Halt herabbaumelten. Zunächst blickten die Augen des Mbuzim wild umher, doch schließlich ließ er sich durch sanftes Zureden und Streicheln beruhigen, bis er nur noch von Zeit zu Zeit zitterte. Auch die junge Frau war nervös und zitterte ungefähr so heftig wie das Tier, besonders wenn sie sich zum Meer umdrehte.

»Du hättest ihn beinahe zerquetscht«, sagte sie zu Radi, doch ihre Stimme war ohne Empörung.

Obwohl sie naß und zerzaust aussah, konnte Radi erkennen, daß das lockige Haar des Mädchens mit silbernen Bändern zu Zöpfen geflochten und mit feinem Fiedlergarn zu einer Frisur gesteckt war. Das Mädchen hatte weiße und ebenmäßige Zähne – ganz so wie die jungen Frauen in der Roten Stadt –, und sie trug auch nicht die wallenden Gewänder der Wüstennomaden. Der Prinz schloß, sie gehöre nicht zu den Dorfbewohnern, und während er sich noch fragte, was eine junge Frau aus der Stadt der Roten Höhle an diesen so abgelegenen Ort verschlagen hatte, berührten seine Finger das Stück Perlbein in dem goldenen Medaillon, und im gleichen Augenblick dankte er dem Schicksal dafür, daß sie hier war. Das Mädchen verzog das Gesicht, als sie seine Geste bemerkte, vielleicht beschäftigte sie aber auch der ständig sich steigernde Lärm vom hinter dem Felsen gelegenen Strand. Die Flöße kehrten mit ihrer Beute zurück.

»Wir müssen uns beeilen«, sagte sie und sah ihn besorgt an. »Kannst du jetzt wieder laufen?«

»Beeilen? Wohin denn?« Bis auf das Zeltdorf entlang des Strandes, das mit blutrünstigen und raublüsternen Nomaden gespickt war, gab es hier in der Nähe keinen Ort, an den sie sich hätten wenden können. Sindra mit den Marinern war zwei Tagesmärsche entfernt. Am nächsten lag die Oase des Magnaten, aber auch sie war noch etliche Kilometer entfernt.

Das Mädchen zuckte nur die Achseln. »Wir müssen von hier fort, bevor die Nomaden uns finden.«

Radi schüttelte den Kopf und stöhnte, als diese kleine Bewegung schon Schmerzwellen durch seinen Schädel sandte. »Ich

war nicht allein auf dem Majini«, sagte er und setzte sich vorsichtig auf. Er konnte sich also rühren, auch wenn sein Rükken immer noch schmerzte.
»Irgendwo vor uns in den Felsen hält sich noch jemand verborgen. Die anderen hatten wahrscheinlich nicht soviel Glück.«
»Nur einer?« Radi versuchte, an den Strandklippen vorbeizusehen, aber seine Sicht wurde durch die versteinerten Sanddünen versperrt, die die Wellen bearbeitet hatten und die von den Tageswinden zu grotesken Gebilden erodiert waren. Er sah wieder zu dem Mädchen. »Wir waren zu fünft.«
»Pst«, machte sie und warf einen verstohlenen Blick auf die Stelle, auf die Radi gerade gesehen hatte. »Wenn ich ihn gesehen habe, dann haben das diese zerlumpten Nomaden mit Sicherheit auch.«
Vom Strand ertönte ein Schrei, vielleicht ein Alarmruf, und die junge Frau bekam es mit der Angst zu tun. Hastig zog sie sich einen langen Brokatrock über den Kopf und hielt sich nicht erst damit auf, die Bänder zu befestigen oder die Falten auszuschütteln. Dann bückte sie sich und hob in einer einzigen Bewegung den Mbuzim hoch und schlang ihn sich um den Hals, bevor sie die Hand ausstreckte, um Radi aufzuhelfen. Ihr Blick fuhr über seine Kleider, so als wollte sie den Schaden abmessen, den sie bei der Schiffskatastrophe genommen hatten, und dann hielt ihre Hand seine beringten Finger einen Augenblick zu lange. Beiden war es bewußt. Mit einem Rauschen ihrer Röcke hieß sie ihn zu folgen und kletterte in die Klippen.
Vorsichtiger geworden, suchte Radi das Heft seines Dolchs und löste den Riemen, der ihn in der Scheide hielt. Wenn möglich hätte der Prinz die Waffe gern herausgezogen, aber er brauchte alle Finger, um Vertiefungen im Gestein zu finden, die seine Augen in den Schatten der Dunkelheit nicht ausmachen konnten. Oben auf den Klippen angekommen, war Radi froh und erleichtert, im hellen Mondlicht zu stehen. Er konnte ein gutes Stück weit sehen. Die Felsen waren hier flach, warfen so gut wie keine Schatten und waren zum Teil

von gefährlich glatt aussehendem Travertin überzogen. Das Mädchen rannte weit vornübergebeugt auf den Rand der Felsen zu. Ihr Weg führte sie fort vom Wasser und beschränkte gleichzeitig die Möglichkeit für die Nomaden, sie vom Strand aus zu sehen. Obwohl das Ducken seinem Rücken alles andere als wohltat, machte der Prinz es dem Mädchen nach.
Die junge Frau verschwand hinter dem Felsrand im Schatten, und Radi ließ sich im Mondlicht auf den Bauch fallen. Er lauschte und sah sich um, und die kaum mehr zufällige Inspektion des Mädchens wollte ihm einfach nicht mehr aus dem Kopf gehen. Das Medaillon war nicht groß oder wertvoll genug, um Diebe besonders zu interessieren, aber er wollte vor allem und jedem auf der Hut sein, das an diesem Ort fremd wirken mußte. Und dieses Mädchen mit ihrem Kupfergürtel und dem Fiedlergarn im Haar machte ganz offensichtlich diesen Eindruck.
Der Prinz glaubte, im Wind ein Geräusch zu hören . . . vielleicht ein heimlich geführtes Gespräch oder aber das erschrokkene Blöken des Mbuzim. Er drehte sich um und eilte, mehr rutschend und in dem beunruhigenden Bewußtsein, in diesem hellen Mondschein für jedermann sichtbar zu sein, nach rechts auf die Stelle zu, von der das Geräusch gekommen war. Vom Strand konnte man Radi nicht ausmachen, aber sein gelbes Hemd mußte ihn an jeden verraten, der neugierig genug gewesen war, ihm und dem Mädchen die Klippen hinauf zu folgen. Der Travertinschicht folgte klumpiger Sandstein, in dem sich Radis Gürtel und Bänder immer wieder verfingen, und er kam immer langsamer zum Rand der Felsen voran. Der Prinz zog den Dolch aus der Scheide, legte eine kleine Pause ein und lauschte wieder. Er konnte nur schwach die Stimmen der Strandräuber über die Brandung hinweg hören, die träge gegen die Klippen hinter ihm schlug. Radi kroch weiter und hoffte, die Füße anziehen zu können, sobald er den Rand erreicht hatte. Vorsichtig machte er sich bereit, über den Rand zu spähen. Wenn das Mädchen allein war, wollte er hinunterspringen, war es aber in Begleitung einiger Kumpane, würde er sich schleunigst zurückziehen.

Nicht weit von Radis Füßen schoß plötzlich ein Männerarm aus der Dunkelheit und griff nach einem kleinen Felsvorsprung. Der Prinz hatte den Dolch schon erhoben und wollte ihn gerade werfen, als Chappas Kopf und Schultern sich ins Mondlicht erhoben. Der junge Mariner sah Radis Füße, und als sein Blick die nasse braune Hose hinauffuhr, breitete sich ein Lächeln des Wiedererkennens auf seinem Gesicht aus.

»Wir befürchteten schon, du seist tot«, flüsterte Chappa. Seine Tunika war zerrissen, und auf der Wange trug er eine frische Wunde. Unbehaglich hing er da, die Ellenbogen am Rand aufgestützt, und dann mußte er abgeglitten sein, denn sein Körper rutschte nach unten. »Hier entlang, Radi«, sagte er hastig. »Harubiki ist bei mir.« Er prallte auf etwas auf, das sich wie Sand anhörte.

Der Prinz steckte den Dolch wieder ein und folgte dem Mariner. Aber er stieg die Felsen hinab, denn trotz des Sandbodens befürchtete er, ein Sprung würde seinem Rücken weiteren Schaden zufügen und die pochenden Schmerzen in seinem Kopf wieder erwecken. Unten angekommen, folgte er Chappa zu einer Felsnische, wo Harubiki und das Mädchen im Brokatrock warteten.

»Ich habe nur einen weiteren Überlebenden gesehen«, sagte die junge Frau, während sie verwirrt von Chappa zu Harubiki sah.

Ohne auf sie zu achten, sah der Prinz sich um. Sie befanden sich im Schatten einiger hoher Klippen und waren durch einen Felsüberhang vor einer Entdeckung von oben geschützt. Andererseits saßen sie in der Falle, wenn sich ihnen jemand von vorn nähern würde. Ein Stück weiter breitete sich wahrscheinlich Vegetation aus, ein schmaler Streifen, der nur vom Morgennebel bewässert wurde, der vom Meer herantrieb. Dahinter begann die gewaltige Tegatiwüste, wohin noch nicht einmal die Nomaden wanderten. Radi gab Chappa zwei Zeichen, nicht mehr als scheinbar flüchtige Handbewegungen. Der Mariner ließ sich nichts anmerken, warf nicht einmal einen kurzen Blick auf die Fremde, aber Radi wußte, daß Chappa das Mädchen nun nicht mehr aus den Augen lassen würde. Der Prinz begab sich ein Stück von der Felsnische fort. Von hier aus würde er jeden früh genug erkennen, der sich ihrem Versteck näherte . . . andererseits konnte er das seltsame Mädchen mit einem einzigen Sprung erreichen und niederstrecken. Eine Weile blieb Radi dort, dann betrat auch er die Felsnische.

## 4

Deza hob den zitternden Mbuzim von den Schultern und schaukelte ihn sanft in den Armen. Sie fühlte sich nicht recht wohl in ihrer Haut, weil ihr nicht entgangen war, daß man sie keinen Augenblick aus den Augen ließ. Vorsichtig lehnte sie sich mit dem Rücken an die Wand, während sie dem verängstigten Tier leise etwas vorsang und es streichelte. Deza hatte das Tier im Wasser so gut wie eben möglich trocken gehalten, aber es hatte wohl trotzdem vor Angst beinahe den Verstand verloren. Seine Augen rollten in den Kopf zurück, bis nur noch die grüne Bindehaut zu sehen war, und ein bitterer Geruch, abgesondert von den Duftstoffdrüsen neben den steifen kleinen Ohren, machte sich rasch in der kleinen Nische bemerkbar.

*Vater,* rief Deza in Gedanken. *Bitte, Vater, ich brauche deinen Rat. Ich habe ihn zwar gerettet, aber jetzt weiß ich nicht mehr, was ich noch mit ihm anstellen muß.*

*Ver . . . all . . . Höhl . . . nicht.* Die Stimme des Vaters konnte den Schrecken im Kopf des Mbuzim nicht durchdringen. Nur kurze Stöße erreichten stakkatoartig ihr Ohr und waren kaum ein Wort lang.

*Ruhig,* dachte sie zu dem Tier. *Ist doch wieder gut, alles wieder gut,* sang sie in Gedanken. Aber es nützte wenig, das Tier hatte noch zuviel Angst. Vielleicht bin ich es aber auch, die zuviel Angst hat, sagte sich Deza.

Sie war so damit beschäftigt gewesen, den Mbuzim vor dem Ertrinken zu bewahren und den Kopf des Fremden über Wasser zu halten, daß sie selbst keine Zeit gehabt hatte, an das Medium zu denken, in dem sie sich befand. Nun überfiel sie die Erinnerung wie eine mächtige Woge, und wie eine sich zurückziehende Welle, die die Sandkörner am Strand aufwirbelt, verließ sie sie wieder. Dezas Knie waren weich wie Butter. Sie streckte eine Hand aus, um sich an der groben Sandsteinwand einen Halt zu verschaffen. Ihre Wangenknochen schmerzten. *Vater, bitte.*

Deza erhielt keine Antwort. Der Mbuzim war in einen zitternden Schlaf verfallen. Deza kniete sich hin, legte ihn behutsam auf den sandigen Boden und machte ihm aus dem Fiedlergarn, das sie in ihrem Haar getragen hatte, ein Kopfkissen. Sie übertrieb es bewußt mit ihrer Fürsorge für das unzuverlässige Tier, um sich Zeit zum Nachdenken zu verschaffen, bevor sie dem jungen Mann wieder ins Gesicht sehen wollte. Das Fiedlergarn war kein Verlust. Ihr Haar trocknete bereits zu hübschen Locken, die ihr Gesicht umrahmten. Sie beugte sich ein Stück weiter vor und lockerte mit einer flinken Bewegung das Zupfband ihrer Bluse, um mehr von ihrem Busen zu zeigen. Deine Retterin ist ein hübsches Landmädchen, würde der Fremde sich sagen, und dazu noch ein besonders williges. Später konnte er immer noch herausfinden, daß sie gar nicht so willig war, zumindest nicht so lange, wie sie sich nicht sicher und geborgen im Innern einer Oase befand. Deza erhob sich, stemmte die Hände in die Hüften und drehte sich zu ihm um.

»Du hast Glück, daß ich eine so gute Schwimmerin bin«, sagte sie und lächelte ihn an. »Wer weiß, vielleicht habe auch ich Glück.«

»Vielleicht«, entgegnete er kühl. Er lehnte am Eingang der Nische und ließ sie keinen Moment aus dem Auge. Sein nasses Haar war genauso glatt wie das der Fremden, und er sah auch so wohlgenährt aus wie sie. Nur die hohen Wangenknochen wiesen ihn als Bewohner der Stadt der Roten Höhle aus. Er war sicher eine Art Renegat, denn er trug nicht eines der typischen Stadtembleme. Der andere junge Mann stand nicht weit seitlich von Deza und hatte die Arme scheinbar lässig vor der Brust gefaltet. Die Frau in der Begleitung des Stadtmannes hatte eine Hand in einer Falte ihres nassen Kleides verborgen.

Deza sah keine Waffen an ihnen, aber sie wußte nur zu gut, daß sie welche trugen, die sie binnen Sekundenbruchteilen hervorholen konnten. Ihre Positionen wirkten zu antrainiert, um zufällig zu sein. Ein falscher Schritt von ihr, und sie mochte ein Messer in der Brust stecken haben. Eine falsche Bewegung nur . . . und sie hätte mit dem Leben abgeschlossen.

*Vater, bitte, komm zurück. Ich fürchte, diese Vorstellung wächst mir über den Kopf.*

»Wer bist du?« fragte der Mann scharf.

»Man nennt mich Deza«, gab sie barsch zurück. »Ich habe dein Leben gerettet, erinnerst du dich noch?«

»Warum?«

Das gelöste Zupfband und das hübsch gelockte Haar waren bei diesem Mann die reine Verschwendung. »Das weiß ich selbst nicht mehr. Vielleicht hätte ich dich ertrinken lassen sollen«, sagte sie wütend.

»Hast du aber nicht. Mehr noch, du hast uns hierher geführt. Warum? Warten deine Freunde irgendwo dort draußen, um uns die letzten Habseligkeiten zu rauben, die wir retten konnten?«

»Ich habe keine Freunde. Aus welchem Grund hätte ich mir all die Umstände machen sollen? Ich hätte zusehen können, wie die Strandräuber euch ermordet und danach ausgeräubert hätten. Oder ich hätte dir auf dem Weg hierher die Halskette stehlen können, ohne daß du etwas davon bemerkt hättest.«

»Ich bin mir sicher, daß du daran gedacht hast.«

Plötzlich kam Deza der Gedanke, es müsse sich bei den dreien um Piraten handeln. Wer sonst würde mit einem Majini fahren, wer anders müßte mit solch hoher Geschwindigkeit über das große Wasser fliehen? Stur und schweigend stand sie mit erhobenem Kopf da, während sie sich krampfhaft überlegte, welche Geschichte sie ihnen erzählen sollte. Sie konnte den dreien kaum erklären, sie sei eine Prinzessin aus der Roten Stadt und verlange von ihnen Huldigung. Nicht wenn es sich bei ihnen um Korsaren im Dienst der Stadt handelte. Oder schlimmer noch, wenn sie nicht in irgend jemandes Diensten standen! Hier war eine Trickvorstellung nötig, die mehr als nur einen Vorführenden benötigte. Ihr Vater hatte es stets übernommen, den Leuten, wie etwa Edvars Eltern, mitzuteilen, daß es sich bei Deza um eine verschollene Prinzessin aus der Stadt der Roten Höhle handele, während sie selbst sich darauf konzentrierte, unschuldig und verwirrt dreinzublicken. Wie sie es auch drehte und wendete, diese Vorstellung wollte ihr als zu schwer erscheinen.

Die beste Lüge ist die Wahrheit, hatte Vater immer gesagt. Und wenn der große und mächtige Held sich schon nicht für Sex interessiert, dann mag vielleicht das hilflose kleine Mädchen sein Herz erweichen.

»Also gut, ich will dir jetzt sagen, warum ich dich überhaupt gerettet habe.«

Ihre Stimme klang immer noch leicht verärgert, aber jetzt schwang ein leises Zittern darin mit, so als wollte sie jeden Moment in Tränen ausbrechen. »Ich hoffte, du wärst reich genug, um mir helfen zu können. Diese gräßlichen Nomaden wollten mir nicht beistehen und meinen . . . meinen Vater . . . bergen!« Sie wollte gerade effektvoll zu weinen beginnen, als der Vater unvermittelt den Kontakt zu ihr wieder herstellte.

*Das klappt nicht, Deza. Dafür ist er zu schlau.*

*Doch, es wird funktionieren.*

*Wird es nicht. Ich kenne diese Sorte Mann . . . Das kannst du mir wirklich glauben. Darauf fällt er nie und nimmer herein.*

Deza bemühte sich, sich äußerlich nichts anmerken zu lassen und die Vorstellung fortzusetzen.

*Die beiden anderen sind meine besten Verbündeten. Sie werden mir glauben, und er muß sich ihnen notgedrungen anschließen. Er hält es sicher nicht für wünschenswert, wenn seine Gefährten zu dem Eindruck kommen, er sei hartherzig und grausam zu einer armen kleinen Waise.*

Deza ignorierte die harte und vulgäre Antwort ihres Vaters und wandte sich an die Frau. »Wir . . . wir sind in der Wüste abgestürzt . . . Ich habe versucht, meinen Vater zu retten, aber er hatte . . . hat den Aufprall nicht überlebt!« Sie ließ die letzten Worte in einem Schluchzen ausklingen. Der Junge bewegte sich auf sie zu, und auf dem Gesicht der Frau spiegelte sich wider, wie sie innerlich mit sich rang.

»Und so bin . . . bin ich hierher gelangt. Ich war allein und verloren, und diese einfältigen Nomaden . . .« Sie legte die Hände vor das Gesicht und ließ den Tränen freien Lauf. Der Junge legte einen Arm um ihre Schultern.

»Sie ist genauso gestrandet wie wir«, sagte er beruhigend.

»Chappa!« Der Arm verschwand von ihren Schultern. »Geh nachsehen, was die Nomaden gerade treiben. Harubiki, du deckst seine Flanke.« Der Junge und die Frau traten aus der Felsnische. Deza und der junge Mann mit den harten Augen waren allein.

*Ich hab's dir ja gesagt*, meldete sich der Vater.

»Ach halt die Klappe!« sagte Deza laut und setzte sich dann auf einen Felsen.

»Na, na, was ist denn aus unserer kleinen Waise geworden? ›Halt die Klappe‹ – ich muß schon sagen. Und wo sind mit einem Mal die Tränen geblieben!« Er streckte eine Hand aus und fuhr ihr mit den Fingern über die Wange.

Erschrocken von dieser Berührung, sah Deza zu dem jungen Mann auf. Ich habe laut gesprochen, dachte sie entsetzt, sie dürfen mein Geheimnis nicht entdecken. Sie brauchen nicht zu wissen, daß ich mit meinem Vater rede. Deza handelte aus reinem Reflex. Als sein Zeigefinger ihre Wangenlinie hinabfuhr, biß sie hart zu.

Er schrie auf, packte sie um die Hüfte und hielt ihre Hände fest. Ohne nachhaltigeren Erfolg trat sie durch ihre dicken Röcke nach ihm und erreichte damit nur, daß sie beide die Balance verloren. Deza rutschte von dem Felsen ab und fiel auf den Sandboden. Der junge Mann landete auf ihr. Er bekam wieder ihre Handgelenke zu fassen, hielt sie am Boden fest und grinste das Mädchen an. »Du hast Glück, daß ich eine so gute Schwimmerin bin«, äffte er sie nach. »Wer weiß, vielleicht habe auch ich Glück.«

»Halt die Klappe«, sagte sie wieder. »Laß mich los.« Im Augenblick denkt er sicher nicht daran, daß ich mit meinem Vater gesprochen habe, dachte Deza befriedigt, und ich werde es auch ganz sicher nicht mehr laut tun.
»Erst wenn du mir die Wahrheit gesagt hast. Was treibst du hier? Und ich will nichts mehr von verführerischen Landschönen oder armen Waisen hören.«
»Aber ich *bin* eine Waise. Mein Vater und ich sind vor sechs Tagen mit einem Hovercraft abgestürzt.«
»Von wo seid ihr hergekommen?«
»Aus einer Oase der Fremden. Wir . . . Ich habe dort gearbeitet.« Deza versuchte gar nicht erst, sich seinem Griff zu entwinden, sondern blieb still unter seinem Gewicht liegen und bemühte sich, einen ehrlichen Eindruck zu machen.
»Warum hast du keinen Hilferuf ausgesandt?«
»Ich . . .« Deza fragte sich kurz, ob er ihr wohl glauben würde, wenn sie ihm erklärte, sie wüßte nicht mit einem Funksender umzugehen, und kam dann zu dem Schluß, daß er ihr das wohl nicht abkaufen würde. »Wir mußten die Oase in höchster Eile verlassen. Es war da nämlich zu . . . Wir hatten wirklich keine Zeit zu verlieren.«
»Entweder hast du diesen Mbuzim gestohlen oder den Stammhalter des Hauses verführt.«
»Nein!« Nun, sie hatte ja wirklich weder das eine noch das andere getan. Für ihren kleinen Trick war es besser, niemanden direkt zu verführen oder es zumindest nicht zu weit kommen zu lassen. Als Folge davon war Deza sehr viel unberührter und unschuldiger, als der junge Mann auf ihr jemals glauben würde. Aber im vorliegenden Fall war die Wahrheit wohl nicht halb so gut wie eine Lüge.
»Doch, und er wollte mich heiraten, nur mein Vater war dagegen . . . Deshalb sitze ich jetzt hier in diesem trübsinnigen Kaff, wo sie nichts anderes als Würmer fressen.«
Er lachte. »Und als ich hier vorbeikam, schien ich dir die beste Gelegenheit zu sein, in eine andere Oase zu gelangen, wo du deine Ränke von neuem schmieden könntest.«
»Ich habe dir die Wahrheit gesagt. Geh endlich von mir runter!«

Er grinste. »Warum willst du nicht mich verführen? Ich meine, wenn ich es einmal so ausdrücken darf, wir liegen doch schon passend zusammen, und dein Vater kann uns kaum noch im Weg stehen. Ich würde dir sogar die Ehe versprechen, wie dieser Bengel von den Fremden. Davon abgesehen wäre es doch eine Schande«, er ließ ein Handgelenk los und fingerte am Zupfband ihrer Bluse herum, »wenn alle deine sorgfältigen Vorbereitungen umsonst gewesen sein sollten.«
Jetzt reicht's, sagte sich Deza und drückte mit ihrer freien Hand, so gut es eben ging. Sie konnte sich von ihm befreien und fand einen faustgroßen Stein. Als er aufstand und immer noch grinste, hielt sie den Stein bereit, um ihm damit das Gesicht einzuschlagen.
»Kein Wunder, daß sie dich aus der Oase hinausgeworfen haben«, meinte er.
»Das haben sie nicht. Ich bin aus eigenem Entschluß gegangen. Und jetzt möchte ich gern dir ein paar Fragen stellen«, sagte sie und schwang bedrohlich den Stein.
»Von mir aus.«
»Wer bist du, und wo willst du hin?«
»Und wirst du mich und den Mbuzim mitnehmen?«
»Ja, auch das«, sagte der Prinz. Er wirkte völlig gelassen, sogar irgendwie amüsiert, was Deza erst richtig wütend machte. »Ich heiße Radi und bin . . . ein demütiger Priester. Ich reise wie du herum, von Oase zu Oase, und gehe dort meiner Bestimmung nach. Diese gebiert sich vielleicht nicht ganz so dramatisch wie deine. Aufgrund meiner selbstlosen Hingabe an das Wasser der Welt wurde ich dazu ausersehen . . .«
»Du bist kein . . .« begann sie.
*Laß ihn seine Geschichte erzählen,* meldete sich der Vater.
»Du bist kein reicher Mann, sondern ein Priester?« fragte sie dennoch.
»Ich fürchte, ich muß es zugeben. Aber was deinen Wunsch angeht, zur nächsten Siedlung gebracht zu werden, so kann ich das genausogut bewerkstelligen wie ein reicher Mann. Die Oase des Magnaten liegt nur einige Kilometer von hier entfernt.«

»Ich . . . Oh, das habe ich nicht gewußt.« Das hätte sie wohl besser nicht gesagt.

»Aha«, meinte Radi, »war es denn der Magnat selbst oder sein Sohn, den du in Schwierigkeiten gebracht hast?«

»Es hat keine Schwierigkeiten gegeben. Mein Vater versuchte lediglich, mich zu schützen, obwohl dazu kein Anlaß bestand.« Sie konnte sich immer noch nicht an den Gedanken gewöhnen, daß die Oase des Magnaten so nah war. Deza war so wütend auf ihren Vater gewesen, daß sie gar nicht darauf geachtet hatte, wohin sie geflogen waren. Und als das Hovercraft abgestürzt war, hatte sie erst recht nicht mehr gewußt, wo sie sich eigentlich befand. Deza ließ den Stein sinken.

»Ich fürchte, der Magnat wird einen neuen Priester nicht in seine Oase einlassen«, erklärte sie. Edvars Vater hatte den letzten Priester wie einen gemeinen Hirten aus seiner Siedlung gewiesen, ohne größeren Aufhebens und ohne mit der Wimper zu zucken. Die ansässigen Einheimischen waren schockiert gewesen, aber der Magnat hatte weder durch Worte noch durch Taten einen Hinweis darauf gegeben, ob er sich davon hatte beeindrucken lassen. Eigentlich schien er sich nur dafür interessiert zu haben, wie Edvar bei seinem Werben um die „verschollene Prinzessin« vorankam. Es hatte ganz den Eindruck, als sei Deza ihm wichtiger als ein einvernehmliches Verhältnis zu den Wasserhexen der Stadt der Roten Höhle. Besonders der Oberflächen-Gouverneur Botvidi, der kurz darauf erschienen war, um sich nach dem hinausgeworfenen Priester zu erkundigen und bei dem der Magnat es sich hatte angelegen sein lassen, ihm Deza vorzustellen, war mehr als nur bestürzt darüber, eine verschollene Prinzessin präsentiert zu bekommen. Ein besonders unangenehmer Augenblick. Zu allem Überfluß war ihr Vater einer merkwürdigen Krankheit zum Opfer gefallen und hatte nicht vor Botvidi treten können. Deza war ganz auf sich allein gestellt gewesen. Sie hatte die liebreizende Naive gespielt, aber das hatte bei Botvidi, der sich nur dafür interessierte, über Wasser zu verhandeln, wenig gefruchtet. In derselben Nacht noch hatten Deza und ihr

Vater die Oase verlassen, kurz nachdem sie gehört hatte, daß der Magnat auch den Wassertribut an die Stadt eingestellt habe. Ein weiterer ungeheuerlicher Affront. Deza sagte sich nun, allein sei sie allemal besser dran als in der Begleitung eines Priesters, ob er nun echt war oder nicht, wenn sie vom Magnaten wieder in Ehren aufgenommen werden wollte. Aber sie befand sich nun in einem Dilemma. Sie hatte Glück gehabt, nach dem Absturz ans Meer zu stoßen, und die Vorstellung erschreckte sie, bei der Rückkehr zur Oase wieder endlos lange nichts anderes als Sicheldünen zu sehen zu bekommen. Dann kam sie zu einem Entschluß. »Ich denke, ich kann euch in die Oase hineinbringen.«
Damit brachte sie Radi zum Nachdenken. Zweifellos war das Mittel, mit dem er sich Zutritt zur Oase des Magnaten verschaffen wollte, mit dem Majini untergegangen. Deza war überzeugt, daß er vor ein paar Stunden noch kein Priester gewesen war. Vielleicht hatten sie auf dem Schiff eine Ladung Schmuggelware, etwa Perlbein, transportiert. Die Fremden und besonders der Magnat waren immer begierig darauf, solche Waren zu kaufen. Was es auch gewesen sein mochte, Radi hatte es nun verloren.
»Also gut«, sagte Radi schließlich. »Wir scheinen beide in dieser Nacht Glück zu haben. Ich zeige dir den Weg zur Oase, und du verschaffst uns den Zutritt.« Radi bewegte sich ein Stück auf sie zu.
Deza hob den Stein wieder. »Und du versprichst, mich in Ruhe zu lassen?«
Er blieb stehen. »Ich verspreche dir: Wenn du mich das nächste Mal auf dir liegend findest, dann deshalb, weil du mich dazu eingeladen hast.«
»Darauf kannst du lange warten. Bete darum, daß du bis dahin nicht vergessen hast, wie es geht.« Sie warf ihm den Stein vor die Füße.
Chappa glitt in die Felsnische.
»Gibt's Ärger?« fragte Radi.
»Nein, die Nomaden halten sich immer noch am Strand auf. Sie haben das Boot an Land gezogen und untersuchen es jetzt mit Fackeln.«

»Das Majini kümmert mich nicht, solange Harubiki nur das Wasserbotschaften-Gerät gerettet hat.«

»Das hat sie.«

Radi dachte einen Moment nach. »Deza, was werden die Strandräuber wohl anstellen, wenn sie das Schiff ausgenommen haben? Suchen sie dann nach uns?«

»Das glaube ich nicht. Zumindest solange wir nicht versuchen, das Majini zurückzuerobern. Hattet ihr eine Ladung Alkohol an Bord?«

»Drei Fässer Wein und ein Faß Bier«, sagte Chappa.

»Dann kommen sie uns nicht nach, mindestens bis morgen früh nicht. Die Nomaden selbst verstehen es nicht, alkoholische Getränke herzustellen. Sie lassen sich erst einmal vollaufen.«

Chappa nickte, aber Radi machte immer noch eine skeptische Miene.

»Hör zu«, sagte Deza, »ich bin auch erst seit sechs Tagen hier und weiß kaum mehr über die Eingeborenen als ihr. Ich kann nur vermuten, aber ich denke mir, daß wir unbehelligt bleiben, wenn wir heute nacht noch aufbrechen.«

»Kannst du uns um das Nomadendorf herumführen?«

»Ich denke schon. Der Mond steht am Himmel, und ich schätze . . .«

Radi wandte sich an Chappa. »Deza soll uns führen.«

»Direkt zur Oase? Ohne . . .«

»Ich bin der Priester, und das ist alles, worauf es ankommt.«

Deza entging Chappas verblüffte Miene nicht, und sie lächelte in Gedanken. Selbst seine Gefährten hielten ihn kaum für einen Priester. Ergeben hob sie den Mbuzim auf ihre Schultern. Er zuckte noch immer so zusammen, als hätte er einen Schluckauf, aber sein Geist hatte sich beruhigt.

»Willst du dieses Wesen mitnehmen?« fragte Radi.

»Ja«, antwortete sie knapp und in einem Tonfall, der ihn zum Widerspruch reizte. Aber er beschränkte sich darauf, neugierig auf die Hufe des kleinen Tieres zu starren und dann zu nicken. Deza ging an ihm vorbei aus der Nische.

Chappa half Harubiki den Felsüberhang hinauf. »Versuch

doch mal bei den beiden deine Tricks«, flüsterte Radi in Dezas Ohr, »und du findest dich plötzlich mutterseelenallein mitten in der Wüste wieder. Da kannst du den wilden Mbuzim deine Gauklereien und Lügenmärchen vorsetzen. Ich würde zu gerne einmal sehen, wie du einem von den beiden die Perlbeinkette stiehlst, solange sie noch am Leben sind.«
»Wenn ich es wollte, könnte ich es«, zischte sie zur Antwort. »Selbstverständlich.«
Chappa und Harubiki schlossen sich den beiden schweigend an. Ihre Hände ruhten wieder wie zufällig auf ihren verborgenen Dolchen. Deza dachte kurz darüber nach, was sie über das Terrain wußte, und erinnerte sich an einen angenehmen Pfad, der sie bis vor den jähen Klippenrand geführt hatte. Sie gab den anderen das Zeichen, ihr auf einem Weg schräg zum Wasser zu folgen. Als sie die Mineralquelle erreichte, folgte sie dem Bach, der durch eine Spalte in den Sandsteinfelsen und damit weg vom Meer floß. Hinter den schmalen, wassergeformten Felsen befand sich ein Kanal, der zu einer von Teufelsbüschen umgebenen Senke führte, die sich bis zum Strand der Nomaden fortsetzte. Ihre neuen Gefährten fuhren zusammen, als sie das betörende Lied einer Singschlange vernahmen, aber Deza achtete kaum darauf. Sie schlichen am Rand der Senke entlang und achteten darauf, den klebrigen Buschblättern nicht zu nahe zu kommen, die sich ihnen verführerisch entgegenrankten. Dennoch fanden einige Ranken den Weg zu ihren Stiefeln und krochen sogar unter Dezas Röcke. Sie mußten anhalten, um sie zu lösen. Aber es war schon zu spät, um alle Stücke vollständig zu säubern. Klebrig hingen Deza die Röcke danach an den Schenkeln.
Nach dem Gebiet der Teufelsbüsche marschierte Deza auf den Strand zu, obwohl die Feuer der Nomaden immer noch in Sichtweite waren. Die Felsen, durch den Abendwind vom Sand befreit, boten einen unbeschwerlichen und sicheren Pfad. Deza blieb so nahe wie möglich am Wasser, selbst dort, wo die Felsen eine bessere Deckung geboten hätten, denn sie wollte sich nicht in dem Klippengewirr verirren. Ein simples Prinzip. Sie konnte das nahe Wasser besser fühlen als die dunklen, scharfzackigen Schatten überblicken.

»Warte einen Augenblick«, flüsterte Radi, als sie sich auf den tangbedeckten Felsen gefährlich nahe am Wasser befanden.
»Nicht hier«, sagte Deza und sah nervös auf die kettenartigen Lampionmuster, die die Feuer der Eingeborenen auf die Wellen warfen.
Radi achtete nicht auf ihren Widerspruch, sondern sagte zu Harubiki: »Sende die Wasserbotschaft nach Sindra.«
»Sindra?« fragte Deza verblüfft. »Aber das ist doch nur noch ein Piratennest.«
Radi gab ihr mit einem Stirnrunzeln zu verstehen, sie solle schweigen. »Sie sollen sich südlich der Oase einfinden und uns dort erwarten.«
Harubiki nickte, doch lag darin ein merkwürdiges Zögern, wie Deza zu bemerkten glaubte. Die Frau trat vorsichtig die glitschigen Felsen hinab, watete hinaus ins Wasser und nahm dabei das Gerät vom Rücken. Nach wenigen Minuten war sie zurück, und Radi bedeutete Deza, den Marsch fortzusetzen.
Die anderen folgten ihr so leise, daß Deza sich einmal umwandte, um festzustellen, ob sie überhaupt noch da waren. Radi bildete hinter Harubiki die Nachhut. Deza führte sie über die letzten Klippenausläufer und watete dann durch knietiefes Wasser zu einer Stelle, wo der Sandstein ungleichmäßig ins Wasser hineinragte. Dort hielt Deza einen Augenblick lang inne, bevor sie auf den Strand zurückkehrte.
Irgend etwas stimmte nicht mit dem Wasser. Es waren nicht die Beben wie vor einigen Stunden kurz vor dem Zerschellen des Majinis, und es hatte auch nichts mit der Macht des Wassers über sie zu tun. Vielmehr war es eine bohrende, etwas unklare Erinnerung, die Deza nicht zu fassen bekam. Sie hatte irgend etwas mit dem Wasser zu tun. Schließlich gab Deza die Grübelei auf und kehrte zum Strand zurück.
*Bravo, wie erfolgreich du doch dabei warst, den jungen Mann um den kleinen Finger zu wickeln. Es war ja nicht zu übersehen, wie sehr ihn deine Darbietung einer armen, hilflosen Waise beeindruckt hat.*
*Sei doch bitte still, Vater,* antwortete Deza in Gedanken und biß sich gleichzeitig auf die Lippen, um nicht verse-

hentlich wieder laut zu sprechen. Die sechs Tage allein hatten sie etwas zu sorglos gemacht, und nicht immer würden ihr Finger zum Draufbeißen zur Verfügung stehen, um eventuelle Zuhörer abzulenken.
*Die ganze Geschichte war eine wertvolle Lehre für dich*, sagte der Vater. *Ich war immer der Ansicht, daß ein wenig Aufrichtigkeit dem Geist nützt.*
*Das solltest du mal Radi erzählen. Er ist genausowenig ein Priester, wie ich ...*
*Wie du eine verschollene Prinzessin aus der Stadt der Roten Höhle bist. Ich denke, beide Masken sollten nicht gelüftet werden, zumindest für den Augenblick nicht.*
*Wenigstens komme ich in die Oase zurück. Und dann vielleicht ...*
*Nein, dort darf es keinen weiteren Schwindel geben. Und erst recht keine verschollene Prinzessin. Nicht in Begleitung dieser Leute.*
*Ach, Vater.* Sie erreichten nun das Ende des Stücks Strand, das Deza kannte. Dort war sie bis zur höchsten Felsspitze hinaufgeklettert und hatte hinaus in die leere und farblose Wüste gesehen. Ich hätte früher schon in der Nacht hierherkommen sollen, wurde ihr nun bewußt, denn jetzt entdeckte sie die rosafarbene Reflexion auf den Wolken, die die hell erleuchtete Oase der Fremden verriet. Da habe ich mich ja schön dumm angestellt, wozu brauchte ich einen Führer? Von hier aus kann jeder Tölpel zur Siedlung des Magnaten finden.
Die anderen schlossen zu ihr auf. Sie verließen den Strand und mühten sich die klobigen Klippen zum Felsplateau hinauf. Radi sandte Chappa zur Erkundung aus und wandte sich dann an Deza.
»Bist du dir sicher, daß du uns in die Oase hineinbringen kannst?« wollte er von ihr wissen.
*Sag nein. Sorge dafür, daß er hier bleibt. Du bist nicht länger auf ihn und seine Begleiter angewiesen.*
»Ja«, sagte Deza rasch und zwickte den Mbuzim zur Warnung an seinem rechten vorderen Fesselgelenk.
Radi bückte sich, um den Sand von seinen Stiefeln zu wischen, und sah dann hinauf in den rosafarbenen Himmel. Seine Nacken-

muskeln zuckten unter der samtweichen Haut. »Warum willst du uns immer noch helfen?« sagte er argwöhnisch und starrte einen Augenblick lang auf das Leuchten am Himmel, bevor er das Mädchen wieder bohrend ansah.
*Ja, warum? Du wirst allein nicht mit allem fertig, Deza. Keiner könnte auf sich allein gestellt damit fertig werden ... niemals! Deza, du hast dich doch nicht etwa in diesen Klotz aus Sehnen und Fleisch verliebt. O großes Wasser, ich habe dir die höchstgeborenen jungen Männer aus Dutzenden von Oasen vorgeführt, aber nie hast du auch nur einen von ihnen im entferntesten so angesehen wie diesen Trottel dort.*
Deza errötete. *Du spinnst ja, Vater. Das einzige, was ich in Radi sehe, sind die ungeheuren Möglichkeiten, ihn zu benutzen.*
*Und wie?* wollte der Vater wenig überzeugt wissen.
»Ein Priester in der Oase, der mir zu etwas verpflichtet ist, hat sicherlich einigen Wert«, sagte sie laut und beantwortete damit sowohl die Frage ihres Vaters als auch die dieses sonderbaren Piraten oder Priesters oder was auch immer.
Radi lächelte. »Ich werde dem Sohn des Hauses die allerbesten Empfehlungen überbringen, was dich betrifft. Aus, äh, eigener Erfahrung.«
Deza setzte sich den Mbuzim wieder auf die Schulter und stand auf. »Ich brauche keine Empfehlungen, vielen Dank. Und du wirst erst recht keine Gelegenheit erhalten, zum ...«
»Chappa kehrt zurück«, sagte Radi und brach ihren Redefluß mit einer Handbewegung ab.
Der Kopf des Jungen tauchte über dem Rand des geröllbedeckten Abhangs auf. Er sagte kein einziges Wort, sondern bedeutete den anderen nur, ihm zu folgen, und lief mit erstaunlicher Geschwindigkeit über den porösen und trügerischen Schutt der Wüste. Radi bildete hinter den beiden Frauen den Schluß. Deza hielt zunächst mit Harubiki Schritt und fiel dann unmerklich zurück, so als ob das Gewicht des Mbuzim zuviel für sie wurde.
*Wir werden verfolgt, aber du entschließt dich lieber dazu, deine Zeit zu vertrödeln und mit diesem jungen Gecken Beleidigungen auszutauschen.*

*Nein*, gab Deza zurück und war offensichtlich mit anderen Gedanken beschäftigt.
*Was ist denn los?*
*Erinnerst du dich, als wir ein Stück durch das Wasser mußten?*
*Ja.*
*Diese Frau, Harubiki, sie hat keine Wasserbotschaft ausgesandt, obwohl sie das vor Radi behauptete. Aber da lief keine Botschaft durch das Wasser. Die Vibrationen hätten immer noch spürbar sein müssen, als ich ins Meer stieg.*
*Und was willst du nun tun?*
*Ich werde mich so weit wie möglich entfernt von ihr und so nahe wie möglich bei ihm bewegen, und wenn wir die Oase erreichen, will ich . . .* Sie beendete die Gedankenbotschaft nicht. Die Schritte der anderen wurden schneller.

## 5

Deza hatte der Gruppe hinter einem Haufen bröckelnder, poröser Steine, gerade in Sichtweite der Oase, eine Pause verordnet. Das Meer lag nicht allzu weit entfernt, aber hier breitete sich nichts als Wüste aus. Größere Felsmassen wuchsen aus dem Boden, und einst hatte hier eine winzige Oase mit einer kleinen, schlammigen Quelle gelegen, die ganz nach dem Belieben der Stadt in der Roten Höhle sprudelte oder dies nicht tat. Radi erkannte den neuen Damm des Magnaten und das Wasserreservoir in der Felsschlucht hinter der Siedlung. Aber er wußte, daß die versteckten Ritzen nur Staub und ein paar dornige Sutinopflanzen enthielten. Wieder fragte sich der Prinz, was der Magnat mit all dem Wasser anfangen wollte, das das Reservoir halten konnte, und er wunderte sich noch mehr darüber, warum Botvidi die Fertigstellung des neuen Damms mit keinem Wort erwähnt hatte.
»Wie wollen wir nun weiter vorgehen?« fragte Radi. »Einfach vor das Tor marschieren und dort Einlaß begehren?«
»Natürlich nicht«, sagte Deza. »Sie haben uns sicher schon

beobachtet, als wir noch Kilometer entfernt waren. In der Oase haben sie Wachen mit sehr scharfen Augen, und ich glaube, der Magnat besitzt auch Maschinen aus Kalmar, mit denen man Menschen entdecken und verfolgen kann.«
»Aber warum verstecken wir uns dann hier?« wollte der Prinz aufgebracht wissen. Irgendwo auf der Strecke hatte Radi die Führung der Gruppe aufgegeben und Deza an die Spitze gelassen. Sie war zuversichtlich über Felspfade und Sandebenen marschiert und hatte sich immer in der Nähe des Meeres gehalten. Irgendwie war sie zur Führerin der Gruppe geworden. Und jetzt traf sie schon die Entscheidungen, was Radi gar nicht mehr gefiel.
»Wir verstecken uns doch nicht. Ich muß nur noch einige Vorbereitungen treffen, bevor wir weitergehen können«, sagte Deza kühl. »Von mir aus könnt ihr allein aufbrechen. Auf mich braucht ihr nicht zu warten. Ich komme ohne Schwierigkeiten in die Oase, aber bei euch bin ich mir da nicht so ganz sicher.«
»Aber klar, wir wissen doch, wie sehr alle in der Oase jubeln werden, daß du zurückgekehrt bist. Du hast es uns ja erzählt. Oft genug sogar. Doch wenn du wirklich der besondere Augenstern des Magnaten bist, wie du uns immer wieder versicherst, warum mußt du dann hier noch Vorbereitungen treffen?«
Deza gab ihm darauf keine Antwort.
Sie machte sich hinter einem großen Felsen zu schaffen und trug dabei immer noch diesen unglaublichen Mbuzim auf den Schultern, von dem sie sich keinen Augenblick trennen wollte. Ungeduldig wartete der Prinz und vertrieb sich die Zeit damit, die Oase zu beobachten. Sie sah so aus wie jede andere Ansammlung von Eingeborenenhütten, die sich um das große Holzhaus des örtlichen Gebieters im Zentrum drängten. Selbst mit einer hohen Sandsteinklippe im Rücken stützte sich das Herrscherhaus mehr schlecht als recht auf dem Wüstenboden ab, wie ein Federfisch außerhalb des Wassers. Die Fremden schienen wirklich nicht ganz bei Trost zu sein. Ihre Bemühungen, ihre gewohnte Umgebung nach Mahali zu

importieren, waren völlig hirnrissig. Zu teuren Frachtraten holten sie sich ihr Holz und ihre Dachschindeln von Kalmar und ließen sich sogar die Bauarbeiter von dort kommen, denn die Mahaliten brachen regelmäßig in schallendes Gelächter aus, wenn sie die Baupläne vorgelegt bekamen, und hatten danach nichts Eiligeres zu tun, als allen ihren Freunden und Bekannten davon zu erzählen und sich mit ihnen einen heiteren Abend zu machen. Die Häuser der Fremden besaßen mit Holzschindeln gedeckte Dächer, winzige Fenster, dicke Wände und in jedem Raum eine Feuerstelle. Sicher waren solche Häuser für Kalmar sehr sinnvoll, wo es elf Monate im Jahr schneite. Aber die gleichen Gebäude errichteten sie auch auf Mahali und erstickten fast in ihnen. Ständig räumten sie unsinnigerweise alle Einrichtungsgegenstände um und zogen von einem Zimmer ins andere, um Hitze und Trockenheit so vielleicht besser ertragen zu können. Hätten sie Häuser wie die Einheimischen gebaut, sagte sich der Prinz, mit Stangengitterdächern und weiten, tief liegenden Fenstern, würde es ihnen in ihrem selbstgewählten Exil sicher besser gefallen.

Radi bemerkte einiges Treiben auf dem großen freien Platz in der Siedlung, aber darin war keine ungewöhnliche Aktivität zu entdecken. Menschen arbeiteten im angenehmen Schatten ihrer Haustüren, Frauen tauchten Krüge in den breiten Steinbrunnen im Zentrum des Platzes und eilten dann rasch davon. Trotz der Hitze bewegten sie sich etwas zu eilig, fiel Radi auf, und dann bemerkte er den Grund dafür. Die Tür des Herrscherhauses öffnete sich, und ein Trupp marschierte hinaus auf das Tor zu.

Harubiki stellte sich neben ihn. »Sie sind bewaffnet«, sagte sie und griff nach ihrem Dolch.

»Ja, aber sie führen auch den Wasserkelch mit.«

»Ein Kelch? Das sieht mir eher wie ein ganzes Becken aus«, entgegnete Harubiki. »Der Magnat scheint wirklich von seiner Größe überzeugt zu sein. Und er ist ein gefährlicher Mann. Wir hingegen legen unser Schicksal in die Hände eines Kindermädchens, das angeblich so gut mit dem Fremden auskommt.«

Radi ging nicht auf ihre Vorbehalte ein. Der beckengroße Kelch verriet einiges über den Magnaten. Man trank nicht eigentlich aus dem Kelch, sondern nahm nur einen zeremoniellen kleinen Schluck zu sich. Mit diesem stellte man sich unter den Schutz der Wasserfreundschaft des Hausherrn. Dieser Schutz war auf einer Welt unantastbar, wo das Süßwasser das kostbarste Gut war. Selbst eingeschworene Feinde brachen den Schutz der Wasserfreundschaft nie und konnten sich sicher unter dem Dach des anderen bewegen . . . vorausgesetzt natürlich, die Zeremonie wurde vorher vollzogen. Da der Magnat den Aufenthalt eines Priesters in seiner Oase ausdrücklich untersagt hatte, konnte man nur hoffen, daß Deza ihn zu der Zeremonie zu bewegen vermochte. Zumindest brachten die Männer den Kelch zum Tor, und das war schon ein gutes Zeichen. Aber sie trugen auch Waffen, wie Harubiki richtig erkannt hatte. Radi sah stirnrunzelnd zur Siedlung und versuchte, die Ausdrücke in den noch entfernten Gesichtern zu deuten.

Plötzlich war Deza wieder bei ihnen. »Oh, sehr schön«, meinte sie nach einem Blick auf den Trupp, der das Tor nun fast erreicht hatte. »Edvar führt sie an und nicht sein Vater.« Sie sah Radi an. »Mit Edvar verstehe ich mich weitaus besser.«

»Das kann ich mir vorstellen«, sagte Radi trocken, doch danach fehlten ihm die Worte. Deza war sich mit einer Bürste durch das Gewirr der Locken gefahren, hatte der Haarpracht damit jedoch nichts von ihrer Wildheit genommen. Ihre Kleider waren immer noch verschmutzt und die nackten Füße staubbedeckt. Einen der Röcke hatte sie zu einer Art Schärpe hochgebunden. Aber ein Blick auf sie genügte, um Radi klarzumachen, daß sie Edvar oder auch seinen Vater und selbst ihn, wie er sich eingestehen mußte, zu nehmen wußte. Er hatte ihr nie die Geschichte abgekauft, sie sei eine arme, unschuldige Bedienstete, an der der Sohn des Hausherrn ein besonderes Interesse entwickelt hatte. Ganz offensichtlich hatten Deza und ihr verstorbener Vater den Leuten einen Schwindel vorgeführt. Und jetzt erkannte Radi auch, worin der bestanden hatte. Das Mädchen maskierte sich vor seinen Augen als verschollene Prinzessin der Roten Stadt. Kein Schwindel, in dem sie sich als Wasserhexe aus der Stadt der Roten Höhle ausgab, konnte ohne die äußeren Anzeichen ihrer Authentizität funktionieren – kurz, ohne die Perlbein-Filigrane. Und sie wirkten echt und passend. Sie saßen perfekt auf ihren Wangen. Die zierlichen, rosafarbenen Perlbeinarbeiten waren so wunderbar, wie sie nur von Radis eigenen Leuten gefertigt worden sein konnten.

Und sie veränderten Deza.

Die Perlbeineinlagen machten Sherias ohnehin schmales Gesicht noch skeletthafter. Die Prinzessin hatte sie bei den Wasserzeremonien und zu den Audienzen getragen. Abgesehen von Sheria trugen nur die ganz alten Frauen, die für sich eine direkte Abstammung von den Wasserhexen in Anspruch nahmen, die Einlagen unablässig. Aber wie sie erst an Deza wirkten! Sie verschmälerten ihr eher rundliches Gesicht und verliehen ihm so etwas wie charakterhafte Züge, und das rosafarbene Perlbein brachte eine besondere Frische und Lebendigkeit auf ihre Haut. Deza sah zierlich und hilflos und sehr, sehr hübsch aus, wie eine echte Prinzessin. Sogar das Gewirr der Locken um ihre Züge wirkte nun ungeheuer attraktiv. Wenn doch Sheria in den Insignien nur auch so wunderschön ausgesehen hätte. Aber bei ihr bewirkten sie nur eine gebieterische Ausstrahlung und das Gefühl, jemanden vor sich zu haben, der krankhaft dünn war.

»Wo hast du diese Insignien her?« verlangte der Prinz von Deza zu wissen und ärgerte sich gleichzeitig über die ungetreuen Vergleiche, die er zwischen ihr und Sheria angestellt hatte.

»Gestohlen«, antwortete das Mädchen fröhlich. »Eigentlich hat mein Vater sie entwendet. Du wirst verstehen, daß ich ohne sie kaum eine Prinzessin darstellen könnte. Und Edvars Vater ist in dieser Hinsicht nicht dumm, er hätte ein Fehlen sofort bemerkt. Du hättest miterleben müssen, welchen Aufwand er betrieben hat, um sie von mir zu bekommen und von

seinen Leuten analysieren zu lassen. Er wird auch dich überprüfen, also sorge dafür, daß du als Priester glaubwürdig bist.«
»Hat er sie denn bekommen? Die Filigrane, meine ich?«
»Natürlich. Wenn ich es zugelassen habe. Ich weiß doch, wie ich mit ihm umzugehen habe. Meine kleine Maskerade hat allemal ihren Zweck erfüllt und wird das auch heute wieder tun. Aber bei dir bin ich mir da nicht sicher. Du hast ja noch nicht einmal die Hände in den Ärmeln verborgen. Ich darf dich daran erinnern, daß Priester im Zölibat leben.« Sie wandte sich mit einem heiteren Lächeln an die anderen. »Alles bereit?«
Radis Blick ruhte immer noch auf Dezas Wangenlinie und den Locken, die sie so hübsch umrahmten. Außergewöhnlich betörend, dieser Anblick. Und aus ihrem Gehabe wurde ihm klar, daß sie genau wußte, was er gerade dachte. Sie hatte nicht nur die Führung über die Gruppe übernommen, sie begann auch schon, ihn um den kleinen Finger zu wickeln.
Deza verließ die schützenden Felsen und überquerte selbstsicher die Ebene vor dem Tor. Dann blieb sie plötzlich stehen. Die anderen hatten noch nicht zu ihr aufschließen können. Deza wirkte nachdenklich und wachsam, gleichzeitig aber auch befangen, während sie reglos dastand. Radi hatte das Gefühl, Deza habe ihn und die beiden anderen völlig vergessen. Aber vielleicht gehörte das auch zu ihrer ausgeklügelten Vorstellung. Er verzichtete darauf, sie danach zu fragen, ob etwas nicht stimmte.
Sie schüttelte den Kopf, dann noch einmal und schien für eine Minute auf irgend etwas zu lauschen oder irgendwem zuzuhören. »O, schon gut«, sagte sie endlich, »aber ich glaube nicht, daß sich das als notwendig erweisen wird. Ich sagte doch schon, ich werde mit Edvar fertig.«
Deza hob ihre Röcke und entblößte ein gutes Stück Schenkel, an dem eine verborgene Tasche befestigt war. Wohlgerundete Beine, dachte der Prinz und zog unwillkürlich einen neuen, für die magere Sheria unvorteilhaften Vergleich. Danach schämte er sich wieder.

In Radis Leben hatte es viele Frauen gegeben, aber nur eine Prinzessin war darunter. Sheria, die Reine. Sheria, die Unvergleichliche. Aber er ertappte sich in der letzten Zeit häufiger dabei, die Unvergleichliche mit Deza zu vergleichen, und die Ergebnisse daraus wurden von Mal zu Mal unangenehmer für die Prinzessin. Deza gab bereits ihre Vorstellung. Obwohl ihre letzten Worte so sonderbar und unpassend geklungen hatten, glaubte Radi nicht, daß sie einen Zug machen würde, ohne vorher seine Auswirkungen bei ihren drei Begleitern erprobt zu haben. Und dazu gehörte wohl auch das Rocklüpfen. Ihre Wirkung auf Edvar und auch auf seinen Vater basierte wohl auf ihrer sexuellen Ausstrahlung, sagte sich der Prinz, die sie nach Belieben ausspielen oder zurückhalten konnte, ganz wie es ihren momentanen Plänen entsprach. Und Radi war beinahe davon überzeugt, daß ein Zurückhalten der sexuellen Ausstrahlung ihren Plänen in so gut wie allen Fällen entsprach. Wirklich verblüffend, welche Macht eine Frau mit dem bloßen Inaussichtstellen ihrer Gunst ausüben konnte und auf welch wunderbare Weise nach dem Genießen der weiblichen Gunst die Macht unterschwellig auf den Mann überging. Geh mit ihr ins Bett, und du hörst auf, Vergleiche zu Sheria zu ziehen. Geh mit ihr ins Bett, je eher, desto besser. Radi lächelte. Das war wirklich die Antwort.
Deza dehnte sich zu den dreien zurück. »Tut mir leid«, sagte sie, »ich habe etwas vergessen.« Sie nahm etwas aus der verborgenen Tasche und hielt es in der Hand. Radi konnte nicht erkennen, was es war.
Sie ging zu Harubiki. »Würde es dir etwas ausmachen, meinen Mbuzim zu tragen? Unter Umständen brauche ich größte Bewegungsfreiheit, wenn . . . wenn nicht alles so abläuft, wie ich es mir vorgestellt habe.« Sie reichte ihr das träge Tier, und Harubiki legte es sich auf die Schultern. Radi fragte sich, ob dieses Manöver nur dazu diente, die alerte Harubiki daran zu hindern, rasch an ihren Dolch zu gelangen.
»Damit wären wir wieder soweit«, sagte Deza und führte sie über das rauhe, kaktusbestandene Land zum Tor. Leichtfüßig ging sie unmittelbar vor dem ergebenen Radi, der dieses Mal

daran dachte, seine Hände in den Ärmeln zu verbergen. Harubiki und Chappa folgten mit einigem Abstand und hielten die Köpfe geziemend auf den Boden gesenkt.
»Er führt den Wasserkelch mit«, sagte Deza, »ein gutes Zeichen.« Sie drehte beim Sprechen nicht den Kopf.
»Für dich vielleicht«, sagte Radi, ohne die Lippen zu bewegen. »Wollen wir hoffen, daß er ihn auch uns anderen anbietet.«
»Paß jetzt gut auf«, flüsterte Deza und begann zu rennen. »Edvar!« rief sie. »O Edvar!« Sie warf ihm die Arme um den Hals.
Edvar war verlegen und gleichzeitig glücklich, und ein wenig schämte er sich wohl vor den Männern in seiner Begleitung seiner Freude. Er verhielt sich ganz so, wie Deza es wünschte. Was für ein Einfaltspinsel, dachte Radi, schwächte sein Urteil aber nach einem zweiten Blick in ein ›zu jung und unerfahren‹ ab. Immerhin besaß er Verstand genug, um ein leichtes Hemd und eine dünne Hose zu tragen, aber leider in den dunklen Farben Kalmars. Obwohl der Sohn des Hausherrn seine Fingernägel zu pflegen schien und bemalen ließ, waren seine Hände sonnenverbrannt und voller Schwielen, und er schien große Kraft in ihnen zu haben. Noch war aus ihm kein Einheimischer geworden, aber die Symptome waren bereits vorhanden. Radi wußte, daß sie ihn bald auf die Heimatwelt zum Heiraten schicken würden, falls er nicht so ungehorsam war, sich in eine Mahalitin zu verlieben, wenn diese ihm nur gehörig die Sinne verwirrte.
Deza verwirrte ihm die Sinne. »Ach, Edvar! Er ist tot, mein Vater ist ums Leben gekommen! Ich war so verloren, und bin ziellos herumgeirrt, immer nur herumgeirrt, und konnte niemanden finden. Als ich schließlich kurz davorstand, alles aufzugeben und mich zum Sterben niederlegte, was meinst du, wer mich da gefunden hat?« Sie ließ ihm gar keine Zeit, etwas zu sagen. »Ach, Edvar, was für ein Glück, daß du nach einem neuen Priester ausgeschickt hast. Ich wäre dort draußen gestorben, ganz allein und unbeweint, wäre wahrscheinlich so lange weitergelaufen, bis ich einfach tot umgefallen wäre, wenn diese dort nicht vorbeigekommen wären. Ich erzählte

ihnen natürlich, wer ich bin, und als sie dann sagten, daß sie nach hierher unterwegs seien, da war ich so froh, so überglücklich, weil ich doch befürchtet hatte, dich nie, nie wiederzusehen!« Sie drückte ihr tränenüberströmtes Gesicht gegen seine Schulter. Die Tränen wirken echt, sagte sich Radi. Sie ist verdammt gut. Fast schon zu gut.

Edvar strich ihr umständlich über den Rücken. »Weißt du, Deza, ich bin wirklich schrecklich froh, daß diese drei dich gefunden und gerettet haben, aber . . . nun, Vater hat nicht nach einem neuen Priester ausgeschickt. Es hat da leider ein paar Mißklänge gegeben . . .«

». . . Und diese guten Menschen haben ihr Brot mit mir geteilt und meinen wunden Fuß verbunden. Sieh nur, die Schwellung ist fast vollständig zurückgegangen, und dabei hatte ich wirklich kurz vor dem Ende befürchtet, ich würde ihn verlieren. Er war so rot und angeschwollen, und dann verfärbte er sich ganz violett. Und ich konnte ihn doch nicht schonen, mußte ihn weiter benutzen, weil ich ja nicht einfach stehenbleiben durfte. Es war alles zuviel für mich, der Tod meines lieben Vaters, ich konnte mein Leben fast nicht mehr ertragen!« Edvar genoß während der ganzen Zeit den verführerischen Anblick von Dezas entblößtem Fuß, der allerdings in dem frisch angelegten Verband gar nicht so sehr geschwollen wirkte. Er hat sie wohl noch nicht im Bett gehabt, frohlockte Radi in Gedanken. Sie hatte offensichtlich einen Trottel aus ihm gemacht. Aber in ein paar Tagen werde ich wohl auch so eine jämmerliche Figur abgeben, wenn ich sie nicht bald gebändigt bekomme. »Aber diese drei besaßen eine wunderbare Medizin, und sie waren die ganze Zeit über so furchtbar nett zu mir. Ich weiß genau, wenn dein Vater davon erfährt, belohnt er sie fürstlich oder gewährt ihnen eine andere hohe Gunst, obwohl sie wahrscheinlich alle Geschenke ablehnen werden, denn er ist Priester, und die heiligen Männer führen ein sehr genügsames Leben, aber diese drei haben mir wirklich im allerletzten Augenblick das Leben gerettet, und . . .« Ein Fehler, Deza, sagte Radi in Gedanken, der Hinweis auf den Vater war zu unvorsichtig. Edvars Gesicht bewölkte sich,

und er hob eine Hand, als wollte er seinen Männern den Angriff befehlen. »Ich kann mir vorstellen, wie dankbar du ihnen bist, und genauso geht es mir auch, Deza, mein Herz, aber ich fürchte, der Ernst der Lage ist dir nicht ganz klar. Der ehemalige Priester hat meinen Vater hintergangen, und so mußte der Magnat alle Beziehungen zu den örtlichen . . .«
Deza riß sich abrupt von Edvar los und stellte sich mit vorgeschobener Brust vor ihn hin. Das Zupfband ihrer Bluse hatte sich wieder gelöst, und die Brüste schaukelten sinnverwirrend vor seinen Augen. Den Trick kenne ich doch, dachte Radi.
»Aha, verstehe. Ihr hattet da irgend so ein dämliches politisches Problem, und das ist anscheinend wichtiger als ich. Dir ist es wohl egal, daß ich dem Tode nahe war und diese drei mir das Leben gerettet haben! Dir wäre es vollkommen einerlei, wenn jetzt meine Knochen irgendwo dort draußen vermodern und bleichen würden!«
»Deza, versteh mich doch, dir scheint einfach noch nicht ganz klar zu sein, in welch heikler Lage wir uns befinden. Vaters Tat hat naturgemäß einige Komplikationen hervorgerufen, die . . .«
»Ist schon gut, du brauchst nichts mehr zu sagen. Zwar hast du mir einmal erklärt, ich sei das Allerwichtigste für dich auf der Welt, aber offensichtlich war es dir damals nicht sonderlich ernst damit.« Sie zog mit einem schnellen Ruck die Bluse bis zum Hals zu und befestigte das Zupfband. Die Botschaft war unmißverständlich.
Edvar machte sich prompt zum Bittsteller. »Warte doch bitte noch einen Augenblick, mein Liebstes, ich denke mir sofort eine Lösung aus.«
Deza wirkte immer noch unversöhnlich, und Edvar hüpfte wie ein aufgescheuchtes Huhn herum. Er suchte intensiv nach einer Antwort auf das Problem, sowohl Deza gefällig zu sein, als auch seinen Vater nicht zu verärgern. »Sie haben dir also das Leben gerettet. Also schuldet mein Vater ihnen seine Dankbarkeit.« Er machte eine leichte Handbewegung, und der Bedienstete, der das Wasser trug, zog sich behutsam Schritt für Schritt von der Gruppe fort in die Sicherheit hinter dem

Tor zurück. »Natürlich kann ich ihnen kaum die Wassergastfreundschaft anbieten, aber ich werde meinen Vater bitten, ihnen eine Audienz zu gewähren.«
Deza schien fürs erste besänftigt. Radi war fast sicher, daß sie den lautlosen Abgang des Wasserträgers noch gar nicht bemerkt hatte. Natürlich war eine Audienz nicht schlecht, aber ohne den besonderen Schutz der Wasserzeremonie konnte der Magnat danach ganz nach Gusto mit ihnen verfahren: sie hinauswerfen, sie einsperren oder gar umbringen lassen. Und Dezas Charme und ihre Macht über den Jungen würden kaum ausreichen, sie aus dem Verlies zu holen oder nach dem Tod wiederzuerwecken.
»Oh, ich glaube, mehr kann ich nicht von dir verlangen«, sagte Deza. »Aber nach der Audienz wirst du die Zeremonie durchführen, nicht wahr?«
»Selbstverständlich«, antwortete Edvar unendlich erleichtert. Er verbeugte sich vor Radi. »Im Namen meines Vaters, Magnat und souveräner Herrscher, darf ich euch, die ihr eine Audienz erbittet, willkommen heißen . . .«
»Oh«, sagte Deza nur und klang irgendwie verblüfft, dann brach sie auf dem sandigen Boden zusammen.
Beim rätselhaften Verstand eines Mbuzims, dachte Radi verärgert. Wenn sie glaubt, mit einer simplen Ohnmacht noch etwas bewirken zu können, dann war ich wirklich ein Idiot, mich und meine Leute unter ihre Obhut zu stellen. So dumm konnte Edvar doch nicht sein, auf so etwas hereinzufallen.
»Oh, oh, Deza!« rief Edvar in einer Mischung aus Schuldgefühl und echter Besorgnis. Dann schrie er: »Wasserträger, schnell!«
Der Diener, mittlerweile hinter dem Tor in Geborgenheit, zögerte zunächst, doch setzte er sich schließlich, ohne übertriebene Eile, wieder in Marsch. Alle fuhren erschrocken vor Deza zurück. »Himmelherrgottnochmal!« brüllte Edvar den Wasserträger an. »Ein Peketa! Nun mach doch!«
Radi warf einen Blick auf Dezas Arm und war entsetzt. Der Biß eines Peketas war dort überdeutlich zu erkennen, ein rotes, trockenes Mal, das langsam anschwoll und schon begann,

eine Blase zu werfen. Aber wo war das Insekt? Wenn es Deza noch einmal biß, würde das ernsthafte Folgen haben. Radi suchte rasch mit seinen Blicken das Gewirr der Röcke ab und sah auch auf ihren bloßliegenden Fuß. Und dort war das Peketa, saß frech auf dem aufreizenden Fußgelenk, das Edvar so entzückt hatte, und schien in der Stimmung, erneut zuzubeißen. Der Prinz schnellte darauf zu, zerschmetterte es mit der Handfläche und zog es dann rasch mit den Fingern der anderen Hand von seiner Haut, damit der Bohrschwanz des Insekts, der fast über ein Eigenleben zu verfügen schien, sich nicht in sein Fleisch winden konnte. Er trat das Peketa in den Sand und kniete sich neben Deza hin.
Edvar flößte ihr Wasser aus dem riesigen Kelch zwischen die Lippen. Dezas Mund wirkte bereits ausgedörrt, und die Haut unter den Filigraneinlagen war gespannt. Oder irrte Radi sich da, spielte ihm seine Einbildungskraft einen Streich? Der Biß eines Peketas tötete nicht augenblicklich, war sogar relativ harmlos, wenn dem Opfer sofort Wasser in ausreichenden Mengen verabreicht wurde, um dem dehydrierenden Effekt des Insektengiftes entgegenzuwirken. Deza befand sich nicht in Gefahr, wenn das Tier sie nur einmal gebissen hatte. Radi besah sich noch einmal den Fuß des Mädchens und suchte nach einer rötlichen Bißstelle. Aber er konnte keine entdekken.
Flatternd öffneten sich Dezas Lider. Sie stieß auf und hustete, als Edvar ihr weiterhin Wasser einflößte. »Oh«, sagte sie in ihrem typischen überraschten Tonfall, »hatte ich etwa das Bewußtsein verloren, oder was ist geschehen?«
»Nein, mein Herz«, antwortete Edvar so zärtlich wie möglich, »ein Peketa hat dich gebissen, aber jetzt brauchst du dir keine Sorgen mehr zu machen . . .«
Idiot, dachte Radi, so darf man es ihr doch nicht sagen. Deza bemühte sich hochzukommen, strich mit zitternden Fingern ihre Röcke glatt und fuhr sich hysterisch über Arme und Gesicht.
Radi streckte die Arme aus und ergriff ihre Hände. »Alles ist in Ordnung, Deza«, beruhigte er sie. »Ich habe das Insekt ge-

tötet.« Er nahm den Kelch aus Edvars wehrlosen Händen und setzte ihn ihr an die Lippen. »So, jetzt nimmst du einen tiefen Zug . . . ja, genau so . . . und jetzt noch einen . . .«

Edvar wirkte dankbar über Radis Einmischung. Der Prinz hielt Deza den schweren Kelch wieder an den Mund, und sein Blick traf ihren. Zorn und Feuer schossen ihm so überraschend aus ihren Augen entgegen, daß es ihm die Sprache verschlug. Er lehnte sich auf die Hacken zurück, hielt den Kelch in beiden Händen und konnte sich Dezas Reaktion immer noch nicht erklären.

»Ich komme mir wirklich wie eine Närrin vor«, sagte Deza, aber in ihrer Stimme schwang mit, daß sie in Wahrheit jemand ganz anderen für einen Narren hielt. »Da habe ich doch alles unterbrochen, habe die Wasserzeremonie gestört und auch sonst alles . . .«

»Aber wir haben doch gar nicht . . .« sagte Edvar, bevor Radi endlich verstand und sich als den Narren begriff, den Deza eben gemeint hatte. Er nahm hastig den Kelch an die Lippen und trank. »Und ich akzeptiere die von dir gebotene Gabe, Schutz und Vertrauen der von dir dargereichten Wasserfreundschaft«, sagte der Prinz rasch und gab den Kelch mehr werfend als reichend an Harubiki weiter. Sie und Chappa murmelten eilig die rituellen Antworten auf die dargebotene Wassergastfreundschaft, so als hätte Edvar wirklich die Zeremonie angeboten, statt wie augenblicklich hilflos dazustehen und eine wenig intelligente Miene zu machen.

»Aber ich habe doch gar nicht . . .« begann der Sohn des Magnaten.

»Da ist schon wieder eins«, kreischte Deza. »Macht es fort! Schnell, macht es tot!« Sie hielt die Hände vors Gesicht gepreßt, um es vor einer harmlosen Fliege zu schützen. Irgendwie hatte sich danach wiederum das Zupfband ihrer Bluse gelöst.

»Es ist doch nur eine Fliege, Deza«, sagte Edvar.

»Oooooh . . .« Es klang wie ein Wehlaut. »Bringt mich bitte ins Haus. Ich habe so große Angst, daß es mich wieder beißt.«

Edvar zog sie hoch und half ihr, durch das Tor zu kommen.

Deza lehnte sich gegen ihn und hielt sich den gebissenen Arm. Der Prinz wußte genau, daß ein Peketabiß keine Schmerzen verursachte. Darin lag ja gerade die große Gefahr, denn der Wüstenreisende starb bereits an Wassermangel, ehe er noch bemerkt hatte, daß ein Peketa ihn gebissen hatte. Harubiki und Chappa folgten Edvar. Sie wußten sich in Sicherheit, trotz der Waffen bei den Männern des Magnaten. Sie hatten sich unter den unverletzlichen Schutz der Wassergastfreundschaft begeben. Radi zögerte einen Moment und sah auf die zerwühlte Stelle im Sand, wo Deza gestürzt war. Er scharrte mit seiner Sandale darin herum, bückte sich und hob etwas auf. Dann verbarg er die Hände unter den Ärmeln, wie es Priesterart ist, und folgte der Gruppe im gemächlichen, weihevollen Schritt der heiligen Männer, denn er hielt es immer noch für das beste, diese Rolle beizubehalten. Je eher ich dieses Mädchen im Bett habe, sagte er sich, desto weniger brauche ich um meinen Verstand zu fürchten.

## 6

Der Magnat erwartete die Gruppe an der Haustür. »Sie haben eine Audienz erbeten, Vater«, sagte Edvar mit fester Stimme und fuhr dann stammelnd fort: »Sie haben mit uns die Wasserzeremonie begangen.«
Das wußte der Magnat schon. Die harte Freundlichkeit in seiner Miene veränderte sich nicht, als sein Blick auf den Priester, der fromm die Hände in den Ärmeln verborgen hielt, den leeren Zeremonienkelch und Deza fiel, die sich an seinem Sohn festhielt. Das Mädchen versuchte, sich von Edvars Arm zu befreien, aber der junge Mann war entschlossen, ihr auch weiterhin Hilfestellung zu leisten.
»Deza ist verletzt«, erklärte er seinem Vater. »Sie hat sich den Knöchel verstaucht, und ein Peketa hat sie gebissen. Ich bringe sie am besten gleich auf ihr Zimmer.«
»Das wird nicht notwendig sein, Edvar«, sagte der Magnat in einem Tonfall, der keinen Widerspruch zuließ. Wie aus dem

Nichts tauchte einer seiner Männer neben dem Mädchen auf und nahm den anderen Arm. Deza kam sich zwischen den beiden wie eine Gefangene vor, die kurz davorstand, in den Kerker geworfen zu werden. Sie war sich nicht sicher, ob der Magnat nicht vielleicht gerade das vorhatte. Er lächelte sie nur übertrieben freundlich an. »Schön, daß du wieder da bist, mein Liebes«, sagte er. Die Worte sandten Schauer über ihren Rücken. Sie wünschte, sie hätte es nicht zugelassen, daß man den Mbuzim von ihr entfernt und in die Ställe gebracht hatte.

Der Bedienstete führte sie über die Haupttreppe zu ihrem alten Zimmer. Deza hörte, wie unten Radi und seine Begleiter rasch verabschiedet wurden. Man erklärte ihnen, eine Audienz sei erst später möglich, aber man sei froh und befriedigt, wieder einen Priester im Haus zu haben. Leider gäbe es im Augenblick dringende Angelegenheiten, die der Magnat mit Edvar besprechen müsse. Armer Edvar.

»Ihr Zimmer«, sagte der Bedienstete und schob Deza die massive, reichverzierte Holztür auf.

»Danke«, sagte Deza und ließ sich dann vorsichtig auf einen der fellbezogenen Sessel niedersinken. Sie rieb sich den angeblich verstauchten Knöchel. Die Bediensteten brauchten nicht zu entdecken, daß ihrem Fuß nichts fehlte, um dann Gerüchte in die Welt zu setzen. Bedienstete konnten bei einer so raffiniert eingefädelten Vorstellung die größten Schwierigkeiten machen. Das hatte Dezas Vater ihr immer wieder eingeschärft. Bedienstete sahen alles, hörten alles und wußten am besten über alles Bescheid, was sich in einem Haus tat. Sie verübelten einem die besondere Behandlung, die einem vom Hausherrn zuteil wurde, weil sie genau spürten, daß man in Wahrheit einer von ihnen war, und ließen deshalb nichts unversucht, einen in ein schlechtes Licht zu bringen. »Du darfst dich entfernen«, sagte sie dem Bediensteten freundlich und lächelte ihm kurz zu.

Als die Tür sich hinter dem Mann geschlossen hatte, wartete sie noch einen Augenblick, bevor sie sich erhob und rasch das Zimmer inspizierte. Alles war noch genau so, wie sie es verlassen hatte: Das Botengewand befand sich intakt in dem Geheimfach unter der Bodenlade des Fitischranks, die schwarze Farbe für Gesicht und Hände war noch da, auch das Rasiermesser für ihre Haare und der mit allem Nötigen für eine eilige Flucht versehene Notumhang. Ihr Vater hatte darauf bestanden, daß sie ihn tragen sollte, was sie aber nie getan hatte, selbst damals nicht, als die beiden so überstürzt zum Hovercraft geflohen waren. Anscheinend hatte niemand das Geheimfach entdeckt. Die Spinnwebflüssigkeit, die Deza darüber gesprüht hatte, war unversehrt.

Sie untersuchte das Zimmer nach Lauschern, vergewisserte sich dann, ob die Tür auch fest verschlossen war, verfluchte den Umstand, daß man in den Häusern der Fremden so leicht Lauschgeräte anbringen konnte, zog die Rückwand des Schrankes heraus und betrachtete den geheimen Durchgang dahinter, den sie und ihr Vater häufiger benutzt hatten. Auch hier schien alles in Ordnung zu sein. Das künstliche Netz erstreckte sich bis zu der Tür, die direkt in die tieferen Etagen hinabführte. Ihr Vater hatte es damals verstanden, den Raum direkt unter dem von Deza zugewiesen zu bekommen, obwohl dieser eigentlich dem Priester zugestanden hatte. Natürlich hatte ihr Vater schon vor ihrem Erscheinen gewußt, wo sich in diesem Haus geheime Zugänge befanden. Er traf stets die umfangreichsten Vorbereitungen, und das hatte sich immer für sie ausgezahlt. Ihr Vater hatte gewußt, wie man einen großangelegten Schwindel durchzuführen hat.

*Vielen Dank für die Blumen, mein Schatz,* ließ sich Dezas Vater urplötzlich in ihrem Kopf vernehmen. *Ich wünschte nur, ich könnte dir reinen Gewissens das gleiche Kompliment machen.*

*Ich dachte, du wärst bei dem anderen Viehzeug in den Ställen,* antwortete das Mädchen.

*Dort befinde ich mich ja auch. Allerdings ist dort niemand in der Nähe, mit dem man eine etwas gescheitere Konversation führen könnte, wenn mir diese Bemerkung gestattet ist. Nicht einer scheint sich hier aufzuhalten, der auch nur über einen Funken Esprit verfügt,* meinte er anzüglich.

*Wahrscheinlich beziehst du mich da mit ein, oder? Allerdings*

*habe ich mich bisher recht geschickt angestellt,* gab sie frech zurück. *Immerhin habe ich uns hier hineingebracht, nicht wahr?*
*Oh, natürlich, das hast du, auch wenn das Peketa wirklich des Guten zuviel war, nicht wahr, meine Tochter?*
*Also gut, ich habe das Peketa eingesetzt, auch wenn dafür kein zwingender Grund vorhanden war. Es schien mir nur die rascheste Methode zu sein, aus einer sehr unangenehmen Situation hinauszufinden.*
*Wunderbar. Und jetzt, wo du den Weg hinein gefunden und sogar dein altes Zimmer bekommen hast, bereitet es dir sicher auch keine Schwierigkeiten mehr, künftige Unternehmungen allein durchzuführen, nicht wahr?*
*Ich wüßte nicht, auf welche Hilfe ich jetzt noch angewiesen sein sollte. Immerhin ist ja auch früher immer die ganze Arbeit an mir hängengeblieben.*
*Dann bist du auch nicht mehr auf meinen Rat angewiesen,* sagte ihr Vater förmlich und zog sich aus ihrem Kopf zurück.
*Ganz recht, das bin ich nicht mehr.* Deza warf die Rückwand vor den Geheimgang. Sie konnte ihn erst dann wieder benutzen, wenn sie herausgefunden hatte, wem man das Zimmer unter ihr zugewiesen hatte. Plötzlich kam ihr ein Gedanke. Vor ihrem Vater hatte der Priester dort gewohnt. Ob sie Radi jetzt dort untergebracht hatten?
»Aber das nützt ja alles nichts«, sagte sie laut. »Er ist ja zu dumm, um den Gang zu finden.« Und sie selbst war so dumm, diese Gedanken laut auszusprechen, auch wenn sie sich so gut wie völlig sicher darin sein konnte, keine verborgenen Zuhörer zu haben. Dann fügte sie grimmig in Gedanken hinzu: Mit Radi werde ich schon fertig. Und mit den Vorstellungen erst recht. Und überhaupt mit allen hier im Hause. Das eine oder andere über einen Schwindel weiß ich auch, Vater.
Deza ließ Wasser aus den kupfernen Hähnen über ihrem Kopf in die hohe Wanne laufen und entledigte sich ihrer verschmutzten Kleider. Das war das einzige Positive an diesen unangenehmen Kalmaren. Sie erstickten in ihren luftdichten

Häusern und verdampften in ihren schweren Pelzen und kratzenden Wollkleidern, aber sie hatten wunderbare Ideen über die Annehmlichkeiten eines Bades. Sicher, sie verschwendeten das Wasser von Mahali in unverantwortlicher Weise, doch das war Deza im Augenblick gleich. Sie versank bis zum Hals im wohlduftenden Wasser, lehnte den Kopf an den Holzrand der Wanne und atmete den himmlischen Geruch feuchten Fichtenholzes ein.

Aus irgendeinem unerfindlichen Grund nahmen alle Fremden heiße Bäder und füllten ihre Zimmer mit Dampfschwaden. Deza drehte die Wasserhähne nach ihren Vorstellungen auf und erreichte so die kleinstmögliche Wassertemperatur. Die Kalmaren schwammen beim Bad in anderthalb Meter tiefem, kochendheißem Wasser und liefen dabei krebsrot an. Deza konnte eine solche Menge Wasser nicht ertragen, auch wenn es eingeschlossen in einer Wanne nicht über viel Macht verfügte. Aber selbst diese geringe Menge bereitete ihren Wangenbeinen Schmerzen.

Deza nahm die Perlbein-Einlagen ab und tauchte das Gesicht ins Wasser. Sie rieb es mit den Händen, um die Schminke, mit deren Hilfe sie sich ein ausgedörrtes Aussehen verliehen hatte, und die Peketabißstelle abzubekommen, die sie heimlich mit einem Klebstoff angebracht hatte. Letzteren ließ sie eine Minute lang Wasser ziehen und riß ihn dann mit einem Ruck ab. Kurz besah sie sich die falsche Wunde und legte sie dann auf den Wannenrand. Wirklich, der künstliche Peketabiß war eine von Vaters besten Erfindungen. Selbst Radi hatte sich davon täuschen lassen. Dieser Dummkopf! Er hatte nicht einmal begriffen, was er zu tun hatte, als sie ihm das heilige Zeremonienwasser praktisch unter die Nase hielt. Statt dessen hatte er sich lieber darauf konzentriert, ihre Bezauberung Edvars zu verfolgen. Wie ohne Verstand hatte er dagestanden. Eigentlich war ihr dieses Verhalten Radis gar nicht so unangenehm, solange er nur unten in seinem Zimmer blieb und ihre Kreise nicht störte. Vielleicht konnte sie ihn dafür benutzen, Edvar eifersüchtig zu machen.

Deza stieg tropfend aus dem Bad und war dankbar für die

kühle Verdunstung in dem stickigen Raum. Sie legte die Filigranarbeiten wieder an und befestigte sie, versuchte mit dem Kamm, durch das nasse, nun nahezu unentwirrbare Haar zu kommen, und schlüpfte ergeben in das Kleiderbündel, das die Kalmaren aus einer kaum begreifbaren Regung heraus ihre Sommertracht nannten. Sie war gerade in das rüschenbesetzte Musselinmieder gestiegen und hatte die ersten beiden Leinenunterhosenröcke angelegt, als sich plötzlich die Zimmertür öffnete.

Deza verlagerte ihr Gewicht augenblicklich auf den ›gesunden‹ Fuß und winkelte das andere Bein zierlich an. Und das hatte sie nicht umsonst getan. Edvars Mutter stand im Eingang. Die Masse der Kleider, die sie trug, ließ sie doppelt so rundlich und klein erscheinen, wie sie in Wirklichkeit war. An Hals und Handgelenken trug sie Pelz, und die kleine Wollkappe auf dem Kopf war ebenfalls mit Fell besetzt. Es gelang der Mutter, gleichzeitig hoch erfreut und besorgt auszusehen. »Aber meine liebe Deza«, sagte sie streng, »Du solltest nicht aufstehen, bis der Fuß wieder bandagiert ist.«

Gehorsam hüpfte Deza zu einem Sessel und ließ sich auf ihm nieder. Die Frau des Magnaten, wie man sie anzureden hatte, oder einfach die gnädige Frau, kniete sich mit einer großen Schachtel voller Milchtuch-Bandagen, diversen Salben und einer großen Wasserflasche aus Fell vor Deza hin. »So, das wirst du jetzt schön zu dir nehmen, sonst bekommst du noch Fieber von dem Insektenstich, und das wollen wir doch nicht, oder? Danach mußt du mir alles über deine Abenteuer berichten. Wir waren ja so schrecklich in Sorge um dich und hatten nicht die geringste Ahnung, wo du dich aufhalten könntest. Wahrscheinlich an einem ganz und gar entsetzlichen Ort. Und erst dein armer Vater. Edvar hat mir von ihm erzählt. Wie schrecklich für dich, aber nun bist du ja wieder in Sicherheit. Was mußt du nur für schreckliche Dinge erlebt haben. Ich möchte alles darüber erfahren. Welcher Fuß ist es denn?«

»Der hier.« Deza zeigte auf den Knöchel und hoffte, die gnädige Frau verlangte nicht auch noch, den Peketabiß zu sehen, der ja noch im Bad auf der Wanne lag. »Autsch!« sagte sie ihr

zum Gefallen, als die gnädige Frau ihren Fuß betastete, und biß sich zur Sicherheit auch noch auf die Lippen. Wenigstens konnte man einem verstauchten Knöchel die Verletzung kaum ansehen. »Die Eingeborenen haben mich verfolgt, und da bin ich über einen Stein gestürzt. Sie hatten Speere dabei!«
»Speere! Allmächtiger, du armes Kleines, wie furchtbar! Das mußt du mir aber ganz genau erzählen. Und jetzt trink«, sagte sie und sah mit einem befehlenden Blick auf die Flasche. Deza nahm ohne zu zögern einen Schluck Wasser zu sich. Die Frau des Magnaten bandagierte den Knöchel mit einem anscheinend endlosen Milchtuchband, das die Fremden auf diese Welt mitgebracht hatten. Im Grunde ist dieser Verband ja nicht schlecht, sagte sich Deza, da brauche ich wenigstens nicht ständig darauf achtzugeben, welcher von den beiden Füßen eigentlich der verletzte ist. Aber warum ist diese Frau hier? Warum kniet sie zu meinen Füßen und nennt mich ständig ›liebe Deza‹, wo sie mich doch bisher nie gemocht hat? Bislang hatte die gnädige Frau sich Deza gegenüber stets darauf beschränkt, von Edvars brillanter Zukunft auf Kalmar zu erzählen. Deza war sich sicher, daß die gnädige Frau dort bereits eine passende Braut für ihren Sohn ausgesucht hatte. Ob sie nun Prinzessin war oder nicht, Deza von Mahali hatte nie in die Pläne von Edvars Mutter gepaßt.
»Ich kann nur darum beten, daß man dich nicht auch noch anderweitig verletzt hat«, meinte die gnädige Frau plötzlich. »Wie soll ich es ausdrücken . . . diese gräßlichen Eingeborenen, und du warst die ganze Zeit allein in der Wüste . . .«
Worauf wollte sie hinaus? Eine Vergewaltigung? Was für eine eigenartige Frage.
»Ich meine«, fuhr die Mutter fort und hörte sich jetzt erst recht verlegen an. Sie konnte nur eine Vergewaltigung meinen. »Du kannst immer noch . . . immer noch tun . . . was dein Vater gesagt hat!«
»Ich fühle mich ganz gut«, sagte Deza vorsichtig. »Nur den Knöchel habe ich mir verstaucht.« Natürlich bin ich immer noch eine Wasserhexe. Aber warum, um Gottes willen, machst du dir darum Sorgen? Das fällt doch in das Interesse deines Mannes.

»Es ist mir einfach nicht gelungen, jemanden zu finden, der mir die Steine holen wollte, denn . . . weißt du, mein Mann hält mich sehr knapp. Ich konnte niemanden bezahlen. Nur Edvar ist für mich nach draußen gegangen, während du verschwunden warst. Der arme Junge, er war so verloren ohne dich, da brauchte er ganz einfach eine Beschäftigung. Er hörte von einer Gegend, wo es angeblich größere Mengen von . . . nun, ich fürchte, dort liegen sehr viele Steine, aber es dürfte dir ja wohl nicht schwerfallen, die richtigen Steine herauszufinden. Dein Vater hat doch gesagt . . .«
Deza konnte sich nur zu gut vorstellen, was ihr Vater gesagt hatte. Hatte er mit seinen Worten lediglich eine übermißtrauische Mutter besänftigen wollen, indem er ihr Reichtümer in Aussicht stellte, mit denen sie ihre Leute auf Kalmar beeindrucken konnte? Oder hatte er mit den Talenten seiner Tochter prahlen wollen, um das Interesse des Magnaten an einer möglichen Schwiegertochter zu wecken? »Oh, aber natürlich kann sie das, und sogar Wünsche durch das Wasser senden.«
»Wo liegen die Steine?« fragte Deza nur.
»Draußen in einer der Scheunen. Leider war nicht Platz genug für sie alle im Haus.«
Deza wagte es nicht, nach der Menge zu fragen. Falls Edvar wirklich ein neues Vorkommen entdeckt hatte, mußten Tonnen von diesen formlosen, schmutzigbraunen Steinen in der Scheune liegen, von der Größe einer Kinderfaust bis zu der eines menschlichen Schädels, uniform in ihrem Graubraun und nicht auseinanderzuhalten.
»Natürlich ist mir klar, daß nur sehr wenige von ihnen Augen sind, aber bei einer so gewaltigen Menge müßten doch mindestens . . . was meinst du, wie viele es sein dürften? Oh, meine Bekannten auf Kalmar werden vor Neid platzen. Manche von ihnen haben ein Vermögen für einen Augenstein bezahlt und dann doch nur einen tauben Stein erhalten. Aber dank deines ungewöhnlichen Talents habe ich bald so viele zusammen, wie ich nur will.« Begierig preßte sie die plumpen, kleinen Hände zusammen.

Jetzt überlegt sie, wie sie mich am höflichsten darum bitten kann, möglichst rasch die Augen für sie aus dem Haufen herauszusuchen, dachte Deza, und ich kann ihr nicht helfen. Augen, die berühmten mahalitischen Ergußsteine, waren äußerst selten, und das nicht nur, weil entsprechende Mineralien, Grundwasser und Zeit in exakten Proportionen auftreten mußten, um den kristallisierten Juwelenkern zu schaffen, den man fand, wenn man die dicke Steinkruste aufschlug. Sie waren auch so unerhört wertvoll, weil man sie unmöglich in dem Haufen von grauen, äußerlich identischen Steinen ausmachen konnte, in denen sie vorkamen. Deza vermutete, daß ihr Vater mit seinen Worten über die Begabung seiner Tochter zur Wasserhexe wohl etwas arg übertrieben hatte, als er behauptete, sie könne die genaue Wassermenge spüren, die sich in den betreffenden Steinen befand. Eine beeindruckende Behauptung, wenn auch völlig aus der Luft gegriffen. Und selbst, wenn er damals im Zustand völliger Trunkenheit so geprahlt hatte, würde Deza ihm das nie verzeihen können.
»Ich schätze . . .« Deza wurde auf Kommando wieder kalkweiß. »Oh . . . oh!« Sie ließ sich in die Felle auf dem Sessel zurücksinken und atmete schwer. »Da war wieder dieser sonderbare stechende Schmerz in meinem Fuß, gerade eben . . . als . . . oh, da war er schon wieder.«
»Ach, meine Liebe, ich hätte natürlich gleich zuerst darauf dringen sollen, daß du dich hinlegst. Denn du mußt dir Zeit lassen, das Wasser zu dir zu nehmen. Und wenn du damit fertig bist, lasse ich dir neues kommen. Ich habe ein paar Tropfen Honig hineingetan, von diesem wundervollen roten Zeug, das sie in Sindra machen. Vor allen Dingen muß dein Fuß wieder in Ordnung kommen. Ich hätte nicht von meinen Wünschen anfangen dürfen, aber ich konnte mich einfach nicht gegen den wunderbaren Gedanken wehren, was für Gesichter meine Freundinnen machen werden, wenn sie meine Augensteine sehen.« Sie half Deza, zum reichverzierten, breiten Bett zu humpeln. Mit all seinen Kissen und Dekken machte es einen erdrückenden Eindruck. »Ich war wirklich rücksichtslos, meine Liebe. Man bedenke nur, all die Wilden mit

ihren Speeren. Davon mußt du mir unbedingt berichten.« Sie hielt Deza die Flasche entgegen und achtete darauf, daß sie trank. Dann deckte sie das Mädchen bis zur Nasenspitze zu und schlurfte nach draußen. Deza blieb unter den Decken und hielt die Augen geschlossen.
*Vater,* sagte sie entschlossen, *das ist alles deine Schuld. Komm sofort zurück.*
Keine Antwort.
*Vater, es ist mir ernst.*
Noch immer nichts.
*Vater, bitte!*
Die Tür ging auf. Deza öffnete die Augen und setzte sich sofort aufrecht hin. »Edvar!« sagte sie und bemühte sich dann, rasch die Laken über ihr eher enthüllendes als verbergendes Mieder zu ziehen. »Hast du nicht eine Besprechung mit deinem Vater?« Edvar stand es noch nicht zu, wenn jemals, sie so, nur in Unterwäsche im Bett, zu sehen. Ihm war nur ein winziger Blick erlaubt, die Andeutung einer Aussicht, und auch das nur von Zeit zu Zeit.
»Das habe ich schon hinter mir«, sagte Edvar beiläufig, während er gleichzeitig wie wild auf sie zustürmte. Deza rollte sich an der anderen Seite aus dem Bett und eilte auf die Tür zu. Sie vergaß nicht, dabei zu humpeln. Vielleicht brauchte sie den verstauchten Knöchel noch als letztes Hilfsmittel. »Edvar, du hättest nicht hierherkommen dürfen, ich bin ja nicht einmal angezogen. Was wird deine Mutter dazu sagen? Oder erst dein Vater? Denk nur daran, was dein Vater dazu sagen wird.« Bitte, denk an deinen Vater, und hör auf, mich so gierig anzusehen.
»Was hat mein Vater damit zu tun?« Er umrundete das Bett. In seinem Tonfall schwang immer noch diese beängstigende Beiläufigkeit mit. »Und was ist schon dabei, wenn ich dich halbbekleidet sehe? In Zukunft wirst du dich mir ohnehin oft genug nackt zeigen.« Seine Gedanken schienen einen Augenblick bei dieser Vorstellung verweilen zu wollen. »Denn wir beide werden heiraten.«
Deza fuhr bis an die Wand zurück. »Wann?« keuchte sie mit

kläglicher Stimme und bedeckte mit den Händen ihre Brust. »Ich habe Vater erklärt, ich würde dich heiraten, und zwar, wann *ich* das will, und nicht erst, wenn er mit seinem verrückten Plan, an mehr Wasser zu gelangen, zu Rande gekommen ist.«

Was für ein Plan, hätte Deza beinahe gefragt, erkannte dann aber, daß es vorläufig besser war, einen Stuhl zwischen sich und Edvar zu schieben.

»Ich habe ihm die Stirn geboten und gesagt, er könne mich nicht länger tyrannisieren. Du und ich könnten auf seinen Reichtum verzichten. Dann habe ich ihm erklärt, wir würden in einer Eingeborenenhütte leben und Mbuzim hüten. Wir würden das zu uns nehmen, was die Einheimischen essen, und würden wie die Leute hier unseren Lebensunterhalt verdienen. Und da können wir gut ohne ihn auskommen, habe ich ihm gesagt. Er soll mich nicht mehr wie einen dummen kleinen Jungen behandeln. Mir gefällt Mahali, ich liebe es, denn es hat mir viel zu geben.« Er machte einen großen Schritt auf sie zu.

Deza brachte den Stuhl neu in Position und suchte verzweifelt nach einem rettenden Einfall. Dann kam er ihr, und sie brach in Tränen aus. »Wie konntest du nur?« schluchzte sie und ließ sich auf dem Stuhl nieder. »Ach, Edvar, wie konntest du nur?« Die Hände bedeckten nun nicht mehr den Busen, sondern die Augen und Wangen. Die Brüste hoben und senkten sich aufreizend beim Schluchzen, aber das würde sich im Moment nicht als Problem erweisen.

So war es. Der Sohn des Magnaten bekam augenblicklich ein schlechtes Gewissen und dachte nicht mehr an sein ursprüngliches Vorhaben. »Habe ich dich erschreckt, Liebling? Nicht um alles in der Welt möchte ich dir weh tun. Du bist immer so wunderbar und liebenswert, und . . . Für was für einen groben Kerl mußt du mich jetzt halten!«

»Nein, Edvar, das ist es nicht«, schniefte Deza und errötete leicht. »Weißt du, es ist bestimmt nicht sehr damenhaft, aber manchmal ist so etwas in mir, daß ich auch nicht mehr warten möchte. Aber wenn ich dafür dich mit deinem Vater entzweien müßte . . . Du kannst ihm als Vater keinen Vorwurf machen, wenn er dafür ist, daß wir noch etwas warten. Man sagt doch, ein bißchen Warten hat noch keiner Liebe geschadet. Und ohne Ärger mit deinem Vater könnten wir doch hierbleiben. Ich glaube nicht, daß ich so leben könnte wie die Einheimischen oder gar ihre entsetzlichen Speisen zu mir nehmen . . . Sie verschlingen Würmer!« jammerte Deza und drückte einen neuen Schwall Tränen hinaus.

»Nein, nicht nur Würmer«, beeilte er sich zu sagen. »Jäger, die Mahali wie ihre Westentasche kennen, fangen auch Wild im Morgennebel, und in den Oasen gedeihen Früchte. Sie sind so gut, daß sie an Köstlichkeit sogar die Importe aus Kalmar übertreffen. Ich will gut für dich sorgen, Deza. Ich baue dir ein luftiges Haus und gebe dir Geborgenheit.«

Vor allem entkommst du so der Fuchtel deines Vaters, dachte Deza. »Ich . . . ich will aber hier leben! So hübsche Dinge gibt es hier . . .« Sie hielt ein Band ihres Mieders hoch. »So gefalle ich dir, aber kaum noch, wenn ich schmutzig bin und in Lumpen stecke, oder . . .«

»Aber Deza, hier ist es nicht sicher«, platzte es aus ihm heraus.

Das weiß ich, wenn ich deine gierigen Augen sehe, sagte sich Deza. Aber welche Gefahr meinte er? Hatte er herausgefunden, daß sie gar keine Wasserhexe war und auch keine Augensteine erkennen konnte? »Was meinst du damit, es sei hier nicht sicher?«

Er verzog das Gesicht. »Mach dir darum keine Sorgen, ich werde mir schon etwas einfallen lassen. Bis morgen bleibt mir Zeit dazu. Tu solange nichts, was meinen Vater erzürnen könnte. Verhalte dich so, als würdest du seinen Vorhaben folgen, zumindest bis ich dich hier herausgeholt, dich gerettet habe.«

Was denn für Vorhaben, fragte sich Deza. Meinte er die Ergußsteine? Oder hatte ihr Vater gemeinsame Pläne mit dem Magnaten? Doch bevor sie Edvar danach fragen konnte, hatte er das Zimmer bereits verlassen und die Tür hinter sich zugeworfen.

Was auch immer hier gespielt werden mag, ich ziehe mich lie-

ber rasch an, bevor der nächste Besucher erscheint. Es reicht mir jetzt wirklich, in Unterwäsche herumzustehen und mir dabei Verhaltensweisen ausdenken zu müssen, wo ich nicht einmal die Hintergründe kenne. Deza ergriff die Weste und die wollene Hose. Wieder öffnete sich die Zimmertür.
»Oho«, sagte der Magnat.
Deza blieb wie ein in die Enge getriebenes Tier stehen, wo sie gerade war. Die Kleider hielt sie sich an den Körper, und ihr Atem ging stoßweise. In ihrem ganzen Leben hatte sie noch keine solche Angst gehabt wie in diesem Augenblick. Sie hatte sich den Magnaten nicht sehr genau angesehen, als sie von Edvar gestützt das Haus erreichte. Das hätte sie besser getan. Dann wäre sie nämlich schon vor einigen Stunden zusammengezuckt und hätte das Weite gesucht. Seit Deza ihn das letzte Mal gesehen hatte, hatte der Magnat sich entschieden verändert und die einheimische Lebensweise angenommen. Statt der dicken gewebten Roben über den normalen kalmarischen Gewändern trug er nun nur einen buntgestreiften Umhang und einen Stoffturban. Die kurzen und stämmigen Beine waren nackt. Auch hatte er deutlich an Farbe gewonnen, und jetzt lächelte er Deza sogar freundlich an. Gefahr, schien jeder Nerv ihres Körpers zu schreien, äußerste Gefahr.
»Ich habe meinen Priester entlassen, weil ich ja dich hatte«, erklärte der Magnat, als sei es das Selbstverständlichste auf der Welt, »aber dann hatte ich plötzlich beide verloren. Und jetzt habe ich beide wieder. Irgendwie scheint es mir nicht vergönnt zu sein, das richtige Gleichgewicht zu schaffen.«
Deza sah ihn schweigend, aber wachsam an.
»Eine schwierige Entscheidung, weißt du: Welcher Seite soll ich mich zuwenden? Kann ich dir vertrauen, und du verschwindest nicht gleich wieder, oder soll ich lieber doch gleich Verhandlungen mit dem Priester beginnen? Insgesamt komme ich zu der Erkenntnis, daß du die bessere Wahl wärst, nicht wahr, liebe Deza?«
Sie gab ihm keine Antwort.
»Der Priester könnte mich ja auch wieder verlassen. Er hat die

Wasserfreundschaft von uns bekommen. Wer weiß, was er sonst noch haben will? Aber du, Deza, du führst nichts dergleichen im Schilde, nicht wahr?« Er legte die Hand auf den Türknauf. Mein Gott, dachte Deza, mit einem einzigen Schlag einer solchen Hand könnte er mich zu Brei schlagen. »Bis dann, meine liebe Deza, wir sehen uns beim Abendessen. Ich bin sicher, bis dahin kannst du wieder laufen.«

Deza regte sich erst wieder, als der Magnat schon fünf Minuten lang verschwunden war. Ich stecke in großen Schwierigkeiten, sagte sie sich, in diesem Haus erwartet mich nichts Gutes. Jetzt weiß ich auch, warum Vater so Hals über Kopf weg wollte. Hier wird ein Manöver durchgeführt, das weder er noch ich beeinflussen konnten und können. Deshalb sind wir wie die Maus vor der Katze davongelaufen. Am liebsten würde ich hier gleich wieder verschwinden.

*Vater . . .* rief sie voller Verzweiflung in Gedanken. Dann rief sie laut nach ihm, und es war ihr gleich, ob ihr jemand zuhörte oder nicht.

Aber keine Antwort kam.

»Du elendes, verdammtes Mbuzim!« schrie sie die Wand an. »Du hast mir diese Notlage beschert. Jetzt hilf mir, sie zu bereinigen!« Sie trat wütend gegen die Unterhosenröcke auf dem Bett, ballte sie dann zusammen und schleuderte sie gegen die Wand. »Komm her, Vater, und zwar sofort!« Sie löste die Filigraneinlagen und warf sie hinterher. »Komm sofort zu mir und melde dich, verstanden?«

»Du möchtest mit mir reden, Deza?« fragte eine Stimme hinter ihr. Deza fuhr herum. Radi stand im Schrank. Die Schlupftür stand gähnend weit auf. Er hielt das falsche Peketa in der ausgestreckten Hand, und wie jeder andere an diesem Ort der Glückseligkeit lächelte auch er. »Welch ein Zufall, ich wollte nämlich auch mit dir reden.«

# 7

Sie starrte ihn mit großen Augen an und sperrte den Mund auf, so als würde sie es einfach nicht für möglich halten, was sich dort ihrem Blick bot. Das Peketa in Radis Hand schien sie versteinert zu haben, aber gleichzeitig ging von ihr überzeugende Pein aus. Ob er ihr das abnehmen durfte, die gerötete Gesichtshaut und die nassen Haarsträhnen, die mit den Bändern ihres Mieders wie verknotet aussahen? Immer war sie Schauspielerin. Sie hatte den Magnaten in ihrer Unterwäsche empfangen und so verletzlich wie eine Gans in einer Fußangel ausgesehen – und auch so dämlich. Jetzt machte sie einen irgendwie betäubten Eindruck, eine Reaktion, die von seinem plötzlichen Erscheinen und dem künstlichen Insekt in seiner Hand her gerechtfertigt schien. Aber dann bemerkte Radi etwas Neues an ihr, einen Aspekt in ihren Augen, den er bei vielen anderen schon gesehen, bei ihr jedoch noch nie bemerkt hatte: Furcht. Nur ein winziges Aufblitzen in den hübschen grünen Augen, kurz bevor sie sich wieder unter Kontrolle hatte, aber lange genug für Radi, um zu wissen, daß er sich nicht getäuscht hatte. Beherrschte sie etwa die Furcht, er wolle ihren kleinen Trick verraten? Er warf das Peketa in die andere Hand und schloß die Finger darum.

»Nur ein kleiner Hinweis, und ich hätte mich dort draußen nicht so unbeholfen angestellt«, sagte Radi. »Dennoch bin ich dir dankbar dafür. Eine großartige Darbietung.«

»Ich habe dir gesagt, ich würde uns hineinbringen. Jetzt bin ich mir allerdings nicht so sicher, ob ich auch wieder hinaus kann. Am liebsten wäre ich schon wieder fort.« Ihre Stimme klang noch etwas dünn, und ihr Blick fuhr immer wieder zu der offenen Geheimtür hinter ihm.

»Das wird kaum ausreichen«, sagte Radi und wies auf den Schrank. »Da kommst du nur in mein Zimmer oder, anders gesagt, nur ein Stockwerk tiefer.«

»Ist deine Zimmertür nicht verschlossen?« wollte Deza wissen.

»Im Augenblick ist sie abgesperrt. Ich wollte mich nicht bei

meinen Gebeten stören lassen. Daher habe ich den Riegel vorgeschoben, bevor ich hinaufgekommen bin.«
»Aber du könntest sie von innen öffnen? Bist du dir da ganz sicher?«
Er hatte es noch gar nicht versucht, sondern lediglich den Riegel vorgeschoben. Jetzt fiel ihm auf, daß Dezas Tür nicht über eine solche Vorrichtung verfügte. Radi durchquerte den Raum und drehte den Türknauf. Er ließ sich bewegen, aber die schwere Holztür ging nicht auf. Als er zwischen Tür und Fassung äugte, bemerkte er den Schatten eines dicken Bolzens, der den Weg nach draußen unmöglich machte.
»Warum sollte der Magnat die Verlobte seines Sohnes einsperren?« fragte er sich. »Er kann das Geheimnis des Peketas nicht kennen, und wenn doch, so würde er dich unverzüglich vor die Tür setzen, nicht aber dich hinter dieser einsperren.«
Während er sich zu Deza umdrehte und auf eine Erklärung ihrerseits wartete, hielt er das Peketa hoch und rieb die Gummiimitation zwischen den Fingern. Beim bloßen Hinsehen, selbst aus nächster Nähe, würde niemand eine Fälschung dahinter vermuten. Er selbst hatte es ja einige Zeit lang für echt gehalten. Erst als Radi das Insekt im Sand zertreten hatte, war ihm ein Verdacht gekommen, und der hatte ihn dazu gebracht, sich das Insekt beim Aufbruch in die Tasche zu stecken – denn ein vollgefressenes Peketa würde beim Zertreten platzen und als formlose Masse zurückbleiben, keineswegs aber wie Gummi unbeschädigt zurückspringen. Der Prinz hatte es nicht für opportun gehalten, das falsche Insekt draußen liegen zu lassen, damit womöglich ein Wächter oder Bediensteter es zufällig finden und so entdecken würde, mit welchen Tricks Deza den Sohn des Magnaten übertölpelt hatte.
Das Mädchen schüttelte den Kopf. »Er weiß nichts von dem falschen Peketa, aber er muß irgend etwas anderes wissen.«
»Was?«
Sie zuckte hilflos die Achseln. Noch immer ließ sie die Geheimtür nicht aus den Augen. Offensichtlich überlegte sie, ob sie den Gang nicht doch benutzen sollte. »Ich nehme an, ich sollte nicht so lange hierbleiben, bis ich es herausgefunden

habe. Man wird mich ohnehin enttarnen, wenn ich für die gnädige Frau die Augensteine herausgesucht habe und sie sie öffnet.«

Radi hatte sein Lächeln zurückgefunden. »Sie halten dich nicht nur für eine Prinzessin, sondern auch für eine Wasserhexe, nicht wahr?« Ihm war zu Ohren gekommen, daß die Fremden glaubten, eine Wasserhexe könne aus einem Haufen Steine die Augen herausfinden. Radi kannte tatsächlich einige wenige Priester, die für sich in Anspruch nahmen, eine solche Unterscheidung treffen zu können. Er wußte auch, daß die Durchführung dieses Tricks umfangreiche Vorbereitungen erforderte. Man mußte die entsprechenden Steine nicht nur füllen, sondern auch so perfekt wieder zusammenleimen, daß die Nahtstelle höchstens mit einem Vergrößerungsglas erkannt werden konnte. Außerdem mußten die betreffenden Augen so geschickt mit Markierungen versehen werden, daß nur der Eingeweihte sie sehen oder ertasten konnte. Und schließlich hatte man dafür zu sorgen, daß die Steine an einen Ort gerieten, wo sie natürlicherweise zu finden waren, um sie dort zur Überraschung aller als Augen zu erkennen. Wahrscheinlich hatte Dezas Vater diese Vorbereitungen für sie getroffen, denn während sie die Aufmerksamkeit aller auf sich zog, hatte er sich relativ frei inner- wie außerhalb des Hauses bewegen können.

»Ich könnte einige Augen für dich arrangieren lassen«, erklärte Radi. Sie sah ihn zweifelnd an. »Ich könnte sie markieren lassen, vielleicht mit einer Erhebung, die genau der Fläche deiner linken Innenhand entspricht, und einer Kerbe, die du auf der anderen Seite mit der Rechten fühlen könntest. Ich gebe Harubiki Bescheid.«

Endlich verlagerte sich Dezas Aufmerksamkeit von der Tür im Schrank zu Radi. Sie sah ihn argwöhnisch an. »Könntest du nicht besser etwas für den Magnaten arrangieren, einen tragischen Unfall zum Beispiel?«

»Dazu würde ich nicht raten«, antwortete er und ging gedankenverloren und langsam auf dem weichen, gegerbten Fell auf dem Boden vor dem Bett hin und her. »Weißt du, er will etwas haben, und das bekommt er entweder von dir oder von

mir. Vielleicht können wir ihn beim Abendessen dazu bringen, sich zu erklären.«
»Hast du etwas belauscht?«
»Selbstverständlich. Dein Gespräch mit dem Magnaten wie auch das mit Edvar. Leider habe ich den Anfang von dieser Begegnung versäumt. Habe ich richtig verstanden, daß du ihm geraten hast, es sei besser für euch beide, noch etwas zu warten?«
»Mittlerweile bin ich mir mit dem Warten alles andere als sicher.« Vorsichtshalber tastete sie mit den Fingern nach den wollenen Unterhosen, die auf dem Bettende lagen.
»Wenn du diesen jungen Rüden Blut lecken läßt, wird er davon erst recht Appetit bekommen und mehr verlangen. Und er ist geistlos genug, nicht aufzupassen und sich entdecken zu lassen, wenn er das nächste Mal auf dein Zimmer schleicht«, sagte Radi und wunderte sich, warum er plötzlich so verärgert klang.
»Ich habe damit gemeint, ich bin mir nicht sicher, ob ich noch bis zum Abendessen bleiben soll«, entgegnete Deza scharf. »Mit Edvar werde ich schon fertig. Er ist wirklich das geringste meiner Probleme.«
»Gut«, meinte Radi knurrig, »dann löse ich für dich das Problem mit der gnädigen Frau. Damit bleibt dir nur noch eine Schwierigkeit: der Magnat.«
»Er ist mein allergrößtes Problem«, sagte Deza und setzte sich aufs Bettende. »Hast du mitbekommen, wie er sich kleidet?«
Radi nickte. »Die vorgeschriebenen Gewänder, mit allem Drum und Dran. Sogar die Perlbeinkette hat er nicht vergessen. Ich hatte schon fast Wangen-Einlagen erwartet.«
Deza schüttelte gedankenverloren den Kopf und betastete dabei ihren Wangenschmuck. Er war wunderbar gearbeitet und verziert und trug die Insignien des königlichen Hauses. Vor Sherias Einlagen brauchten sich Dezas nicht zu verstecken. »Früher hat er nur kalmarische Kleider getragen.« Sie sah Radi ins Gesicht. »Was meinst du, warum er sich so verändert hat, warum er sich den hiesigen Umständen angepaßt hat? Sicher ist ihm nicht von einem Tag

auf den anderen der Temperaturunterschied bewußt geworden. Er ist schon seit vielen Jahren auf Mahali, und bislang hat ihn die Hitze nie gestört.«

»Ich würde sagen, hier versucht jemand, sich sein eigenes Reich aufzubauen«, sagte Radi ernst. »Er ist zu dem Schluß gekommen, auf Mahali zu bleiben. An eine Rückkehr auf die kalte Welt, von der er stammt, denkt er wohl nicht mehr. Ich meine, das liegt doch auf der Hand. Mich irritiert viel mehr, warum Mahali ihm mit einem Mal so attraktiv vorkommt. Und warum er sich den herrschenden Gebräuchen so anschließt. Was hat ihn wohl zu dem Glauben gebracht, ihn gehe die Tributzahlung an die Rote Stadt plötzlich nichts mehr an? Er muß irgendeinen Weg gefunden haben, an Wasser zu gelangen, andernfalls würde er den Zorn der Höhlenstadt nicht riskieren wollen.«

»Und einer von uns beiden spielt bei diesem Weg eine gewichtige Rolle«, merkte Deza an. »Da der Aufbau eines Reiches über meine Möglichkeiten geht, denke ich, du bist es wohl, der noch vor dem Abendessen verschwinden sollte.« Sie nahm dic Wollhosen und steckte die Füße hinein.

»Aber Deza, wo sollte man denn hin? Du hast hier bereits viel Zeit investiert, und noch ist nicht aller Tage Abend. Alles könnte sich noch zum Besten für dich wenden, wenn du nur mit mir zusammenarbeitest.«

»Wie sollte das vonstatten gehen?« Sie zog sich die Hosen über die Knie.

»Versuche herauszufinden, was der Magnat vorhat, danach überzeuge ich ihn schon davon, daß ich ihm eine größere oder billigere oder raschere Hilfe bin als du.«

»Und wenn er etwas vorhat, wobei du ihm nicht helfen kannst? Was wird dann aus mir? Dann stecke ich bis zur Halskrause in seinen Plänen, ganz ohne Frage, und wahrscheinlich ebenso tief in deinen Vorhaben. Ich ziehe es vor, meine eigenen Pläne zu verfolgen, und die sehen für sofort mein Verschwinden vor.«

»Deza, wenn es brenzlig wird, hole ich dich heraus. Ob du dich jetzt aus dem Haus schleichst oder noch eine Woche oder

nur ein paar Tage damit wartest, worin liegt da der Unterschied?«
Sie hatte die Hosen jetzt angezogen. »Kein warmes Abendessen, sondern ein Haufen Würmer und einige wilde Eingeborene als Tischpartner«, sagte Deza wehmütig. Müßig befestigte sie einige Bänder am Hüftgürtel. »Zumindest sollte ich erst einmal wieder zu Kräften kommen. Außerdem befürchte ich, er hält mich unter zu strenger Beobachtung, als daß ich mich einfach so davonschleichen könnte. Vielleicht hat er alles abgeriegelt, so daß nicht einmal ich einen Weg hinaus finde. Davon abgesehen kann ich ohne meinen Mbuzim ohnehin nicht fort, und ich weiß nicht einmal, wo sie ihn hingebracht haben.«
»Dann sind wir uns einig, oder?« meinte Radi.
»Woher soll ich wissen, ob ich dir trauen kann?« Der Prinz glaubte an ihrer Miene zu erkennen, daß sie schon dazu bereit war. Normalerweise wäre er nun wie ein Wolf über sie hergefallen, denn wenn ihm schon Hoffnung entgegengebracht wurde, war es bis zum eigentlichen Ziel nicht mehr weit. Aber die Umstände verlangten nach irgend etwas, das dieses Vertrauen stützen konnte. Und wieder leuchtete die Furcht für einen Sekundenbruchteil in ihren Augen auf, ein Zug, der Radi gar nicht gefiel. Er setzte sich neben sie aufs Bett.
»Du bist dir natürlich noch nicht sicher, ob du mir vertrauen kannst, aber ich schwöre es dir bei allem, was mir heilig ist.« Wenn Radi es recht bedachte, war ihm eigentlich nichts sonderlich heilig, aber zumindest klangen seine Worte vertrauenerweckend, und außerdem meinte er es auch genau so, wie er es gesagt hatte. Er würde sie wirklich sicher aus dem Fort des Magnaten bringen, und sei es auch nur aus dem Grund, sie ganz allein für sich zu haben.
Deza sah ihn einen Moment lang an, dann nickte sie.
Radi nahm ihre Hand. Sie schien überrascht zu sein. »Ich möchte nur die Ausmaße deiner Linken messen, damit Harubiki die Steine markieren kann.« Er drehte ihre Hand um und fuhr mit seinen Fingern über ihren Daumen bis hinab in den Handteller. Ihre Haut war rauh und rissig, was von den lan-

gen Tagen an der Küste herrührte, aber sie war noch nicht so hart wie bei den Eingeborenen geworden. »Gut«, sagte Radi und ließ sanft ihre Hand los. »Ein bißchen kleiner als ihre, aber nicht zu sehr.«

»Hast du ein so genaues Gedächtnis?«

»Ich kenne Harubikis Hände sehr gut«, antwortete er und erinnerte sich daran, wie gewandt sie den Hals eines Feindes umschließen konnten und wie zärtlich seinen eigenen.

»So«, sagte Deza. »Nun, dann schmeichle dich mal nicht zu sehr bei den hohen Herren ein, wenn wir nach dem Mahl bei einem Glas zusammensitzen. Ich brauche dich vielleicht noch, um Edvar eifersüchtig zu machen.«

»Reicht dafür nicht Chappa? Er ist viel jünger.«

»Und genau deshalb ungeeignet. Edvar bereitet ein reifer Mann sicher mehr Sorgen als einer in seinem Alter, besonders, wenn der nicht mehr ist als der Diener eines Priesters. Aber du würdest ihn mit Schwierigkeiten konfrontieren, wie sie ihm bisher wohl noch nicht widerfahren sind. Du bist außerdem Priester, was die Sache zusätzlich kompliziert. Die Leute erzählen sich genügend Geschichten von heiligen Männern und den Frauen, die ihnen den Haushalt führen, um Edvar sehr unruhig werden zu lassen. Und sollte er noch keine dieser Geschichten gehört haben, so sorge ich schon dafür, daß er endlich davon erfährt.«

Radi lächelte sie an. »Ich werde dir die nötige Aufmerksamkeit schenken, liebste Deza, und du darfst erwarten, daß meine Bemühungen alles andere als geziemend ausfallen werden.« Er strich eine Locke von ihren Brüsten. Hier war die Haut ganz sicher weder rauh noch rissig, sondern wunderbar glatt, anschmiegsam und weich. »Nun denn«, sagte er und riß sich zusammen, »wo wollen wir diese verdammten Augensteine deponieren?«

»In der Scheune. Die gnädige Frau hat dort schon einen Haufen Steine aufschichten lassen, damit ich die richtigen für sie heraussuche. Lege deine an den unteren Rand. Rechts vom Scheunentor, von innen aus gesehen. Dort dürften allerdings irgendwo Wachen stehen«, fügte Deza besorgt hinzu. »Die

Soldaten achten sehr auf die trächtigen Tiere, und jetzt, wo auch noch die wertvollen Augensteine dort liegen, haben sie sicher die Anzahl der Wächter vergrößert.«
»Ein paar Soldaten machen mir nichts aus«, sagte Radi gelassen. »Aber warum sollten sie ein paar Mbuzim bewachen?« Warum sollte irgend jemand auf die absurde Idee verfallen, diese übelriechenden Tiere in größerem Umfang zu züchten? Ihr Fleisch ist nicht besonders schmackhaft, und ihr Fell wird seinen Geruch nicht los, egal, was man versucht. Das einzige Gute an ihnen sind die Knochen, und die auch erst dann, wenn sie zu Perlbein versteinert sind.«
»Da bin ich ganz ehrlich überfragt. Ich weiß nur, daß der Magnat fest entschlossen ist, sich eine eigene Herde aufzubauen. Für irgend etwas müssen sie also zu gebrauchen sein. Vielleicht hat er einen Weg gefunden, sie außerhalb von Mahali zu Geld zu machen.«
Radi dachte kurz nach. »Nein«, meinte er dann, »wenn das der Fall wäre, hätte er sie in Raumschiffen abtransportieren lassen, selbst wenn er kaum ein Dutzend von ihnen hätte. So weit ich unterrichtet bin, kaufen sie von den Nomaden nur die versteinerten Knochen der Mbuzim und lassen alle anderen Teile liegen. Sicher, es existiert ein bescheidener intergalaktischer Markt für Perlbein-Schmuck, aber der ist so unbedeutend, daß der Magnat kaum im Sinn haben dürfte, sich dort zu engagieren. Der Hauptgrund dafür ist der zu geringe Nachschub. Ich glaube kaum, daß der Magnat Investitionen tätigt, die sich wahrscheinlich erst in einer halben Million Jahre auszahlen . . . höchstens wenn er Zugang zum Grundwasser hätte, aber das läßt die Rote Stadt niemals zu. Nein, irgendwas an den lebenden Mbuzim muß sein Interesse geweckt haben, ihre versteinerten Überreste können es kaum sein.«
Das Licht an der Decke flackerte und ging dann aus. Radi spürte Dezas Hand auf seinem Oberschenkel, als sie erschrokken aufsprang.
»Alles in Ordnung«, flüsterte er ihr zu. »Jeden Augenblick kommt das Licht zurück. Harubiki hat die Energiezufuhr kurz

abgeschnitten, damit die Leute hier nicht mißtrauisch werden, wenn sie feststellen, daß ihre Lauschbänder unbrauchbar sind. So entdecken sie auf ihren Aufnahmen einen Energieausfall und kommen gar nicht erst auf die Idee, jemand könnte die Bänder abgeschaltet und sie so wertlos gemacht haben.«
»Dann sind hier also Lauscher angebracht?« fragte Deza und klang wieder furchtsam.
»Ja, aber sie waren bereits abgeschaltet, als ich zu dir gekommen bin. Der Magnat wird nichts über deine Unterredung mit Edvar erfahren. Oder mit mir.«
Die Lampe ging wieder an und blendete die beiden. Radi legte einen Finger auf die Lippen und zeigte Deza so, daß sie nicht mehr miteinander reden konnten. Die Furcht wollte anscheinend nicht mehr aus ihren Augen verschwinden. Trotzdem nickte sie dumpf und brachte sogar ein schiefes Lächeln zustande. Deza war ihm bisher weder als unbesonnen mutig noch als naiv vertrauensselig vorgekommen. Sie hatte in ihrem Leben schon zuviel mitgemacht, um solche Charakterzüge noch pflegen zu können. Deswegen verblüffte Radi ihr Vertrauen jetzt um so mehr. Ihr mußte doch klar sein, daß er den Plan des Magnaten aus ihr herauslocken und sie dann ihrem Schicksal, gleich wie es aussehen mochte, überlassen konnte. Außer natürlich, sie hatte etwas in seinen Augen entdeckt, das mit ihrer Furcht korrespondierte. Jetzt oder nie, sagte er sich, es würde dumm sein, auf einen Zeitpunkt zu warten, wo sie keine Furcht mehr zeigte. Bis zum Abendessen blieb noch genügend Zeit. Doch bevor er eine zarte Andeutung auf das Bett machen oder sie gar berühren konnte, klopfte es an der Tür.
»Wer ist da?« rief Deza sofort laut.
»Ich bringe Wasser und soll Ihnen auf dem Weg zum Abendtisch behilflich sein«, antwortete eine ängstliche Stimme.
»Ich brauche keine Hilfe«, sagte Deza. »Ich kenne den Weg.«
»Aber Ihr Knöchel . . . Die gnädige Frau hat gesagt . . .«
»Oh«, entfuhr es Deza, »einen Moment, bitte.« Sie zeigte auf die Geheimtür und wies Radi somit an, sofort zu verschwinden.

Impulsiv legte er die Arme um die junge Frau und flüsterte ihr ins Ohr: »Ich komme später zurück.« Er versuchte noch, ihr rasch einen Kuß zu geben, aber sie schob ihn noch rascher fort und eilte mit ihm zum Schrank, um endlich die Tür hinter ihm schließen zu können. Radi warf einen Blick auf den Geheimgang, dann auf Deza und zog schließlich den Kopf ein. Ein leises Klacken zeigte ihm an, daß sich hinter ihm die Rückwand des Schranks geschlossen hatte.

## 8

Als Deza den Geheimgang unsichtbar gemacht hatte, blieb sie einen Augenblick davor stehen und lächelte kurz. Dann eilte sie ins Badezimmer, wo sie den Inhalt der Flasche der gnädigen Frau in die Wanne goß, bevor sie der Wartenden die Tür öffnete. Die Bedienstete schob den Riegel zurück und schlüpfte ins Zimmer, ohne die Tür weiter aufzustoßen. Das junge Mädchen sah Deza mit großen Augen an, in denen viel Ehrfurcht und auch ein wenig Angst standen.
»Wann wird denn serviert?« fragte Deza sie und humpelte in geziemender Weise zu ihrem Ankleidetisch zurück. »Ich hätte nicht gedacht, daß man hier so früh zu speisen pflegt.« Deza hörte sich etwas zu herrisch an, selbst für ihre eigenen Ohren. Das Mädchen begann zu zittern. Sie hielt eine enorme Karaffe in den Händen, die doppelt so groß wie die Flasche war, die die gnädige Frau zurückgelassen hatte. »O nein, Herrin, bis zum Mahl dauert es noch über eine Stunde. Aber man teilte mir mit, Sie benötigten Hilfe beim Ankleiden, und man trug mir auch auf . . .«
Was die Vorgesetzten des Mädchens ihr über Deza gesagt hatten, mußte sehr beeindruckend gewesen sein. Jedenfalls bebte sie am ganzen Leib vor Angst. Und eigentlich war das doch recht überraschend. Dezas Vater hatte immer gesagt, die Bediensteten seien der Schlüssel zu einem Haus. Wer ihren Einfluß oder ihre Gefühle verletzte, beschwor damit unweigerlich ein Desaster für sich herauf. Denn trotz ihres devoten

Auftretens wußten die Bediensteten über alles Bescheid und hatten zu allem im Haus Zugang. Das Problem bestand weniger darin, sie daran zu hindern, dem eigenen Schwindel auf die Spur zu kommen, als vielmehr sie zu Verbündeten zu machen, damit sie nicht alles ausplauderten, was sie entdeckt hatten.

Die Hausbediensteten hatten mit einigem Wohlwollen verfolgt, wie Deza früher Edvar schöne Augen gemacht hatte. Denn das war es, was sie sehen wollten. Natürlich haßten alle die gnädige Frau wegen ihrer Arroganz, ihres Dünkels und ihrer fremden Lebensart. Es gefiel ihnen, mit zu verfolgen, wie ihr Sohn an ihrer Stelle zum Narren gemacht wurde. Aber damit endete schon ihre Verbundenheit mit Deza. Sie wußten sehr genau, welche Rolle sie hier spielte: die attraktive, aber nichtswürdige Frau, die darauf aus war, den naiven Sohn des Hauses zu verführen. Die Bediensteten waren immer in der Nähe gewesen und hatten Dezas Bemühungen teils amüsiert, teils auch etwas verächtlich verfolgt. Im Grunde war Deza immer noch davon überzeugt, daß einer oder mehrere der Diener ihre jähe und überstürzte Flucht wenn schon nicht in die Wege geleitet, so doch zumindest beschleunigt hatten. Warum also zeigten sie sich nun so ehrerbietig? Sogar verängstigt, wenn man dieses Mädchen hier als stellvertretend für alle ansehen durfte. Leider blieb jetzt keine Zeit, sie intensiver danach zu befragen. Davon abgesehen würde das Mädchen vielleicht in Ohnmacht fallen, wenn sie sie mit noch härteren Worten anging. Nein, besser würde es sein, sie einstweilen zur Verbündeten zu machen. Später konnte Deza immer noch erforschen, was hinter diesem sonderbaren Stimmungsumschwung steckte.

»Ich . . . mein Knöchel schmerzt so sehr . . . Ich fürchte, er bringt mich dazu, etwas unbeherrscht zu reagieren«, sagte Deza. Ihre Befehlsstimme hatte Hilflosigkeit Platz gemacht. »Dabei hatte ich gehofft, ich könnte noch vor dem Abendessen aufstehen und meinen Mbuzim suchen. Er erträgt es nur schwer, länger von mir getrennt zu sein. Aber leider weiß ich nicht, wo sie ihn hingebracht haben, und mit dem Fuß hier

kann ich schlecht durch die Gegend laufen und mich nach ihm umsehen.« Von der versperrten Tür, die ihre Suche ebenfalls behinderte, erwähnte sie lieber nichts.
»O, das könnte ich doch erledigen«, rief das Mädchen eifrig. »Ich kann ihn für Sie suchen. Ich meine natürlich, wenn Ihnen das nichts ausmacht. Zuerst helfe ich Ihnen beim Ankleiden, und dann mache ich mich auf und hole Ihnen das Tier.« Sie stand da, abwartend und gleichzeitig wie bereit zur sofortigen Flucht.
Deza runzelte die Stirn. Das Angebot war zwar sehr freundlich, störte aber Dezas Pläne. Das junge Mädchen würde ihr den Mbuzim bringen, und sie selbst wüßte danach auch nicht mehr als zuvor. Höchstens, daß ihr Vater etwas in Erfahrung gebracht hatte und ihr davon erzählte. In Wahrheit wollte sie die Suche nach dem Mbuzim als Ausrede benutzen, um sich hier in der Oase etwas genauer umzusehen. Sie mußte dieses Mädchen unbedingt loswerden, damit sie ihren Knöchel präparieren und noch vor dem Abendessen ihre durcheinanderpurzelnden Gedanken ordnen konnte. Die Vorfälle und Ereignisse bremsten sie noch immer stark in ihrem Vorhaben.
»Was glaubst du, wo sie den Mbuzim untergebracht haben?« fragte sie das Mädchen und achtete darauf, ihr freundlich zuzulächeln.
»Nun, wahrscheinlich bei den anderen. Auf den Weidekoppeln hinter den unteren Ställen.«
Hinter den unteren Ställen befanden sich doch gar keine Weidegründe. Wenn aber doch, dann mußte sie sie unbedingt mit eigenen Augen sehen. »Lauf doch mal hinüber und sieh nach, ob er dort ist«, sagte sie wie in Gedanken. »Mein Mbuzim ist sehr empfindlich. Er läßt es sicher nicht zu, wenn du ihn tragen willst.« Sie erklärte dem Mädchen allerdings nicht, was es tun sollte, wenn der Mbuzim sich wehrte. Deza war sich sicher, daß ihr Vater unwirsch reagieren würde. Auf jeden Fall würde die Bedienstete nicht wissen, wie sie sich entscheiden sollte. Entweder den Mbuzim zurücklassen und Deza holen oder sich selbst den scharfen Hufen des Tieres aussetzen. De-

za blieb damit genügend Zeit, um dem Mädchen zu folgen und sich selbst umsehen zu können.
»Es ist so wunderbar, eine so gute, hilfsbereite Seele zu kennen. Ich beneide dich wirklich um deine schnellen Beine und gesunden Füße«, sagte Deza listig und erzielte damit den gewünschten Effekt. Wie der Blitz sauste das Mädchen nach draußen. Deza beeilte sich, die Tür hinter ihr zu schließen, und lief dann ins Badezimmer. Sie vergaß nicht, die Karaffe mitzunehmen und in die Wanne auszukippen. Wer von einem Peketa gebissen war, mußte das Zehnfache der normalen Menge Körperflüssigkeit an Wasser zu sich nehmen, um nicht Fieber, Dehydration und schließlich sogar den Tod zu erleiden. Mittlerweile erwies es sich als außerordentlich lästig vorzugeben, an einem Peketabiß *und* an einem verstauchten Knöchel zu leiden. Das Peketa allein hätte völlig ausgereicht, sagte sie sich und ärgerte sich gleich darauf, denn genau das waren auch die Worte ihres Vaters gewesen.
Das Mädchen hatte vergessen, den Riegel von außen wieder vorzuschieben, und somit blieb Deza keine Zeit mehr zu verlieren. Sie würde sich nicht die ganze Zeit an ihren verletzten Fuß erinnern können und humpeln, wenn sie sich nicht einen neuen Verband umlegte, der sie die Verletzung nicht vergessen ließ. Hastig zog sie sich die gelbe Bluse mit den weiten Ärmeln an, streifte die türkisblaue Wollweste darüber und band ihr Haar mit einem Stoffstreifen hoch. Erst dann setzte sie sich auf den Rand der Wanne, um den Fuß zu verbinden. Deza durchstöberte den Beutel mit den Waschsachen nach etwas Scharfem und erinnerte sich dabei an den Peketa, den Radi eingesteckt hatte. Sie mußte schmunzeln. Zumindest auf diesem Gebiet konnte sie das Tempo bestimmen. Der falsche oder echte Priester wollte also mit ihr ins Bett. Nun, vielleicht würde sie ihm diese Gunst gewähren. Als er eben noch bei ihr gewesen war, hatte sie ihn genau beobachtet, wie er das Soll und Haben seiner Situation abwägte. Er schien zu glauben, alle Vorteile seien bei ihm. Auch Deza selbst hatte die Möglichkeiten durchgespielt und war dabei zu dem Schluß gekommen . . . Nein, eigentlich noch kein Entschluß, sondern eher

ein Abwägen einiger verlockender Aussichten. Alles kam nur darauf an, ob Radi vor dem Liebesakt genauso bereit war, ihr zu helfen, wie danach. Edvar hingegen bedeutete kein Problem. Ihn würde sie sich bis ans Ende aller Zeiten vom Leib halten können. Der Sohn des Magnaten war viel zu unerfahren, um schon zu erkennen, daß Deza mit ihm und seiner Verliebtheit spielte. Sie wollte es dabei belassen, denn auf diese Weise war er ihr viel nützlicher. Deza glaubte allerdings nicht, daß sie sich des Priesters genauso erfolgreich würde erwehren können. Offensichtlich spielte er ein männliches Spiel mit ihr, an dessen Ende sein Sieg und ihre Kapitulation stehen sollten. Deza war bereit, bei seinem Spiel mitzuspielen. Und sie sagte sich, daß der Sieger wohl doch noch nicht feststand. Sie lächelte gedankenverloren. Doch dann riß sie abrupt den Finger aus ihrem Waschbeutel und saugte daran. Sie hatte sich an etwas Scharfem geschnitten. Eine rauhe, borstige Bürste, die sich mehr zum Scheuern als zum Baden eignete. Sie brach ein Stück davon ab, drückte es mit der Borstenseite an den Fußknöchel und begann dann, ihn fest zu verbinden. Die leichte Erhebung des Fremdkörpers würde zwar noch sichtbar sein, aber man würde sie als Schwellung am Fuß ansehen. Vor allem aber würde sie damit das Humpeln nicht mehr vergessen.

Deza legte die Bürste in den Beutel zurück. Sie zog eine leichte Sandale über den »verletzten« Fuß und steckte den anderen in einen fellgefütterten Stiefel. Dann eilte sie aus ihrem Zimmer und über eine Seitentreppe zum Ausgang, der hinter das Haus führte. Da sich niemand in dem langen, geraden und geschlossenen Treppenhaus aufhielt, konnte Deza es riskieren, schnell zu laufen. Sie verlangsamte ihre Schritte erst wieder, als sie sich nahe bei den Ställen befand.

Bedienstete eilten umher, pflegten die Pferde und versorgten die plumpen und schwitzenden Zugtiere. Der Magnat hatte darauf bestanden, sie von seiner Heimatwelt mitzubringen, obwohl die Hitze auf Mahali sie beinahe das Leben gekostet hatte. Daher wurden die Tiere hier in diesen ausgegrabenen Sandsteinhöhlen gehalten, wo die blendende Sonne und die sengende Hitze sie nicht mehr so stark behelligten. In den unterirdischen Ställen war es allerdings immer noch stickig und staubig, und die Tiere machten in ihren düsteren Gehegen einen freudlosen Eindruck.

Die Bediensteten sahen auf, wenn Deza mit gehobenem Kopf, damit das Lampenlicht die Einlagen traf, an ihnen vorbeihumpelte. Leises Zischen folgte ihren Schritten. Getuschel und Geflüster. Ein kurzes Brauenhochreißen auf ihren verhärmten Gesichern als Reaktion auf Dezas hochmütige Miene. Sie sah einem der Arbeiter direkt ins Gesicht, und er senkte sofort den Kopf und wandte sich wieder seiner Arbeit zu. Zumindest würde ihr niemand den Zutritt zu den Gehegen untersagen. Sie fragte sich, ob einer der Bediensteten wohl soviel Mut aufbringen würde, den Grund ihres Hierseins zu erfragen.

Hinter den Ställen, hatte das Mädchen gesagt. Deza konnte immer noch nicht glauben, richtig verstanden zu haben. Der letzte Stall stieß direkt an ein niedriges, überhängendes Sandsteindach. Auf den letzten Metern kam Deza nur an festem Stein vorbei – offensichtlich der Endpunkt der Grabungsarbeiten. Während sie darüber nachdachte, fiel ihr ein, daß eine Magd einmal von Vorratskammern gesprochen hatte, die in den Stein gehauen waren. Käse und Butter lagerte man dort. Vielleicht hatte man dort auch die Mbuzim untergebracht, obwohl sich Deza keinen Grund dafür vorstellen konnte. Aber das Mädchen hatte doch ausdrücklich von den »anderen« gesprochen. Deza hatte geglaubt, es gäbe hier nur die wenigen Mbuzim, die zusammen mit den Ponys auf den bewässerten Wiesen des Magnaten grasten, abgesehen natürlich von Edvars Pärchen.

Das Mädchen tauchte plötzlich hinter dem letzten holzverschlagenen Stall auf. Sie wäre fast in Deza hineingerannt, machte jetzt hastig einen Knicks und sagte mit weit aufgerissenen Augen: »Ich wollte gerade zu Ihnen. Es war genauso, wie Sie es gesagt haben. Der Mbuzim wollte sich nicht anfassen lassen.« Die Hände des Mädchens waren mit scharfen Kratzern bedeckt.

»Wo ist er?«

»Hier entlang.« Das Mädchen eilte los. Deza folgte ihr und verwünschte sich in Gedanken dafür, keine weniger spitze Gedächtnisstütze unter den Verband gepackt zu haben. Durch ihren raschen Lauf aus dem Haus hatte sich das Bürstenstück ein wenig verschoben, genug jedenfalls, um bei jedem neuen Schritt tief in den Knöchel zu stechen. Das Mädchen drehte sich plötzlich um und rannte zu Deza zurück. »Verzeihen Sie bitte, ich hatte Ihren Fuß ganz vergessen.« Sie stützte Deza am Arm. Ihre Vorstellung von Behindertenhilfe war noch schlimmer als nutzlos. Deza mußte mit jedem neuen Schritt ihr ganzes Gewicht auf die scharfen Borsten verlagern.

Sie umrundeten die Gehegereihe und liefen an den groben Rückseiten entlang, die sehr dicht an die Sandsteinwand heranführten und nur einen schmalen Pfad freiließen. Die Decke reichte sehr tief herunter, und die beiden mußten sich ducken, um weiterzukommen. Der Weg wurde noch enger, bis sie plötzlich in einer großen Höhle standen. Das Mädchen hatte nicht übertrieben. Tatsächlich befanden sich Weidegehege hinter den Ställen. Zwanzig, nein, mindestens fünfzig dieser Koppeln, jede von der Größe von Dezas Zimmer im Haus. Sie erstreckten sich tief in die Dunkelheit hinein. Nur wenige Lampen auf hohen Pfählen erhellten die Höhle. In jedem einzelnen Gehege drängten sich fast zu viele Mbuzim. Deza schüttelte den Arm des Mädchens ab und sah nach hinten. »Ist das hier eine natürliche Höhle?« wollte sie wissen.

»O nein, Madame, der Magnat hat sie graben lassen.« In ihrem Tonfall schwang die Frage mit, ob Deza das etwa nicht gewußt habe. Deza kam zu dem Schluß, besser auf weitere Fragen zu verzichten. Immerhin konnte sie sich ja hier umsehen. Deza hätte nie eine so gewaltige und hohe Höhle westlich hinter der Oase vermutet. Sie mußte sich fast einen Kilometer weit unter der Karstebene erstrecken. Wenn der Magnat nur ein Stück weiter hätte graben lassen, wäre er sicher auf natürliche Höhlen gestoßen. Deza gewann neuen Respekt vor dem Herrscher. Die Mbuzim scherte es nicht, wo sie untergebracht waren, solange sie nur ausreichend Wasser und Nahrung erhielten. Und . . .

Deza legte plötzlich eine Hand an die Wange, so als sei ihr ein Gedanke gekommen, den sie nicht wieder verlieren wollte. Sie preßte die Finger aber gegen die Einlage und versuchte mit ihren besonderen Sinnen, die staubigen Sandsteinfelsen, die sie ringsherum umgaben, abzutasten.

»Hier ist er, Madame. Oh, oh, er ist gar nicht erfreut, mich wiederzusehen.« Das Hausmädchen kniete vor dem Gehege hin, in dem sich Dezas Mbuzim befand. Sie hätte ihn kaum wiedererkannt: Sein abgestumpftes Haar war geschnitten und frisiert, und seine Hufe glänzten so hell, daß sich das Licht auf dem gemusterten Perlbein widerspiegelte. Er hatte sich in seine Lieblingsstellung zusammengerollt, trat aber reflexhaft mit den Hufen aus, als das Mädchen zögernd eine Hand nach ihm ausstreckte.

*Hör damit auf, Vater,* sagte Deza. *Du benimmst dich wie ein ungezogenes Kind.*

*Du meinst wahrscheinlich flegelhaft. Zwischen beidem besteht ein Unterschied.*

*Bei dir ist keiner zu bemerken,* sagte Deza. *Stell dich nicht so an und laß dich von dem Mädchen tragen. Wir müssen zum Abendtisch, und ich habe mir den Knöchel verstaucht.*

*Tochter,* sagte er streng, *auch einen Schwindel kann man zu weit treiben. Ein Peketabiß ist simpel und leicht durchführbar, aber ein verstauchter Knöchel ist etwas ganz anderes. Ganz davon abgesehen, daß man dabei humpeln muß, und so etwas vergißt man leicht, besonders in Streßsituationen.*

*Ich weiß, wie ich es nicht vergesse,* entgegnete Deza scharf. *Aber ich gebe dir im großen und ganzen recht, Vater. Man kann einen Schwindel auch zu weit treiben. Oder an zu vielen Dingen gleichzeitig arbeiten.*

Sie wandte sich dem Mädchen zu und sagte laut: »Ich denke, du kannst ihn jetzt hochnehmen. Er wird dir nichts tun, solange ich in der Nähe bin.«

Der Mbuzim ließ es ohne Widerstände zu, daß sie ihn aufnahm. Das Mädchen setzte ihn auf ihre Schulter, zuckte vielsagend die Achseln und machte sich dann in ihrem halsbrecherischem Tempo auf den Rückweg.

»O«, stöhnte Deza und rieb sich den Knöchel.
Das Mädchen blieb stehen und drehte sich besorgt um. »Haben Sie sich verletzt, Madame?«
»Nein . . . oh«, sagte sie und rieb weiter. »Gibt es hier keinen anderen Weg nach draußen?« Sie hoffte, die Frage klang logisch und nicht zu neugierig.
»Nicht daß ich wüßte, Madame, bis auf die Öffnung zur Karstebene, wo sie das Wasser hereinbringen, aber bis dorthin ist es noch weiter.« Sie reichte Deza wieder ihre zu hilfreiche Hand. »Kommen Sie, ich helfe Ihnen zurück ins Haus.«
»Nein, nein, es geht schon«, antwortete Deza rasch, und das Mädchen schoß wieder davon. Einmal in Bewegung, ließ sie sich nicht mehr aufhalten, und Deza mußte wohl oder übel die Zähne zusammenbeißen. Aber das war ihr auf der anderen Seite gar nicht einmal so unrecht, denn sie wollte pünktlich bei Tisch erscheinen.
Deza war die erste im Speisezimmer. Damit blieb ihr Zeit genug, sich den verräterischen Höhlenstaub von den Kleidern zu klopfen und dem Mädchen zu erklären, daß sie den Mbuzim hierlassen und auf ihrem Sitz plazieren sollte. Deza zögerte einen Augenblick, weil sie noch nicht wußte, wo sie sich an dem gedeckten Tisch niederlassen sollte.
*Wenn ich deine Suche nach dem richtigen Platz recht verstehe,* meldete sich ihr Vater, *dann scheint deine Position hier doch nicht sehr gefestigt zu sein.*
*Das wird sie aber nach diesem Mahl sein.* Deza wandte sich an das Mädchen. »Ich werde hier sitzen, zwischen Edvar und dem Priester, gegenüber der gnädigen Frau.«
*Du solltest lieber dem Magnaten gegenüber Platz nehmen, damit du sein Gesicht sehen kannst. Er ist dein gefährlichster Gegner.*
*Alle an diesem Tisch sind meine Gegner, dank dir und deinen Umtrieben. Du hättest mich besser in deine Pläne eingeweiht.*
*Und du hättest besser auf mich hören sollen, als ich dir erklärte, dieser Ort sei zu gefährlich. Aber da du ja nach dem Mahl jeden unter deiner Kontrolle hast, brauchst du meinen*

*Rat wohl nicht mehr.* Der Mbuzim versank in einen tiefen Schlaf und begann zu schnarchen.
»Deza!« rief Edvar. »Liebling, du hättest doch nicht allein herunterkommen sollen.« Er half ihr in den Stuhl.
»Unsere Deza ist ein sehr selbständiges Mädchen«, sagte der Magnat und tauchte hinter seinem Sohn auf. Er hievte sich in den Stuhl am Ende der Tafel. »Sie kommt immer dorthin, wohin sie will, ob verstauchter Knöchel oder nicht, was?« Er lachte. »Ist dem nicht so, Deza?« Die Schärfe seines Tonfalls strafte sein Lachen Lügen.
Was meinte er damit? Hatte er sie auf dem Weg zu den unterirdischen Gehegen beschatten lassen? Ihr Vater hatte recht. Dieser Trick mit dem verstauchten Knöchel schien ihr Untergang zu werden. Deza sah den Magnaten von der Seite an.
»Ich bin ein armes Waisenkind und habe keinen lieben Vater, der mir Ratschläge gibt und mir in der Not zur Seite steht. Wenn ich mir nicht selbst durch die Welt helfe, hilft mir keiner.«
»Du wirst es schon schaffen, ich setze da vollstes Vertrauen in dich.«
Deza errötete geziemend. »Mit deiner freundlichen Hilfe, hoher Herr, ist mir darum auch gar nicht bange.«
Der Magnat lächelte sie kurz humorlos an und hob dann die Arme zum Zeichen, daß das Mahl beginnen solle. Deza war das ganz recht, denn nach diesem Wortwechsel fühlte sie sich recht unbehaglich. Sich mit dem Magnaten einzulassen, war zu keiner Zeit einfach, geschweige denn ein Vergnügen. Und nun, da er so offensichtlich alle Trümpfe in der Hand hielt, überforderte er einen, machte einem Angst. Deza hoffte, daß Radi sich mit den kalmarischen Bräuchen auskannte und wußte, daß Gespräche nicht während eines Mahls stattfanden, sondern erst im Anschluß daran. Sie konnte diesen Aufschub gut gebrauchen, um sich auf die zweite Runde der Schlacht vorzubereiten.
Radi hielt den Kopf fromm über die endlosen Gänge dampfender Speisen gebeugt. Trotz der unerwarteten Hinwendung des Magnaten zur einheimischen Kleidung wurde spätestens bei diesem Mahl deutlich, daß er seinen Lebensstil nicht von

Grund auf geändert hatte. Vielleicht hatte sich aber auch die gestrenge gnädige Frau vehement dagegen gewehrt, auch in der Küche die neuen Sitten einzuführen. Auf jeden Fall waren die Speisen, wie auch die Kleidungsstücke der übrigen Kalmaren, für das mahalitische Klima außerordentlich ungeeignet. Doch nach einer Woche des Hungerns war Deza nicht danach, sich über heißen Federfisch, heiße Suppe und heißes Gemüse zu beklagen. Daneben mußte sie jedesmal freundlich lächeln, wenn ein Diener ihr, kaum daß sie am Wasser genippt hatte, den Becher wieder auffüllte. Es wäre wesentlich einfacher gewesen, vorgeblich ein Gegengift einzunehmen, wenn es so etwas für Peketabisse gegeben hätte. Doch selbst die Kalmaren, die ständig von sich behaupteten, soviel weiter entwickelt zu sein als die Mahaliten, hatten es bislang nicht vermocht, ein solches Mittel zu erfinden. Wenn ein Kalmare von einem Peketa gebissen wurde, tat er das gleiche, was auch ein Mahalite tun würde: Er trank sehr viel Wasser, um das Gift zu bekämpfen. Deza fühlte sich bereits so, als würde ihr das Wasser zu den Ohren herauskommen.
Der Magnat seufzte erfreut und erleichtert auf, als der heiße und bittere kalmarische Cidre serviert wurde. Auch Deza atmete vernehmlich ein, allerdings nicht vor Erleichterung. Sie warf einen langen Blick über die Runde, so als befinde sie sich auf einem Schlachtfeld, bevor sie langsam und vorsichtig ausatmete. Sie war entschlossen, als erste das Wort zu ergreifen, entschlossen, den Verlauf der Konversation zu bestimmen. Wenn ihr das gelang, würden alle Vorteile auf ihrer Seite liegen. Der Magnat würde nicht zu sprechen beginnen, bevor alle Gläser mit Cidre gefüllt waren. Aber sie, Deza, war nicht an eine solche Etikette gebunden.
»Wir waren so betroffen, als Pelono so unerwartet in die Stadt der Roten Höhle zurückgerufen wurde«, sagte der Magnat in dem Augenblick, in dem Deza den Mund öffnete. »Ich denke aber, daß er es dort gut angetroffen hat.«
Radi runzelte die Stirn. »Sehr gut sogar«, sagte er sanft.
Deza saß schweigend da. Radi hatte sich bei seinem ersten Scharmützel nicht ungeschickt angestellt, aber er war den-

noch kein Gegner für den Kalmaren, der gerade so brillant beiläufig die Affäre um den Priester Pelono vom Tisch gefegt hatte. Der Magnat würde von nun an die Konversation lenken. Doch dann erhob Radi das Wort und meinte beruhigend lächelnd zu Deza: »Da hast du ja deinen Mbuzim wieder, mein Kind. Ein hübscherer Anblick als während unserer staubigen Reise.«

Der Mbuzim richtete sich an Dezas Seite auf, so als habe er einen Fingerzeig erhalten, und stieß die Schnauze gegen ihre Rippen. Deza tröpfelte Wasser aus ihrem Glas in seinen offenen Mund. »Meine Dienerin hat ihn für mich geholt«, sagte sie und achtete darauf, nur die halbe Unwahrheit zu sagen. »Die Stallknechte haben ihn wirklich hübsch herausgeputzt.«

»Er ist das männliche Tier eines ausgesuchten Paares«, sagte Edvar. »Das andere ist in meinem Besitz. Meine weibliche Hälfte ist zwar nicht ganz so groß, aber mindestens ebenso hübsch.«

Radi beugte sich zu Deza hinüber und hob ein Bein des Mbuzims. Das unbeholfene Tier rutschte noch näher an Deza heran und hätte sie mit seinem unerwarteten Ruck fast vom Stuhl gerissen. »Der Versteinerungsprozeß ist bei diesem Exemplar bemerkenswert weit fortgeschritten«, sagte Radi und betrachtete neugierig und ernst den Huf. »Was für eine hübsche Maserung. Wo hast du diese Tiere her?«

Edvar warf kurz einen Blick auf seinen Vater.

»Sie waren ein Geschenk von einem Reisenden«, erklärte der Magnat. »Der gute Mann erbat von uns die Wasserfreundschaft.«

Radi befingerte den Huf und besah ihn genauer. Deza kochte innerlich, weil sie jetzt so unvorteilhaft zwischen den beiden jungen Männern eingekeilt war. Der Mbuzim konnte sein Gleichgewicht nicht mehr halten und rutschte Deza auf den Schoß. Der Magnat lächelte sie gütig an.

»Da hat der Reisende aber eine bedeutende Gegengabe dagelassen«, meinte Radi. »Ich vermute, du weißt, was dieses Tier hier wert ist. Sein Perlbein gehört zum Feinsten, das ich je an einem lebenden Tier gesehen habe.«

»Der Reisende versprach uns, der Nachwuchs würde noch wertvoller sein, mit noch feinerem Perlbein versehen«, sagte der Magnat ein wenig zu rasch.

*Rutsch zur Seite*, sagte Deza in Gedanken, *du quetschst mir ja die Rippen ein.*

*Hör auf, nervös zu sein, und hör lieber zu.*

*Wie soll ich denn zuhören, wenn ich kaum atmen kann? Und diese beiden Tölpel hier neben mir tun ihr Bestes, mich endgültig ersticken zu lassen.*

*Du wolltest doch die Fäden in der Hand halten. Dazu brauchst du Informationen. Also hör auf, dich wie ein verzogenes Kind aufzuführen, und hör zu.*

»Ich fürchte, der Reisende hat euch getäuscht«, fuhr Radi fort. »Die Perlbeinentwicklung hat nichts mit der Vererbung zu tun. Solange man Mbuzim nicht auf Land grasen läßt, unter dem sich Grundwasser befindet, oder ihnen auf direktem Wege solches Wasser zu trinken gibt, entsteht keine Versteinerung. Das Grundwasser ist es, worauf es ankommt. Nur bei Mbuzim, die davon trinken – und es muß Grundwasser vom tief unten liegenden Maundifu-Fluß sein, das sehr reich an Mineralien ist –, tritt eine Versteinerung ein. Die Knochen der Tiere und bis zu einem gewissen Grad auch ihr Knorpel verwandeln sich in Perlbein. Aber dieser Versteinerungsprozeß hält nur so lange an, wie den Tieren Grundwasser zugänglich gemacht wird.«

»Oh, tatsächlich? Ich weiß leider nicht allzuviel über die Mbuzim«, sagte der Magnat, trank einen großen Schluck von seinem Cidre und wirkte etwas gelangweilt. »Ich fürchte, dann muß ich wohl alle Hoffnungen begraben, Perlbein-Hufe zu erhalten. Oder aber ich finde Grundwasser.«

»Ich schätze, das ist unmöglich«, sagte Radi.

»So?«

»Nur tief unten im Süden findet man es an wenigen Stellen als Oberflächenwasser. Vielleicht kam dein Reisender von dorther. Westlich von dieser Oase stehen auf dem Karstplateau einige künstliche Brunnen, aber die ganze Gegend dort ist unbewohnbar. Nirgends könnte man auf dem Plateau die

Mbuzim grasen lassen, selbst wenn du dort Wasser finden würdest. Ich fürchte, du mußt dich mit dem Mbuzimpärchen zufriedengeben.«

*Auf was soll ich denn hören?* sagte Deza in Gedanken. *Ich verstehe ja gar nicht, worum es hier eigentlich . . .*

*Das Wasser ist der Schlüssel,* sagte ihr Vater.

*Und die zum Karstplateau hin offenen Koppeln . . .* Dezas Hand fuhr wie in einem Reflex zu den Einlagen hoch. Hastig legte sie sie in den Schoß zurück und hoffte, daß der Magnat es nicht bemerkt hatte. Das also war es, was sie an den Koppeln so stutzig gemacht hatte: Es gab kein Wasser in der Sandsteinhöhle. Der dort überall herumliegende, trockene Staub hatte ihr das klargemacht, aber auch ihre Wassersensitivität hatte es gespürt. Kein Wasser in den Felsen – und so viele Mbuzim. Und eine Öffnung zum Karstplateau, wo es nur hier und da verstreut ein paar Brunnen gab. Das ergab doch keinen Sinn.

»Deine Wangen . . .verzierungen sind doch aus Perlbein gemacht, nicht wahr, Deza?« sagte die Frau des Magnaten.

»Wie bitte? Meine Einlagen? Ach ja, natürlich, die sind aus Perlbein.«

»Das ist ein Beweis dafür, wie wertvoll das Perlbein ist«, sagte Radi. »Ein Perlstoff, der sich wie Seife zu einem solch filigranen Meisterwerk wie Dezas Einlagen verarbeiten läßt, würde sicher auf jedem Planeten einen sehr hohen Preis erzielen, obwohl der Schmuck- und Edelsteinmarkt naturgemäß begrenzt ist. Hat man auf Kalmar eine weitere Verwendungsmöglichkeit für das Perlbein gefunden?«

Der Magnat runzelte zunächst die Stirn und sagte dann abrupt: »Wenn ich es recht verstehe, schreiben einige Bewohner dieser Welt dem Perlbein so etwas wie eine religiöse Bedeutung zu.«

*Am besten geschickt das Thema wechseln, wenn jemand der Wahrheit ungemütlich nahe gekommen ist,* sagte Dezas Vater. *Der Magnat ist wirklich ein kluger Kopf.*

*Was weiß er? Daß Perlbein wertvoll ist? Aber das weiß doch jedes Kind.* Ihr Vater ging Deza an diesem Abend entschieden auf die Nerven. Auf der einen Seite verlangte er von ihr zuzuhören, und auf der anderen Seite unterbrach er sie ständig mit solchen undurchsichtigen Bemerkungen.

»O ja«, sagte Radi, »auf Mahali gibt es seit alters her den Glauben, daß die Geister der Toten, nachdem sie ihren Körper verloren haben, in das Perlbein einziehen. Du hast doch sicher schon die großen, feinbearbeiteten Amulette bei vielen von uns gesehen. Man trägt sie vorsorglich für liebe Verwandte, damit sie im Fall ihres Ablebens dort ein neues Heim finden können.«

»Was aber, wenn man den lieben Verwandten wieder loswerden möchte? Oder muß man ihn das ganze Leben lang am Hals tragen? Muß man ihn über den eigenen Tod hinaus behalten?«

Radi lachte. »Und was, wenn die lieben Verwandten, insofern man mehrere am Hals trägt, nicht miteinander auskommen? Muß man sich dann ihr ständiges Herumgezanke mitanhören?«

»Ja«, sagte der Magnat, »ich habe schon von Leuten gehört, die behaupten, mit ihren Geistern Gespräche zu führen. Ich für meinen Teil kann mir nicht vorstellen, worüber ich mich mit einem Toten unterhalten wollte. Höchstens vielleicht über Religion.«

»Oder darüber, daß die toten Verwandten es lieber gesehen hätten, wenn du an ihrer Stelle gestorben wärst«, sagte Radi.

»Deza«, meldete sich Edvar zu Wort, »sind deine Einlagen auch voller Geister?«

»Nein, nein«, sagte sie heiter. »Mein Geist residiert in dem Mbuzim hier.«

Alle anderen lachten über diese Erklärung. »Und du trittst mit ihm in Verbindung?« wollte der Magnat wissen.

»Aber selbstverständlich, eigentlich pausenlos.«

»Und worüber redet ihr?«

»Über dich, mächtiger Magnat.« Darüber mußten die anderen noch mehr lachen. »Mein Geist ist der einer verstorbenen Frau. Sie hat sich, glaube ich, hoffnungslos in dich verliebt.«

Der Magnat schüttelte sich vor Lachen. »Und ist sie wenigstens hübsch?«

»Das behauptet sie wohl, mächtiger Herr, aber zwischen dem, was man sagt, und dem, wie es in Wirklichkeit ist, besteht oft ein himmelweiter Unterschied.«
»Da hast du recht, Deza. Behauptung und Realität klaffen oft weit auseinander, lassen sich aber leicht unterscheiden.«
»Wie darf ich das verstehen, hoher Herr?« fragte Deza und wünschte sich, sie hätte sich nicht auf ein so schwieriges Terrain begeben. Sie war sich noch nicht einmal ganz sicher, wie sie dorthin gelangt war.
Der Magnat sah sie ruhig und fest an. »Oh, Deza, da gibt es einige Wege und Möglichkeiten.« Dann fügte er freundlicher hinzu: »Sage der Dame, ich sei schon verheiratet, und selbst, wenn dem nicht so wäre . . .« Er hielt inne und hob die Arme zum Zeichen, daß das Mahl beendet war. »Ich fürchte, es würde mir unüberwindliche Schwierigkeiten bereiten, einen Mbuzim zu küssen.«
Allen guten Mächten Dank dafür, daß das Mahl beendet war. Radi und Edvar stritten sich höflich, aber trefflich darüber, wer von beiden Deza zu ihrem Zimmer geleiten dürfe. Am Ende nahm jeder von ihnen einen Arm des Mädchens. »Ich bräuchte noch jemanden, der meinen Mbuzim trägt«, sagte Deza zuckersüß. »Radi, du weißt doch, wie man sich Damen gegenüber benimmt. Würdest du mir diesen Gefallen tun?« Edvar lief vor Stolz rot an, und Radi machte einen etwas verärgerten Eindruck. Beides paßte Deza in ihre Pläne. Allerdings hätte Radi besorgt und nicht verärgert dreinblicken sollen. Das Mahl war zwar vorüber, aber Deza fühlte sich weniger als Herr der Lage denn je, und sie mußte sich so bald wie möglich mit Radi unterhalten.
Der Magnat hatte sich beim Thema Perlbein dumm und ahnungslos gestellt. Dabei wußte Deza nur zu gut, daß ihr Vater ihm all die alten Geschichten darüber erzählt hatte, als er seine Tochter als Wasserhexe einführen wollte. Und er hatte auch nicht versäumt zu erwähnen, daß Grundwasser in den zarten Knochen von Dezas Gesicht fossiliert sei und ihr so die Wassersensitivität verleihe. Auch hatte der Magnat den Reisenden als Überbringer des Mbuzim-Pärchens frei erfunden.

Botvidi, der Priester, hatte sie ihm geschenkt, und jeder am Tisch – bis auf Radi – hatte das gewußt, jedoch bei den Worten des Magnaten nicht einmal mit der Wimper gezuckt. Warum hatte der Herrscher dann so plötzlich und abrupt das Thema gewechselt? Und warum hatte er ihr kaum verhüllt vor den Ohren der anderen gedroht? »Es gibt Möglichkeiten, Behauptung und Realität voneinander zu unterscheiden.« Der Magnat fürchtete Deza überhaupt nicht. Sein Verhalten ihr gegenüber glich dem der Dienerschaft vor ihrer Abreise, mißtrauisch und gleichzeitig amüsiert. Mittlerweile war das bei den Bediensteten anders geworden, sie schienen eine Todesangst vor ihr zu haben, aber woher dieser Wandel beim Magnaten . . . Er spielte Katz' und Maus mit ihr, schien bereit, sie jeden Augenblick zu verschlingen.

»Mein Knöchel schmerzt«, erklärte sie Edvar. »Ich möchte mich hinlegen.«

»Aber selbstverständlich«, sagte er und warf einen triumphierenden Blick auf Radi, der den beiden folgte. »Ich komme mit auf dein Zimmer und sorge dafür, daß du es bequem hast.«

Radi setzte das Tier gehorsam am Fußende des Bettes ab und verließ ohne ein Wort das Zimmer. Deza wagte es nicht, ihm einen Blick zuzuwerfen. Komm gleich zu mir, dachte sie mit aller Intensität, diesen Trottel hier werde ich schon los.

»Ach, Edvar, vielen Dank für deine Mühe, aber der Schmerz ist so stark, daß ich lieber allein sein möchte.«

»Ich könnte dir doch den Verband neu wickeln. Vielleicht ist er jetzt zu straff.«

»Nein, ich . . .« Sie legte ihm dringlich eine Hand auf den Arm. »Bitte, ich möchte mich nur etwas hinlegen.«

Erst nach einer Weile nickte Edvar und brachte sogar ein Lächeln zustande. Bevor er sich zurückzog, goß er aus einem Zinnkrug Wasser in einen Kelch. Man hatte den leeren ersten Krug gegen einen gefüllten zweiten ausgetauscht. Endlich ging Edvar.

Deza hörte, wie die beiden unten die Halle durchquerten und dann die große Treppe hinabschritten. Sie setzte den Kelch ab und huschte zu der Geheimtür. Bitte komm, bitte rasch.

*Wartest du auf jemanden?* fragte der Vater. *Oder ist das deine ganz spezielle Art, deinen grandiosen Erfolg beim Abendtisch zu feiern?*
*Halt doch den Mund.*
*Also ganz ehrlich, du warst umwerfend. Sie haben dir ja schon nach kurzer Zeit aus den Fingern gefressen. Allen voran der Magnat.*
*Was führt der Magnat im Schilde?* fragte Deza plötzlich wie von Sinnen. Sie rannte zum Bett und kniete sich vor dem Mbuzim hin. *Du mußt es mir sagen, Vater, ich habe solche Angst vor ihm.*
*Ich weiß es leider auch nicht, Deza,* antwortete ihr Vater merkwürdig kläglich und zurückhaltend.
*Wieso weißt du es nicht? Du warst es doch, der sich diesen verrückten Plan ausgedacht hat, oder?*
*Ich habe mir einen hübschen, kleinen Schwindel ausgedacht, in dem du die Wasserhexe gespielt hast, um die Mama so lange abzulenken, bis du ihren Sohn in eine verfängliche Situation gebracht hattest. Ich habe mich während der Zeit um den Papa gekümmert und ihm allerlei interessante Geschichten über Mahali erzählt. Heute glaube ich, sie waren zu interessant für ihn, aber damals war ich für seine Aufmerksamkeit sehr dankbar, denn damit bekamst du Zeit für deinen Teil des Plans. Sobald du den Sohn kompromittiert hättest, hätte ich mich den Eltern diskret, aber mit einer offenen Hand genähert und ihnen für ein hübsches Sümmchen versprochen, daß wir uns unverzüglich aus dem Staub machen. Soweit mein Plan.*
*Das soll schon der ganze Plan gewesen sein? Nein, da muß mehr dahinterstecken.* Deza erhob sich. *Denk doch nur an die Ställe unter der Erde. So viele Mbuzim waren dort, aber kein Wasser, und die Koppeln waren zur Karstebene hin offen. Nein, Vater, der Magnat weiß mehr. Er weiß, was es mit dem Karst auf sich hat.*
Die Stimme ihres Vaters hörte sich plötzlich wie die von Radi an. *Perlbein würde auf jeder Welt einen beachtlichen Preis erzielen.*
*Aber wo will er das Grundwasser herbekommen, ohne das*

*kein Perlbein entsteht? Erwartet er etwa von mir, für ihn auf der Ebene Wasserlöcher aufzuspüren?*
Kaum hörbar kratzte etwas in der Wand. Deza sah einen Augenblick unschlüssig den Mbuzim an und ging dann zu der Geheimtür, um sie zu öffnen.

## 9

Radi hatte sich wirklich darüber geärgert, den Mbuzim Deza hinterhertragen zu dürfen. Kaum etwas interessierte ihn weniger als die Frage, wie das verdammte Tier ins Gemach seines Frauchens gelangte. Die ganze Episode war nichts anderes als ein weiterer Schritt in Dezas wohlkalkuliertem Plan, den jungen Edvar zu kompromittieren. Der Sohn stand wohl schon mit hängender Zunge am Rand ihres Bettes und half ihr hinein, weil ihr armer, überanstrengter Knöchel sie daran hinderte, allein unter die Decken zu kriechen. Oh, es war schon allerliebst, wie ihr Hosenunterrock immer wieder einen wohlgeformten Unterschenkel freilegte, wenn sie sich scheinbar zufällig zu weit vorbeugte. Radi glaubte jedoch nicht, daß sich schon *wieder* das Zupfband ihres Mieders wie von selbst gelöst hatte. Sie würde dem armen, gequälten Jungen einige verbotene Blicke gestatten und ihn das Parfüm ihrer Kissen riechen lassen, damit Edvars Phantasie sich bei der Vorstellung überschlug, wie es wohl sein würde, wenn er jetzt neben ihr in dem Bett liegen dürfte. Zu schade für Edvar, daß er nichts von dem geheimen Gang und der Schlupftür wußte. Er hätte zu Deza zurückkehren können, genauso wie Radi es jetzt tat. Er kratzte leise an der Tür, und es hörte sich so an wie eine trippelnde Maus im Gebälk. Deza ließ ihn nicht zu lange warten.
Deza sah so aus, als würden tausend Fragen auf ihrer Zunge brennen. Radi küßte sie rasch, um sie gar nicht erst reden zu lassen. Er hatte es nicht gewagt, mögliche Lauscher mit einem zweiten Energieausfall auszuschalten, und es konnte kein

Zweifel daran bestehen, daß sie in diesem Moment überwacht wurden. Der Kuß sollte nur flüchtig sein, um ihre Fragen zu ersticken, aber ihr Mund war so süß, daß es ihm mehr als nur den Atem nahm und er den Druck auf ihre Lippen verlängerte. Sie glitt in seine Arme, schmiegte sich an ihn, und tief aus ihrer Kehle drang ein Stöhnen. Aber Radi war zu sehr geschult, um die Lauscher zu vergessen. Widerstrebend schob er Deza von sich fort und bedeutete ihr gleichzeitig zu schweigen. Sie nickte.
Radi gab ihr noch einen flüchtigen Kuß, bevor er auf Zehenspitzen das Zimmer bis zu dem schweren Gobelin durchquerte, hinter dem sich ohne Zweifel ein Abhörgerät befinden mußte. Radi brauchte nicht lange, um es zu entdecken. Der kalmarische Wollstoff war am unteren Saum mit Gewichten beschwert, die genauso geformt, aber schwerer waren als das Lauschgerät. Er zog es heraus, ging ins Badezimmer, legte es in die Badetasche und warf einen gekräuselten Unterrock darüber. Radi fragte sich, ob sich auch hier ein solches Gerät befinden mochte, vielleicht dort in dem Auge der Seenymphe auf dem Wandteppich, das genau in die Wanne sah. Radi legte ein Handtuch darüber und überlegte kurz, ob es sich dabei nur um ein Lauschgerät handelte oder um mehr; möglicherweise gab es neben Edvar noch jemanden, der ein besonderes Gefallen an Deza gefunden hatte. Radi drehte die Wasserhähne auf. Mit einigem Getöse rauschte das Wasser in die Holzwanne.
Im Schlafzimmer hing ein einzelner Leuchter über dem Ankleidetisch und verbreitete ein sanftes Licht im Raum. Radi sah Dezas Schatten hinter einem Vorhang, wie sie sich mit einer verklemmten Lade abmühte. Sie zog eine Nadel aus ihrem Haar und machte einen Schritt zur Seite, um mehr im Licht zu stehen. Dann stieß sie die Nadel in den Fenstervorhang, hakte die Verschlüsse ineinander und versperrte so den Blick vom Vorplatz des Hauses in ihr Schlafzimmer.
Der Mbuzim stolperte Dezas Beinen aus dem Weg. Seine halbversteinerten Hufe funkelten selbst in dem eher trüben Licht und gaben so einen Hinweis darauf, wie hell sie nach dem Abschluß der Fossilisation erstrahlen würden. Als Deza alle Vorhänge zugezogen hatte, nahm sie den Mbuzim rasch

in die Arme, um nicht doch noch auf das Tier zu treten. Die Ohren des Wesens zitterten, und es sah Deza traurig an, als es von ihr in ein Nest aus Kissen auf dem Bett gelegt wurde. Das nervöse Zucken des Mbuzim ließ seine Perlbein-Hufe gegen einen Bettpfosten klappern, bis Deza ein Kissen dazwischen schob.

»Was ist denn nur mit ihm los?« fragte Radi leise. »Zu kalt kann es ihm hier doch nicht sein.« Nachdem Deza die Nachtbrise durch das Zuziehen der Vorhänge ausgesperrt hatte, begann die Luft in dem Zimmer stickig zu werden.

»Er hat Angst«, sagte Deza, schob ein zusätzliches Kissen unter das Tier und sah sich nach weiteren um, als sei die Bequemlichkeit des Mbuzim ihre einzige Sorge. »Der Magnat hält mich wirklich für eine Wasserhexe . . .« Sie drehte sich um, suchte immer noch nach Kissen, und die Miene auf ihrem Gesicht war besorgter, als es für ihr momentanes Tun angemessen war. Wenn der Mbuzim Angst hatte, dann befand sich Deza in panischer Furcht.

»Deza«, sagte Radi, nahm ihre Hand und zog sie an sich heran, »du hast dich doch beim Abendmahl ganz gut geschlagen. Warum hast du jetzt solche Angst?«

»Ich habe mich überhaupt nicht gut geschlagen, und ich habe noch immer keine Ahnung, was der Magnat im Schilde führt. Andererseits glaube ich, daß er alles über mich weiß. Mein Instinkt rät mir zur sofortigen Flucht. Bei diesem Schwindel will überhaupt nichts klappen. Ich hätte nicht in das Fort zurückkehren dürfen.«

»Der Schwindel läuft hervorragend, und damit meine ich sowohl meinen als auch deinen«, erklärte Radi. »Morgen zieht die Frau des Magnaten mit dir zu dem Steinhaufen, und du suchst ihr einige Ergußsteine heraus. Sobald du die Hausherrin zufriedengestellt hast, wird der Magnat erleichtert sein und dir nicht mehr so viel Beachtung schenken.«

»Davon bin ich nicht überzeugt.«

»Aber natürlich wird er sich so verhalten. Sein übermäßiges Interesse an dir beruht doch nur auf der Gier seiner Frau nach seltenen mahalitischen Kostbarkeiten. Sobald sie hat, was sie will, wird auch ihr Gatte zufrieden sein, und du mußt dich dann nur noch um Edvar kümmern. Aber ich weiß, daß du ihn dir vom Leib halten kannst, bis wir hier verschwunden sind.«

»Wir gehen fort?« sagte Deza. Sie wandte ihren Blick von dem Mbuzim ab und sah Radi direkt in die Augen. »Du meinst, wir beide? Du und ich?« Ihr schien der Gedanke daran neu und verwirrend zu sein. Und überraschenderweise hatte Radi die gleichen Empfindungen, denn erst in diesem Moment wurde ihm bewußt, daß er Deza mitnehmen wollte, mitnehmen mußte, wenn er von hier fortging, daß er sie nicht allein lassen durfte, daß er nicht das Wagnis eingehen durfte, sie nie mehr wiederzusehen.

»Ja, wir gehen zusammen fort«, sagte Radi ungeduldig. »Du willst doch wohl nicht etwa Edvar heiraten, oder?«

»Zur Zeit möchte ich alles andere als heiraten. Wie rasch können wir von hier verschwinden? Ich habe Angst, noch länger zu warten.«

Radi hatte sich einen würdigen Abgang vorgestellt, *nachdem* die Mariner angerückt waren und außerhalb der Oase ihr Lager aufgeschlagen hatten – und *nachdem* er herausgefunden hatte, welchen besonderen Wert das Perlbein und die Mbuzim auf Kalmar hatten, abgesehen davon, daß sie als Schmuck galten. »Ich wollte nicht Hals über Kopf noch in dieser Nacht aufbrechen, Deza.«

»Aber hör doch mal, Radi«, unterbrach ihn Deza, »ich fürchte, du hast es noch immer nicht begriffen. Die Mbuzim müssen Grundwasser erhalten, wenn ihre Knochen und Hufe versteinern sollen, und . . .«

»Das weiß ich, aber die Rote Stadt wird dem Magnaten kein Maundifu-Wasser zur Verfügung stellen, zumindest so lange nicht, bis wir wissen, was er vorhat. Wahrscheinlich danach auch nicht. Falls das Perlbein plötzlich auf anderen Welten einen besonderen Wert erhalten hat, wird Sheria ihre eigenen Herden haben wollen.«

»Sheria?« fragte Deza. »Wer ist denn das?«

Radi konnte nicht widerstehen. »Sheria ist die Prinzessin der

Stadt der großen Roten Höhle, die echte Prinzessin. Mach dir keine Sorgen, ich habe dem Magnaten kein Wort davon gesagt. Davon abgesehen hast du bei deinem Schwindel ja nicht vorgegeben, Sheria zu sein, nicht wahr? Du trittst vielmehr als ausgestoßene Prinzessin auf, der es so ähnlich ergangen ist wie Akidas Tochter und die ebenso ihren Thron zurückhaben will, oder?«
»Wie bitte?« sagte Deza, aber es klang eher so, als hätte sie gar nicht zugehört, was er gesagt hatte. Sie ließ sich neben dem Mbuzim auf dem Bett nieder und legte ihm die Arme um den Hals.
»Du brauchst wirklich nicht eifersüchtig zu sein. Sie mag mit mir verlobt sein, aber . . . Was ist mit dir, Deza?«
Deza hatte die Hände an den Kopf gelegt, so als hätte sie plötzlich rasende Schmerzen bekommen. »Ich weiß es nicht«, sagte sie seltsamerweise. Sie versuchte aufzustehen, mußte sich am Bettpfosten festhalten und verlor dann das Bewußtsein. Radi fing sie in seinen starken Armen auf und legte sie sanft auf die Bettdecke. »Deza, sag mir, was mit dir nicht stimmt.« Er glaubte nicht eine Sekunde daran, daß sie ihm wieder einen ihrer dummen Tricks vorspielen wollte, so als wäre er genauso ein Trottel wie Edvar. Sie war wirklich in Ohnmacht gefallen. Ihre Haut war feucht und weiß, und von den Muskeln ging keine Kraft mehr aus. Selbst der Mbuzim bemerkte, daß etwas nicht stimmte, denn er erhob sich, blökte zum Steinerweichen und ließ sein Frauchen nicht aus den Augen.
»Deza«, sagte Radi und strich ihr über die Wange. Ihre Gesichtsmuskeln fühlten sich unter der seidenweichen Haut hart wie Stahl an, waren angespannt, fest und zusammengepreßt. Aber Dezas Augen öffneten sich, und ihr Blick fiel auf ihn.
»Ich hielt dich für einen Piraten«, sagte sie. »Aber darauf wäre ich nie gekommen. Aber es hätte mir auffallen müssen, wenn ich daran zurückdenke, wie . . .« Sie schloß wieder die Augen.
»Es tut mir leid, daß ich nicht von Anfang an ehrlich zu dir war«, sagte Radi und wirkte ehrlich betroffen. »Ich nehme an,

du hast meine Verkleidung genauso durchschaut wie ich deine.«

»Verkleidung«, sagte Deza, so als bedeute dieses Wort etwas ganz anderes als für ihn. »Warum bist du dann nicht mit dem Banner der Roten Stadt auf direktem Wege in die Oase einmarschiert, statt dich wie ein Pirat hier einzuschleichen?« Ihre Stimme ließ nicht erkennen, ob sie ernsthaft an einer Antwort interessiert war.

»Das hatten wir auch vor, bis unser Majini zerschellt ist. Der Priester in unserer Begleitung ist dabei ums Leben gekommen, und wir haben alle unsere Waffen verloren. Uns blieb außerdem keine Möglichkeit mehr, mit den Marinern zusammenzutreffen, um über die nötige Rückendeckung zu verfügen. So erschien es mir ratsamer, mich sozusagen durch die Hintertür in diese Oase zu schleichen.« Er rieb Dezas kalte Hände zwischen den seinen warm. »Angesichts dessen, wie man uns hier aufgenommen hat, weiß ich, daß dies die einzige Möglichkeit war, hineinzugelangen. Wir von der Roten Stadt sind dankbar für deine Hilfe und befinden uns in deiner Schuld.«

»Ich hätte nie erwartet, daß ein Prinz aus der Roten Stadt so etwas zu mir sagen würde.« Sie hatte bei diesen Worten die Augen kaum geöffnet, lächelte jetzt aber matt. Der Mbuzim blökte Radi an, aber der Prinz schob das Tier beiseite und goß Wasser in den Kelch. Allmählich machte er sich große Sorgen. Hatten sie Deza Gift ins Essen getan? Sie hörte sich merkwürdig an, so als stünde sie unter Drogen. Und ihre Haut war so feuchtkalt, als stünde sie unter einem Schock. Sie war weiß wie eine Wand, aber wenigstens öffnete sie jetzt die Augen wieder und sah ihn bewußt an. Er versuchte, ihr Gesicht mit Wasser abzutupfen, aber sie wehrte ihn mit einer Handbewegung ab. »Kein Wasser«, sagte sie, »für die nächste Zeit brauche ich bestimmt kein Wasser mehr.«

Er stellte den Kelch fort und setzte sich neben sie aufs Bett. »Was ist denn geschehen?«

»Ich glaube . . . es ist so heiß hier drinnen. Ich trage zu schwere Wollkleider und mindestens zwanzig Schichten Unterwäsche. Wahrscheinlich habe ich mich überhitzt.«

Er sah sie weiterhin besorgt an. Was auch immer sie so geschwächt hatte, es schien jetzt vorüber zu sein. Sie lag ruhig da, sah ihn an, die Farbe kehrte in ihr Gesicht zurück, und in ihrem Blick lag etwas Schelmisches.
»Ich muß mich etwas freimachen«, sagte sie und betonte dabei ein wenig zu auffällig das letzte Wort.
»Komm, ich helfe dir«, sagte Radi und griff nach den Wamsbändern.
»Ich frage mich schon seit einiger Zeit, wann dir das einfällt.« Sie lächelte schelmisch. Ihre Finger fanden flink und gewandt die Falte in seiner Priesterrobe und erreichten die Kleidungsstücke darunter. Dezas Hand fühlte sich warm auf seiner Haut an, die Kälte, die vorhin noch in ihr gewesen war, war völlig verschwunden. Radi beugte sich vor, um Deza zu küssen, und half ihr dabei aus dem Wams und der Bluse und zog an den widerstrebenden Bändern ihres Kamisols.
»Warum gehen diese Zupfbänder immer von selbst auf, nur nicht jetzt?« flüsterte er ihr zu und stubste sie dabei mit der Nase am Ohr.
»Laß mich das lieber tun«, sagte sie und löste behende die Bänder, die sie so oft als Köder benutzt hatte. Aber dieses Mal spielte sie nicht mit einem Mann. Sie setzte sich auf und drängte gegen Radis Körper, um sich das Kamisol über den Kopf zu ziehen.
Der Mbuzim rappelte sich aus seinen Kissen und starrte Deza über Radis Schultern an. Sie hielt mitten in der Bewegung inne, ihre Arme waren wie festgefroren an dem Unterkleid, und sie wirkte geistesabwesend, so als spräche eine unhörbare Stimme zu ihr. Einen Augenblick lang fürchtete Radi schon, die merkwürdige Krankheit habe sie wieder befallen, doch dann biß sie sich auf die Lippen und strahlte den Prinzen an.
»Wir scheinen einen interessierten Zuschauer zu haben«, sagte sie. »Er läßt uns nicht aus den Augen.«
Radi sah über die Schulter. Das Tier starrte sie tatsächlich durch seine pupillenlosen Schlitzaugen an. »Laß ihn doch«, sagte der Prinz und streckte seine Arme nach ihr aus. »Haupt-

sache, ich sehe dich so, wie du bist. Wie könnte man ihm das gleiche Bedürfnis verdenken?«
»Nein!« sagte Deza und fuhr dann ruhiger fort. »Sperr ihn in den Geheimgang.«
Radi stand auf, packte den Mbuzim an seinem fellreichen Nacken und setzte ihn auf der schmalen Stufe hinter der Geheimtür ab. Dann schloß er die Tür. Deza warf indessen einen Unterhosenrock nach dem anderen hinter sich, bis daraus ein kleiner Berg entstanden war. Endlich konnte sie sich wieder kühler fühlen. Als Radi sich umdrehte, zog sie das Kamisol über den Kopf und stieg aus ihrem letzten Pantalon.
Wenn etwas an der Priesterrobe praktisch war, dann der Umstand, daß sie sich mit einem Ruck vom Körper lösen ließ. Radi wunderte sich, daß er plötzlich an Edvar denken mußte, während Deza in seine Arme glitt. Das Mädchen und ihr Vater hatten sich geirrt, als sie annahmen, die Verliebtheit des Magnatensohnes könne nur erhalten bleiben, solange man ihm Deza fernhielt und ihn mit Lockungen abspeiste. Radi war nun mit Deza zusammen, und während er sie nahm, wußte er, daß das seine Gefühle für sie eher noch verstärkte. Sie und ihr Vater hatte nur damit recht gehabt, daß die Vorstellung sich in keiner Weise mit der Realität messen ließ – denn nichts und niemand ließ sich mit Deza vergleichen.

## 10

Deza wachte abrupt auf. Einen Augenblick lang glaubte sie, ihr Vater stieße sie sanft in den Hals, um sie aus ihren Träumen zu holen, weil eine Gefahr im Verzuge war. Deza verlangsamte ihr Atmen, bis es dem eines ruhigen Schläfers glich, und lauschte. Sie konnte nichts hören, hatte aber das bestimmte Gefühl, daß das Geräusch, das sie geweckt hatte, ganz in der Nähe entstanden war. Vielleicht die Geheimtür. Sie zwinkerte leicht und drehte sich murmelnd um. Das kurze Öffnen der Lider hatte ihr nur gezeigt, daß es in dem Zimmer vollkommen dunkel war, aber leider nicht mehr. Sie wußte

nicht, ob die Geheimtür geschlossen war oder nicht. Kein Licht drang durch die Ritze unter der Tür, aber Deza wußte nicht, ob das überhaupt möglich war. Sie lag still da und grübelte, ob sie Radi beim Namen rufen sollte.
Kaum hörbar schloß sich irgendwo eine Tür, und dann hörte Deza gedämpfte Stimmen. Ein Mann und eine Frau. Eine Dienerin? Edvars Vater? Natürlich war Radi sicher nicht so töricht gewesen, Dezas Zimmer durch die richtige Tür zu verlassen. Die Frau flüsterte, und der Mann sprach mit einer leisen, aber gleichmäßigen Stimme. Sie war kaum lauter als die der Frau, aber Deza war das Timbre vertraut. Edvar. Der Sohn des Magnaten an ihrer Tür? Edvar und die Dienerin? Edvar mit der Dienerin und einem Plan, mit Deza zu fliehen? Trotz der unterwürfigen Art, wie Edvar sich am Abendtisch benommen hatte, sandte Dezas Verstand ihr auf alle Fragen ein klares Nein. Das Geräusch, das sie geweckt hatte, war in ihrem Zimmer oder in dem darunter entstanden. Vielleicht hatten Edvar und die Frau, die sich bei ihm befand, den Eindringling verscheucht oder hinter den Schutz der Geheimtür getrieben, und das Schließen der Tür hatte sie im Schlaf gestört. Auf jeden Fall hatten die Stimmen, die sie jetzt hörte, nichts mit ihrem Wachwerden zu tun. Deza war froh, nicht nach dem Prinzen gerufen zu haben. Radi würde sich vor anderen verbergen, aber niemals vor ihr. Deza drehte sich wieder um, seufzte und zog sich dabei leise an den Vorhängen hoch, bis sie nahe bei ihrem Messer an der Wand stand. Sie atmete jetzt unhörbar und wartete.
Niemand außer ihr war in dem Zimmer. Oder aber hier war jemand, der genauso viele Tricks kannte wie sie. Dezas Hand glitt an der Wand hinab, bis sie den Messergriff umschloß. Die Stimmen waren nun besser zu verstehen. Das Flüstern der Frau klang ungeduldig. »Wann wird sie es tun? Du weißt, was dein Vater mit ihr vorhat. Das könnte Tage dauern.«
»Er wird es nicht mögen, wenn du ihm vorgreifst, Mutter.«
Mutter. Was, wenn Radi Harubiki nicht mehr hatte Bescheid geben können? Er hatte ja nicht ahnen können, daß die Ergußsteine so rasch benötigt wurden. Vielleicht hatte er auch

bis zum Morgen warten wollen, um Harubiki zu instruieren. Und selbst wenn er es ihr gesagt hatte, mochte sie vielleicht noch nicht die Zeit gefunden haben, die Steine zu präparieren und zu dem Haufen zu schaffen, den Edvars Mutter zusammengesammelt hatte. Nichts an diesem wasserverdammten Ort wollte so klappen, wie Deza es sich vorgestellt hatte.

Deza kam es plötzlich in den Sinn, durch die Geheimtür zu fliehen und diesen Ort so rasch wie möglich zu verlassen. Dann bezwang sie diesen Drang, hörte noch ein paar Augenblicke lang zu und tastete sich dann durch den Raum. Ein wenig dumpfes Licht drang durch die schweren Holzladen vor den Fenstern. Es mußte kurz vor dem Morgengrauen sein. Das Feuer war erloschen. Deza zitterte in ihrem dünnen Nachtkleid vor Kälte. Sie preßte ein Ohr an die Spalte am Türpfosten.

Sie standen höchstens eine Tür weiter und stritten immer noch. Die Frau mit dem schmollenden Flüstern und Edvar mit der langsamen, vernünftig klingenden Stimme, die Deza sich fragen ließ, ob er doch mehr Verstand sein eigen nannte, als sie bisher in ihm vermutet hatte.

»So lange dauert es doch gar nicht. Ihr Vater hat gesagt, sie braucht die Steine nur hochzuheben und gegen ihre Wange zu pressen, und schon weiß sie, ob sie wertvoll sind oder nicht.«

»Warum kannst du nicht einfach warten, bis sie zurückgekehrt sind? Deza hat genug andere Sorgen, um sich auch noch um deinen Kram zu kümmern.

»Ich würde Ergußsteine nicht Kram nennen, wenn man daran denkt, daß sie viel, viel wertvoller sind als alles, was du je mit deinen Mbuzim verdient hast. Selbstverständlich hat Deza genug andere Sorgen. Sie muß sich entscheiden, wie sie mit euch beiden fertig werden soll, mit dir und diesem Priester.«

»Das ist ungerecht, Mutter. Deza ist . . .«

». . . ein Flittchen. Es bricht mir das Herz, wenn ich zusehen muß, wie sie mit dir umspringt, wo du doch jedes Mädchen auf Kalmar haben könntest, das dir gefällt. Aber nein, es muß Deza sein. Dabei schert sie sich keinen Deut um dich. Wahr-

scheinlich hat sie schon mit zehn Dutzend Männern im Bett gelegen, wahrscheinlich sogar auch in ihrem Zimmer in unserem Haus. Möglicherweise hat sie in diesem Moment einen Kerl bei sich im Bett. Aber ich mische mich ja um deines Vaters willen gar nicht mehr in diese Angelegenheit ein. Ich will ihm nicht im Weg stehen, wenn er König von diesem gräßlichen Planeten werden will, oder wie immer seine Pläne aussehen mögen. Ich habe mich mit meinem Los abgefunden, meine aber, daß mir dafür ein Lohn gebührt. Ich betrachte die Steine als kleines Entgegenkommen für den Schmerz, den dieses Eingeborenenmädchen mir zugefügt hat.«
»Du bist genauso schlimm wie Vater. Immer denkst du nur daran, was du für dich aus Deza herausholen kannst. Sie ist ein Mensch mit Würde, Mutter, und nicht nur ein Ding, das man nach Belieben auspressen kann. Aus diesem Grund werde ich auch . . .« Eine Pause entstand, bevor die Mutter wieder etwas sagte. Deza hatte das Gefühl, Edvar habe fortfahren wollen, sei aber durch irgend etwas daran gehindert worden. Sicher nicht durch das Gejammere seiner Mutter, sondern eher durch eine eigene Überlegung. Deza fragte sich, welche Worte er zurückgehalten hatte.
»Sie auspressen? Was glaubst du denn, was sie und ihr Vater mit uns getan haben, wenn nicht versucht, uns auszupressen? Sie waren noch keine zwei Tage bei uns, da kam dieser furchtbare Mann schon zu mir und ging mich um Geld an. Verstehst du, um eine gehörige Summe, damit diese Schlampe dich in Ruhe lassen würde. Natürlich habe ich ihn zurückgewiesen. Ich wußte, daß du am Ende doch noch zu Verstand kommen und in dem Mädchen die Schlange erkennen würdest, die sie ist.«
Zurückgewiesen. Auch eine Möglichkeit, es auszudrücken. Dabei hatte die gnädige Frau ihren Mann buchstäblich auf Knien angefleht, das Geld auszuhändigen. Dezas Vater war sicher gewesen, die Summe innerhalb weniger Tage doch noch zu erhalten, vor allem dann, wenn Deza weiterhin in den richtigen Momenten das Zupfband ihrer Bluse lösen würde. Aber jetzt fragte sich Deza, ob ihr Vater wirklich so geschickt

vorgegangen war. Der Magnat hatte vielleicht schon damals seinen Plan verfolgt. Wohin sollte der führen? Sicher hatte er nicht vor, König von Mahali zu werden. Eine solche Stellung war auf dieser Welt undenkbar, außer er hatte vor, die Stadt der großen Roten Höhle einzunehmen, und dabei würde ihm Deza nur eine schlechte Hilfe sein. Sie war sich sicher, daß ihr Vater nie behauptet hatte, er würde sich gut mit den Verteidigungsanlagen der Roten Stadt auskennen. Das wäre auch für ihn ein zu großes Risiko gewesen, ganz abgesehen davon, daß er einen Schwindel dieser Art besser alleine durchgeführt hätte. Da er aber über Deza verbreitete, sie sei als Kind aus der Roten Höhle verbannt worden, konnte sie heute kaum bei einer Eroberung der Stadt von Nutzen sein. Und erst jetzt kam Deza zu Bewußtsein, daß der Magnat damals schon mehr Interesse an ihr als an ihrem Vater gezeigt hatte.

»Deza ist keine Schlange«, sagte Edvar geduldig. »Und ihr kann man nicht die Geldgier ihres Vaters ankreiden. Er ist tot, und sie steht ganz allein und ohne Schutz da. Ich werde in Zukunft darauf achten, daß du sie nicht weiter für deine Pläne ausnutzen kannst.«

»Ich verlange doch nicht mehr von ihr, als sich ein paar Steine anzusehen. Was das mit Ausnutzen zu tun haben soll, ist mir ein Rätsel.«

Während ihres letzten Gesprächs waren sie Dezas Zimmer stetig näher gekommen. Deza hatte sich ganz auf den Wortwechsel konzentriert und stellte erst jetzt erschreckt fest, daß sie sich kurz vor ihrer Tür befanden. Das wäre ein schöner Abschluß ihres Streits über ihre Aufrichtigkeit, wenn sie Deza lauschend an der Tür vorfänden.

Deza eilte ins Bett zurück, als sie auch schon ein leises Klopfen an der Tür hörte. »Deza«, flüsterte Edvar in einem sanfteren Tonfall, als er ihn seiner Mutter gegenüber angeschlagen hatte. »Deza, Liebste, wach auf.«

Deza murmelte etwas, von dem sie hoffte, es klang schlaftrunken genug, zog sich eine Wolldecke über die Schulter und schlurfte zur Tür. »Oh, hallo, Edvar«, sagte sie und unterdrückte ein Gähnen. »Wie spät ist es denn?«

»Es ist noch früh«, sagte er. »Meine Mutter ist mitgekommen. Dürfen wir zu dir hinein?«
»O, guten Morgen«, sagte Deza, rieb sich die Augen und fügte in Gedanken an ihren Gruß hinzu: ›Möchtest du freundlicherweise zur Kenntnis nehmen, daß ich deinen kostbaren Sohn mitten in der Nacht weder umarmt noch ihn ohne weitere Fragen in mein Bett eingeladen habe?‹ »Hm, ja, kommt rein.« Sie gähnte wieder. »Wie früh ist es?«
»Es tut mir furchtbar leid, Liebste, und ich weiß, daß es noch sehr früh ist, aber würdest du wohl die Güte haben, für mich die Ergußsteine zu überprüfen?«
»Jetzt?« entfuhr es Deza, und sie legte sich schützend die Hand über die Augen, als Edvar das Licht anmachte. »Aber es ist doch noch so früh.« Sie sank auf ihr Bett zurück. »Könnten wir nicht ein wenig später damit beginnen?«
Edvars Mutter war von diesem Vorschlag nicht begeistert. »Später bist du leider nicht mehr da, und ich weiß nicht, wann du zurückkehrst.«
»Nicht mehr da?« Der Magnat hatte wohl nicht vor, sie in die Wüste zu bringen, um sie dort zu ermorden, sonst hätte die Mutter sicher nichts davon erwähnt. Deza fragte sich, ob sie die Mutter dazu bringen konnte, ihr etwas mehr zu verraten. Sie konnte. Die gnädige Frau öffnete den Mund, um zu einer langatmigen Erklärung auszuholen. Aber Edvar griff seine Mutter am Arm. »Du solltest wirklich mit uns kommen, Deza«, sagte er leise.
Irgend etwas an seiner Stimme brachte Deza plötzlich auf die Idee, daß er sie hier herausholen wollte. Sie hörte damit auf, sich über die frühe Stunde und die damit verbundenen Ungelegenheiten zu beschweren, und schob die beiden zur Tür hinaus, damit sie sich anziehen konnte. Sobald sie allein war, packte sie ihre Kleider und rannte zu der Geheimtür. »Radi«, flüsterte sie. »Radi.« Keine Antwort. Deza zögerte. Sollte sie es wagen, im Dunkeln durch den Geheimgang zu verschwinden, oder würde Edvar dann in ihr Zimmer stürmen und sie holen wollen, weil ihm das Warten zu lang wurde?
*Vertraue ihm*, sagte ihr Vater. *Er weiß mehr, als du glaubst.*

Der Mbuzim ruhte auf dem Bettende und sah sie mit seinen großen gelben Augen an. Radi mußte ihn beim Gehen dort hingelegt haben. Sie hatte kurz ein Bild im Kopf, zu kurz und zu unklar, um es genauer zu erkennen: ein leerer Burghof, die Dunkelheit kurz vor dem Morgengrauen, ein geschlossenes Tor.
Deza nickte dem Tier zu und schlüpfte rasch in die Unterhosenröcke, das Kamisol, leichte Hosen und ein langes Hemd. Dann begab sie sich wieder zum Schlupfloch und zog sich beim Gehen die Sandalen über.
*Hier ist er nicht,* sagte ihr Vater.
*Wo ist er dann?*
*Gegangen . . . Gefahr,* sagte ihr Vater zögernd, so als stünde er unter Drogen.
*Wohin ist Radi gegangen? Und wer ist in Gefahr? Radi oder ich?*
*Gefahr. Vertraue Edvar.*
*Wo ist Radi hingegangen?*
Der Mbuzim sah sie gelassen an. Sie hob ihn an den schwachen Schultern hoch und starrte ihm in die Augen. Bei näherem Hinsehen wirkten sie gar nicht mehr gelassen, sondern glasig. *Wohin ist Radi gegangen?* Sie schüttelte das schlaffe Tier kräftig durch. *Sag es mir.* Der Mbuzim schloß die Augen und fiel in Schlaf. Deza warf sich das Tier über die Schulter und ging zu der Zimmertür. Auf halbem Weg blieb sie stehen und lauschte wieder. Sie warf einen Blick zurück zur Geheimtür. Edvar klopfte an der Zimmertür. Deza öffnete die Geheimtür und legte den Mbuzim in das Versteck. Ein ruhiges Fellbündel, direkt hinter der Tür, über der obersten Stufe. Völlige Finsternis herrschte in dem Geheimgang. Nicht ein einziger Lichtstrahl drang von Radis Zimmer unten hoch. Der Mbuzim öffnete die Augen nicht. Deza verschloß den Geheimgang, griff sich ihren dunkelblauen Umhang und öffnete die Zimmertür.
Edvars Mutter wartete am Fuß der Haupttreppe auf sie. Edvar selbst war schon vorausgegangen, um die schwere Holztür nach draußen zu öffnen. Das Morgengrauen stand unmittel-

bar bevor. Ein leichtes, graues Licht verwischte die grellen Farben in der Eingangshalle des Gebäudes. Deza zog die Kapuze ihres Umhangs über den Kopf und folgte der kleinen Frau hinaus auf den kühlen Hof.

Die Ergußsteine waren in einem der Außenställe zu einem losen Haufen aufgeschichtet worden. Dieser befand sich, wie Deza gehofft hatte, nicht weit vom Tor der Oase. Kein Wächter ließ sich blicken, obwohl Deza davon überzeugt war, daß sich hier irgendwo Posten befanden. Die meisten Soldaten waren Edvars Freunde. Sie zogen den freundlichen jungen Mann dem Alten mit seinen Feldherrengelüsten vor. Ganz sicher . . . Deza sah Edvar an. Er stand zwischen ihr und dem Tor, hielt einen der Ergußsteine in der Hand und wirkte besorgt. Auch Deza spürte plötzlich, wie Zweifel in ihr nagten. Er wird es nicht schaffen, dachte sie. Er meint es gut, aber gegen seinen Vater kommt er niemals an. Er wird mir überhaupt keine Hilfe sein. Soll ich allein versuchen, mit einem Spurt durch das Tor zu kommen? Oder soll ich mein Glück bei den Ergußsteinen versuchen?

Die gnädige Frau kniete am Rand des Haufens, an der rechten Seite gegenüber dem Stalltor. Sie ließ einen der rauhen Steine in Dezas Hand fallen. »Oh, ich *hoffe*, du kannst es«, sagte sie und rieb sich die plumpen kleine Hände.

Das hoffe ich auch, dachte Deza inbrünstig, während sie die kiesige Oberfläche nach den Markierungen absuchte, die Harubiki dort angebracht haben sollte. Und dort waren sie, ein wenig zu auffällig vielleicht, und Deza seufzte dankbar. Zumindest hatte Radi in der letzten Nacht nicht völlig den Kopf verloren, obwohl das andererseits kein so gutes Zeichen war. Deza selbst hatte in den Umarmungen des Prinzen ihren Kopf verloren. Aber jetzt war sie froh darüber, daß er nicht vergessen hatte, Harubiki zu informieren, und daß Harubiki die Steine präpariert hatte, auch wenn sie bei der Arbeit ein wenig zu grob vorgegangen war. Und zum Glück war Edvars Mutter gar nicht auf die Idee gekommen, die Steine selbst abzutasten.

»Dieser hier enthält eine Perle«, sagte Deza und reichte Edvar den Stein. Der Junge sah sie fragend an. Als sie lächelte und ihm zunickte, holte er aus und schlug auf die Musterung. Ein dumpfes Geräusch ertönte, und im gleichen Augenblick zogen sich Risse durch den Stein. Oje, dachte Deza und konnte sich gerade noch zurückhalten, eine Hand zum Widerspruch zu heben. Mal sehen, was dabei herauskommt, sagte sie sich, obwohl sie schon das Ergebnis kannte.

Edvar schlug erneut auf den Stein ein. Dieses Mal brach er an einer Seite auf und zeigte sein dunkles, von schwarzen Adern durchzogenes Inneres. Er bearbeitete das große Reststück, aber Deza wußte jetzt, daß sich darin keine Perle befand. Nur einige Bruchstücke bleiben schließlich übrig.

Die Augen der gnädigen Frau wurden groß, und ein überraschter und verletzter Zug trat in sie. Du kannst kaum überraschter sein als ich, dachte Deza und hob das größte Fragment des Ergußsteins auf. Sie fuhr mit den Fingern in die größte Vertiefung.

Die gnädige Frau wartete auf eine Erklärung. Sie rieb die kleinen Hände noch unruhiger und blickte mürrisch drein.

»Ich . . .«, begann Deza. »Die Kälte stumpft meine Einlagen gegenüber den Ausstrahlungen des Wassers ab, das in Metall gebunden ist. Vielleicht warten wir, bis es etwas wärmer ist.«

Die Vertiefungen waren künstlich und nicht auf natürlichem Weg entstanden. Die glatten Ecken hatte ein Messer geschnitten, wie Harubiki es trug. Radis Begleiterin konnte sich auch nicht vertan haben, weil sie vielleicht nicht gewußt hatte, was in dem Stein war, denn dieses Stück war schon vorher aufgebrochen worden, und zwar mit einem feineren Werkzeug als dem Hammer von Edvar. Deza konnte die feine Linie ertasten, wo man die beiden Hälften wieder zusammengeklebt hatte. Und die Vertiefungen hatten exakt Dezas Handfläche entsprochen, wie Radi sie ausgemessen hatte. Deza konnte sich nicht getäuscht haben. Und jetzt blieb ihr keine Zeit, über dieses Rätsel nachzudenken oder gar eine Erklärung zu finden. Die gnädige Frau wirkte beleidigt und gleichzeitig zu entschiedenen Maßnahmen gegen Deza bereit.

»Die Sonne steigt bald auf«, sagte Deza. Das Tor wird nicht

mehr im Dunkeln liegen und auch nicht mehr unbewacht sein, wenn die Sonne am Horizont erscheint, lieber Edvar. Hörst du überhaupt zu? »Vielleicht warten wir noch, bis es soweit ist. Oder ich gehe noch einmal ins Haus und wärme die Einlagen auf. Die Luftfeuchtigkeit setzt sich auf ihnen ab und stört so meine Sensitivität.«

»Nein«, sagte die gnädige Frau und sah sich ängstlich um. »Nein«, sagte sie dann noch einmal, aber schon deutlich freundlicher, »es muß jetzt sein.«

Deza zuckte die Achseln und griff nach einem zweiten der trügerischen Steine. Sie kramte etwas in dem Haufen herum, um einen zu finden, den die verräterische Harubiki nicht bearbeitet hatte. Sie entschied sich für einen kleinen Stein. »Ich kann nichts versprechen«, sagte sie und hielt ihn an die Wange. »Kein Zweifel, die Nachtluft macht meinen Fähigkeiten schwer zu schaffen.« Was hatte ihr Vater der gnädigen Frau erzählt über ihre magischen Fähigkeiten, den Inhalt der Steine zu erkennen? Sollte sie an den Steinen ablesen können, ob in ihm der Tropfen Wasser bei der Kristallisierung eingeschlossen worden war? Deza preßte den Stein fester gegen die Einlagen, hoffte aber nur darauf, ein bißchen Zeit zu gewinnen, um einen Ausweg zu finden. Ihr Vater hatte stets mehr Vertrauen in Dezas wassersensitive Fähigkeiten gehabt als sie selbst. Natürlich konnte sie eine simple Wasserbotschaft lesen, aber . . . Harubiki hatte keine ausgesandt.

Deza versuchte, die letzte Erinnerung mit dem Verrat an den präparierten Steinen in Einklang zu bringen, doch es wollte ihr nicht gelingen. Sie dachte zunächst, Harubiki sei eifersüchtig auf sie, weil Radi ihr soviel Aufmerksamkeit widmete, und habe sich durch die Steine rächen wollen. Das Mädchen suchte wohl nur nach einer Gelegenheit, Deza zu ruinieren, und Radi hatte ihr mit diesem besonderen Auftrag die beste Möglichkeit dazu gegeben. Aber die falsche Wasserbotschaft, die Harubiki bei ihrem Marsch zur Oase ausgesandt hatte, war wieder ein ganz anderer Fall. Vor allem hatte das nichts mit Deza zu tun. Wen wollte Harubiki eigentlich vernichten,

Deza oder Radi? Und welche anderen Fallen hatte sie mittlerweile errichtet?

»Ist das einer mit Wasserperle?« wollte die gnädige Frau begierig wissen.

»Ja . . . nein . . . ich bin mir nicht sicher«, sagte Deza. »Du mußt dich wirklich bis zum Sonnenaufgang gedulden, wenn du eine ordentliche Arbeit von mir verlangst.«

»Beim Sonnenaufgang sind wir schon weit weg von hier«, sagte der Magnat. Deza fuhr herum, um ihn zu sehen. Sie hielt immer noch den Stein in der Hand. Der Magnat trug die Kleidung für einen Ausritt in die Wüste, die leichten Hosen der Eingeborenen und ein langes, weißes Hemd. Hinter ihm führte ein Diener zwei Ponys. Der Magnat legte einen Arm um seine Frau. »Aber meine Liebe, du hättest unseren Gast noch etwas schlafen lassen sollen. Die Reise auf das Karstplateau ist lang und anstrengend.«

»Auf das Karstplateau?« wiederholte Deza verwundert.

»Ich fürchte, nun mußt du so mitkommen, wie du bist. Die Ponys stehen bereit, und wir wollen doch nicht in die Mittagssonne hineinkommen. Du hättest dir für die Wüste etwas Leichteres anziehen sollen.«

»Die gnädige Frau hat mich um einen Gefallen gebeten. Nachdem sie immer so nett und zuvorkommend zu mir gewesen ist, würde ich sie nur ungern zurücklassen, ohne ihr diesen Gefallen getan zu haben.«

»Ach was, alles Kinderkram. Wir haben etwas viel Wichtigeres vor.«

»Vielleicht kannst du mich dann darüber aufklären. Deine Familie ist sicher auch schon neugierig. Danach können wir dann alle gemeinsam entscheiden, was dringlicher ist.« Tu doch was, Edvar, ganz egal, was. Dieses Spielchen mit deinem Vater bringt mich keinen Schritt weiter.

Der Magnat klopfte freundlich auf den Arm seiner Frau. »Also gut, einen Stein noch, meine Liebe, und dann müssen wir wirklich aufbrechen.«

Und wenn sich in dem nächsten Stein auch keine Wasserperle befindet, dachte Deza, gibst du vielleicht deine Wunschträu-

me über meine Fähigkeiten auf, im Karst Wasser für dich zu finden, oder was auch immer du vorhaben magst. Deza reichte Edvar den Stein, den sie gerade in der Hand hielt.
»Dies ist einer der seltenen wertvollen Steine. Das erkennt man an den zitronengoldenen Maserungen. Und diese hier sind besonders entwickelt.« Leise fügte sie nur für Edvar hörbar hinzu: »Hole Radi, ich kann nicht hinaus auf den Karst.«
Er beugte sich über den Stein und sah verstohlen zu Deza hinauf. »Ich bin keine Wasserhexe. Und wenn dein Vater das herausfindet, wird er mich nicht wieder mitbringen. *Hole* Radi!« Wie dumm, warum hatte ihr Vater nur gesagt, sie solle auf Edvar vertrauen?
»Du kannst ihn später aufmachen«, sagte der Magnat. »Komm, Deza.«
»Bei Wasserangelegenheiten sollte ein Priester hinzugezogen werden«, sagte Deza verzweifelt. »Einer Hexe ist es ohne den Segen eines Priesters nicht gestattet, Wasser aufzuspüren.«
Der Magnat reichte ihr die Zügel eines Ponys. »Unglücklicherweise weilt der Priester nicht mehr unter uns. Er hat uns ohne unseren Segen verlassen. Warum sollten wir dann seinen Segen erbitten?«
»Uns verlassen?« Radi war fort.
»Mit seiner Dienerin.«
»Harubiki«, sagte Deza.
Edvar ließ den stumpfen Hammer mit einem Krachen aufschlagen. Der Augenstein zerbrach in zwei etwa gleich große Hälften. Die zitronengelben Kristalle fingen das erste Sonnenlicht des Morgens auf und reflektierten es auf Edvars bestürztes Gesicht.

## 11

Der verdammte Mbuzim war Radi zwischen die Beine gelaufen, als er gerade die Geheimtür öffnete. Der Prinz war davon so überrascht worden, daß er fast die dunkle Treppe hinabgestürzt wäre. Er hätte nicht gedacht, daß diese Tiere sich so

rasch bewegen konnten, außer wenn sie in Panik waren, und er hatte noch nie einen Mbuzim gesehen, der so gewandt vom glatten Holzboden auf Dezas Bett an die Stelle gesprungen war, an der Radi bis eben noch gelegen hatte. Von seinem neuen, warmen Platz aus sah der Mbuzim Radi nach, bis er die Geheimtür hinter sich geschlossen hatte.
Unten vor seinem Zimmer kratzte Radi wie eine trippelnde Maus an die Tür und wartete auf Chappas Antwort, daß die Luft rein sei. Er hatte dem Mariner gesagt, er solle in seinem Bett schlafen, damit Hausdiener, die sich in das Zimmer schlichen, um zu beichten oder sonstigen Dispens zu erhalten, den Priester schlafend vorfinden und es vorziehen würden, zu einem späteren, passenderen Zeitpunkt zurückzukehren. Niemand wollte sich einem müden und mürrischen Priester anvertrauen, denn die Bußen und Gebühren waren schon bei gutgelaunten hoch genug.
Radi kratzte ein zweites Mal, und als auch daraufhin keine Antwort erfolgte, drückte er sein Ohr an das Holz und versuchte lange Zeit, Stimmen zu vernehmen. Aber er hörte nichts. Behutsam öffnete er die Geheimtür. Bis auf Chappa in seinem Bett hielt sich niemand in dem Raum auf. Anscheinend schlief der Mariner fest – schließlich war ein Bett viel bequemer als die Wüstenfelsen, zwischen denen sie in der Nacht zuvor geschlafen hatten. Und Chappa hatte in der letzten Zeit einiges mitgemacht.
»Na, da bin ich aber froh, daß du meinem Auftrag mit solcher Ernsthaftigkeit nachgekommen bist, aber jetzt ist es damit vorbei, mein Freund. Wenn wir uns nicht beeilen, verpassen wir noch das Morgengebet, und die Leute werden mich für einen schlechten und faulen Priester halten.« Radi betrat den Raum und zog eine frische Robe aus dem Wandschrank. Der Magnat hatte wohlweislich den Vorrat an Gewändern für die heiligen Männer und Frauen nicht angetastet. Radi suchte sich eine schwarzbraune Robe mit einem Saum in der Farbe der Roten Stadt aus und zog sie über. Erst jetzt fiel ihm auf, daß Chappa sich noch nicht einmal gerührt hatte. Leicht verwundert trat er an das Bett. Hatte Chappa etwa eine Magd mit

aufs Zimmer genommen und sich die halbe Nacht hindurch einem eigenen kleinen Stelldichein hingegeben? Ein verdammter Leichtsinn, wenn dem tatsächlich so war. Die Magd brauchte nur den anderen zu erzählen, daß sie mit dem jungen Mann allein gewesen sei, und schon würden sich alle fragen, wo denn der Priester abgeblieben war. Aber als Radi den Mariner schüttelte, wußte er sofort, daß er sich nicht mit einer Bediensteten eingelassen hatte. Chappa war tot, ein Messer steckte bis zum Heft in seinem Rücken. Der Griff zeigte, daß es sich um eine einheimische Waffe handelte. Allerdings mochte auch der Magnat ein solches Messer bei sich tragen. Radi schüttelte den Kopf. Es war höchst unwahrscheinlich, daß der Magnat selbst eine solche Tat ausführen würde. Er hatte zu viele Mahaliten an sich binden können, um sich selbst noch die Hände schmutzig machen zu müssen. Aber Radi zweifelte nicht einen Augenblick daran, daß der Herrscher der Fremden hinter diesem Anschlag steckte. Kein Wunder, daß er sich beim gestrigen Abendmahl so freundlich zeigen konnte. Er hatte gar nicht vor, jemals den Zehnten an die Stadt der Roten Höhle zu entrichten, ganz zu schweigen von den Kosten für zusätzliches Wasser. Aber der Magnat würde bald feststellen, dachte Radi grimmig, daß man einen Priester der Roten Stadt weder ohne Mühe beseitigen noch ihn für längere Zeit aus der Oase fernhalten konnte. Chappas Tod sollte gerächt werden.

Radis Kopfhaut begann zu prickeln, als ihm plötzlich bewußt wurde, daß sich ein Dritter in diesem Raum befand. Er fuhr herum und entdeckte zu seiner Erleichterung Harubiki an der Geheimtür, die ihn mit großen Augen anstarrte.

»Wo bist du gewesen, als die feigen Mörder in mein Zimmer schlichen?« sagte Radi. Harubikis Zimmer befand sich direkt neben seinem, und ihr Schlaf war leichter als der einer Chumakatze auf einem Baum.

»Ich . . . ich wurde aufgehalten . . . in der Scheune. Es hielten sich dort mehr Wachen auf, als ich erwartet hatte. Erst vor wenigen Minuten konnte ich mich davonstehlen.«

»Hast du die Ergußsteine präpariert?« fragte er etwas zu herrisch. Seine Gedanken waren voller böser Vorahnungen über die unerwartete ruchlose Tat des Magnaten und darüber, daß die so geschickte Harubiki Schwierigkeiten gehabt hatte, sich in eine gewöhnliche Scheune hinein- und wieder hinauszuschleichen. Und die Vorstellung, daß Deza Schwierigkeiten mit der Auswahl der Steine haben mochte, trug nicht gerade zu seiner Erleichterung bei.

»Aber selbstverständlich. Die Steine sind alle markiert. Die kleine Hexe dürfte keine Probleme damit haben, sie herauszufinden.«

Radi knurrte etwas Unverständliches und wandte sich wieder dem ermordeten Mariner zu. Er hatte schwer mit Gewissensbissen zu ringen, die ihn arg bedrängten. Schließlich gab es im Moment wichtigere Dinge, über die er nachdenken mußte. Zum Beispiel über einen Magnaten, der sich nicht nur weigerte, ordnungsgemäß den Zehnten zu entrichten, sondern auch noch einen Mord beging. Oder darüber, was Radi jetzt unternehmen sollte, um diesen gefährlichen Fremden einen weiteren Tag lang aufzuhalten, zumindest so lange, bis die Mariner von Sindra angerückt waren. Endlich griff Radi nach dem starken Leinenlaken, um es um die Leiche zu wickeln. »Hilf mir, ihn einzupacken«, sagte er zu Harubiki, »damit wir ihn forttragen können.«

»Forttragen? Wohin denn?« sagte sie. »Draußen stehen doch überall Wächter herum. Wir sollten besser Alarm geben und die Unschuldigen spielen, die wir in Wahrheit ja auch sind.«

Radi hielt inne und beobachtete das Mädchen grübelnd für einen Moment. Er war es nicht gewohnt, daß man seine Anweisungen in Frage stellte, noch nicht einmal von Sherias Getreuen. Aber in der letzten Zeit war Harubikis Status immer weiter angestiegen, stückchenweise nur und offensichtlich so unmerklich, daß er es erst jetzt gewahr wurde, als sie einen anderen Vorschlag machte, statt sofort seinem Befehl nachzukommen, wie sie es bis vor kurzem noch getan hätte. Seit Sheria die Herrschaft angetreten hatte, war es zu einigen zunächst unmerklichen Veränderungen gekommen. Radi schüttelte den Kopf. Es waren zu viele, um sich mit ihnen allen gleichzeitig auseinanderzusetzen. Er wollte jetzt nur das tun, was getan werden mußte. »Es liegt wohl auf der Hand, daß der Mörder Chappa mit mir verwechselt hat. Wenn er schon die Wassergastfreundschaft verletzt, um mich auszuschalten, glaubst du dann im Ernst, daß er zögern würde, mich des Mordes an Chappa zu beschuldigen? Sicher kann er in kürzester Zeit ein Dutzend Zeugen aufbringen, die beschwören, es sei mein Messer, das in Chappas Rücken steckt. Und ich kann schlecht Deza bitten, mich zu entlasten und zu erklären, wo ich zur Tatzeit gewesen bin. Das würde alles noch sehr viel schlimmer machen – Priester tun so etwas ganz einfach nicht. Nein, wir verschwinden durch den Geheimgang, wo uns die Wachen nicht sehen können, verlassen die Oase und begraben Chappa irgendwo weit draußen.«

»Damit wirst du nicht nur zum Morgengebet zu spät erscheinen, sondern gar nicht mehr an ihm teilnehmen können«, sagte Harubiki, »und so etwas tut ein Priester wohl auch nicht.« Aber trotz ihres Widerspruchs kam sie zu Radi, half ihm, die Leiche einzuwickeln, und entging so einer scharfen Zurechtweisung durch den Prinzen.

»Zum Abendgebet sind wir wieder zurück«, meinte Radi statt dessen, »und dann wird der feine Herr mich erst recht nicht mehr erwarten. Zu diesem Zeitpunkt wird er nämlich den Besorgten mimen und jemanden aussenden, der nach mir sehen soll.«

»Und wenn er schon früher auf diese Idee kommt?« sagte Harubiki und zog das Messer aus dem Rücken Chappas. Sie warf es auf das Laken, damit es mit ihm zusammen begraben werden würde. »Er wartet sicher darauf, daß Chappa oder ich laut jammernd durch das Haus laufen. Wenn das jedoch nicht geschieht, wird er sicher mißtrauisch.«

»Und was will er dann tun? Etwa Botvidi mitteilen, bei ihm sei in der letzten Nacht ein Priester ermordet worden und er möge doch bitte vorbeischauen, um die Leiche in Augenschein zu nehmen, oder was?«

Harubiki sah Radi streng an, als der in Beantwortung seiner Frage den Kopf schüttelte.

»Er mag den ganzen Tag über ein ungutes Gefühl haben«, sagte Radi, »und ich erwarte, er richtet es so ein, den ganzen Tag über weit weg von seiner Oase zu sein.«
Ohne das geringste Anzeichen von Trauer auf dem hübschen Gesicht wickelte Harubiki etliche Male die Vorhangschnur um die Leiche in dem Laken und sicherte sie so für den Transport. Als sie sich davon überzeugt hatte, daß alles fest verzurrt war, bedeutete sie Radi, Chappa an den Schultern anzuheben. Zusammen trugen sie ihn zu dem Geheimgang.
Tot schien Chappa viel schwerer zu sein, als man das vorher bei ihm vermutet hätte. Aber auch jetzt hätte Radi ihn allein auf der Schulter tragen können, wenn die Decke des Geheimgangs nicht so niedrig gewesen wäre. Trotz der Schwierigkeit, mit der einen Hand die Leiche zu halten und mit der anderen die Taschenfackel auszustrecken, konnten Harubiki und Radi die Holzstufen endlich hinter sich lassen und die Höhlen unter dem Haus erreichen. Sie gelangten in den Kontrollraum, wo sie gestern noch die computerkontrollierten Abhörgeräte ausgeschaltet hatten. Danach übernahm Harubiki die Führung, denn sie hatte diese Höhlen bereits auf ihrem Weg zu der Scheune erforscht.
»Wenn es uns gelingt, die Leiche nach oben zu bringen«, sagte Harubiki, »können wir sie mit dem Flaschenzug die Mauer hinunterlassen. Dort, wo die Leute hier sonst die Futterballen hinauf- und hinabbefördern.«
»Hast du nicht gesagt, überall stünden Wachen?« Radi war stehengeblieben.
Harubiki sah ihn ungeduldig an.
»Immerhin habe ich den Weg hinaus gefunden, oder etwa nicht? Mein ehemaliger Lehrmeister sollte eine besondere Leistung seiner ehemaligen Schülerin anerkennen können.«
»Ich hätte dich auch noch die Höflichkeit lehren sollen. Mir behagt das, was wir hier tun, genausowenig wie dir. Chappa hätte ein ehrenvolleres Begräbnis verdient, aber ich zweifle nicht eine Sekunde daran, daß er die Notwendigkeit dieser Maßnahme begreifen und sie gutheißen würde, wenn ihm das noch möglich wäre.«

»Es ist mir gleich, wie wir Chappa loswerden, Hauptsache ist, wir beseitigen seine Leiche rasch und ohne Aufsehen . . . damit wir vor dem Abendgebet zurück sind«, sagte sie und fügte dann düster hinzu: »Mittlerweile ist die Sonne wohl schon aufgegangen.«
Radi seufzte. Harubiki war immer schon hart gewesen, wie er sich erinnerte. Aber sie war auch stets loyal gewesen, und er war davon ausgegangen, daß dies Respekt vor Freunden einschloß, gleich ob sie tot oder lebendig waren. Zumindest im letzten Punkt schien er sich zu irren. Aber er konnte sich darauf verlassen, daß sie die Last ohne zu klagen weitertragen würde. Sie marschierten weiter und achteten darauf, nicht über die grobbehauenen Steinplatten zu stolpern.
»Ich rieche Mbuzim«, sagte Radi und rümpfte die Nase, als sie aus einem behauenen Gang in einen natürlichen gerieten.
»Die Scheune liegt direkt über uns, und das meine ich wörtlich«, sagte Harubiki, während sie weiter an ihrem Ende der Leiche zog und gleichzeitig mit ihrer Taschenfackel in einen steilen Gang leuchtete, um ihre Worte zu unterstreichen. Der Gang war durch den soliden Fels gebrannt worden.
»Hier riecht es überall nach Mbuzim«, sagte Radi und hielt Chappa mit einem Arm unter den Kniekehlen, damit er mit der anderen Hand die Wände ableuchten konnte. Und dabei entdeckte er das, was er insgeheim erwartet hatte: eine Strickleiter, die zu einer Falltür in der Decke führte. »Warte noch einen Moment, ich will hinauf und nachsehen.«
»Radi, wir dürfen keine Zeit verlieren!«
Aber Radi hatte bereits seinen Teil der Last abgesetzt und die halbe Strickleiter hinter sich gebracht. Oben angekommen, öffnete er die Falltür einen Spalt weit und spähte in den gut beleuchteten Stall. Der Geruch von Pferdemist und frisch geschlagenem Holz drang in seine Nase, aber nicht der von Mbuzim. Zwei Ponys standen in einem Kreuzgang. Ihr cremefarbenes Fell war gestriegelt und gebürstet, daß es glänzte. Eines der Tiere war mit einer gewöhnlichen Lederdecke gesattelt, das andere mit dem reichverzierten Sattel eines Nomadenhäuptlings, komplett mit einem Stirnband voller Perlbein-

Einlagen, geflochtenen Tressen, einer perlbeinbeschlagenen Brustplatte und einem farbenfrohen Sprungriemen. Der Sattel selbst war ein schweres, plattenbelegtes Stück, verziert mit hauchdünnem, zartem Leder und am Vorderteil mit einer Feldflasche und einem Nahrungskasten behangen. Offensichtlich wollte der Magnat einen Ausritt machen, und das überraschte Radi keineswegs. Der Fremde hatte wohl wenig Interesse daran, zugegen zu sein, wenn die Leiche entdeckt wurde. Radi war allerdings über die Anzahl der Ponys in den Gehegen verwundert. In den Häusern der Fremden fand man ausreichend Pferde für jeden Mann, nebst einigen Reittieren für die gnädige Frau und vielleicht auch für die Dienerschaft. Aber dieser Stall hier stellte alle anderen in den Schatten. Mehr als vierzig Boxen allein an diesem Gang, und das waren doppelt so viele, wie er von draußen geschätzt hätte. Der Großteil des Stalls war allerdings unter dem Boden verborgen. Von seinem Platz an der Falltür konnte Radi nur schätzen, wie viele weitere Gänge mit Boxen sich hier befinden mochten. Was wollte der Magnat nur mit so vielen Tieren? Kein Wunder, wenn er mehr Wasser verlangte, als die Rote Stadt ihm zur Verfügung stellen konnte. Jedes einzelne Pony verbrauchte sicher zwischen sechzig und achtzig Liter Wasser am Tag.

Radi spürte den starken Impuls in sich, durch die Falltür zu klettern, nachzuzählen, wie viele Ponys der Magnat besaß, und dann auszurechnen, ob sich der Tierbestand in etwa mit den Wasserforderungen des Fremden deckte. Aber dann tauchte am Ende des Ganges ein Stallknecht auf und kam schlurfend näher.

»Er kommt«, rief der Mann zwei Kollegen zu, die Radi allerdings nicht sehen konnte. Unmittelbar darauf hörte er laufende Füße, die rasch näher kamen. Radi hatte die Falltür noch nicht ganz wieder geschlossen, als auch schon ein schwerer Stiefel darauf aufsetzte. Er hangelte sich eilig die Strickleiter hinunter. Unten erwartete ihn Harubiki mit einem verärgerten Blick.

»Hier entlang«, zischte sie und nahm ihr Ende der Leiche auf.

Unvermittelt wurde der Boden des Gangs glatt, so als würde er häufig benutzt, und es roch auch intensiver nach Mbuzim. Vielleicht fiel es Radi aber auch nur stärker auf, weil er tiefer einatmen mußte; immerhin war der Gang steil und die Last schwer. Eine Ewigkeit schien vergangen zu sein, als sie die oberen Ebenen wieder erreichten und er den Schlitz in der Wand bemerkte, hinter dem sich ein Geheimgang befand. Harubiki blieb stehen.

Radi öffnete die Schlupftür und entdeckte sofort einen cremefarbenen Ponyschwanz. Das Tier war mit den gleichen Farbtressen geschmückt und trug einen ebenso hübschen Zugriemen. Es wurde gerade aus dem Stall geführt. Radi glaubte, in einer Ecke die Silhouette der gnädigen Frau ausgemacht zu haben, und schloß die Geheimtür rasch wieder, um zu warten, bis alle dem Pony nach draußen gefolgt waren. Als Radi erneut zu öffnen wagte, schien der Stall leer zu sein. Er gab Harubiki das Zeichen, ihm dabei zu helfen, die verhüllte Leiche durch die enge Öffnung der Geheimtür zu ziehen. Sobald sie ihn in der Scheune hatten, lud Radi sich den toten Freund auf die Schulter.

Dieser Stall war innen so eng, wie man es von außerhalb erwarten würde. Der Platz reichte gerade für zwei Milchkuh-Boxen, eine Futterkrippe, an der zwei Mbuzim angebunden waren, die genauso verhätschelt und herausgeputzt wirkten wie Dezas Tier, und einen Futterkasten, der jetzt jedoch mit Ergußsteinen gefüllt war. Die gnädige Frau hatte nicht mit Steinen gespart, um eine möglichst große Ausbeute an Wasserperlen zu erhalten. Neugierig geworden, trat Radi auf den Kasten zu, als er ein warnendes Zischen von Harubiki hörte. Er sprang hinter einen Wassertrog und schlug sich dabei die Knie an, schaffte es aber, mit der Last auf den Schultern nicht das Gleichgewicht zu verlieren. Harubiki hatte sich nur wenige Schritte von ihm entfernt hinter Getreidesäcken versteckt. Sie hielt einen Finger an die Lippen. Radi verstand und verhielt sich so still wie möglich. Aber als er lauschte, hörte er nichts. Er ließ Harubiki nicht aus den Augen. Sie mußte die Gefahr sehen, die er nicht ausmachen konnte. Während die

Minuten verstrichen und seine Füße allmählich taub wurden, bedeutete sie plötzlich Radi, ihm auf die Leiter zum Dachboden zu folgen. Diesmal verfiel Radi nicht auf Umwege und Abstecher.

Der Dachboden war wie glattpoliert von den vielen Heuballen und Holzsäcken, die hier hin und her geschoben worden waren. Ein Tor stand weit auf und zeigte einen strahlend blauen Himmel, ein willkommener Anblick. Aber dennoch vergaß Radi die Vorsicht nicht, während er vorsichtig auf das Tor zuging. Er spähte nach Anzeichen von Wächtern oder Dienern, während der Himmelsausschnitt vor ihm immer größer wurde. Aber keine Gefahr drohte auf seinem Weg. Ein Pfad schlängelte sich aus der Wüste auf die Oase zu und näherte sich der Scheune, die am Rande der Oase stand. Hier befand sich auch der Flaschenzug, mit dem die Wagen be- und entladen wurden. Keine Leiter führte zum Wüstenboden hinab, und für einen Sprung war es Radi und Harubiki zu tief. Radi wunderte sich über diesen Ort, von dem aus man die Oase des Magnaten so leicht verlassen und ebenso leicht in sie hineingelangen konnte.

»Sie bewachen diesen Ort«, sagte Harubiki und half ihm, die Leiche auf den Boden zu legen. Sie schob sich eine Strähne ihres seidigen Haares aus dem Gesicht und lächelte. »Aber es wird einige Zeit vergehen, bis sie herausgefunden haben, was mit dem Wächter geschehen ist, der eigentlich gerade Dienst hatte.« Sie deutete auf den bis unter das Dach reichenden Haufen von Futterballen hinter ihr. »Wenn man vorsichtig zu Werk geht, kann man die unteren Heuballen herausziehen, ohne daß die oberen nachrutschen. Ich habe acht Ballen herausgezogen.« Sie schien sich einfach nicht das selbstzufriedene Grinsen verkneifen zu können, und Radi mußte mitlächeln, obwohl er nur zu genau wußte, daß der Leichengeruch des Wächters die Männer des Magnaten auf den Plan rufen würde, lange bevor die Kühe und Mbuzim soviel gefressen hatten, daß man auf die Leiche stieß. Möglicherweise war das Harubiki unbekannt. Eine Leiche verborgen in einer der Höhlen in der Roten Stadt wurde von der kühlen, trockenen Luft geradezu mumifiziert. Doch auf der Planetenoberfläche verlief das Leben in anderen Bahnen. Obwohl Radi dafür gesorgt hatte, daß Harubiki einige Zeit bei den Nomaden verbrachte, erfuhr er jetzt, daß sie nicht alles gelernt hatte, was es dort zu erfahren gab.

Als sie den Körper am Flaschenzug hinabließen, hatten sie ihn in dunkelfarbige und rauhe Jutesäcke gesteckt. Sobald er unten zwischen Felsen und Sand lag, machte sich Radi bereit, ihm über das Seil zu folgen. Er zögerte, als Harubiki mit einem Schubkarren auftauchte, den sie hinter einem Haufen leerer Getreidesäcke gefunden hatte.

»Was willst du denn damit?« fragte Radi.

»Möchtest du den Leichnam lieber auf den Schultern durch die Wüste tragen?«

»Nein, eigentlich nicht«, sagte Radi. Harubikis Tonfall irritierte ihn in zunehmendem Maße. »Denn ich bin zu dem Schluß gekommen, daß du jetzt an der Reihe bist.«

Damit ließ er sich an dem Seil hinab. Ein wenig zu rasch, denn er versengte sich dabei die Handflächen. Radi löste den Haken des Flaschenzugs von den Säcken um Chappa und stand nur da, während Harubiki den Schubkarren herabließ. Er sah ihr auch zu, wie sie sich abmühte, den Körper auf den Schubkarren zu wuchten, und er bot ihr erst recht keine Hilfe an, als sie beim Anschieben Mühe hatte, die Karre in der Balance zu halten. Er zog sich nur die Kapuze über den Kopf, um sich vor den Sonnenstrahlen zu schützen. Dann marschierte er auf dem Wüstenpfad los.

Sobald sie einmal die Oase hinter ich gelassen hatten, fürchtete Radi kaum noch, entdeckt zu werden. Die Wächter auf der Mauer würden sie natürlich sehen, sie aber kaum eines weiteren Aufhebens für wert halten. Auf die Entfernung hin wirkten Radi und Harubiki wie ein gewöhnliches Eingeborenen-Paar, das die Oase verlassen hatte und sich auf dem Heimweg befand. Hier lebten eine Menge Eingeborene, ehemalige Nomaden, die sich vor den Mauern der Oase Häuser gebaut hatten und dankbar das Wasser entgegennahmen, das der Magnat wie ein Almosen unter ihnen verteilte. Sollte einer der

Eingeborenen ihnen zu nahe kommen, würden Radi und Harubiki einfach den Pfad verlassen und sich irgendwohin zurückziehen, so als wollten sie eine Rast einlegen. Aber wenn die Anwesenheit der Eingeborenen es ihnen erleichterte, unbemerkt aus der Umgebung der Oase zu kommen, so brachte sie doch auf der anderen Seite ein Problem mit sich. Zu Fuß konnten die beiden nicht weit in die Wüste Tegati hinein. Selbst wenn sie bis zum späten Nachmittag einen strammen Marsch vorlegten, konnten sie noch nicht sicher sein, unbeobachtet die Leiche zu vergraben. Wohin sie sich auch wandten, wenn sie sich einen halben Tag weit von der Oase des Magnaten entfernten, sie würden sich stets in der Gefahr befinden, beobachtet zu werden – und mochte es nur ein harmloser Hirte sein, der eine Herde flügelgestutzter Guli-Vögel hütete, während diese Tiere Maden und andere Insekten aus der spärlichen und kümmerlichen Vegetation pickten. Sie hätten sich ins Karstland begeben sollen, begriff Radi jetzt, wohin sich nur wenige Menschen verirrten. Aber dieses Gebiet lag jenseits der Oase, und sie konnten jetzt nicht mehr damit beginnen, den Stützpunkt des Magnaten zu umrunden. Radi schützte seine Augen vor der rasch aufsteigenden Sonne. Hier und da erhoben sich Felsgruppen aus dem Sand. Die konnten sie vielleicht beim Graben als Deckung benutzen. Aber dann fiel ihm ein, daß solche aus dem Boden ragenden Felsen meist nur die Spitze eines viel größeren Gesteins waren, das verborgen unter Sand und Staub lag. Eine Baumgruppe, waren die Stämme in dieser Gegend auch noch so verkümmert, wäre für ihre Zwecke das beste. Sie bot Schutz und einen Boden, der zum Graben weich genug war. Aber jeder einzelne Baum in der näheren und mittleren Umgebung von der Oase war mit Sicherheit von Eingeborenen umlagert, die ihn nach Kalanüssen oder Asetely-Beeren absuchten. Und im Freien konnten sie auch nicht graben. Zwar würde sie niemand aufhalten, aber jeder, der sie bemerkte, würde in der Dunkelheit dorthin zurückkehren und das Grab wieder aufschaufeln, um nachzusehen, ob dort nicht etwas Wertvolles verborgen lag. Radi war gerade zu dem Schluß gekommen, Chappas Körper irgendwo

hoch oben in den Felsen zu verstecken und das Begraben ganz aufzugeben, als Harubiki ruckartig stehenblieb.
»Was ist denn das?« sagte sie.
»Was?« wollte Radi wissen. Er konnte nur etwas Gestrüpp und ein paar Teufelsbüsche zu ihrer Linken und ein paar vielversprechende Felsen voraus ausmachen.
»Hör doch«, sagte sie.
Und dann hörte er es. Ein Geräusch wie der Wind, aber viel höher und bei weitem beunruhigender. Kaum war ihm klargeworden, um was es sich dabei handelte, da bekam er auch schon eine Gänsehaut. »Singschlangen«, sagte er.
»Hier?« meinte sie etwas ungläubig.
»Was meinst du denn, wo die Schlangen herkommen, die Sheria in ihrer Empfangshalle hält?«
Harubiki wischte sich mit dem Handrücken den Schweiß von der Stirn. »Von denen habe ich aber noch nie solche Geräusche gehört.«
»Das sind keine Geräusche, sondern einlullende Gesänge.«
Ihr Blick war verblüffend unbekümmert. Radi wurde immer klarer, daß er besser für jedes einzelne Detail in Harubikis Ausbildung Sorge getragen hätte, insbesondere, was die Kenntnisse über die Oberfläche angingen. Dieser Frau, die noch nicht einmal genug wußte, um sich vor Singschlangen in acht zu nehmen, hatte er Sherias Schutz und Leben anvertraut. Natürlich konnte er sich darauf verlassen, daß niemand gegen ihren Willen lebend die Gemächer der Prinzessin betreten konnte, und es war unwahrscheinlich, daß Sheria die Stadt der Großen Höhle jemals verließ. Aber der Herrscher der Roten Stadt braucht einen Leibwächter, der mit jeder Situation fertig werden konnte, ohne Einschränkungen.
»Die Singschlangen, die Sheria hält, sind nichtige Würmer im Vergleich zu den freilebenden Tieren«, erklärte er. »Die größten unter ihnen verspritzen genug Gift, um eine Chuma-Katze zu töten. Der Tod nach dem Biß einer Singschlange dauert entsetzlich lange und ist überaus schmerzhaft.«
»Der Tod mag lange dauern, aber ebenso langsam ist auch die Schlange. Ich bin flink, Radi, zu flink für sie alle.«

»Sherias Schlangen leben in einer Art ständiger Betäubung, weil es in den Höhlen für sie zu kalt ist. Aber hier draußen unter der prallen Sonne sind sie in ihrem Element und können sich rasch genug bewegen, auch rasch genug für dich, meine agile Freundin.«
Harubiki verzog plötzlich das Gesicht. »Wie groß sind diese Schlangen denn hier?« fragte sie und sah mit einigem Respekt auf das Gestrüpp.
»Nicht länger als mein Arm und nicht dicker als dein kleiner Finger.«
»Das ist aber nicht sehr groß. Eine Chuma-Katze könnte eine solche Schlange doch gar nicht auffressen. Eine Höhlen-Bui ist flink, und ihr Gift ist selbst für Menschen tödlich, und die Buis fressen wenigstens ihre Beute . . . zusammen mit ihren Kindern und Kindeskindern.«
»Niemand hat behauptet, die Singschlangen würden einen bestimmten Platz in der Ökologie einnehmen. Alle warmblütigen Lebewesen in ihrer Nähe ziehen sie wie magisch an, treiben sie geradezu in Raserei. Und deshalb achten alle Tiere, die größer sind als eine Maus, darauf, sich nicht von ihrem Gesang einlullen zu lassen.«
»Man sollte doch eigentlich annehmen, daß diese Schlangen besser beraten wären, wenn sie nicht sängen, damit nicht einmal eine Maus sie bemerken kann.«
Radi sah sie seufzend an. »Die Schlangen kommen nie aus der Richtung, aus der man ihr Lied zu hören glaubt. Natürlich ist ihr Gift tödlich, aber die Lieder sind die viel größere Gefahr, sind die eigentliche Falle. Die Schlangen hier verfügen über Luftsäcke, die sich nach hinten entleeren, dort, wo sie eben noch gewesen sind, obwohl sie sich mittlerweile weiterbewegt haben. Und das Peitschen ihres Schwanzes verzerrt die Luftgeräusche aus den Säcken.« Während er gesprochen hatte, hatte sich das Schlangenlied zum jenseitigen Ende des Gehölzes bewegt. Dabei hatte das Tier die Intensität des Gesangs nie verändert, hatte ihn weder verlangsamt noch kurz damit innegehalten.
»Meinst du, Radi, wenn alle diese Schlangen fürchten, dann

hält sich auch niemand im Gehölz auf?« Harubiki lächelte listig.
Ob mit Erfahrungen auf der Oberfläche gesegnet oder nicht, der Verstand der jungen Frau arbeitete genauso präzise wie der von Radi. Auch sie machte sich Gedanken darüber, wie man beim Graben unerwünschten Beobachtern entgehen konnte. »Wir sollten die Singschlangen auch fürchten«, sagte Radi.
»Ich nicht«, erklärte Harubiki und drehte den Schubkarren entschlossen auf das Gehölz zu.
»Harubiki!« rief Radi. Sie blieb stehen und drehte sich zu ihm um. »Wir lösen uns ab und halten abwechselnd die Augen offen.« Das Mädchen nickte und rollte den Karren weiter.
Im Gehölz fanden sie eine freie Stelle mit losem Erdreich. Radi begann zu graben und bedauerte bereits nach wenigen Minuten, daß er Harubiki den Schubkarren hatte schieben lassen und somit als erster mit der Schaufel an der Reihe war. »Sieh nach oben und nach unten«, warnte er sie. »Und vergiß nicht, die Augen niemals dorthin zu richten, wo das Lied gerade ertönt.«
»Es scheint mir von überall herzukommen«, sagte sie, und ihre Stimme klang zum erstenmal nicht mehr so sicher.
»Ich weiß«, sagte Radi, »deshalb sind die Schlangen ja auch so gefährlich.« Verbissen grub er weiter und warf mit der Schaufel sandigen Lehmboden zur Seite. Einmal fiel ihm auf, daß Harubiki eine Laserpistole aus ihrer losen Bluse zog, und das überraschte ihn. Radi hätte nicht gedacht, daß sie noch über eine solche Waffe verfügten. Er hatte bisher geglaubt, alles sei mit dem Majini untergegangen. Die Waffe in der Hand verleitete ihn dazu, etwas länger zu graben, als er es ursprünglich vorgehabt hatte. Harubiki war ein besserer Schütze als er, sowohl beim Fächer- als auch beim Punktbeschuß; er hingegen war viel stärker als sie und daher besser zum Graben geeignet.
Als Radi bis zu den Hüften in dem Loch stehen konnte, sagte Harubiki: »Das reicht.«
»Einverstanden«, meinte er und stieß die Schaufel erleichtert

in das aufgehäufte Erdreich. Er streckte die Hand nach der Laserpistole aus, führte die Bewegung aber nicht zu Ende, als er völlig verblüfft feststellte, daß die Mündung der Waffe auf ihn gerichtet war.

»Mach dir gar nicht erst die Mühe, aus dem Loch zu steigen«, sagte Harubiki, und ihre Stimme klang so tödlich wie der Gesang der Schlangen. »Setz dich einfach hin und versuche, dich mit dem Gefühl vertraut zu machen, dein eigenes Grab geschaufelt zu haben.«

Ihr stahlharter Blick vertrieb rasch alle Zweifel über ihr Vorhaben in ihm und ließ nur noch Verwirrung in seinen Gedanken übrig. »Ich verstehe nicht. Was für einen Grund könntest du haben, mich zu ermorden? Ich weiß doch genau, daß gerade *du* dich am allerwenigsten an den Magnaten verkaufen würdest.«

»Dreh dich um und hör auf zu reden«, gab sie zurück. »Du weißt, daß du dir bei mir alle Tricks sparen kannst. Man kann mich nicht von meiner Aufgabe abbringen. Dafür hat schon mein Lehrmeister gesorgt.«

Radi drehte sich langsam um und wünschte, er wäre bei der Ausbildung etwas weniger gründlich gewesen. Ihm wollte nichts einfallen, das er ihr für solche Situationen nicht beigebracht hatte, abgesehen vielleicht von den Singschlangen. »Das Lied kommt jetzt wieder von weit her«, bemerkte er. Wenn sie auf seine Worte reagiert hätte, hätte er die Chance wahrnehmen und auf sie zuspringen können. Aber sie zog nur ein Seil aus der Bluse und steckte sich ein Ende davon zwischen die Zähne. Mit einer Hand band sie ihm dann die Hände hinter dem Rücken zusammen, und zwar in genau der Weise, die er ihr selbst beigebracht hatte. Er würde Stunden brauchen, um sich zu befreien.

»Setz dich«, befahl sie und zog ihm die Taschenfackel sowie das Messer aus dem Gürtel.

Widerstrebend kam er ihrer Anordnung nach, und mit aller gebotener Vorsicht band Harubiki ihm auch noch die Beine. Noch immer nicht zufrieden, legte sie ihm zusätzlich eine Schlinge um den Hals, so daß er sich selbst erwürgte, wenn er

zu heftig an den Fesseln zerrte. Es war Radi nur ein schwacher Trost, als er erkannte, daß sie ihn offensichtlich nicht auf der Stelle umbringen wollte. Als sie damit begann, das Erdreich in das Loch zurückzutreten, kam er zu dem Schluß, daß sie für ihn einen langsamen Erstickungstod vorgesehen hatte.
»Wie willst du diesen Verrat Sheria erklären?« sagte er.
»Wenn du schon mit dem Majini untergegangen wärst, wie sie es sich wünschte, hättest du mir einiges von den Erklärungen erspart, die ich nun abgeben muß.«
»Sie? Doch nicht Sheria! Wer hat dich bestochen und dich dazu gebracht, die Rote Stadt zu hintergehen?« verlangte Radi zu wissen.
Harubiki schob ungerührt mit dem Fuß weiteres Erdreich in das Loch und sprach erst wieder, als sie Radi bis zum Hals zugeschüttet hatte. »Meine Loyalität gehört der Person«, erklärte sie dann, »der sie immer gehört hat: der Prinzessin.«
»Das kann ich nur schwer glauben . . .«
Harubiki ließ ihn nicht ausreden. »Sheria wird es sein, die, mit meiner bescheidenen Hilfe, die Stadt groß und mächtig macht. Und bei dieser Tat ist kein Platz für Verschwender und Lüstlinge wie dich. Hast du denn im Ernst angenommen, sie könnte nicht ermessen, welche Machtfülle Fremde wie der Magnat in ihren Schoß legen können? Hast du wirklich geglaubt, sie würde hilflos daneben stehen, wenn du ihre Pläne durchkreuzen willst?«
»Harubiki, da hast du sicher etwas mißverstanden. Sie weiß sehr wohl, daß meine Treue zu ihr unantastbar ist. Sie braucht mir nur einen Befehl zu erteilen, und ich gehorche augenblicklich.« Harubiki hatte offensichtlich den Verstand verloren. Ihre schon an Besessenheit grenzende Loyalität zur Prinzessin hatte zu der wahnwitzigen Idee geführt, er, Radi, wolle Sheria hintergehen.
Harubiki lachte auf. »Dann stirb. So lautet der Befehl. Sie hat nicht gesagt, wie du sterben sollst, sondern nur deinen raschen und endgültigen Tod verlangt — wie es auch geschehen wäre, wenn du die letzte Nacht in deinem Bett verbracht hättest.«

»Du hast Chappa ermordet?«
»Du wärst besser dran gewesen, in der letzten Nacht durch mein Messer zu sterben als heute durch eine Singschlange. Ein qualvoller, langsamer Tod, so lauteten doch deine Worte, nicht wahr? Daß sie wie rasend alle warmblütigen Lebewesen angreifen, oder? Ich wünschte, ich hätte die Zeit, dabei zuzusehen, aber Sheria erwartet, daß ich ihr zur Seite stehe, wenn sie sich heute abend mit dem Magnaten trifft.«
»Nichts als Lüge. Sheria kommt nicht hinaus auf die Oberfläche. Niemals würde sie die Rote Höhle verlassen.«
Harubiki wich seinem Blick nicht aus. Sie schüttelte nur den Kopf und setzte ein dünnes, grausames Lächeln auf. »Ach, Radi. Kein Wort von dem, was ich gesagt habe, war gelogen. Warum, meinst du wohl, wurden dir bei deiner Abreise keine Mariner zur Verfügung gestellt? Weil Sheria als Herrscherin untauglich ist und nur Fehlplanungen begeht? Du scheinst die Prinzessin gewaltig zu unterschätzen. Nein, Sheria brauchte die Mariner selber, damit sie sie heute auf der Reise zur Oase eskortieren können. Sie will mit dem Fremden Grundwasser gegen Waffen und Munition tauschen. Und sobald sie ausreichend versorgt ist, wird sie die Waffen gegen den Magnaten und alle anderen Fremden wenden. Und nach ihrem Sieg besitzt sie nicht nur alle Möglichkeiten, Mbuzim zu züchten und eine Menge Perlbein zu gewinnen, sondern auch alles, um dasselbe auf andere Planeten zu exportieren.«
»Nein, nein, nein«, rief Radi, »ich glaube dir kein einziges Wort. Der Perlbein-Schmuck ist diesen Aufwand nie und nimmer wert. Damit kann sie nichts gewinnen.«
Harubiki griff in eine Tasche, kniete sich neben ihn in den Sand und hielt ihm ein perlbeinverziertes Wassermeßgerät vor die Augen. Im Mondlicht leuchtete es milchig grün. »Sieht genauso aus wie die Geräte, die deine wasserhexenden Vorfahren gebaut haben, nicht wahr, teurer Radi? Aber in diesem Kästchen ist keine Magie, keine verlorengegangene Kunst wohnt ihm inne. Es wurde auf einer anderen Welt hergestellt, auf Kalmar. Das einzige, was man dort nicht künstlich herstellen konnte, war das Perlbein. Und Surrogate funk-

tionieren nicht. Weißt du, wie viele Ozeane die Galaxis beherbergt? Und hast du gewußt, daß die Kommunikation zwischen den Welten zuverlässiger ist als die unterirdische auf einem Planeten? Sheria wußte schon seit Monaten, was du mit deiner beschränkten Rote-Stadt-Optik nie erahnt hättest. Der Markt für das Perlbein ist so groß wie die Ozeane der Galaxis, und es sind dort mehr Reichtümer zu verdienen als bei jedem anderen Gut. Und Sheria wird diesen Markt kontrollieren.«

»Aber Sheria würde doch niemals, könnte doch nicht einfach . . .«

Aber Harubiki hinderte ihn daran weiterzusprechen, indem sie ihm einen Knebel zwischen die Lippen schob und den mit Radis eigener Seidenschärper in seinem Nacken festband. »Hast du wirklich geglaubt, Radi, sie würde dich lieben? Daß sie deine gierigen, heißen Hände auf ihrem Körper spüren wollte? Meinetwegen kannst du das bis zu deinem baldigen Tod glauben, wenn dir danach ist, aber wenn du dich wirklich dieser Vorstellung hingibst, dann bist du ein kompletter Narr. Sie haßt dich, Radi, und sie würde sich dir nicht um alles in der Welt hingeben. Aus diesem Grund habe ich für dich jetzt auch keinen leichten Tod vorgesehen. Wenn du den Todesschmerz verspürst, wenn du fühlst, wie das Gift in deinem ganzen Körper kocht, dann denke daran, was Sheria gefühlt hat, wenn du sie mit deinen Händen berührt hast.«

Nach diesen Worten erhob sie sich, drehte sich auf dem Absatz um und verließ ihn. Sie verschwand in den Schatten des frühen Abends, ohne sich noch einmal nach Radi umzusehen.

Er konnte noch immer nicht glauben, was Harubiki gesagt hatte, vor allen Dingen nicht das, was sie über Sheria behauptet hatte. Wenn sie sich wirklich auf die Oberfläche des Planeten wagen sollte, dann nur, weil man sie entweder unter falschen Versprechungen herauslockte oder aber sie schlecht beraten hatte. Natürlich liebte Sheria ihn. Nur Harubikis übertriebene Eifersucht auf alles, was in die Nähe ihrer geliebten Prinzessin kam, war schuld daran, wenn sie sich selbst in einen solch absurden Verdacht gegen Radi hineinsteigerte. Mittlerweile hatte man Sheria sicher darüber informiert, daß

Radi die Mariner nicht wie geplant getroffen hatte. Vielleicht machte sie sich nun auf, um selbst nach dem Rechten zu sehen, und brachte die Mariner gleich mit.
Das Lied der Schlange sprang plötzlich durch das Gehölz und schien sehr weit entfernt zu sein, was allerdings nur bedeuten konnte, daß das todbringende Tier ganz in der Nähe war. Wenn Radi heute auch wenig geglaubt hatte, von einem war er überzeugt: Er glaubte an die Nähe der Schlange.

## 12

Die Ponys des Magnaten bewegten sich mit erstaunlicher Geschwindigkeit. Wenn sie auf geradem Weg zum Karst geritten wären, hätten sie das Plateau binnen weniger Minuten erreicht. Vom Tor der Oase aus hatte Deza den Morgennebel gesehen, der das ganze zerklüftete Gebiet bedeckte. Aber der Magnat entschied sich für eine Umgehungsroute, die sie zunächst etliche Kilometer nach Norden führte. Sie durchquerten ein Eingeborenendorf und ritten dann weiter in nördlicher Richtung, bis sie die steilen Felshänge erreichten, die den Rand des Karstgebiets bildeten. Der Weg hier war eng und steinig, und obwohl Deza sich keinen Grund für den Umweg des Magnaten denken konnte, war sie doch über die Verzögerung erfreut.
Sie wußte nicht genau, warum der Magnat sie hierherbrachte, und diese Ungewißheit machte sie unsicher. Deza unterschätzte nicht die Entschlossenheit des Fremden, sein Ziel zu erreichen – sie war endgültig davon kuriert, ihn zu unterschätzen –, aber auch diese neue, realistischere Einschätzung seiner Bedenkenlosigkeit bei der Durchsetzung seiner Wünsche half ihr in ihrer momentanen Situation nicht viel weiter.
Sie studierte die Packtaschen an den Sätteln, um vielleicht von ihnen einen Hinweis auf den Sinn und Zweck ihrer Reise zu erhalten. Dezas Pony trug Vorräte für nur einen Tag und eine Reihe von Metallhelmen, wie sie Bergarbeiter benutzten, wenn sie bei der Suche nach fossilierten Mbuzim-Knochen

Abraum aus stillgelegten Schächten gruben. Das Pony des Magnaten trug etliche Rollen Seil. Deza konnte nicht erkennen, was sich in den Satteltaschen befand, aber die Helme ließen sie auf Karbidlampen und Magnesium-Taschenfackeln schließen. Aber auf die Frage, warum er in einen der trügerischen Schächte im Karst steigen wollte, konnte sie keinerlei Antwort finden. Ihr Vater hatte dem Fremden vielleicht einreden können, daß Deza aus einem Haufen Ergußsteine jene herausfinden konnte, die mit Wasserperlen gefüllt waren, aber er wäre wohl nie so tollkühn geworden, dem Magnaten zu erzählen, seine Tochter sei auch in der Lage, unterirdische Mbuzimknochen-Schätze aufzuspüren. Ganz abgesehen davon war Deza überzeugt, daß ihr Vater nie ein Wort über den Karst verloren hatte. Er hatte stets dieses Gebiet gemieden, auch wenn man dort kürzer und mit weniger Furcht vor Entdeckung reisen konnte. Nur einmal, bei einer Flucht vor Soldaten, hatte er sich selbst überwunden und wenigstens die Felshänge am Rand des Karstplateaus betreten. Damals waren sie kaum einen Kilometer gelaufen, als er stehengeblieben war, Deza angesehen und ihr die Stirn gefühlt hatte und dann schnurstracks hinausgelaufen war, direkt in die Arme der Soldaten. Deza hatte sich damals nicht krank gefühlt, und der Druck der Einlagen auf ihre Wangen war auch nicht stärker als dann, wenn sie sich in der Nähe von Wasser befand, aber sie hatte sich seltsam losgelöst gefühlt, selbst dann noch, als die Soldaten sie gefesselt hatten. Deza wußte heute noch nicht genau, wie ihr Vater sie damals freibekommen hatte. Es hatte Tage gedauert, bis sie wieder bei klarem Verstand gewesen war.

Heute morgen hatte Deza versucht, mit ihrem Vater Kontakt aufzunehmen, bevor sie sich zu weit von der Burg des Magnaten entfernt hatten. Aber es war ihr nicht gelungen. Sie hatte keine Vorstellung, wie weit sie sich entfernen durfte. Telepathie, wenn es sich denn um solche handelte, sollte eigentlich nicht von Entfernungen abhängig sein. Aber sie hatte ihn gestern schon nicht erreichen können, als sie ihn von ihrem Zimmer aus in den Mbuzim-Ställen rief. Als der Magnat im

Dorf anhielt, um die Ponys trinken zu lassen, glitt Deza aus dem Sattel und nutzte die Gelegenheit, ihren Vater zu rufen, während der Fremde am Brunnen beschäftigt war. Sie schrie in Gedanken, um den trägen Mbuzim aus dem Schlaf zu reißen. Sie war jetzt froh darüber, ihn im Geheimgang versteckt zu haben. Bis auf Radi wußte niemand von diesen Schlupfwinkeln. Und vielleicht auch der Magnat, verbesserte sie sich in Gedanken. Geh davon aus, daß der Magnat alles weiß, sagte sie sich. Es ist viel zu gefährlich, ihn in irgendeiner Beziehung für unwissend zu halten. Aber der Herrscher war hier, und somit mußte sich der Mbuzim in Sicherheit befinden. Und in der Lage, ihre Botschaften zu empfangen. Sie sandte einen letzten Ruf aus und setzte sich dann auf den Brunnenrand. Trotz der warmen Morgensonne zitterte Deza. Sie zog sich den Umhang fester um.
Der Magnat sah sie neugierig an und wandte sich dann abrupt den Ponys zu, als fühlte er sich ringsum von Verrat bedroht. Er unterschätzt dich auch nicht, sagte sich Deza und wartete auf das innere Frösteln, das dieser Gedanke mit sich bringen mußte. Aber es bereitete ihr schon genug Mühe, beim Aufstehen nicht in die Knie zu gehen. Sie mußte sich mit einer Hand am Brunnenrand festhalten.
Der Magnat konsultierte eine Karte. Deza fragte sich, wo er sie wohl herbekommen hatte. Sie war nicht groß, auf dickem, faltigen Papier aufgetragen und mit schwarzen Strichen und blauen Linien überzogen. Solche Karten stellt nur die Rote Stadt her, dachte Deza. Wer mag sie ihm gegeben haben? Irgendwo in ihrem Bewußtsein tauchte der Gedanke auf, diese Karte könnte der gesuchte Hinweis sein, aber sie bekam ihn nicht zu fassen.
*Vater,* rief sie wieder und klammerte sich mit beiden Händen an den glatten Rand des Brunnens. Der Stein fühlte sich kühl und angenehm an. Das Wasser hatte kleine Rinnen in seine Oberfläche gegraben. Deza schloß die Augen.
Deza bestieg einen Felsen, versuchte, den Gipfel zu erreichen. Der Fels fühlte sich kühl und glatt unter ihren kleinen Händen an, und das Wasser hatte kleine Rinnen in ihn gegraben.

Stetig führte er nach oben, bis hinauf an die Linie des Lichts. Der Vater war hinter Deza, bestieg denselben kühlen Felshang. Der Weg war steil, und man kam nicht gut auf ihm voran. Ihre Hände und Knie waren wie betäubt von der Kälte des Steins. Sie weinte nicht, und der Vater hinter ihr sagte in einem fort: »Nur noch ein Stück, Deza. Nur noch ein paar Meter, und dann haben wir es hinter uns. Ein kleines Stück noch, mein kleiner Liebling, dann ist es soweit. Willst du denn nicht im hübschen, warmen Sonnenschein sitzen, Deza? Nur noch ein kurzes Weilchen, mein Schatz.« Ein Teil von der Deza, die im warmen Sonnenlicht stand und sich am Brunnenrand festhielt, dachte: »Er redet mit mir, als wäre ich ein kleines Kind.« Und ein anderer Teil antwortete: »Du warst damals drei Jahre alt.« Die ermutigenden Worte ihres Vaters setzten sich sanft fort. Deza hörte sie wie aus einiger Entfernung und spürte gleichzeitig seine Sorge und Hast, obwohl davon keine Spur in seiner Stimme war. Die Oberfläche des Felsens war wellig, so als sei einst Wasser darüber geflossen, und irgendwo in der Nähe war auch Wasser. Deza krümmte sich zu der Haltung zusammen, in der kleine Kinder krabbeln, während der Vater hinter ihr nach den wenigen Möglichkeiten zum Festhalten tastete, die der Stein bot. Hinauf, immer weiter hinauf, und Deza konnte die Sonne und darunter die zerklüftete Landschaft des Karsts sehen. Bizarre Formen, die sich vor dem strahlend blauen Himmel abhoben. Aber das ist doch unmöglich, dachte Deza. Ich bin nie zuvor im Karst gewesen.
»Das hat dein Vater mir auch gesagt«, erklärte der Magnat. »Aber ich bin fest davon überzeugt, daß deine Fähigkeiten davon nur noch stärker werden.«
Deza sah ihn blinzelnd an und bemühte sich, die letzten Reste der Vision aus ihrem Bewußtsein zu verbannen. Sie mußte laut gesprochen haben. Wie unvorsichtig, Deza, sagte sie sich und bereitete sich darauf vor, von Angst durchströmt zu werden. Aber irgendwie schien sie nicht die Kraft zu einem Gefühl, gleich welcher Art, zu haben. Nur eine vage Überraschung über die lebhafte Erinnerung war in ihr. Es war noch

eine Erinnerung, oder? Etwa ein Wachtraum, den die Angst in ihr erschaffen hatte?

»Ich bin nie auf dem Karstplateau gewesen«, sagte sie wieder.

»Das habe ich schon von dir gehört.« Der Magnat stand mit grimmiger Miene über ihr. »Ich hoffe nur, du versuchst nicht, das als Entschuldigung zu gebrauchen.«

»Nein«, sagte sie und schirmte ihre Augen vor ihm ab, als sei er blendende Helligkeit, die durch ein geöffnetes Fenster dringt. »Nein, aber . . .« Dezas Stimme verlor sich in der Ungewißheit. Wie sonderbar. Deza konnte sich nicht mehr daran erinnern, was sie sagen wollte. »Ich bin nie auf dem Karstplateau gewesen.«

Und jetzt, wo sie es ein drittes Mal gesagt hatte, wußte sie, daß das nicht der Wahrheit entsprach. Sie und ihr Vater hatten an eben diesem Brunnen gestanden. Nein, er hatte sie hochgehoben und auf den Rand gesetzt, und mit seinen Händen hatte er süßes, klares Wasser für sie geschöpft. Deza hatte plötzlich Angst.

Der Magnat sah sie ungeduldig an, als erwarte er den Beginn eines besonders raffinierten Plans. Deza erhob sich und ließ den Brunnenrand los.

»Ich bin bereit, deinen Karst zu sehen«, sagte sie mit klarer Stimme und beobachtete, wie der Magnat noch mißtrauischer wurde. Indem sie sich scharf konzentrierte, gelang es ihr, zu ihrem Pony zu gehen, ohne einmal zu stolpern, und es zu besteigen. Der Magnat stand immer noch am Brunnen und hatte sie keinen Moment lang aus den Augen gelassen. Deza lächelte ihm zu. »Dann wollen wir mal weiter, oder?« rief sie.

Der Magnat lenkte die Pferde in einer eingliedrigen Reihe von der Wasserstelle fort und hinein in einen engen Hohlweg in den Felshängen. Dezas Pony trabte sicheren Fußes über den losen Stein. Der Pfad wurde zu beiden Seiten von gelbem Sandstein begrenzt, der hier bis in den Himmel zu ragen schien. Bald bog der Weg nach links ab, und die Klippen blockten so die Reitergruppe ab und verbargen sie, während sie gleichzeitig die nördliche Grenze des Karsts formten.

Der Hohlweg wurde immer enger, bis schließlich das Pony

des Magnaten immer wieder an den Klippen entlangschabte. Und dann verbreiterte er sich plötzlich zur weiten Karstebene. An drei Seiten von den Felshängen umgeben, war sie nur in einer Richtung offen. Ein leichter, verfliegender Dunst lag zu dieser Morgenstunde noch immer hier und da auf dem Land. Dunst, der vor dem Morgengrauen noch dicker Nebel gewesen war. Ein unheimlicher, angsteinflößender Anblick auf einer Welt, wo nur selten Wolken am Himmel standen und nur gelegentlich Gewitter im weit entfernten Hochland vorkamen. Aber der Karst ging nach einiger Zeit ins Meer über, und nur aus diesem Grunde kam es hier zu diesem seltenen Naturereignis.
Der Dunst reichte nun kaum noch aus, die umgestürzten und durcheinander liegenden Felsen, trockenen Flußbetten und bedrohlichen Sinkkanäle und Schächte auf diesem Plateau zu verbergen. Wasser hatte diese Landschaft geformt. Aber dieses Wasser hatte niemand gesehen, nur den dahinschwindenden Nebel. Das Wasser war tief unter dem Boden, floß in der komplizierten Kanalanlage und bildete das Netzwerk, das den ganzen Wüstenplaneten am Leben erhielt. Hier in den Kalkstein- und Bitterspatschichten, auf denen die Sandkruste des Karsts lag, hatte das Wasser gewaltige Dome erodiert und gegraben, riesige unterirdische Seen geschaffen und Kanäle und schmale Gänge errichtet, die oft genug unter ihrem eigenen Gewicht zerbrachen und in tiefe Schächte hinabstürzten. Die Sanddecke der Wüste darüber wurde immer wieder von tiefen Canyons und scharfkantigen Vorsprüngen unterbrochen, die jäh ins Nichts zu führen schienen.
Der Magnat ging nur langsam voran und sah sich alle paar Augenblicke ängstlich nach Deza um, als befürchte er, der Boden könnte sie urplötzlich verschlingen. Das ist auch sicher nicht auszuschließen, dachte Deza und erspürte weder besondere Besorgnis noch übertriebene Freude bei der Vorstellung, der Boden möge sich unerwartet unter dem Magnaten auftun und ihn mitsamt Pony und Gepäck in die Tiefe stürzen lassen. Und nur mit mäßigem Interesse warf Deza ihren ersten Blick auf den Karst.

Weit voraus bei den Klippen am südlichen Rand des Plateaus entdeckte sie einen türkisblauen See. Wie ein Stück Perlbein ruhte er an den rotgoldenen Sandsteinfelsen und strömte mit weißem Schaum über den Rand hinweg, um dahinter zu verschwinden. Sonst ließ sich nirgends Wasser in der braunen und gelben Landschaft ausmachen. Doch Deza wußte, daß es da war, tief unter der Oberfläche, doch seltsamerweise spürte sie es kaum. Im Grunde fühlte sie sich irgendwie beschwingt, wie es ihr manchmal in der Wüste geschah, wenn im Umkreis von vielen Kilometern kein Wasser war. Und dennoch verrieten hier der Dunst und der ferne See seine Anwesenheit. Vielleicht war das Grundwasser zu weit durch die Kalksteinhöhlen und dunklen Gänge von ihr getrennt. Und sicher enthielt der Dunst nicht genügend Feuchtigkeit, um von ihren empfindlichen Wangenknochen registriert zu werden. Aber zumindest den See hätte Deza spüren müssen.
Enorme Hitze lag in der halboffenen Senke. Die hohen Klippen schienen die Sonne wie eine Linse aufzufangen und verstärkt in die Ebene abzustrahlen. Deza schwankte etwas und hatte mit einemmal großen Durst.
»Kann ich etwas zu trinken haben?« sagte Deza und fiel dann von ihrem Pony auf den Boden.
»Es ist sehr heiß«, sagte der Magnat. »Komm hierher in den Schatten.« Er hob sie auf – hob sie sanft – und brachte sie unter einen Felsvorsprung. Und er vermittelte ihr nicht den Eindruck, als sei es besonders peinlich, von einem sehr zahmen Pony zu fallen, das sich kaum schneller als ein paar Schritte in der Minute bewegte.
Plötzlich war es dunkel. Deza verhielt sich ganz still und wartete, bis sich ihre Augen daran gewöhnt hatten. Der Magnat wartete mit ihr und hielt sie immer noch fest.
»Ich kann nichts sehen«, sagte Deza. Es war so dunkel hier, dunkler als in der Nacht. Sie hielt eine Hand vor ihr Gesicht und konnte sie nicht sehen. »Es ist so dunkel«, jammerte sie wie ein Kind. »Warum ist es so dunkel, Vati?«
Direkt aus dem Dunkel, viel zu nah, so nah, daß sie ihn eigentlich hätte sehen müssen, es aber nicht konnte, ertönte die

geduldige Stimme ihres Vaters: »Nur noch ein kleines Stück. Deza, und dann sind wir im Licht. Komm doch, noch sind wir nicht in Sicherheit.« Mit einemmal fand der Vater die Hand, die sie sich vor das Gesicht gehalten hatte, und drückte sie fest. »Hättest du gern ein Picknick? Ein Picknick unter der Erde? Das wäre doch fein, nicht wahr? Nur noch ein kleines Stückchen weiter, und dann können wir unser Picknick machen.«

»Aber ich kann doch nichts sehen«, sagte sie trotzig, und die andere Deza, die neben ihr stand und auf sie herabsah, sagte: »Nun mach schon, du kleines Ungeheuer. Kannst du denn nicht sehen, daß sie hinter dir her sind? Aber natürlich kannst du ja nichts sehen. Und sie können dich auch nicht sehen. Das ist das ganze Geheimnis.«

Ihr Vater sagte mit seiner unendlich geduldigen Stimme: »Komm jetzt, Deza. Du kennst den Weg, du weißt, wo das Wasser ist.« Seine Worte beruhigten das Kind. Deza kannte jetzt den Weg. Sie befreite sich aus dem Griff des Vaters und legte beide Hände an die runden Wangen, um den Druck auf die empfindlichen Knochen besser zu spüren. Dann suchte sie so sicher die Hand des Vaters, als könnte sie sie sehen. »Hier entlang«, sagte sie und führte ihn hinab in die Dunkelheit.

Deza öffnete die Augen. Der Magnat hatte sich über sie gebeugt und sah sie an . . . sie wußte nicht, ob seine Miene Furcht oder Häme ausdrückte.

»Du bist in Trance geraten. Der Karst ist dafür verantwortlich, nicht wahr?« sagte er und konnte seine Erregung nicht verbergen. »Dein Vater hat mir gesagt, daß die Ebene so etwas bei dir auslösen würde.« Er kam ihr voller Gier in den Augen noch näher. »Was hast du gesehen? Das Wasser? Die Quelle? Fließt der Maundifu noch?«

»Ich möchte mich hinsetzen«, sagte Deza.

Der Magnat legte sie auf den Sand, stützte ihren Rücken an der steilen Sandsteinwand ab und eilte zum Pony, um ihr Wasser zu holen. Durch seine Erregung hatte er jegliche Ruhe verloren. Deza fragte sich matt, warum er so hektisch war. War er voll freudiger Erwartung? Was immer dafür verantwortlich sein mochte, es bedeutete, daß ihr Leben im Augenblick nicht in Gefahr war und sie hier im Schatten sitzenbleiben, den Rücken an die rauhe Wand lehnen und trockenen Sand wie Wasser durch ihre Finger rieseln lassen konnte. Als der Magnat ihr die Wasserflasche reichte, schob sie sie beiseite, und er erhob keine Einwände.

»Der Maundifu, Deza«, keuchte er. »Kannst du mich zu ihm führen?«

»Natürlich«, sagte Deza. In Gedanken rief sie ihren Vater. *Vater, Vater, wo immer du auch sein magst, du hast ihm gesagt, ich könnte ihn zum Maundifu führen, also bin ich auch in der Lage dazu. Ich tue, was du sagst, lieber Vater. Auf zum wunderbaren Maundifu.* Ein anderer Teil ihres Ichs sagte streng zu ihr: »Du hörst dich an, als stündest du unter Drogen.« Besorgt begann die Stimme, alle Taten Dezas am Morgen und in der vergangenen Nacht aufzuzählen, um vielleicht auf eine Speise oder ein Getränk zu stoßen, mit dem man sie vergiftet hatte. »Wie kann ich unter Drogen stehen?« fragte die Rest-Deza fröhlich. »Hier ist doch nichts Genießbares, nur Sand.« Sie ließ eine Handvoll feiner Körner durch ihre Finger rieseln. »Es gibt Wasser im Karst, aber bis dorthin ist es ein weiter Weg, und niemand kann es je finden. Niemand. Niemand. Nicht einmal der alte Magnat.«

»Natürlich kann ich den Maundifu finden«, sagte sie laut. »Ganz gleich, wo er fließt.« Sie bemühte sich, auf die Füße zu kommen. »Natürlich kann ich ihn finden. Ich kann alles.« Nur mit dem Besteigen des Reittieres haperte es noch. Der Magnat mußte ihr hinaufhelfen, und sie kicherte leise, als ihre Hände vom trockenen Leder des Sattels abrutschten. Der Fremde setzte sie wenig sanft auf das Pony, und als er dann Deza ein weiteres Mal mit einem durchdringenden Blick bedachte und sie wiederum kicherte, band er ihre Hände am Sattelknauf fest. Sie protestierte nicht dagegen, sondern sank ganz langsam auf den Hals des Ponys zu.

»Wach auf!« schrie sie die andere Deza fast schon hysterisch an. »Aufgewacht! Radi ist nicht gekommen, und du begibst dich mitten in den Karst, und das auch noch in Begleitung eines Mannes, der dich umbringt, wenn du ihm nicht zeigst, wo der Maundifu fließt. Du läßt dich sogar von ihm fesseln, und alles, was du dagegen unternimmst, ist, wie ein kleines Kind zu kichern. Höre, mit dir stimmt etwas nicht! Wach endlich auf!«

»Welchen Weg?« sagte der Magnat, und als Deza ihn nur schläfrig anlächelte, packte er ihre gebundenen Hände, riß sie hoch und schüttelte sie drohend vor ihrem Gesicht. »Sag mir sofort, wo der Maundifu fließt, sonst lasse ich dich hier allein zurück. Dann wird dir das Lachen bald vergehen. Also, *wo ist der Fluß?*«

»Da entlang.« Deza zeigte mit ihren gebundene Händen irgendwohin. Sie hatte keine Ahnung, wohin es zum Maundifu ging, aber sie wußte, daß sie dem Magnaten rasch eine Antwort geben mußte, damit er sie in Ruhe ließ und sie endlich schlafen konnte. Sie fühlte sich sehr müde.

»Bist du dir auch sicher?« fragte er und riß sie an ihren Haaren hoch. »Bei allem, was mir heilig ist, wenn du mich angelogen hast, werfe ich dich in einen dieser endlosen Schächte!«

»Ich bin mir sicher«, sagte Deza. Sie kicherte, ohne erkennbaren Grund – außer vielleicht dem, daß er ihr weh tat. »Ich bin die Wasserhexe. Ich kann aus Wünschen Wasser machen. Da entlang. Zum blauen See.«

Der Magnat ließ ihr Haar los, und Deza kippte wieder nach vorn. Sie legte den Kopf auf die gefesselten Hände am Sattelknauf. Der Magnat bestieg sein Pony und spornte Dezas Reittier an.

Der Stoß an ihrer Wange, als das Pony sich in Bewegung setzte, riß Deza etwas aus ihrem Schlaf. Unbeholfen setzte sie sich aufrecht hin und versuchte, die Fesseln an ihren Händen zu lösen. Der Magnat hatte sie mit einem roten Tuch gebunden, und das schien irgendwie von einer besonderen Bedeutung zu sein. Als sie an dem Tuch zerrte, bedeckte es ihre Hände mit einem roten Film.

Wieder war es dunkel. Nicht so dunkel wie vorhin noch, als sie gar nichts mehr sehen konnte. Deza war wach und rannte durch die Räume eines Gebäudes. Sie konnte matt die Umrisse von Wänden und Korridoren ausmachen. Deza rannte durch das dunkle Haus und rief nach jemandem. »Vira? Vira?« rief sie, als spiele sie mit jemandem Verstecken. Deza hatte keine Angst vor der Dunkelheit, aber die andere Deza wurde in zunehmendem Maße unruhiger. Bedrohung war in ihr, die wuchs und wuchs, während das kleine Mädchen rufend durch die Korridore lief.

Ein schmaler Lichtschimmer. Eine Tür und ein beleuchteter Raum vor ihr. Das Spiel war aus. »Nicht! Bitte, tu's nicht!« sagte die andere, die wache Deza, aber es war zu spät. Die kleine Deza war schon durch die Tür getreten. »Vira«, sagte sie noch einmal und ließ sich auf ihren kleinen Beinen neben dem Körper der Frau nieder. Sie schüttelte sie an den Schultern, und als sie ihre eigenen Hände besah, waren sie mit einem roten Film bedeckt.

»Wo ist er, du kleine Lügnerin?« knurrte der Magnat. »Die Zeit rinnt uns zwischen den Fingern davon.« Er hatte sie geschlagen, erkannte Deza, als er ein weiteres Mal ausholte. Sie war wieder von dem Pony gefallen und lag auf dem Boden. Drohend stand der Magnat neben ihr und machte den Eindruck, als wolle er sie umbringen. Genauso wie Vira. Schrekken überflutete ihr Bewußtsein. Sie mühte sich, von dem Magnaten fort zu gelangen, und seine Hand sauste mit der Kraft eines tödlichen Schlags auf ihr Gesicht zu.

»Ich bringe dich um«, rief er und riß sie auf die Beine. »Sag mir, wo der Fluß ist, sonst bringe ich dich um!« Sie fiel auf ihn zu, und er fing sie mit der Unerschütterlichkeit seines mächtigen Körpers auf. Seine Hände gruben sich in ihre Arme. »SAG ES MIR!«

»Ich kann es nicht sagen«, murmelte sie. »Wenn ich es sage, werden sie uns aufspüren. Mein Vater hat gesagt, sie töten uns, wenn sie uns finden.«

»*Ich* töte dich, du verdammte Lügnerin. Du läßt mich wie einen deiner liebeskranken Verehrer über den Karst stolpern, nicht wahr? Du denkst, ich bin nicht besser als sie, was? ›Natürlich, ich führe dich zum Maundifu. Ich bin die Wasserhexe, nicht wahr? Natürlich kenne ich den Weg.‹ Du bist ein

Nichts. Du bist keine Wasserhexe, und du hast mir mit deiner dummen kleinen Scharade den kostbaren letzten Tag vergeudet, an dem ich den Maundifu hätte finden können. Wie konntest du es nur wagen, mich so anzulügen?« Seine Hände zerdrückten ihre Arme, aber sie war dankbar für den Halt, den sie ihr gaben. Nur die starken Arme bewahrten Deza davor zu fallen, in die ewige Dunkelheit unter dem Karst zu verschwinden, zu fallen und zu fallen und zu fallen, bis alles mit einem roten Film bedeckt war.
Deza mochte das klebrige Rot an ihren Händen nicht. Sie versuchte, es abzuschütteln. Sie rieb mit der einen Hand an der anderen, aber dadurch wurde sie nur noch röter. Deza blieb noch etwas liegen und hockte dann neben der starren Frau, der ein roter Strom aus dem Hals floß. Dann sprang Deza wieder auf und rannte durch die dunklen Räume und Korridore zurück. Doch diesmal lief sie schweigend, und auch ihre Füße machten kein Geräusch. Der winzige Teil in ihr, der die bewußte Deza ausmachte, versuchte sich stärker bemerkbar zu machen und das kleine Mädchen davor zu warnen, durch das Dunkel zu laufen, ihr zu sagen, sie solle nicht weiterrennen, sondern sich verstecken, sich zu verstecken, bevor die Hand aus dem Dunkel kam und ihren Lauf abrupt beendete. Die Hand würde so plötzlich auftauchen und sie aufhalten, daß ihr Hals in einem unmöglichen Bogen zurückgerissen und alle Luft aus ihren Lungen gepreßt würde, so daß sie nicht einmal mehr schreien könnte. »Deza«, rief die bewußte Stimme das kleine Mädchen, aber dann packte die große Hand sie beide, erstickte sie und zog sie hinab in die Tiefe des Dunkels.

## 13

Die Sonnenstrahlen, die durch das Gehölz auf sein Grab stachen, wurden milder und röter und machten endlich dem Sternenlicht Platz. Der fast volle grüne Mond stieg auf, und Radi hörte immer noch das pfeifende Lied der Schlange. Das Erdreich, in dem er steckte, war noch heiß von der Sonne und saugte den Schweiß aus seinem Körper. Er roch das Meer und seinen Nebel, der sich anschickte, über die Sanddünen zu kriechen. Aber das war ihm ein schwacher Trost, denn nur sein Kopf über dem Erdreich erhielt davon Linderung. Er konnte die Finger bewegen – ein wenig zumindest –, doch das nützte ihm wenig, denn die Finger bekamen immer nur sandigen Lehm zu fassen, aber nie ein Stück Seil, um sich loszubinden. Seine Brust hob sich gegen die Erde, als das Lied der Schlange leiser wurde. Das Tier war wieder auf der Jagd. Zweige und harte Sandkörner piekten ihn, jedesmal, wenn er den Kopf drehte, in den Hals, wie die Bisse von tausend Peketas. Diese Insekten trieben sich wahrscheinlich auch hier herum, wurden von den Speicheltropfen angezogen, die durch den Knebel auf den Boden tropften. Ein paar Peketabisse waren vielleicht ein Segen, sobald ihn die Singschlange vergiftet hatte. Aber Radi war noch nicht zum Sterben bereit, nicht solange Sheria ihn brauchte. Ohne auf das Würgen der Halsschlinge zu achten, begann Radi, an seinen Fesseln zu zerren.

Das Rascheln vertrockneter Fitalablätter ließ Radi innehalten. Keine Schlange näherte sich da, konnte es nicht sein, denn deren leises Anschleichen konnte niemand hören. Nein, etwas anderes war im Gehölz. Radi wagte nicht zu atmen, während er lauschte, um damit nicht andere Geräusche zu überdecken. Er hörte nur das entfernte Zirpen einer Wüstenheuschrecke irgendwo am jenseitigen Ende der Oase, aber sonst nichts. Stille. Radis Herz schlug im Grab. Wenn die Schlange schon so nahe war, daß er nicht einmal mehr ihr Lied hören konnte, dann würde sie jeden Augenblick zustoßen. Radi starrte in einen Dschungel von mondbeschienenen Grashalmen zu seiner Rechten. Er war davon überzeugt, daß sie sich teilten, sobald die Schlange ihren Angriff begann. Als sich ein einzelner Halm bewegte, schrie Radi trotz des Knebels auf, so sicher war er sich, daß die Schlange sich dort verborgen hielt. Als der Biß der dreizackigen Zähne ausblieb, öffnete Radi langsam die Augen und entdeckte lederne Wüstenstiefel in dem Gras, die direkt neben seinen Wangen standen. Der Sohn des Ma-

gnaten sah auf ihn herab. Eine runde, lederne Flasche und eine ausgebeulte Tasche hingen an seinem Gürtel.
Edvar kniete sich hin und zog Radi den Knebel aus dem Mund. »Ich habe gewartet, bis sie nicht mehr zu sehen war«, erklärte der junge Mann. »Ich glaube kaum, daß es ihr plötzlich in den Sinn kommt kehrtzumachen, aber . . .«
»Die Schlange«, würgte Radi aus seinem verklebten Mund.
»Was?« fragte Edvar und löste die Feldflasche vom Gürtel. Er ließ etwas Wein auf Radis Lippen tropfen, die der Prinz gierig einsaugte.
»Eine Singschlange ist in den Büschen«, raspelte er und trank etwas mehr Wein.
»Ach ja, die. Ich habe sie ausgeschaltet. Wäre ja wohl nicht sehr angenehm, wenn sie mich in den Hintern beißt, während ich gerade damit beschäftigt bin, dich auszugraben.«
Radi starrte den Jungen an, als sähe er ihn zum erstenmal. Nur wenige Wüstenjäger verfügten über das Wissen, wie man erfolgreich eine Singschlange erlegt, und diese Fähigkeit hätte er einem verhätschelten, tolpatschigen Fremden am allerwenigsten zugetraut. Edvar befreite Radis Hals so weit vom Erdreich, bis die Schlinge freilag. Vorsichtig durchtrennte er sie und fuhr dann mit dem Graben fort.
»Ich hatte schon befürchtet, das Mädchen hätte dich zuvor ermordet. Oder die Schlange sei mir zuvorgekommen.«
»Woher wußtest du . . .?«
»Deza hat mich losgeschickt, dich vor Harubiki zu warnen. Ich dachte schon, ich sei zu spät gekommen, als ich das Mädchen in der Scheune sah. Aber als ich bemerkte, daß sie nicht allein war, dachte ich mir schon, daß es mit dir noch nicht zu Ende sein konnte. Nach dem Mariner hast du mir nicht ausgesehen.«
»Was denn für ein Mariner?« Radi sah Edvar ernst an.
»Chappa. Du brauchst dich nicht weiter zu verstellen. Ich weiß, daß du kein Priester bist, und mein Vater weiß das auch. Er hat dich in dem Moment durchschaut, als er den Boten der Prinzessin erkannte.«
»Welcher Bote von welcher Prinzessin?«

Edvar seufzte und hielt Radi wieder die Feldflasche an den Mund. »Hier, trink noch etwas. Die Hitze hat dein Denkvermögen beeinträchtigt. Mahali hat nur eine Prinzessin von Bedeutung: Sheria. Ihr Bote heißt Harubiki, ja, deine Reisebegleiterin und Mörderin. Sie hat den Platz des alten Boten eingenommen, der bislang den Kontakt zwischen meinem Vater und der Prinzessin aufrechterhalten hat, wenn Botvidi nicht zugegen war. Pelono, der alte Bote, wäre ohnehin bald durch die elektronischen Kommunikationsanlagen ersetzt worden. Dennoch mußte mein Vater den alten Mann schon vorher loswerden. Es hatte sich nämlich herausgestellt, daß Pelono doch nicht so senil war, wie er angenommen hatte. Mein Vater fürchtete, er habe den Code geknackt, in dem er seine Nachrichten versandte. Pelono sollte auf Nimmerwiedersehen in der Wüste verschwinden. Er wurde auch in die Wüste geschickt. Aber kurz darauf kam Botvidi zu uns und teilte mit, der alte Mann habe es zurück in die Stadt geschafft.«
»Er muß durch die Höhlen gegangen sein«, sagte Radi verblüfft. »Pelono war einer von den Alten, die den Weg noch kannten. Aber auch ich wußte bis eben nicht, was er die ganze Zeit über gemacht hat.« Er schüttelte bedauernd den Kopf.
»Botvidi teilte weiter mit, Sheria würde einen neuen Boten schicken. Als Harubiki mit dem Wassermeßgerät zu uns kam, hielten wir sie für die Wasserhexe.«
Radi verzog das Gesicht. »Es gibt keine Wasserhexen mehr. Wir setzen nur noch die Geräte ein, die die alten Wasserhexen einst aus Perlbein gebaut haben. Aber niemand versteht es heute noch, sie herzustellen.«
»Doch, auf Kalmar kann man das«, erklärte Edvar. Radi nickte bitter. Also steckte doch einige Wahrheit in der wilden Geschichte, die Harubiki ihm erzählt hatte.
»Die Hexe sollte allein kommen«, fuhr Edvar fort. »Ich hatte also keine Ahnung, daß Deza auch darin verwickelt ist. Jedenfalls stärker als früher. Ich war der Ansicht, solange Botvidi nicht da war, sei Deza außer Gefahr. Eigentlich hatte ich vor, mit ihr fortzugehen . . .« Unglücklich fügte er hinzu: »Aber sie wollte nicht.«

Jetzt fiel Radi wieder ein, daß Harubiki die einzige an Bord des Majini gewesen war, die eine Schwimmweste getragen hatte. Wahrscheinlich wäre sie auch allein zur Oase des Magnaten gezogen, wenn Deza nicht plötzlich aufgetaucht wäre und ihn gerettet hätte. Pelono hatte weniger Glück gehabt. Der alte Mann war viel herumgekommen, und er hatte die Fähigkeit besessen, Wasser aufzuspüren, was ihn für die Rote Stadt so wertvoll gemacht hatte, und wahrscheinlich für die Feinde der Stadt auch. Aber er war nur so lange von Wert gewesen, wie er die Botschaften nicht entschlüsseln konnte, die er hin und her trug. Radi wußte jetzt, daß Pelonos Tod im Wasser weniger ein Unglücksfall als vielmehr eine Hinrichtung gewesen war. »Und jetzt mußte dein Vater auch mich loswerden«, sagte Radi. »Deshalb hat er Harubiki damit beauftragt, mich zu beseitigen.«
Radis Schultern waren nun frei, und er mühte sich, die Hände hochzubekommen, damit Radi die Fesseln aufschneiden konnte. Doch das Erdreich wollte sie noch nicht freigeben. Edvar grub intensiver.
»O nein«, erklärte der Sohn des Magnaten. »Ich glaube nicht, daß Vater dir besondere Wichtigkeit beigemessen hat. Er ist Geschäftsmann, aber kein Mörder, zumindest bis jetzt noch nicht.«
»Er hat einen alten Mann in die Wüste geschickt, und er ist in einen Verrat verwickelt.«
»Vater ist Kalmare, kein Mahalite. Somit ist für ihn alles hier Teil des Geschäfts, aber kein Verrat. Er hätte Pelono auch in seinem Fort ermorden können, statt ihn hinaus in die Wüste zu schicken. Und immerhin hat er den Priester nicht umgebracht. Das waren deine Leute«, erwiderte Edvar hartnäckig. »Davon abgesehen ist ihm nicht unbedingt an einer Verhandlung mit deiner verräterischen Prinzessin gelegen. Er würde lieber allein zurechtkommen, ohne ihre Hilfe. Deshalb ist er heute auch mit Deza auf den Karst gegangen, damit sie dort für ihn den Maundifu aufspürt. Er braucht das Wasser dieses Flusses, bevor die Mbuzim-Herde seine gesamten Investitionen aufgefressen hat. Natürlich wird Deza dabei scheitern.

Ich habe immer gewußt, daß sie keine Prinzessin aus der Roten Stadt ist und daß sie und ihr Vater uns einen Schwindel aufgetischt haben. Aber es hat mir nicht sehr viel ausgemacht.« Er sah Radi an. »Irgendwie war es doch hübsch, auch wenn man genau weiß, daß alles nur vorgetäuscht ist. Ich denke, Vater hat ihr den Schwindel auch nicht abgenommen . . . bis Botvidi mit der Anordnung erschienen ist, sie zu ermorden. Damals wollte ich sie warnen, aber da hatten sie und ihr Vater bereits mit dem Hovercraft das Weite gesucht. Ich könnte mir vorstellen, daß dies Botvidi in die Pläne gepaßt hat. Erst dann hat mein Vater begriffen, daß Deza sich für ihn als nützlich erweisen könnte, wenn schon die Prinzessin sie als Bedrohung ansah. Der Magnat sagte sich, an den verrückten Geschichten, die Dezas Vater ihm erzählt hatte, von wegen seine Tochter sei eine Wasserhexe und eine verstoßene Prinzessin, könne vielleicht doch etwas Wahres sein. Aber mittlerweile hat er sicher herausgefunden, daß Deza nur eine Schwindlerin ist und er doch mit der echten Prinzessin verhandeln muß.« Edvar machte eine besorgte Miene. »Bis heute hat er niemandem etwas zuleide getan, nicht ernsthaft, meine ich. Er wird doch Deza nichts antun, oder was meinst du?«
»Er ist *dein* Vater«, sagte Radi, weil er nicht einsah, warum er über den Magnaten etwas Gutes sagen sollte. Er ahnte, daß der Magnat genauso tief in dem planetenweiten Verrat steckte wie Sheria, obwohl er sich bis zuletzt gewehrt hatte, das von seiner Braut anzunehmen. Aber der Junge wirkte so beunruhigt, daß Radi hinzufügte: »Wenn er ihr etwas antut, gewinnt er doch nichts daraus, sieht man von deinem Zorn ab. Außerdem kann Deza sehr gut auf sich selbst aufpassen.«
Noch nicht restlos überzeugt, nickte Edvar. »Aber vielleicht braucht sie mich dieses Mal. Bereits einmal wollte man sie töten und hatte nur bei ihrem Vater Erfolg. Deza ist nur noch in relativer Sicherheit, weil mein Vater Botvidi nichts von ihrer Rückkehr erzählt hat, als er letzte Nacht das Fort aufsuchte. Als Botvidi ihm erklärte, Sheria wolle heute im Schutz der Dunkelheit zu ihm kommen, wußte er, daß ihm nur noch der heutige Tag blieb, um den Maundifu zu finden.«

»Selbst wenn Deza eine Wasserhexe wäre, könnte sie den Maundifu nicht finden. Die Rote Stadt hat ihn schon vor Generationen umleiten lassen.«

»Mein Vater weiß nur, daß er irgendwo beim Karst fließen muß, vielleicht darunter, vielleicht etwas abgelegen. Und er muß ihn finden, bevor die Prinzessin angekommen ist. Ich hätte davon nichts gewußt, wenn Vater mich nicht eingeweiht hätte. Ich soll nämlich die Prinzessin empfangen, wenn er noch nicht zurück ist. Eigentlich hat Vater eine große Wut auf mich, mußt du wissen.«

»Warum – weil du hier heimisch werden willst?« Radi grinste. »Ich hätte eigentlich erwartet, daß deine Mutter Deza schon längst aus dem Haus gejagt hätte. Für sie muß ja eine Welt zusammengebrochen sein, weil ihr Sohn sich in ein Eingeborenenmädchen verliebt hat.«

»Mutter wollte erst die Wasserperlen«, antwortete Edvar. »Sie sollten doch wohl markiert sein, nicht wahr?« Als Radi nickte, runzelte Edvar die Stirn. Der Prinz ahnte, daß Harubikis Verrat noch viel umfangreicher war. Doch noch mehr bestürzte ihn Botvidis Verwicklung in diese Affäre. Botvidi war der Oberflächen-Gouverneur, und viele Eingeborene hielten ihn für einen heiligen Mann. Aber in Wahrheit kam er vom Militär, und das war auch der Grund gewesen, warum Radi seine Ernennung unterstützt hatte. Ein Soldat als Gouverneur war genau das richtige für eine Region, nach der der Magnat seine Finger ausstreckte.

»Botvidi war im Fort?«

»Ja, und nicht zum erstenmal. Zuletzt war er in der Nacht bei uns, in der Deza geflohen ist, und natürlich gestern. Das Shuttle mit den Waffen war gelandet, und Botvidi wollte sie inspizieren. Ein Shuttle beleuchtet bei der Landung die Wüste in der Nacht taghell, und das Geräusch der Triebwerke müssen selbst Taube hören. Hast du denn nichts davon gemerkt?«

Radi lächelte. Die Erinnerung an das, was ihn in der letzten Nacht daran gehindert hatte, die Landung des Shuttles zu bemerken, war sehr angenehm. Gleichwohl würde Edvar ihn nicht unbedingt in sein Herz schließen, wenn er ihm davon erzählte. »Und jetzt hast du Angst, Botvidi könnte Deza heute abend sehen, und dein Vater würde sie ihm überlassen, weil er keine Verwendung mehr für sie hat. Aus diesem Grund hast du mir auch die ganze Geschichte erzählt, was? Ich soll dir helfen, Deza zu beschützen, nicht wahr?«

Der Junge nickte. »Mein Vater opfert nicht bedenkenlos Menschenleben, aber deine Prinzessin schreckt nicht davor zurück. Schlimm genug, wenn Botvidi Deza zu Gesicht bekommt, aber wenn Sheria ihrer ansichtig wird, könnte sie sie auf der Stelle hinrichten lassen. Ja, wir müssen Deza retten, und ich fürchte, auch meinen Vater. Er hat sich noch nie zuvor auf solch ein Spiel eingelassen. Er ist . . .«

». . . doch nur ein Geschäftsmann, ich weiß.« Edvar nickte. »Sie hat sich geweigert, ihm Grundwasser zu überlassen, es sei denn, er bezahlt mit der Schiffsladung Waffen dafür. Mein Vater wollte zuerst nicht darauf eingehen, aber nun hat er sich schon so tief in die Sache verstrickt . . . Wenn er feststellen muß, daß Deza ihm auch nicht helfen kann, wird ihm seiner Meinung nach nichts anderes übrigbleiben, als mit der Prinzessin das Geschäft abzuschließen. Sheria kommt heute abend zu uns, um die Waffen in Empfang zu nehmen. Ich wage mir gar nicht auszumalen, was sie alles anstellen kann, sobald sie die Waffen hat.«

Gar nicht so dumm, der Junge, sagte sich Radi und erinnerte sich an Harubikis Worte. Die Waffen der Fremden sollten gegen sie selbst zum Einsatz kommen. Endlich hatte Edvar Radi so weit ausgebuddelt, um seine Hände befreien zu können. Aber er zögerte und hielt das Messer ins Mondlicht. Die Klinge glitzerte.

»Bevor ich dich befreie, mußt du mir versprechen, mir zu helfen, Deza und meinen Vater zu retten.«

Wenn Edvar ihn jetzt im Stich ließ, könnte Radi sich ohne allzugroße Mühe selbst befreien. Er glaubte auch nicht, daß der Junge ihn im Fall einer abschlägigen Antwort umbringen würde. Aber in Edvar war soviel Aufrichtigkeit, daß Radi sich seinem Wunsch nicht entziehen mochte, obwohl er sich an der Liebe störte, die der Junge für Deza empfand. Was würde

Edvar wohl sagen, wenn er erfuhr, daß Deza in Wahrheit Radi liebte? Liebte Deza überhaupt Radi? Vielleicht nur so, wie Sheria ihn liebte? Diese Vorstellung löste etliche ähnlich unangenehme Gedanken in seinem Kopf aus. »Gib mir noch etwas Wein«, sagte Radi. Für die Kälte der Nacht war es ihm plötzlich entschieden zu heiß geworden.
»Zuerst deine Antwort«, verlangte Edvar stur.
»Ich helfe dir, Deza zu retten. Wir bringen sie noch heute nacht aus der Oase. Aber ansonsten kann ich nur ehrlich zu dir sagen: Ich habe nicht die geringste Vorstellung, was ich für deinen Vater tun sollte. Wenn das wahr ist, was du über Sheria gesagt hast, wenn sie ihm wirklich Grundwasser zur Verfügung stellen will, dann befindet sich die Stadt der großen Roten Höhle in Gefahr. Der Maundifu ist einst durch die Höhle geflossen, in der die Stadt heute steht. Und wie soll das Wasser zu deinem Vater fließen, wenn nicht auf seinem alten Weg? Meine Loyalität der Stadt gegenüber hat Priorität vor der Hilfe für einen . . . für einen Geschäftsmann.«
»Vater ist nur etwas durcheinander, weil er soviel in diese Mbuzim gesteckt hat. Wenn alles schiefgeht, steht er vor dem Ruin, und das erscheint ihm schlimmer als der Tod«, sagte Edvar, und Radi hörte sehr wohl die Bitte um Verständnis heraus.
»Dann ist das vielleicht die Antwort auf dein Problem«, sagte Radi sanfter. »Am besten erzählst du mir alles, Edvar, sonst könnte ich zu falschen Schlüssen kommen, wenn mir die eine oder andere Information fehlt. Wenn es eine Möglichkeit gibt, deinen Vater vor seiner eigenen Torheit zu bewahren, verspreche ich dir, ihr nachzugehen – vorausgesetzt, sie beeinträchtigt nicht die Stadt. So, und jetzt schneide mich los.«
Edvar zögerte noch eine Weile, doch dann schnitt die Klinge durch die Fesseln, und Radi war frei.
Edvar erzählte Radi alles, als sie auf seinem Pony durch die Dunkelheit zurück zum Fort eilten. Mitternacht nahte heran, und der Mond stand hoch am Himmel. Er verbreitete mehr Licht, als Radi für wünschenswert hielt, aber andererseits kamen sie so schneller voran.

Die Lage entsprach in etwa dem, was Radi erwartet hatte, nur war alles viel rascher vonstatten gegangen, als es ihm möglich erschienen war. Der Magnat wußte nicht nur, daß er mit Grundwasser eine beschleunigte Fossilierung der Mbuzimknochen und -hufe erreichen konnte, er hatte auch schon soviele Mittel in den Aufbau von Mbuzimherden gesteckt, die er in unterirdischen Gehegen versteckt hielt, daß er ganz verzweifelt nach Grundwasser suchte, um noch einen Profit aus seinen Investitionen schlagen zu können. Der Magnat hatte recht mit seiner Annahme, daß irgendwo doch Grundwasser fließen mußte. Wenn er den Maundifu fand, konnte er ihn umlenken, damit bequem seine Reservoire füllen und Mbuzim in nahezu unbeschränkter Anzahl versorgen. Sein Problem war aber bald nicht mehr, ob Sheria ihm Grundwasser abgeben würde – er hatte zuviel von der Prinzessin gehört, um sie noch länger für so arglos zu halten, wie sie sich den Anschein gab –, sondern ob ihr alle Konsequenzen ihres Handels klar waren. Sheria war keine Wasserhexe, und sie verstand kaum etwas von den Überprüfungen und den ständigen Bemühungen, den Wasserstand im Gleichgewicht zu halten. Die Computer in der Stadt nahmen ihr diese Arbeit ab und teilten ihr lediglich die Ergebnisse mit. Aber die Prinzessin war nicht dumm, und sie würde die Gefahr begreifen, wenn Botvidi sie ihr erklärte. Somit blieb nur eine einzige Frage übrig: Wie weit ging Sherias Verrat: Wollte sie lediglich ihre Macht vergrößern, indem sie zusätzliche Truppen aushob – oder hatte sie vor, die Rote Stadt als einzigen Ort auszulöschen, von dem aus sich ihr eine Opposition bei ihrer Übernahme der Herrschaft über ganz Mahali in den Weg stellen konnte? Ersteres war schon bedenklich genug, aber das letztere war überhaupt nicht auszudenken . . . Wahrscheinlich genausowenig auszudenken wie die bittere Wahrheit, daß sie ihre Liebe Radi nur *vorgetäuscht* und so alle seine Träume zunichte gemacht hatte, an ihrer Seite auf dem Thron zu sitzen. O ja, Edvar konnte alles erzählen, wußte sogar noch mehr als Harubiki, und keineswegs bereiteten die Worte Radi beim zweiten Hören weniger Schmerz. Sheria hatte vor dem

Magnaten mit Radis blind ergebener Liebe für sie geprahlt und ihm gleichzeitig versichert, ihre eigene Macht sei groß genug, um den Handel mit ihm allein abzuschließen. Und Radi war blind genug . . . oder töricht genug gewesen, seiner so unschuldig wirkenden Braut einen besttrainierten Leibwächter zu geben, nur damit Harubiki ihm nach dem Leben trachtete.

Da es ohnehin unmöglich war, ungesehen das Fort zu erreichen, trieb Edvar das Pony, das sie beide trug, zu einem vollen Galopp an und hielt es erst wieder an, als sie das Hauptgebäude erreicht hatten. Sie waren nicht zu früh gekommen. Bevor sie in die Vorhalle eilten, bemerkte Radi eine Hovercraft-Flottille, die sich vom Meer her über die Dünen näherte. Die metallenen Schiffshüllen glitzerten im grellen grünen Mondlicht. Die kalmarischen Gefährte konnten nur Sheria und ihre Begleitung von der Bucht ins Fort transportieren. Die Prinzessin war also angekommen und hatte die aus Sindra eingetroffenen Mariner abgewartet. So viele Hovercrafts flogen heran, daß sie ohne Mühe Sherias Gefolge, ihre Leibgarde und einen Gutteil von Botvidis Elitetruppen befördern konnten. Für den normalen Transport einer Schiffsladung Waffen schienen das entschieden zu viele Begleiter zu sein. Edvars Befürchtungen um seinen Vater waren alles andere als grundlos.

In der Vorhalle wurde ein Wächter auf die beiden Männer aufmerksam. Er zog sofort seine Laser-Pistole und richtete sie auf Radi.

»Recht so«, rief Edvar . »Halt den Mann fest!«

Radi besaß nicht einmal eine Waffe, nach der er jetzt greifen konnte, und der lange Aufenthalt in dem Sandgrab hatte ihm zu schaffen gemacht. Edvars unerwarteter Verrat traf ihn daher überraschend. Doch noch während Radi sich dafür verfluchte, dem Jungen vertraut zu haben, umrundete Edvar den ahnungslosen Wächter, zog einen Jagdhammer vom Gürtel und schlug ihn wuchtig auf den Kopf des Soldaten. Als der Mann am Boden lag, bedeckte Edvar dessen Kopf mit einem Schal, damit kein Blutstropfen auf den Wollteppich fallen konnte.

»Zuerst eine Singschlange und jetzt einen Wächter. Auf Kalmar scheint man eine sehr gründliche Ausbildung zu genießen«, sagte Radi.
Edvar schüttelte den Kopf. »Es waren deine Landsleute, die mich das alles gelehrt haben. Die Nomaden waren es bald leid, auf die Jagd nach dummen Mbuzim zu gehen, trotz der hohen Prämie, die mein Vater ihnen dafür zahlte. Sie amüsierten sich darüber, wie ich mich bemühte, mit ihnen Schritt zu halten, wenn sie sich daranmachten, intelligenteres Wild zu erlegen.
»Da waren sie wohl sehr erstaunt, als du tatsächlich mit ihnen Schritt gehalten hast, was?«
Edvar grinste über das ganze Gesicht. »Die meisten Leute halten mich zuerst für einen Einfaltspinsel.«
»Haben die Nomaden dir auch beigebracht, niemals über einer Beute zu hocken, solange sich noch ein anderer Jäger in der Nähe aufhalten könnte?«
»Natürlich, die Prinzessin. Ich muß sie wohl empfangen, solange mein Vater noch nicht zurückgekehrt ist. Halte du nach ihm und Deza Ausschau, und bringe sie in Sicherheit, bevor ein anderer sie sieht. Verstecke sie im Stall, bis ich Zeit finde, sie zu holen.«
Radi schüttelte den Kopf. »Ich verstecke sie in einem der Geheimgänge und bleibe bei ihr. So, nun hilf mir, diesen Mann in das Zimmer des Priesters zu bringen, bevor hier zufällig jemand vorbeikommt.«
Edvar faßte mit an. Als sie das Priesterzimmer erreichten, sah der Sohn des Magnaten sich darin um, als erblickte er es zum erstenmal. Dann trat er an eine Wand und berührte ein Stück der Holzverkleidung. Aber nichts rührte sich. Er hatte an das falsche Stück gefaßt. »Bei uns zu Hause auf Kalmar . . .«
Radi lachte. »Du kennst dich mit den Geheimgängen hier nicht aus, was? Natürlich nicht, sonst hättest du Deza ja schon vor langer Zeit in ihrem Zimmer aufgesucht.«
Edvar errötete, aber dann fanden seine Finger das richtige Holzstück, und die Geheimtür glitt auf. »Glaube ja nicht, mein Vater wüßte nicht über die hiesigen Geheimgänge Be-

scheid. Er ist eigens nach Mahali gereist, um den Bau des Forts zu überwachen. Das sieht ihm ähnlich, hier einige private Änderungen vorzunehmen, und wenn es auch nur aus dem Grund sein sollte, dem wachsamen Auge meiner Mutter zu entgehen.« Edvar sah Radi traurig an. »Er hat mir nichts davon erzählt. Ich wünschte, er würde mir etwas mehr vertrauen.«

Radi schüttelte den Kopf. Er konnte die Loyalität des Jungen nicht begreifen. Natürlich wollte er Edvar daraus keinen Vorwurf machen, aber er konnte ihn auch nicht dafür loben. »Nun geh und tu das, was ein kalmarischer Gastgeber zu tun hat, wenn eine mahalitische Prinzessin ihre Aufwartung macht. Dieses Mal *höre* ich Hovercraft-Geräusche. Sie müssen schon über dem Oasengelände sein.«

Edvar nickte und eilte zur Tür. Er hatte sich bereits auf seine neue Rolle eingestellt. Radi schob den Wächter in den Geheimgang und wartete bei ihm auf die Ankunft der Prinzessin und ihres Gefolges. Bedauernd dachte er daran, daß er vergessen hatte, sich eine Weinflasche in sein Versteck mitzunehmen. Der Wein tat seine Wirkung rasch und beruhigte die Nerven. Gedämpft ertönte das Geräusch von Stiefeln mit harten Sohlen auf dem Holzboden der Eingangshalle. Hell klimperten Blankwaffen und Pistolen an Zierpanzern. Radi verließ den oberen Geheimgang und verschwand in den untersten, um die Ankunft Dezas und des Magnaten zu verfolgen. Ein Blick in den dunklen Stall belehrte ihn, daß der Herrscher der Fremden bereits angekommen war, wahrscheinlich kurz vor oder kurz nach Edvars und Radis Eintreffen. Sein Pony stand angebunden da und atmete noch schwer. Aber ein zweites Reittier war nirgends zu entdecken. Eilig lief Radi nach oben zurück, rannte zu Dezas Zimmer und nahm dabei jeweils zwei Stufen auf einmal. Geräuschlos öffnete er die Geheimtür und hoffte, Deza dahinter zu finden. Erst als er sah, daß ihr Zimmer leer war, wurde ihm bewußt, wie sehr er sich gewünscht hatte, sie wiederzusehen, und wie sehr ihn ihr Fehlen beunruhigte. War sie dem Magnaten irgendwo dort draußen im Karst entkommen? Hatte sie eine Möglichkeit zur Flucht ge-

sehen und war davongelaufen? Radi hoffte, daß das die Erklärung für ihre Abwesenheit war. Andernfalls mußte er davon ausgehen, daß sie Botvidi und Sheria direkt in die Arme gelaufen war.
Radi verließ das Zimmer durch den Geheimgang, um die Ankunft der Prinzessin zu verfolgen, als sein Fuß gegen etwas Weiches stieß und wütendes Knurren an sein Ohr drang. Dezas dummer Mbuzim. Seine pupillenlosen Augen glühten plötzlich in der bis eben noch ununterbrochenen Dunkelheit. Wahrscheinlich hatte das Tier die ganze Zeit geschlafen, und weil Radi in so großen Sprüngen die Treppe hinaufgeeilt war, hatte er es vorhin nicht bemerkt. Er hob den Mbuzim auf und legte ihn vor die Geheimtür zu Dezas Zimmer.
Die ersten Anzeichen von Aktivität fielen Radi in den unteren Ebenen des Hauses auf. Techniker der Stadt machten sich in einer kaum benutzten, kleinen Halle zu schaffen. Sie hatten eine Computerkonsole dort abgestellt und verbanden nun deren Kabel mit den Energiequellen des Magnaten. Die Techniker trugen das Blau der Prinzessin statt des Rots der Stadt, wie es eigentlich hätte sein müssen. Auch die Konsole war keine von der gewöhnlichen Sorte, sondern ein sehr großes Gerät mit eigenen Datenbänken, so daß der Operator schnell und direkt Informationen beziehen konnte. Vor vielen Jahren hatten die Wasserhexen solche Konsolen benutzt. Ihre besonderen Fähigkeiten waren auf eine geheimnisvolle Weise dazu in der Lage, enorme Mengen an Daten über das Wassernetzwerk zu erfassen, während sie simultan über die Schleusen den Wasserfluß kontrollierten. Vieles von dem Wissen der Wasserhexen war den Menschen heute verlorengegangen; vielleicht war es aber auch irgendwo in den Datenbänken verborgen. Aber die Konsole konnte auch von denen benutzt werden, die nicht mit der Wassersensibilität gesegnet waren, wenn auch mit Effektivitätseinbußen. Radi hatte schon an einem solchen Gerät gearbeitet, und Sheria benutzte es häufig. Die Erinnerung bereitete Radi Schmerz, die Prinzessin in dem Sessel mit der hohen Lehne vor der Konsole sitzen zu sehen, wie ihr Kopf von der Sesselstütze vor allen Blicken verborgen

wurde und sie wie ein Kind vor einem neuen Spielzeug wirkte. Zwischen dem Fort des Magnaten und der Roten Stadt bestand keinerlei Telegraphenverbindung, aber auf der Oberfläche über der Stadt stand eine riesige Antenne, die die Botschaften zwischen der Konsole und dem Zentralcomputer empfing. Wenn der Magnat eine Schiffsladung Waffen kommen lassen konnte, dann konnte er auch durch eine Orbitstation Signale an die Antenne über der Stadt aussenden.
Radi hatte gehofft, er würde über mehr Zeit verfügen, da Sheria ihren Verrat nur in der Roten Stadt vorbereiten konnte und deshalb vorsichtig zu Werk gehen mußte. Aber nun wurde ihm klar, daß es zu keiner Verzögerung mehr kommen würde. Er konnte der Prinzessin nur hier im Fort zuvorkommen. Der Gedanke, der ihm jetzt durch den Kopf schoß, daß nämlich der Magnat einen gewissen Vorteil gegenüber Sheria haben mochte, solange sie sich auf seinem Grund und Boden befand, war nur ein schwacher Trost. Der Magnat war vor allem anderen Geschäftsmann, und wenn Edvar recht hatte, bemühte er sich erst seit kurzem, dafür aber um so intensiver, um Machtpolitik und Diplomatie. Es mußte schon sehr viel Glück im Spiel sein, wenn er damit über Sheria triumphieren konnte. Radi lief weiter und hoffte immer noch, irgendwo ein Anzeichen von Deza zu entdecken.
Die Stimme der Prinzessin ließ ihn innehalten. Er konnte keine einzelnen Worte ausmachen, war sich aber sicher, daß dort Sheria sprach. Da er sich nicht länger zurückhalten konnte, öffnete er die nächste Geheimtür einen Spalt weit und äugte hindurch. Ja, dort war Sheria. Sie ruhte in der großen Halle auf den bequemsten und üppigsten Kissen. Harubiki saß mit übereinandergeschlagenen Beinen zu ihren Füßen, mitten in den vielen Falten von Sherias seidenem Reiseumhang, den die Prinzessin achtlos hatte fallen lassen. Hinter Sherias blonden Haarflechten stand ein Stück weiter rechts Botvidi. Er hatte das Priestergewand weit aufgeschlagen, um seine weitaus beeindruckendere Militäruniform zu präsentieren. Edvar schenkte allen Wein ein und bemühte sich nach Kräften, die weiten Ärmel seiner Eingeborenenkleidung nicht in die ge-

füllten Kelche hängen zu lassen. Sein weites Gewand verbarg zumindest das Erdreich auf den Kleidern, die er darunter trug. Radi preßte das Ohr an den Spalt, um zu hören, worüber sie sich unterhielten. Aber statt dessen hörte er hinter sich ein Geräusch. Er drehte sich rasch und geräuschlos um und starrte in den dunklen Gang. *Klick-klick, Klick-klick.* Radi seufzte leise. Wieder der Mbuzim. Er leckte sich über die trockenen Lippen und wünschte sich nichts sehnlicher, als Edvars Feldflasche griffbereit zu haben. Dann schob er sich wieder näher an den Spalt und konzentrierte sich auf die Personen in der Halle. Das war sein Fehler, denn das erste, was er hörte, war ein Schrei aus seinem eigenen Mund. Jemand warf ihn mit voller Wucht durch das dünne Holz der Geheimtür. Dann fand er sich zu Sherias Füßen mitten auf dem Umhang wieder, auf dem Harubiki bis vor kurzem noch gesessen hatte. Plötzlich war das Messer seiner einstigen Begleiterin an seiner Kehle, und der schwere Fuß, der sich auf seinen Nacken stellte, konnte nur dem Magnaten gehören.

»Tz, tz«, zischte Harubiki. »Wie viele Leben hast du eigentlich?«

»Versuche es noch einmal, Harubiki«, sagte der Magnat. »Vielleicht hast du mehr Erfolg, wenn ich ihn mit meinem Fuß niederhalte.«

»O nein, nicht hier«, rief Sheria und zog hastig den Saum ihres Umhangs unter Radi weg. Sie stand auf und entfernte sich, und auf ihrem Gesicht lag eine Miene des Abscheus.

Der Magnat lachte laut. »Ich bin einer Spur aus Priesterkleidern und bewußtlosen Wächtern gefolgt. Nur einer konnte dafür verantwortlich sein. War das ein weiterer Beweis für die große Effizienz der Roten Stadt?« Er lächelte Harubiki spöttisch an. »Mein Sohn kann ja Befehle besser ausführen als du.«

Radi spürte, wie das Messer fester in seinen Nacken stieß, als Harubiki die Beleidigung hinnehmen mußte. Aber wiederum hinderte sie ein »Nein!« der Prinzessin an der Ausführung. Alle sahen nach Sheria, Radi am raschesten. Ihr wunderschönes Gesicht war vor Ekel verzerrt. »So etwas . . . so etwas

Abstoßendes«, sagte sie langsam. Es klang zwar nicht ihre Liebe für ihn heraus, wie Radi insgeheim gehofft hatte, aber zumindest retteten ihre Worte ihm vorerst das Leben. Die Leibwächterin trat zurück und bedeutete Radi aufzustehen. Er kam der Aufforderung langsam nach.
»Ich weiß, was du vorhast, Sheria«, sagte Radi. »Du darfst dieses Spiel nicht zu Ende spielen.«
»Hast du wirklich geglaubt, ich würde meinen Thron mit dir teilen?«
»Du konntest meiner absoluten Loyalität sicher sein, bis zum heutigen Tag. Zusammen wären wir gut ausgekommen.«
»Wir hätten über eine schummrige Höhle geherrscht«, gab Sheria zurück. »Allein herrsche ich über einen ganzen Planeten.«
»Sheria, meine Liebe«, meldete sich Botvidi zu Wort und bemühte sich, über die seidenen Kissen hinwegzusteigen. »Es besteht absolut keine Notwendigkeit, dich diesem Rebellen zu erklären, weder hier noch jetzt. Ich bin überzeugt, der Magnat hat die passenden Unterkünfte für solche Herrschaften.«
»Du hörst besser auf ihn, Sheria«, sagte Radi. »Er will dich nur zur Vorsicht mahnen, vor dem Magnaten den Mund nicht zu weit aufzumachen. Der Fremde hier ist nicht der Verbündete, für den du ihn hältst, und er ist auch nicht der Idiot, als den du ihn anzusehen scheinst. Ist dem nicht so, Botvidi?«
»Ich habe nichts dergleichen zum Ausdruck bringen wollen«, sagte der Gouverneur und richtete sich zu seiner vollen Größe auf. »Unser Gastgeber hat uns einen großen Dienst erwiesen, indem er uns einen der gefährlichsten Rebellen in die Hand gegeben hat. Aber wir wollen keinesfalls seine Gastfreundschaft über Gebühr beanspruchen, nicht wahr, Prinzessin?«
Sheria hatte wieder vollständig die Fassung über sich zurückgewonnen. »Natürlich nicht, da hast du vollkommen recht. Dieser Rebell ist ein Problem der Stadt und nicht des Magnaten.« Sie lächelte dem riesenhaften Fremden dankbar zu. »Wenn du ihn für uns aufbewahren könntest, bis wir wieder abreisen«, schlug sie ihm vor.

»Meine Kerker sind zahlreich, ich komme diesem Wunsch mit Freuden nach«, sagte der Magnat. Radi konnte nur hoffen, mit seinen Worten einen Keim des Mißtrauens in ihm gesät zu haben. Radi wagte es nicht, Edvar direkt anzusehen, aber aus dem Augenwinkel beobachtete er, wie der Junge angespannt dastand. »Ich rufe sofort meine Wächter«, sagte der Magnat und trat auf die Tür zu.

»Einen Moment noch«, rief Harubiki. »Er hat das Grab, in dem ich ihn zurückgelassen habe, nicht ohne fremde Hilfe verlassen können. Das bedeutet, daß er hier irgendwo noch einen Komplizen haben muß.«

»Sie hat recht«, sagte Botvidi und wirkte plötzlich besorgt. »Chappa kann es nicht sein, der ist seit letzter Nacht tot. Wer hat dir also geholfen, Radi?«

Radi drückte den Rücken durch und war innerlich überrascht, wieviel Mühe ihm diese Bewegung machte. »Sie hat die Fesseln schlecht angebracht. Harubiki ist zu sorglos und dumm geworden.«

»Das ist eine Lüge!« schrie Harubiki, und Radi erkannte, wie sehr sie darüber betroffen war, versagt zu haben, ganz gleich, was die Ursache dafür gewesen war. Plötzlich hatte sie wieder das Messer in der Hand und trat bedrohlich auf ihn zu. »Sag es mir, Radi.« Sie riß das Messer hoch, und er hatte eine Kerbe im Ohr. Es war nur eine Warnung. Sie hätte genauso leicht das ganze Ohr abschneiden können. Gegen seinen Willen begann Radi heftig zu schwitzen. »Sag es mir, Radi, oder ich denke mir eine besonders wirksame Folter für dich aus . . . Vielleicht schneide ich dir einen Finger nach dem anderen ab. Oder ein kleines Etwas, an dem dir sehr viel mehr liegen dürfte.«

»Deza«, meldete sich Edvar zum erstenmal zu Wort. »Es kann nur Deza gewesen sein.«

Radi sah Edvar an. Er wirkte wie rasend.

»Wer anders als diese Schlampe?« sagte Edvar mit rauher Stimme. »Jetzt kommt es mir erst in den Sinn – sie muß die ganze Zeit schon mit ihm zusammengearbeitet haben. Sag mir, wo sie ist, Vater, und ich lasse ihr die Behandlung zukommen, die sie verdient hat. Wollen doch mal sehen, ob wir denen nicht etwas Respekt beibringen können, die glauben, uns ungestraft verhöhnen zu können!«

Radi runzelte die Stirn. Der Junge warf ihn den Wölfen vor, um Deza retten zu können. Radi konnte ihm keinen Vorwurf daraus machen. Wahrscheinlich hätte er unter ähnlichen Umständen ebenso gehandelt. Deza brauchte Hilfe, um von hier fortzukommen, und Edvar war als Sohn des Magnaten vielleicht der einzige, der ihr diese Hilfe jetzt geben konnte. Radi machte sich keine Illusionen über sein eigenes Schicksal. Harubiki würde zu unwiederbringlich das Gesicht verlieren, wenn sie auch beim zweitenmal scheiterte. Es gab kaum etwas Schlimmeres als einen Mörder mit Berufsehre.

»Ja«, sagte Radi nach einer Weile, »Deza hat mich gerettet. Sie ist uns beiden in die Wüste nachgeschlichen und hat mich, sobald es dunkel wurde, ausgegraben.« Der Junge wirkte unendlich erleichtert.

»Deza?« Der Magnat lachte schallend. »Wirklich Deza? Das ist ja wirklich unerreicht. Sage mir doch, können Wasserhexen fliegen? Denn sie muß schon geflogen sein, wenn sie aus dem tiefen Schacht hinausgelangen wollte, ganz abgesehen davon, daß ihr dann auch ein Sturz über mehrere hundert Meter nichts ausgemacht hätte.«

»Was?« entfuhr es Edvar, und er war vor Schrecken wie betäubt. »Was hast du da gesagt? Wo ist sie? Wo ist Deza?«

»Tot.« Der Magnat sah seinen Sohn finster an. »Ich habe die falsche Schlange im Karst in einen Schacht geworfen.«

Edvar keuchte und zuckte mit den Armen. Vielleicht wollte er nach seinem Messer greifen, vielleicht versuchte er aber auch so, seinen Zorn zu überwinden. Was auch immer der Grund gewesen sein mochte, Harubiki griff rasch nach einer seiner Hände.

»Seht nur, seine Fingernägel«, sagte sie. »Sand und Lehm sind darunter.« Mit einer einzigen Bewegung riß sie an der Schärpe seines Umhangs und zog ihn mit einem Ruck von den Schultern des Jungen. Die Knie seiner Hose waren sehr verdreckt. Er hatte zu intensiv gegraben. »Hier haben wir den Komplizen«, sagte Harubiki und nahm Edvar das Messer ab.

Das Lachen des Magnaten verstummte abrupt. Er starrte seinen verschmutzten Sohn an. »Ist das wahr, Edvar?«

Edvars Lippen verzogen sich trotzig, und er sagte: »Vater, du weißt nicht, was du tust. Du hättest gut mit ihnen fertig werden können, wenn es nur um Gold gegangen wäre. Aber bedenke doch, Vater: Waffen. Was, glaubst du denn, wollen sie mit den Gewehren anstellen?«

»Ach, mein teurer Freund«, sagte Sheria und berührte mit ihren schlanken Fingern sanft den starken Arm des Magnaten. »Dein Sohn ist sehr jung und hat noch viel zu lernen. Vielleicht geht es bei ihm mit dem Lernen etwas schneller, wenn er einmal eine Nacht mit einem wirklichen Verbrecher im Kerker verbracht hat. Ich denke, wenn er danach die Morgensonne wiedersieht, ist er um einiges gereift.«

Radi verstand sofort, was Sheria da vorschlug, und beim Magnaten dauerte es auch nicht lange. Der große Mann zögerte zwar noch eine Weile, doch dann übermannte ihn der Ärger. »Wache!« rief er zornig. Soldaten stürmten in die Halle. »Werft diese beiden in den Kerker.« Er trat seinen Sohn heftig mit dem Stiefelabsatz, damit bei den Wächtern kein Zweifel aufkommen konnte, welche beiden gemeint waren.

»Tut mir leid«, raunte Edvar. Radi wußte nicht, ob diese Bemerkung an ihn oder an den Magnaten gerichtet war. Ohne Bitterkeit sah er zu, wie die Soldaten Edvar aus der Halle zerrten. Dann ließ er sich selbst widerstandslos die Treppe hinuntertragen und hatte den irrationalen Wunsch, jetzt aus der Feldflasche zu trinken, die immer noch an Edvars Gürtel hing.

## 14

Wach wurde sie erst durch tropfendes Wasser. Deza öffnete die Augen und sah sich um. Zuerst konnte sie nichts erkennen. Aber die Dunkelheit und das ständige Tropfen des Wassers auf Felsgestein brachten sie zu der Vermutung, daß sie

sich irgendwo unter der Erde befand. Sie lag irgendwo, aber nicht auf Stein, sondern auf Sand. Ihr war nicht kalt, obwohl sie wußte, daß die Nächte auf diesem Planeten tückisch kalt waren. Deza rollte sich auf die Seite und schlief wieder ein.
Als sie das nächstemal erwachte, konnte sie in der Dunkelheit etwas mehr erkennen. Das Schwarz der Felsen hob sich dunkler vom Schwarz des Nachthimmels ab, wo zusätzlich einige Sterne funkelten. Sie lag unter einem Felsüberhang auf Sand, vielleicht immer noch unter der Klippe, unter die sie der Magnat getragen hatte, als sie vom Pony gefallen war. Sie befand sich also nicht unter der Erde. Dabei hatte sie geträumt, sie hätte sich irgendwo unter dem Karst verlaufen, war endlos lange durch Höhlen und über gefährliche Wege gewandert und hatte ihren Vater gesucht. Aber es war nur ein Traum. Deza wickelte sich tiefer in den Umhang ein und fiel wieder in Schlaf.
Der Morgen riß sie endgültig aus ihren Träumen, und sie entdeckte, daß sie sowohl recht gehabt als auch sich geirrt hatte. Der Felsüberhang gehörte nicht zu den Klippen am Karstrand, und der Sand, auf dem sie geruht hatte, war nicht der grobe aus der Wüste, sondern viel feiner und gehörte zu einem Flußbett, in dem aber schon lange kein Wasser mehr floß. Vor langer Zeit hatte es den Fels oben und unten weggegraben, bis das Dach so dünn geworden war, daß es unter seinem eigenen Gewicht zusammenbrach. Deza befand sich jetzt wirklich unter der Erde, irgendwo auf halber Höhe eines Schachts.
Der Magnat hatte also seine Drohung wahr gemacht, sagte sich Deza. Er hatte gesagt, er würde mich in einen Schacht werfen, wenn ich ihn nicht zum Fluß führen wollte. Sie fragte sich dumpf, wie sie den Sturz überlebt hatte, und kroch an den Rand des Felsüberhangs, um sich umzusehen. Ihre Spuren waren im tiefen Sand leicht zu erkennen. Der unterirdische Fluß hatte sich in diese zusammengefallene Passage ergossen, nur wenige Meter vom Überhang entfernt, bis er abrupt in den unterirdischen See stürzte, der den Grund dieses Schachts bildete. Von oben hatte der Magnat nicht mehr als

dunkle Schatten ausmachen können. Als er Deza hinabgetreten hatte (nicht gestoßen, sondern hinabgetreten, sagte sie sich), war sie nicht mit den Händen und Knien aufgekommen. Sie war wie ein Sack Ergußsteine auf den Sand geplumpst. Das ließ sich eindeutig aus den Spuren am Boden herauslesen. Wahrscheinlich war ich völlig hilflos, vielleicht sogar bewußtlos, und er hat mich einfach so in den Schacht getreten. Sehr nett. Mit etwas weniger Glück wäre ich bis auf den Grund hinabgestürzt.

Deza stand auf und stieß mit dem Kopf beinahe an das niedrige Felsdach. Ihr wurde etwas schwindlig. Ich gehe besser nicht zu nahe an den Rand, beschloß sie, sonst bekommt der Magnat seinen Wunsch im nachhinein doch noch erfüllt. Sie stützte sich an den Wänden und dem niedrigen Dach des Vorsprungs ab, um ihr angeschlagenes Gleichgewicht halten zu können, und bewegte sich ins Sonnenlicht. Der Vorsprung glitt in der Höhe der Schachtöffnung sanft nach unten und endete dann infolge des Zusammenbruchs abrupt. An seinem Rand stand eine scharf geschnittene Klippe, die gut sechs Meter in die Höhe ragte. Auch dies wohl ein Reststück des Einsturzes. Deza inspizierte die Klippe im hellen Licht der Morgensonne, fand aber nirgendwo geeignete Vertiefungen, an denen sie hinaufklettern konnte. Der Fels war zu glatt abgebrochen und wies eine geradezu ebenmäßige Oberfläche auf. Deza starrte eine Weile an ihm hinauf, blinzelte ins Sonnenlicht und kroch dann unter den Vorsprung zurück. Es schien für sie keinen Weg aus dem Schacht zu geben, aber seltsamerweise beunruhigte sie diese Erkenntnis kaum. Sie verspürte keinen Hunger, und sollte sie irgendwann Durst bekommen, dann versprach ihr das angenehme Rauschen von Wasser ganz in der Nähe Linderung. Und wenn sie daran dachte, daß sie noch vor kurzem an Hitzeerschöpfung gelitten hatte und dann einige Meter tief in einen Schacht gefallen war, dann ging es ihr im Augenblick doch erstaunlich gut.

Deza setzte sich auf den Boden und verschränkte die Beine. Der Sand fühlte sich merkwürdig warm an. Wo das Sonnenlicht kaum jemals hierherfand, hätte er eigentlich kalt und feucht sein müssen. Deza fragte sich, ob irgendwo weiter unten eine warme Quelle entsprang. Wenn sie sie fand, könnte sie dort ein heißes Bad nehmen. Falls sie einen Weg aus diesem lebensrettenden, aber etwas zu engen Loch fand.

*Du kennst den Weg, Deza,* hörte sie die Stimme ihres Vaters so deutlich im Kopf, als befände er sich ganz in der Nähe auf dem Vorsprung.

Deza sprang mit einem Satz auf und hätte sich dabei fast den Kopf am Felsdach gestoßen. »Vater!« rief sie und scherte sich nicht darum, welche Lawinen ihr Schrei auslösen mochte. »Wo bist du? Sprich mit mir!«

Aber sie erhielt keine Antwort, nicht die Spur einer Reaktion auf ihre Rufe. Deza setzte sich wieder hin und dachte so lange über die Stimme nach, bis ihr klar wurde, daß sich nicht ihr Vater gemeldet hatte, sondern ihr eine ungewöhnlich scharfe Erinnerung zu Bewußtsein gekommen war.

»Er hat genau diesen Satz zu mir gesagt, als wir aus der Roten Stadt geflohen sind«, sagte Deza laut, und die Karst-Träume kehrten zu ihr zurück. Diesmal jedoch nicht fragmentarisch und vom Fieber begleitet, wie sie sich vor Stunden ihren Weg in den bewußten Teil von Dezas Gehirn gezwungen hatten, sondern als zusammenhängende, klare Erinnerung. Sie fragte sich, warum dieser Teil des Gedächtnisses so aggressiv nach oben gedrängt hatte. Es hätte mich fast umgebracht, sagte sich Deza und stellte fest, daß auch die Erinnerung daran einsetzte: an das Fieber und an die Schwindelgefühle und wie sie vom Pony gefallen war und undurchdringliche Schwärze sie umhüllt hatte. Der Magnat hätte mich gar nicht mehr umzubringen brauchen, dachte Deza, bewußtlos, wie ich war, hätte er mich einfach liegen lassen können. Sie konnte seine Tat nun etwas besser verstehen, wenn auch nicht billigen. Ihr Vater mußte die Erinnerungen irgendwo tief in ihrem Unterbewußtsein verklammert haben – vielleicht als posthypnotische Befehle oder in Form von verknoteten Synapsen –, so fest, daß erst ein so starkes Erlebnis wie ein Mordversuch in der Lage war, sie zu lösen und ins Bewußtsein zu bringen; obwohl Deza mit etwas weniger Glück nicht mehr in der Lage gewesen wäre, sie zu empfangen. Warum diese Vorsichtsmaßnahme?

Weil ich die Prinzessin der Roten Stadt bin, dachte sie und wußte, daß das wahr war. Alle Erinnerungen kamen, waren jetzt vollständig. Sie strömten in Dezas Bewußtsein, standen nach den Stunden ihres erschöpften Schlafs bereit. Deza brauchte nur im warmen Sand sitzen zu bleiben, sich an den Fels zu lehnen und den Erinnerungsstrom zu ordnen.

Lange Zeit über hatte es Ärger gegeben. Deza war noch zu jung gewesen, um die Bedeutung hinter den rätselhaften Aktivitäten ihres Vaters zu erkennen, um die Spannung zu spüren, die in der Luft lag, und um die Unsicherheit jedes neuen Tages zu erfassen, wo ihr Leben doch davor so planmäßig verlaufen war. Einmal wurde ihr erlaubt, zusammen mit Vira zu den Computer-Netzwerken hinabzugehen, dann wieder wurde sie in ihrem Zimmer eingesperrt, ohne jemals Gründe dafür zu erfahren. Auch erklärte ihr niemand, warum sie eines Tages so plötzlich aus den hochliegenden, luftigen Zimmern in die so dunklen Räume am Boden der Schlucht mit den bedrohlich aufragenden Wänden umzogen. All die Besprechungen im Flüsterton, die ihr Vater mit seinen Getreuen geführt hatte, die leisen Beratungen mit Vira; das Bündel mit dem schweren blauen Umhang, den vielen Reisekleidern und den Nahrungsvorräten, das unter Dezas Bett bereitlag; die Panik in Viras Stimme, als sie Deza dabei entdeckte, wie sie zum Spielen ins Computer-Zentrum lief. Bestimmte Worte tauchten bei den heimlichen Besprechungen immer wieder auf, und manchmal war auch Dezas Name darunter. Die Stimme ihres Vaters war immer sanft und geduldig, wenn er mit ihr sprach, aber anderen gegenüber wurde sein Tonfall barsch und manchmal auch ungerecht. Und stets war er irgendwohin unterwegs.

Dann hatte das kleine Mädchen Vira mit durchschnittener Kehle in ihrem Kinderzimmer gefunden. Der Umhang und die anderen Kleider aus dem Bündel lagen überall verstreut und zerfetzt herum, als hätten die Mörder geglaubt, Deza selbst verberge sich in dem Haufen unter dem Bett. Deza war

kopfüber durch die dunklen Gänge geflohen, und eine kalte Hand war aufgetaucht, um sie zurückzuziehen. Die Erinnerungen an diese Zeit waren unklar und verwischt. Deza begriff, daß sie wohl nie mehr erfahren würde, was sich damals alles abgespielt hatte.
Erst als sie erkannte, daß diese schreckliche Hand Chuma gehörte, dem getreuesten Gefolgsmann ihres Vaters, wurden die Erinnerungen wieder klar. Und dann fand sie sich plötzlich tief unter der Erde wieder. Chuma oder irgend jemand sonst hatte sie durch einen Geheimgang aus den Räumen am Grund hinter die Felswand transportiert. Und dieser Geheimgang mußte auch der Grund für den plötzlichen Umzug gewesen sein.
Deza erinnerte sich an eine langgezogene Treppe. Mit der einen Hand hielt sie sich an Chuma fest und mit der anderen an der glatten Wand. Und plötzlich hörte sie die Stimme ihres Vaters. Irgendwie gelang es ihr, sich aus Chumas Griff zu befreien und sich ihrem Vater in die Arme zu werfen.
Er war völlig überrascht. Deza konnte sich an kein einziges Mal erinnern, ganz gleich in welcher Situation, in der ihr Vater ihr nicht irgendwie höhnisch, ja, fast schon abweisend begegnet war, auch wenn seine Stimme sanft geklungen hatte. Aber dort auf der Treppe hatte er fast hysterisch reagiert. Er sprudelte einige sinnlose Worte über Vira und eine offene Tür heraus. Erst heute begriff Deza, daß er damals geglaubt haben mußte, seine Tochter und nicht ihr Kindermädchen sei ermordet worden.
Aber natürlich! Die Mörder hatten das kleine Mädchen gesucht. Aus irgendeinem Grund hatte sie im Trauma ihrer Visionen auf dem Karst stets angenommen, ihr Vater habe sich in Gefahr befunden und sie habe ihn auf seiner Flucht begleitet. Aber in Wahrheit war es genau umgekehrt. Kindermädchen bringt man nicht um, um herauszufinden, wo sich der Vater aufhält. Und Vira hatte geschwiegen. Deza fragte sich, ob Viras verzweifeltes Manöver der letzte Versuch gewesen war, das Mädchen noch zu retten. Sie fröstelte, als ihr klarwurde, wie nahe sie Viras Mördern bei ihrem fröhlichen und

arglosen Spiel gekommen war. Und Vira hatte sich währenddessen auf grausame Weise umbringen lassen, um Deza zu retten. Deza hatte immer geglaubt (nein, besser, war von ihrem Vater dazu erzogen worden), niemandem zu trauen und sich nur auf ihre eigenen Fähigkeiten zu verlassen, weil JEDER sich kaufen ließ, wenn der Preis nur hoch genug war. Aber wie paßte Vira in dieses Bild, fragte sich Deza in Gedanken. Und wie stand es mit Chuma, der sie zu ihrem Vater geführt hatte?

Der Vater war zuerst unfähig gewesen, einen zusammenhängenden Satz zu sprechen. Als Deza im Dunkeln seine Schulter berührte, hatte ihre Hand das gleiche gespürt wie bei Vira. Deza waren die Tränen gekommen, und ihr Vater hatte ihre Hand gedrückt und ihr zugeflüstert, nichts von der Wunde zu sagen.

Die Erinnerungen an die Zeit danach waren zwar nicht unklar, aber irgendwie zusammenhanglos. Ohne Licht, um bestimmte Wegmerkmale im Gedächtnis behalten zu können, waren sie endlos lange gewandert, und es kam Deza jetzt so vor, als seien sie die ganze Zeit über in einem dunklen Zimmer eingesperrt gewesen. Chuma hatte die kleine Gruppe geführt. Deza erinnerte sich daran, daß er an einer Stelle vorgeschlagen hatte, die mitgeführte Fackel zu entzünden. Ihr Vater hatte dem entschieden widersprochen und erklärt, das sei viel zu gefährlich, wo sie der Roten Stadt noch so nahe seien. Deza fragte sich jetzt, ob nicht vielleicht die Wunde am Rükken für seine schroffe Ablehnung verantwortlich gewesen war. Chuma hatte nichts mehr dazu gesagt und leise ein Gespräch mit dem Mädchen begonnen, während sie sich den Weg durch die Gänge ertasteten.

Deza setzte sich auf und drängte gegen den warmen Fels, als ein kalter Luftzug sie streifte. Traue niemandem, hatte ihr Vater gesagt, denn jeder ist käuflich. Wie stand es mit Chuma, fragte sich Deza, hat er uns auch verraten? Dann wurde sie fast gegen ihren Willen vom Erinnerungsstrom mitgerissen und wußte schon, was jetzt kommen würde.

Chuma hatte sich an einem Punkt ihres langen Marsches

durch die endlose Dunkelheit erboten, das Mädchen zu tragen, und ihr Vater hatte wieder nein gesagt. Deza war darüber sehr wütend gewesen, weil sie so müde war, und das, was sie sich jetzt am liebsten gewünscht hätte, wäre gewesen, huckepack auf Chuma zu reiten. Aber der Vater erklärte Chuma, daß er seine Hände freihalten müsse, um den Weg voraus zu ertasten, daß Deza sich auf seinem Rücken allzuleicht den Kopf an einem überhängenden Fels stoßen mochte und daß sie bald nicht mehr aufrecht gehen, sondern kriechen müßten, wahrscheinlich sogar schwimmen. Chuma sei diese zusätzliche Last dann nicht mehr zuzumuten. Dennoch hatte das Mädchen geschmollt, und ihre Beine hatten sich angefühlt, als würden sie jeden Moment zusammenknicken, um sich nie wieder aufzurichten.

Deza war jammernd zurückgefallen, und ihr Vater war zu ihr gekommen und hatte ihr einen festen Klaps auf den Po gegeben, der wie ein furchtbares Erdbeben von den Felswänden widergehallt war. Deza hatte zu weinen begonnen, und das hatte sich unter der Erde fürchterlich angehört. Später hatte sie sich zwischen den beiden Männern weitergeschleppt und hin und wieder ein aufstoßendes Schluchzen von sich gegeben, um bei ihrem Vater Mitleid und Bedauern zu erregen.

Deza erinnerte sich, daß sie damit Erfolg gehabt hatte. Ihr Vater gab ihr eine süße Lutschstange, und Chuma begann, ihr eine lustige Geschichte zu erzählen, die ihre Wirkung nicht verfehlte. Dann erzählte er von den dunklen Gängen, durch die sie wanderten, und von den wunderbaren Orten, an die sie gelangen würden. Silberne Stufen gäbe es dort und Räume voller steinernem Schnee und glitzerndem Eis, und ein See sei dort, so klar und so tief, daß noch nie jemand seinen Grund gesehen habe, bis vielleicht auf die Fische, die blaß wie Geister in seinem Wasser hin und her huschten.

Gelegentlich unterbrach der Vater die Erzählung aus Besorgnis, sie könnten an einer falschen Stelle vom Weg abgebogen sein. »Wir sollten doch bald die Stufen erreichen.«

»Sicher«, sagte Chuma, »aber wir sind noch nicht so weit ge-

gekommen, wie du vielleicht glaubst. Zuerst erwartet uns noch der lange Korridor.«

»Aber der Weg müßte schon viel enger sein.«

Die Fragen und Antworten führten zu nichts. Der Vater war nicht bereit, eine Lampe anzuknipsen – die einzige Möglichkeit, ihren genauen Standort festzustellen –, und Chuma wollte nicht wertvolle Zeit damit verlieren, umzukehren und festzustellen, ob man sich irgendwo verlaufen habe. Ihr Führer beharrte verärgert darauf, daß er den Weg kenne, bis der Vater schließlich nachgab. Und weiter stolperten sie durch die Dunkelheit.

»Bald erreichen wir den großen Kristallsee, kleine Deza«, verkündete Chuma, »wo die Steinblumen unter der Wasseroberfläche wie ein Juwelengarten blühen. Der See ist so riesig, daß wir ein kleines Boot nehmen müssen, um ihn zu überqueren. Und sein Boden ist so klar wie das Wasser. Auf ihm segeln wir wie durch die Luft.«

»Nein«, sagte das kleine Mädchen und blieb abrupt stehen. Der Vater wäre fast in sie hineingelaufen.

»Deza!« schimpfte der Vater. »Trotzköpfe können wir jetzt überhaupt nicht gebrauchen, wo wir fast am Ziel sind.«

»Nein«, wiederholte das Mädchen stur und verschränkte die Arme vor der Brust. ›Sprich kein unbedachtes Wort‹, sagte Deza jetzt, gefangen im Strom der Erinnerungen, aber im gleichen Augenblick wußte sie, daß das kleine Mädchen aus irgendeiner unergründlichen Laune heraus geglaubt hatte, ihr simples »Nein« würde alles erklären. Und eine noch erstaunlichere Fügung hatte bewirkt, daß ihr Vater auf die einzig richtige Weise reagiert hatte. Die Erinnerungen strömten wieder ein.

»Geh schon voraus, Chuma«, sagte der Vater, »und sieh nach, ob das Boot dort ist. Ich denke, Deza und ich müssen uns einmal unterhalten.« Die Worte des Vaters enthielten genau den richtigen Grad unterdrückten Zorns. Chuma hatte keinen Grund, mißtrauisch zu werden, und marschierte voraus. Der Widerhall seiner Schritte auf dem losen Geröll wurde immer leiser.

Der Vater packte Deza an den Schultern und sagte: »Du steuerst geradewegs auf eine Tracht Prügel zu, junges Fräulein, wenn du nicht augenblicklich deine Beine wieder in Bewegung setzt. Warum willst du denn nicht an den See?«
»Weil wir nicht zum See gehen«, sagte Deza und spürte, wie der Griff der Hände ihres Vaters fester wurde. »In dieser Richtung liegt gar kein See.«
»Woher willst du das wissen?« fragte der Vater, und seine Stimme klang rauh und heiser.
»Dort liegt kein Wasser. Und ohne Wasser kann es keinen See geben, nicht wahr?«
»Kannst du denn das Wasser fühlen?« fragte der Vater ungläubig. »Wie lange kannst du schon das Wasser fühlen?«
Deza verzog das Gesicht. »Immer schon. Kannst du das denn nicht?«
»In welcher Richtung liegt das Wasser?« wollte der Vater wissen und wühlte in seiner Tasche.
»Hinter uns«, sagte Deza, und der Vater erkannte die Richtung, als er sich an ihrem ausgestreckten Arm entlangtastete. Plötzlich flammte Licht in dem Gang auf und erlosch ebenso rasch wieder. Deza sah in dem kurzen Augenblick Felswände und eine sehr hohe Decke, dann hatte der Vater die Taschenlampe wieder ausgeknipst. Er legte ihr die Hände auf die Schultern und zog sie zu sich heran. »Deza«, flüsterte er, und es klang sehr eindringlich, »du mußt jetzt hierbleiben und dich mucksmäuschenstill verhalten.«
»Ich habe Angst«, sagte Deza in dem gleichen Flüstern wie er, und es echote ebenso unheimlich von den Felsen. Er hob sie in eine Felsnische. »Warte hier auf mich«, sagte er und machte sich dann auf, Chuma zu töten.
So war das also, sagte sich Deza jetzt. Als Kind habe ich das alles nicht erfassen können. Sie versuchte, sich daran zu erinnern, was sie damals in der Felsnische empfunden hatte, aber es gelang ihr nicht, das aus dem Strom herauszufiltern. Das kurze Aufflackern des Lichts hatte ihrem Vater alles gezeigt, was er sehen wollte. Obwohl die kleine Deza nie zuvor in dem gewaltigen unterirdischen Labyrinth mit seinen Hallen und

endlosen Korridoren gewesen war, hatte sie in dem kurzen Moment des Lichts erkannt, daß der Gang, in dem sie sich gerade befanden, von Menschen gehauen war. Er unterschied sich in nichts von den Hunderten von Korridoren in der Roten Stadt, in denen sie gespielt hatte. Chuma führte sie nicht in Sicherheit, sondern wollte die beiden lediglich so lange aufhalten, bis die Soldaten angekommen waren, oder, schlimmer noch, wollte sie direkt in die Arme von Viras Mördern führen. Eine Erinnerung trat besonders klar hervor. Auch mit drei Jahren wußte das kleine Mädchen schon sehr genau, was sich im nächsten Augenblick ereignen würde. Sie zitterte nicht ängstlich, weil sie allein in der Felsnische lag, und sie hatte auch keine Angst vor den gräßlichen Ungeheuern in der Dunkelheit. Sie sorgte sich nur ein wenig, ob es ihrem Vater auch gelingen würde, Chuma zu töten. Und sie hoffte, daß die starken Hände, die sie hinaufgehoben hatten, sie auch wieder herausholen und mit ihrem gütigen Streicheln beruhigen würden.

Ich war ein ziemlich pfiffiges kleines Mädchen, sagte sich Deza und fragte sich kurz, wie ihr Vater darauf reagiert hatte, als sie ihm erzählte, sie könne mit ihren Wangen Wasser spüren. Das mußte das erstemal gewesen sein, daß sie davon gesprochen hatte. Ihr Gedächtnis reichte nicht weit genug zurück, um sich an eine Zeit zu erinnern, als sie noch nichts von ihrer Wassersensitivität wußte. Jedenfalls hatte diese Neuigkeit ihren Vater über Gebühr in Aufregung versetzt, so als sei ihre besondere Fähigkeit etwas ganz Unglaubliches. Später hatte er ihr erzählt, daß sie diese Gabe aufgrund ihrer Abstammung besäße, daß jeder in der Roten Stadt darüber verfüge. Und damit machte er eigentlich klar, daß Deza die Wassersensitivität von ihrer Mutter und nicht von ihm geerbt hatte. Irgendwie hatte er ihr stets den Eindruck vermittelt, nie persönlich in der Stadt der Großen Höhle gewesen zu sein. Die neuen Erinnerungen widersprachen dem. Und Radi und die anderen aus der Roten Stadt zeigten keine Anzeichen einer Wassersensitivität, obwohl Radi sich doch als Priester ausgab.

Radi. Deza hatte seit ihrer dringenden Nachricht, die Edvar

überbringen sollte, nicht mehr an ihn gedacht. Der Magnat hatte ihr erklärt, Radi habe mit Harubiki die Oase verlassen. Deza hatte sofort erkannt, daß Radi damit in eine Falle lief, denn Harubiki war sowohl seine wie auch Dezas Feindin. Aber sonderbarerweise verspürte Deza nun keine Panik, obwohl Radi sich vielleicht im Augenblick in einer schlimmeren Lage befinden mochte als sie.
»Es gibt einen Weg hinaus«, schien ihr Vater zu sagen, obwohl Deza wußte, daß sie nicht wirklich seine Stimme hörte. »Und du kannst ihn finden.« Aber Deza verspürte keine übertriebene Eile, irgend etwas zu unternehmen. Sie wollte sich nur den Erinnerungen hingeben, die sich wie ein langer Faden in ihrem Kopf auftrennten, an dessen Ende sich ein Schatz befinden mochte.

## 15

Irgend etwas stimmte nicht. Irgend etwas, das noch unangenehmer war als die Gefangennahme durch Sheria und ihren Komplizen, den Magnaten.
Die Echos der Wächterstiefel hatten scharf und nah geklungen, und das Licht der Lampen schimmerte auf Quarzstellen in den Kalksteinwänden. Warum wurde das Licht hier nicht von der Dunkelheit verschluckt wie in den Höhlen der Stadt? Dabei waren diese Höhlen unter dem Fort des Magnaten doch gar nicht so groß, aber es war in ihnen so kühl wie im Weinkeller unter der Roten Stadt. Nein, noch kühler, zu kühl. Die Handschellen an seinen Gelenken waren aus kalmarischem Stahl, aber sie fühlten sich an wie Eis, und jede Berührung mit ihnen löste auf seinem Rücken eine Gänsehaut aus. Die kalte Luft roch nach Mbuzim, und manchmal hörte Radi aus der Ferne das Wimmern eines kleinen Kindes . . . oder war das das Geräusch seines eigenen Stöhnens?
»Radi! Radi, wach auf!«
Ich habe doch gar nicht geschlafen, wollte er widersprechen und wußte dann, daß er tatsächlich kurz eingenickt war. Wie

ein Baby, das sich um die große Welt rings herum nicht zu kümmern braucht. Das war nicht die rechte Art für einen Soldaten der Roten Stadt. Radi mühte sich, aufrecht zu sitzen, und fragte sich, wann er sich eigentlich hingelegt hatte. Oder war er gefallen?

»Trink.« Edvar goß essigsauren Wein aus seiner Feldflasche zwischen Radis Lippen. »Mehr«, befahl der Junge. »Trink jeden einzelnen Tropfen. An deinem Nacken befindet sich eine Peketa-Wunde.«

Endlich begriff Radi. Es war ihm in der Höhlenluft, an die er doch eigentlich gewöhnt sein sollte, so kalt, weil er alle Flüssigkeit im Körper hinausschwitzte. Die Schweißdrüsen produzierten nach dem Peketagift wie verrückt. Das Tückische an den Bissen der kleinen Teufel war, daß sie überhaupt nicht schmerzten oder juckten. Deza hatte ihren kleinen Trick am Tor des Forts geschickt vorgeführt. Radi hatte den Biß des Insekts überhaupt nicht gespürt. Wahrscheinlich hatte er ihn erhalten, während er in seinem Grab gelegen hatte. Aber den Bohrschwanz des Insekts spürte man nicht. Und wenn man den Kopf voll hatte mit anderen Dingen – wie dem Verrat einer Frau, die genauso eine Prinzessin war wie Radi ein Prinz –, dann achtete man nicht darauf, wie oft man den Zwang zum Urinieren verspürte. Jetzt spürte Radi, daß seine Blase schmerzte, so als hätte er eine ganze Nacht hindurch Bier getrunken. Dabei hatte er gar nicht soviel von Edvars Wein zu sich genommen. Nein, es lag am Gift des Peketas, das die Nieren so stimulierte wie Adrenalin das Herz. Radi trank Edvars Feldflasche bis auf den letzten Tropfen leer. Besser seine Innereien arbeiteten mit einer Flüssigkeit, die er verlieren konnte, als daß sie weiter seine Körpersäfte angriffen.

»Du brauchst mehr zu trinken«, sagte Edvar. Seine Ketten rasselten, als er den letzten Tropfen in Radis Mund goß.

»Ich glaube kaum, daß sie uns genug bringen werden«, meinte Radi.

Edvar nickte düster. »Ich schätze, mein Vater sorgt dafür, daß ich am Morgen aus der Zelle darf, aber . . .«

»So lange schaffe ich es nicht, ohne noch etwas zu trinken«,

beendete Radi den Satz. Wieder nickte Edvar. »Schau nicht so betrübt drein, mein junger Freund«, sagte Radi. »Wir müssen eben das wiederverwerten, was uns zur Verfügung steht.«
»Wie bitte?«
»Du hast doch gehört, was ich gesagt habe. Wenn du wirklich mit den Wüstenjägern herumgezogen bist, müßtest du wissen, wie diese Leute nach einem Peketabiß überleben.«
Edvar runzelte die Stirn. »Ich habe einmal miterlebt, wie ein Mann gebissen wurde. Sie haben ihm Mbuzimblut zu trinken gegeben, und das war wirklich entsetzlich.«
Radi grunzte. »Nun, was ich vorhabe, ist noch entsetzlicher, funktioniert aber ebenso gut. Gib mir bitte die leere Flasche.«
Edvar reichte sie ihm, kehrte Radi aber den Rücken zu, als der die Feldflasche auffüllte. Für die nächste Zeit würde die Blase ihm keine Unannehmlichkeiten mehr bereiten, aber das Füllen der Flasche stoppte natürlich nicht den Schweißausbruch, und gegen die Schmerzen im unteren Rücken richtete es auch nichts aus. Hier war nicht einmal eine alte Decke, um die Nieren zu wärmen. Aber eine Fackel leuchtete an der Wand. Radi war an dunkle Gewölbe gewöhnt, aber warum sollte ihr Gegner ihnen hier Licht geben? Vielleicht sollte die Lampe ihnen nur ihre neue Umgebung zeigen und sie so davon überzeugen, daß keine Möglichkeit zur Flucht vorhanden war. Die schweren Ketten der beiden hingen an Bolzen, die man mit Sprengladungen tief in die Kalksteinwände hineingetrieben hatte. Und als wenn das noch nicht ausreichte, um die Gefangenen in ihrer kleinen Zelle zu halten, trennte ein unerhörter Schlund den Kerker vom Hauptgang. Eine geriffelte Eisenbrücke führte hinüber, war aber jetzt zurückgezogen und lag verlockend auf der anderen Seite. Edvar folgte Radis Blick.
»Selbst wenn die Ketten lang genug wären«, meinte Edvar, »könnte keiner von uns beiden so weit springen. Und hinunterklettern hat auch keinen Sinn. Aber ich bin mir eigentlich sicher, daß Vater mich morgen freiläßt. Er wollte mir sicher nur Angst einjagen. Er glaubt nämlich, das sei manchmal effektiver als eine Strafe. Wie damals, als er mich zu den Wü-

stenjägern hinausschickte, weil ich einen der eingeborenen Diener verteidigt hatte. Er . . .«

»Er hat Deza ermordet«, sagte Radi. Der Wein begann, seinen Kopf vom Pochen des Fiebers zu befreien, aber die Erinnerung daran, daß Deza tot war, ließ ihn sich fast wünschen, das Fieber möge ansteigen und die Gedanken in seinem Kopf verbrennen, die an dem Mädchen hingen. Wenn er an sie dachte, so war das schmerzhafter, als alle körperlichen Leiden dies je sein konnten.

»Nein. Nein, er hat noch nie jemanden getötet. Ich habe lange darüber nachgedacht, während du geschlafen hast. Er versucht nur wieder, mir Angst einzujagen. So ist er eben. Er glaubt, man könne nur mit dem Verbreiten von Furcht herrschen.«

Radi hätte Edvar zu gerne Glauben geschenkt, aber er hatte das Gesicht des Magnaten gesehen, als er davon erzählte, wie er Deza in den Schacht gestoßen hatte. Seine Miene war so voller Triumph und Befriedigung gewesen, und Radi wußte zu gut, daß es aus den Schächten im Karst kein Entrinnen gab. Viele Jahrhunderte lang war der Maundifu dort geflossen und hatte sich immer tiefer hineingegraben, bevor die Rote Stadt ihn für ihre Zwecke umgeleitet hatte.

»Ich muß zuallererst Deza finden«, murmelte Edvar. »Sobald ich wieder frei bin, schleiche ich mich fort und suche nach Deza. Dann gehen wir zu deinen Freunden in die Rote Stadt und erzählen ihnen, was hier vorgefallen ist.«

»Selbst wenn ich dir die Seeroute erkläre und auch, wie du in den versteckten Hafen gelangst, kommst du ohne Signallichter nicht durch die Klippen. Und Sheria wird kaum so großmütig sein, sie für dich entzünden zu lassen.«

»Dann gehen wir eben über Land. Deza ist schon in den Bergen gewesen. Ich denke, sie wird bereit sein, mit uns dort hindurch zu ziehen. Ich besorge Ponys aus dem Stall meines Vaters, und wir reiten auf dem Landweg zur Stadt.«

»Das dauert viel zu lange«, sagte Radi. »Selbst wenn wir uns nicht in den Bergen verirren, brauchen wir immer noch zehn Tage für die Reise.« Radi erwähnte gar nicht erst, wie lange es dauern würde, jeden Schacht im Karst nach Deza abzusuchen.

»Und bis dahin steht die ganze Stadt unter Wasser. Das geschieht unweigerlich, sobald Sheria den Fluß umleiten läßt, um an die Waffen zu kommen.«

»Dann werde ich sie aufhalten«, verkündete Edvar grimmig. »Ich muß Deza retten.«

»Da nimmst du dir aber eine ganze Menge vor, junger Freund, und ich kann deine Tapferkeit nur bewundern. Aber wir befinden uns hier nicht in einem Märchen, sondern in der realen Welt. Deza ist tot, und Mahali steht kurz vor seinem Untergang. Und weder du noch ich können etwas dagegen tun.«

Edvar verfiel in Schweigen. Radi wußte, daß er an Kummer litt. Wahrscheinlich hatte der Junge noch nie einen geliebten Menschen verloren, und ganz offensichtlich hatte er noch nie die Last verspürt, für das Leben von Millionen von Menschen verantwortlich zu sein. Aber Heldenmut half hier rein gar nichts, und Radi mußte den Jungen ganz einfach aus seinen Phantasien reißen, damit sie sich dem wenigen zuwenden konnten, das zu tun ihnen noch möglich war. Warum nur war jemand so freundlich gewesen, ihnen Licht zu geben? Radi blickte auf die fremdartige Lampe. Sie sah aus wie eine schwere Eisenhalbkugel, in der glühendes Metall schwamm. »Wer hat die Lampe dort hingehängt?« fragte er Edvar. »Etwa Harubiki?«

Edvar runzelte die Stirn und versuchte sich zu erinnern. »Schon möglich. Ich glaube, die anderen trugen nur Taschenlampen, aber Harubiki hat aus der Halle eine Lampe mitgebracht.«

»Das habe ich mir gedacht«, sagte Radi und blickte weiter auf das Licht. »Wir müssen die Lampe löschen. Sie hat sie nicht ohne Grund hiergelassen.«

»Aber dann ist es hier so dunkel, daß wir die Hand vor unseren Augen nicht mehr sehen können.«

»Aber wir können Harubiki sehen, wenn sie kommt. Sie muß eine Fackel oder sonstwas mitbringen, um den Weg zu uns zu finden. Wenn wir sie im Dunkeln erwarten, können wir ihre Lampe früh genug erkennen und uns rechtzeitig zu einem Kampf gegen Harubiki bereitmachen.«

Edvar schüttelte den Kopf. »Warum sollte sie hierherkommen? Wir stellen doch keine Bedrohung mehr für sie dar. Oder für das, was oben im Haus ausgehandelt wird.«
»Du kennst Harubiki nicht. Ich bin noch am Leben, und das kann sie nicht verwinden. Ihr Stolz ist empfindlich verletzt, nachdem sie mehrmals versucht hat, mich zu töten. Sobald sie sich freimachen kann, kommt sie hierher in den Kerker, um mir den Rest zu geben.«
»Und was wird aus mir?« wollte Edvar wissen.
»Harubiki kann keine Zeugen gebrauchen.«
Radi gewann den Eindruck, als habe er mit diesen Worten nur das bestätigt, was Edvar schon seit einiger Zeit vermutet hatte. Der Junge nickte, stand auf und versuchte, die Lampe aus der Nische in der Felswand zu heben. Er konnte sie nicht erreichen, riß sich das Hemd vom Leib und schlug damit nach der Lampe. Radi lächelte und fragte sich, ob ihm dieser Trick auch so schnell eingefallen wäre, wo sich alles in seinem Kopf im Moment wie Watte anfühlte. Edvar mußte es mehrmals versuchen, aber schließlich brachte das Hemd die Eisenhalbkugel so sehr ins Schwanken, daß sie aus der Nische fiel. Die Lampe fiel auf den Boden und rollte mit wachsender Geschwindigkeit auf den Graben zu. Edvar sprang hinterher, um die Lichtkugel aufzuhalten, aber die Ketten machten sein Vorhaben zunichte, und die Lampe rollte über den Rand nach unten. Von einem Moment auf den anderen saßen die beiden Männer im Dunkeln. Edvar machte seiner Enttäuschung Luft.
»Ist doch nicht so schlimm«, beruhigte ihn Radi. »Natürlich wäre es schöner gewesen, wenn wir etwas Schweres gehabt hätten, um damit nach Harubiki zu werfen, aber zumindest sind wir auch keine beleuchteten Zielscheiben mehr. Taste doch den Boden nach losen Steinen ab. Vielleicht können wir auch irgendwo etwas herausbrechen.«
»Du willst sie mit Steinen bewerfen?«
Radi hörte, wie Edvar in Gelächter ausbrach. Und irgendwie lächerlich war sein Vorschlag ja auch. Harubiki trug ein Wurfmesser und eine Laserpistole mit sich. Die Ketten gaben

den beiden Männern zwar etwas Bewegungsfreiheit, aber nicht genug, um vor Harubiki geschützt zu sein. Die Leibwächterin brauchte sich bloß an die andere Seite des Grabens zu stellen und in aller Ruhe auf Radi und Edvar zu feuern. Sie konnte zu diesem Zweck auch eine Armbrust mitbringen. Aber Glück hatte Radi schon einmal vor dem Ertrinken gerettet, und Wollust hatte ihn vor Harubikis Messer bewahrt. Und nur der unstillbare Rachedurst seiner ehemaligen Gefährtin hatte ihn so lange am Leben erhalten, bis Edvar ihn vor der Singschlange retten konnte. War es daher völlig grundlos, darauf zu hoffen, daß es ihm irgendwie schon gelingen würde, Harubiki auch diesmal wieder ein Schnippchen zu schlagen?

»Ich will verdammt sein, wenn ich hier bloß herumliege und darauf warte, daß Harubiki mich erschießt«, sagte Radi grimmig. »Komm schon, Edvar, hilf mir, etwas zum Werfen zu finden.«

»Radi, wir brauchen nicht länger zu suchen. Ich habe etwas viel Besseres als Steine.«

»Ein Messer?« sagte Radi und richtete alle seine Hoffnung auf dieses Wort. Er spürte, wie der Junge sein Knie berührte.

»Etwas noch Besseres als ein Messer. Ich habe die Schlange, Radi. Die kann ich genausogut über den Abgrund werfen wie einen Stein. Der Graben hindert das Tier auch daran, zu uns zurückzukriechen. Und es sollte wütend genug sein, sofort zuzubeißen.«

Vielleicht nicht beim erstenmal, dachte Radi, aber dann. Harubiki konnte niemals einer wild gewordenen Singschlange entkommen. Er drückte Edvars Schulter. »Diese gute Nachricht läßt es mich kaum erwarten, bis Harubiki hierherkommt. Aber wie . . .?«

»Mit einem Köder«, sagte Edvar. »Die Wüstenjäger haben es mir beigebracht. Angeblich bringen die Zähne Glück. Die Eingeborenen fangen die Schlangen regelmäßig.«

»Und nicht zu wenige Jäger kommen dabei ums Leben«, sagte Radi.

»Tatsächlich?«

»Tatsächlich«, versicherte ihm Radi.
Einen Moment lang war nur Dunkelheit und Schweigen. Dann sagte Edvar: »Wo ist die Flasche? Ich glaube, ich verspüre das Bedürfnis, sie aufzufüllen.«
Radi reichte sie ihm.

## 16

»Es gibt einen Weg hier hinaus«, erklärte der Vater dem kleinen Mädchen. Um Deza nicht zu erschrecken, sprach er sie aus der Dunkelheit an, bevor er die Arme ausstreckte und sie aus der Nische hob. »Du kannst diesen Weg finden, Deza.«
»Ist Chuma tot?« fragte das kleine Mädchen.
»Ja. Jetzt höre mir gut zu, Deza. Kannst du den unterirdischen See finden, von dem Chuma erzählt hat? An dem wir das kleine Boot aus Glas antreffen sollen?«
Ein ungewöhnliches Gespräch. Er erwähnte Chuma so beiläufig, als habe er sich nie von hinten an ihn herangeschlichen und ihn ermordet. Aber Deza ließ sich davon nicht verblüffen. Sie akzeptierte sein Verhalten mit der Offenheit eines Kleinkindes für alle neuen Entwicklungen. Sie hatte nur etwas Angst vor dem Druck des Wassers, der jetzt, wo sie sich auf den See konzentrierte, von allen Seiten auf sie einströmte, sogar von oben. Deza dachte schärfer nach, versuchte, in Gedanken das eine Wasser vom anderen zu trennen.
Nein, das hatte sie damals nicht getan, sondern das war das, worum sie sich jetzt bemühte. Geduldig sortierte sie die verschiedenen Wasser aus, unterschied sie nach ihrem Druck und kämpfte gleichzeitig darum, die Panik abzuhalten, die bei ihr stets aus der Furcht erwuchs, das Wasser würde sie unter sich begraben.
Überall um die kleine Deza herum war Wasser. Mit ungeheurer Macht strömte es durch die labyrinthartige Struktur, die den gesamten Fels durchzog, in dem die beiden sich befanden. Unglaublich war der Druck auf das kleine Mädchen, aber sie

konnte mit ihm fertig werden, konnte die eine Quelle untrüglich von der anderen unterscheiden.
»In dieser Richtung liegt der See«, sagte sie. Der Vater hielt sich wie ein Blinder an ihrer Hand fest, als sie erst in die eine und dann in die andere Richtung zeigte. »Zwischen uns und dem See liegt ein anderes Wasser.«
»Wie tief ist es?« fragte ihr Vater.
»So hoch«, sagte Deza und zeigte auf ihren Bauch.
»Dann können wir hindurchwaten«, sagte der Vater. Die beiden tauchten in die Dunkelheit ein, aus der sie gekommen waren. Zuerst führte der Vater, doch er verirrte sich immer wieder in Seitengängen. Deza drehte sich dann stets auf der Stelle um, und der Vater ging auf demselben Weg zurück zum Haupttunnel. Nach zwei solchen Vorkommnissen verlor der Vater die Geduld. »Von jetzt an führst du! Schließlich bist du diejenige von uns beiden, die weiß, wohin wir wollen!« Er schob sie vor sich her. Etliche Male stieß Deza sich den Kopf an Felsstücken, die unerwartet von der Decke hingen oder aus den Wänden ragten, und einmal blieb ihr Vater an einer Stelle hängen, die sie problemlos passiert hatte. Aber Deza verirrte sich nie und bog auch nirgends falsch ab. Sie führte sie direkt zum See.
Das kleine Mädchen eilte nicht blindlings zum Ziel, wie Deza jetzt erkannte, sondern vergegenwärtigte sich in Gedanken das gesamte Netzwerk und suchte wie mit einem geistigen Finger zwischen den einander überschneidenden natürlichen Tunneln und von Menschen erbauten Viadukten nach dem direktesten Weg zum See. Warum kann ich das heute nicht auch, fragte sich Deza leicht verärgert. Ich hätte auch die Quelle für den Magnaten finden können.
Der Vater band sich selbst und ihr die Taschenlampen um die Handgelenke, und wie durch Magie entzündeten sie sich, als die beiden den See erreichten. Deza ließ sich von dem, was sie im Licht sah, so überraschen, daß sie fast hingefallen wäre.
»Paß doch auf, Kind«, schimpfte der Vater. Das Glasboot stieß gegen den Fels einer kleinen Bucht.
»Aber es ist so schön hier«, widersprach Deza, als sie im Boot

saßen. Der Vater ließ die Ruder eine kurze Weile los, damit seine Tochter sich alles ansehen konnte. Kristallklar lag der See unter einem sehr hohen Felsdom, dessen Decke das Licht der Lampen kaum erreichte. Deza hängte die Hand, an der die Taschenlampe befestigt war, über den Bootsrand und besah sich die zierlichen Steinblumen, die wie Schneeflocken unter der Wasseroberfläche und am Ufer wuchsen. Ihr Vater schaute nicht auf diese Pracht. Er hatte den Kopf zum Hauptgang gedreht und lauschte, ob ihnen jemand folgte.
Nach ein paar Minuten sagte er leise: »Wohin nun, Deza?«
Das Mädchen zeigte in eine Richtung und etwas später in eine andere. Sie ruderten still aus der Bucht und gelangten in den Hauptarm des Maundifu. Die Strömung erzeugte ein wellenförmiges, sich überlappendes Echo, das bald an eine Melodie erinnerte. Einmal begann Deza, etwas zu sagen, aber das Geräusch ihrer Stimme, vervielfacht und immer leiser werdend, bis sie nur noch wie das Zwitschern eines kleinen Vogels klang, erschütterte das Mädchen so sehr, daß sie während des Rests der langen Fahrt über den dunklen Fluß keinen Laut mehr von sich gab.
Nach endlos langer Zeit verbreiterte sich der Maundifu und lag dann glatt wie Glas da. Deza, die den Kopf an die Brust ihres Vaters gelehnt hatte und vor sich hindöste, riß die Augen weit auf. Sie ruckte hoch, und ihr ganzer Körper schien unter Anspannung zu stehen. Der Vater steuerte das Boot sofort in eine Bucht und vertäute es dort. Er hob Deza heraus und stellte sie auf den sandigen Boden. Sie marschierten zu Fuß in der Richtung weiter, die Deza jetzt zeigte. Der Weg führte sie durch einen dunklen Gang, der mehrmals abbog, bis er sich zu der Stelle öffnete, an der der Maundifu in einen gähnenden Abgrund stürzte.
Von nun an wurde die Reise beschwerlicher. Der Vater wußte jetzt, wohin er sich wenden mußte. Ihr Weg endete nicht am Wasser, vielmehr mußten sie vor allem möglichst weit fort vom Maundifu. Ihre Verfolger würden mit Sicherheit dem Verlauf des Flusses folgen. Der Vater orientierte sich an den Stellen, die er von früheren Reisen kannte, und befragte an-

dere Male seine Tochter. Er erinnerte sich zwar an einen Großteil des Weges, konnte sich aber nicht immer auf seine Kenntnisse verlassen, weil die Landschaft sich gemäß dem Computerprogramm für die Reservoiraufteilung konstant veränderte. Hier wurde eine Kammer geflutet, während andernorts eine Kammer leer gepumpt war. Das Programm öffnete und schloß die Schleusen und Staudämme, um zu verhindern, daß die Wassermassen die Rote Stadt oder eine der Städte auf der Oberfläche überschwemmten. Früher war der Maundifu ein reißender Strom auf der Oberfläche von Mahali, der durch Schluchten donnerte, dann unterirdisch weiterfloß und mit seiner Macht Höhlen grub und andere Strukturen zerstörte, bis er sich schließlich in den giftigen Ozean ergoß und damit das Leben des Planeten verschwendete. Mahali war ein Wüstenplanet und nur am Ufer des Flusses bewohnbar. Die Menschen der Roten Stadt hatten mit dem Umlenken des Flusses mehr verändert als nur das Gesicht ihrer Welt. Sie hatten seine Grundlage umgestaltet, hatten den Maundifu ihrem Willen unterworfen, hatten ihn ihren Computern ausgesetzt, hatten sich zum Herrn seines Verlaufs gemacht. Und als er bezwungen war, hatten sie ihn zur Grundlage ihrer Herrschaft über den ganzen Planeten gemacht: Sie verteilten das Wasser des Flusses über ein kompliziertes Netzwerk, das sich fast unter dem ganzen Kontinent erstreckte. Überall auf dem Land schufen sie Oasen mit ergiebigen Süßwasserbrunnen für die Nomaden und mineralhaltigem Grundwasser für die Mbuzim.

Die Bewohner der Roten Stadt besaßen eine ausgesprochene Gabe für Wasser. Ein Großteil ihrer Hilfsmittel ging im Verlauf vieler Jahre verloren und wurde durch Aberglaube oder Politik ersetzt, bis die ursprünglich wassersensitiven Hexen nicht mehr als Priester mit formalistischen Aufgaben waren, die bei jeder Entscheidung ihre Computer zu Rat ziehen mußten. Und von da an reisten die Menschen der Roten Stadt nicht mehr durch die unterirdischen Gänge und Höhlen, die sie selbst geschaffen hatten – außer wenn es keinen anderen Fluchtweg gab.

Zuerst führte der Vater sie mehr nach dem Zufallsprinzip von Becken zu Nebenfluß, von Nebenfluß zu Wasserfall. Aber die Landschaft hatte sich seit seiner letzten Reise durch das unterirdische Reich so sehr verändert, daß er sie immer öfter in die Irre führte. Mal scheiterten sie in einer Sackgasse, mal vor einer undurchdringlichen Felswand und schließlich in einer tückischen Höhle, wo der Weg abrupt vor einem Schacht endete, der etwa zwanzig Meter tief war und die beiden Fliehenden das Leben gekostet hätte, wenn Deza nicht im letzten Augenblick ein warnender Schrei über die Lippen gekommen wäre. Nach vorn ging es nun nicht mehr weiter, aber auf dem gleichen Weg erst einmal zurück. Die dritte Möglichkeit war eine Schleuse. Aber der Vater weigerte sich, sie zu verstellen, obwohl in der Nähe sogar ein Terminal stand, mit dem man sie bedienen und so das Wasser in den Schacht abfließen lassen konnte. »Jede Veränderung im programmierten Ablauf wird sofort auf dem Hauptterminal in der Computerzentrale angezeigt«, erklärte er Deza. »Da könnten wir uns genausogut hinstellen und laut brüllen: ›Hier sind wir, holt uns!‹«
Er setzte das kleine Mädchen auf der Kreuzung der drei gleichermaßen schlechten Wege ab und sagte: »Ich will etwas versuchen, Deza. Dazu mußt du aber die Augen schließen.«
Er mußte Telepathie eingesetzt haben, sagte sich Deza jetzt. Kein komplizierter Prozeß, sondern eine simple Visualisierung des Karsts, wo sie vor Stunden noch mit dem Magnaten geritten war. Gelbe Klippen, der perlbeinblaue See und der Schacht, in dem sie sich gerade befand. Und auch der Felsvorsprung . . . Der Felsvorsprung. Deza geriet in Erregung, konnte einen Augenblick lang nur noch an diese verblüffende Erkenntnis denken und sagte sich dann, daß ihr dafür keine Zeit blieb. Sie mußte erst mit den Erinnerungen an die so lange zurückliegende Reise fertig sein, mußte sich ihnen bis zum Ende hingeben – wie sie durch dunkle Gänge mit schlechter Luft und schlammbedecktem Boden gewatet waren, wie sie lange vergessene, von Menschenhand gebaute Treppen hinaufgestiegen und natürliche Stufen, die durch das langsame Auswaschen der Mineralien geformt waren, hinabgestiegen

waren, bis sie endlich nach Überwindung eines langen Hangs im betäubenden Tageslicht auf dem Karst gestanden hatten. Deza erinnerte sich an alles, nicht unbedingt in der chronologischen Reihenfolge, aber so deutlich und übermächtig wie der Sturz des Maundifu in den bodenlosen Abgrund.

Hier! dachte Deza und stand auf. Wir sind an diesem Ort gewesen. Nur hat es damals noch nicht ganz so ausgesehen wie heute. Der hinaufführende Hang . . . In ihrem Bewußtsein entstand das Bild vom nicht mehr abgebrochenen Felsvorsprung, der einmal Teil des langen Felshangs gewesen war, auf dem sie und ihr Vater hinaufgeklettert waren und der sich zu dem Aufstieg verbreitert hatte, über den sie unweit des Schachts auf den Karst hinausgetreten waren. Der Schacht mußte erst später eingestürzt sein, und vielleicht waren auch die darunterliegenden Höhlen eingestürzt, aber dann war der Weg nach draußen nur von einer Schicht Schutt versperrt. Deza wußte jetzt nicht nur, wo sie sich befand, sondern auch, wohin sie sich wenden mußte.

Sie eilte so weit zurück, bis sie eine Nische fand. Dort kniete sie sich hin, kroch hinein und überprüfte die Festigkeit der Wände. Die Rückseite der Nische bestand aus Geröll, Schutt und Steinen, die Deza relativ leicht beiseite räumen konnte. Die ehemalige Öffnung ließ sich in Umrissen immer noch erkennen. Ein ziemlich großer Brocken hatte sich dort zwischen zwei kleineren Steinen verkeilt. Deza suchte nach einem langen Stein, den sie als Hebel benutzen konnte, um das kleinste der drei Felsstücke herauszulösen.

Deza ging sehr konzentriert an die Arbeit. Sie ließ sich nicht von ihrer Umgebung, ihren Gedanken und Ängsten ablenken, sondern handelte so wie damals, als sie drei Jahre alt und damit noch zu jung gewesen war, um die schrecklichen Hintergründe der Taten anderer zu erkennen. Wie damals, als ihre eigene Vorgehensweise noch simpel und direkt gewesen war. Deza dachte weder an den Magnaten noch an Radi. Ihr Kopf war zu angefüllt von den erstaunlichen Erlebnissen ihrer frühesten Kindheit, und sie konzentrierte sich auf das Problem, das vor ihr lag: die Vergrößerung der Öffnung und der Einstieg in die unterirdische Welt, die sie und ihr Vater erkundet hatten.

Der kleinste Stein löste sich und riß die beiden anderen mit. Deza konnte sie leicht aus dem Weg räumen. Eine recht enge Öffnung war entstanden, aber als Deza sich hindurchzwängte, stieß sie auf weiteres Geröll. Deza kroch wieder zurück und suchte nach einem flachen Stein, den sie als Schaufel benutzen konnte. Der rote Schal, den der Magnat ihr umgebunden hatte, hing immer noch an ihrem Handgelenk. Sie band ihn um ihren Bauch und beugte sich tief in das von ihr geschaffene Loch. Deza schaufelte den Schutt auf den Schal, und als dieser voll war, kippte sie ihn neben sich aus. Ruhig und stetig arbeitete sie, bis sie das Geröll endlich durchstoßen hatte und ins Leere griff. Sie legte die Steinschaufel fort und grub mit beiden Händen weiter, um das Loch zu vergrößern.

Der Umhang war ihr im Weg. Deza legte ihn ab, faltete ihn zusammen und schob ihn unter ihre Bluse. Unbehindert zwängte sie sich durch das enge Loch. Auf der anderen Seite fand sie sich in völliger Dunkelheit wieder. Ihre Bemühungen, durch das Loch zu kommen, hatten weiteren Schutt und noch mehr Steine gelöst, die die Öffnung hinter ihr wieder verschlossen hatten. Aber dann hörte Deza das Geräusch tropfenden Wassers, lauter vor ihr und etwas leiser unter ihr. Die erwachsene Deza unterschied sich in einem wichtigen Punkt von der dreijährigen Deza: Sie hatte keine Angst mehr vor der Dunkelheit. Und heute wußte sie genau, wo sie sich befand. Sie zögerte keinen Moment lang. Die warme Quelle mit dem genießbaren Wasser lag direkt vor ihr. Dort hatten sie und ihr Vater die Feldflaschen gefüllt.

Sie ging zu der Quelle und trank. Dann marschierte sie sicheren Fußes einen sanften Hang hinab. Sie war sich kaum der völligen Dunkelheit bewußt, in der sie sich hier befand, weil sie vor ihrem geistigen Auge die frühere Reise mit ihrem Vater deutlich und lebendig sah. Erst die Quelle und dahinter der steile Hang, der sich bis zum Grund des Schachts wand. Nicht nur die Erinnerung leitete sie, und als ihr das bewußt wurde, blieb sie abrupt auf der Stelle stehen. Das Wasser war ihr wahrer Führer. Wie eine Karte war sein Vorkommen in ihrem Gedächtnis verzeichnet. Die Quelle, die nun hinter ihr lag, dann der flache Tümpel am Grund des Schachts, das Netz der Thermenöffnungen, die ihren Felsvorsprung erwärmt hatten, und ein gutes Stück entfernt, aber so deutlich zu erkennen, als habe sie einen Plan vor sich liegen, der blaue See auf dem Karst. Dann die Oase, an der sie und der Magnat haltgemacht hatten, und endlich der Ozean.

*Vater,* dachte sie laut und vergaß, daß sie keinen Kontakt zu ihm herstellen konnte, *als du die Erinnerungen an unsere Flucht in mir unterdrückt hast, hast du dabei eine ganze Menge anderer Dinge ebenfalls ausgesperrt. Kein Wunder, daß du Mühe hattest, mich als Wasserhexe zu präsentieren.*

*Unter den gegebenen Umständen schien mir das das beste zu sein,* sagte ihr Vater. *Wo bist du jetzt, Deza?*

*Du würdest es nicht für möglich halten, wenn ich es dir erzählte. Nun, ich befinde mich auf bekanntem Boden. Warum hast du mir nie gesagt, daß ich eine Prinzessin der Roten Stadt bin?*

*Du hättest es mir vielleicht geglaubt.*

*Und mich daran gemacht, mein Recht zu bekommen? Mich für die gerächt, die an meiner Statt ermordet wurden? Darauf hättest du dich verlassen können.*

*Und das wäre ein Fehler gewesen. Alle, die an den Morden beteiligt waren, sind mittlerweile tot. Heute regiert Sheria. Als Vira ihr Leben verlor, war Sheria wie du noch ein kleines Kind. Ein unschuldiges Kind. Rache ist eine sehr gefährliche Sache.*

*Wie gefährlich, Vater? So gefährlich, daß ein herumwandernder Schwindler mit seiner Tocher sich nicht davor schützen kann?*

*Unsere einzige Sicherheit lag in der Anonymität.*

*Und in meiner Ahnungslosigkeit. Ich befinde mich am Grund des Schachts, Vater, und du liegst in der Wüste und wirst von Buis aufgefressen. Wie sicher waren wir je vor der unschuldigen Sheria, Vater? Sie war für den Hovercraft-Absturz verantwortlich, nicht wahr? Weil sie Vorsorge für den Fall tref-*

*fen mußte, daß wir doch noch am Leben sein könnten, oder?*
Ihr Vater gab keine Antwort.
*Der Magnat hat gesagt, Sheria, deine unschuldige Sheria, wolle in seine Oase kommen, um dort die Geheimnisse der Stadt zu verkaufen. Nun, Vater, ich gehe auch in die Oase, aber ich komme aus einer Richtung, aus der mich niemand erwartet.*
Sie wartete seinen Widerspruch nicht ab. Nach der nächsten Biegung konnte sie Licht sehen, und halb gehend, halb rennend eilte sie auf den Grund des Schachts zu, über dem der offene Himmel zu erkennen war. Das Wasser am Grund war zum Großteil verdunstet, und schon zu lange hatte der Maundifu das kleine Becken nicht mehr aufgefüllt. Aber Deza konnte den Fluß spüren. Tief unter ihr und etwas weiter im Süden.
Magnat, dachte Deza, jetzt könnte ich dir die Quelle zeigen, aber du hattest es ja so eilig. Sheria kann sie nicht für dich finden. Ich denke, sie ist überhaupt keine richtige Wasserhexe. Und ihr beide wart so versessen darauf, mir das Leben zu nehmen, daß ich kaum glaube, einem von euch jemals die Gunst zu schenken, an meinem Wissen teilzuhaben. Aber ich bin auf dem Weg, dich zu sehen.
Ein Bündel lag auf der anderen Seite des Tümpels. Deza ging an dem glatten Felsufer entlang, bis sie es erreicht hatte, und hob es auf. Die Ausrüstung des Magnaten, die er ihr hinterhergeworfen hatte, weil er in seiner Enttäuschung keine Verwendung mehr dafür sah. Alles, was er hoffnungsvoll für die Suche nach dem unterirdischen Fluß zusammengepackt hatte: Karbidlampen, Seile, Steigeisen, Magnesium-Taschenfackeln, Wassersäcke und ausreichend Nahrungsvorräte. Fein, dachte Deza, da brauche ich mir ja wenigstens keine Gedanken mehr darüber zu machen, wie ich durch die Dunkelheit meinen Weg zurück zur Oase finde.
Deza verstaute ihren Umhang in dem Bündel, band sich eine der Karbidlampen um das Handgelenk und warf das Bündel über den Rücken. Ihre Körperwärme entzündete die Lampe, obwohl ihr Licht im Sonnenschein von geringem Nutzen war.

Ihr Strahl zeigte trübe auf eine schmale Öffnung, die von zwei großen Stalagmiten begrenzt wurde. Deza verspürte den Wunsch, durch diese Öffnung zu gehen und die Reise von damals in umgekehrter Richtung noch einmal anzutreten. Nach Hause, dachte sie. Aber das geht jetzt noch nicht. Zuerst habe ich noch etwas in der Oase zu erledigen.
Entschlossen drehte sie sich um. Das kleine Mädchen und ihr Vater waren den unterirdischen Gängen nicht bis zu ihrem Ende am Ozean gefolgt, wahrscheinlich deshalb nicht, weil sich an der Küste Eingeborenensiedlungen befanden. Nur das Fort des Magnaten hatte damals noch nicht auf seinem Platz gestanden. Sie hatten das Labyrinth hier verlassen, auf dem Weg, den Deza gerade herabgekommen war. Aber sie würde einen neuen finden. Das Wasser, die ausgetrockneten Stellen und die dunklen Gänge dazwischen formten ein bestimmtes Muster in Dezas Gedanken. So sicher und frei fühlte sie sich mit ihren wiedergewonnenen Fähigkeiten, daß sie glaubte, den Weg in die Oase auch ohne Karbidlampe finden zu können.
Deza tauchte in den Schatten am Rand des Schachts ein und fand unfehlbar den Weg, der sie durch die steilen Felsklippen am Rande des Karsts unter die Oase führen würde. Sie vermutete, in einem der Mbuzimställe herauszukommen, die sie schon einmal aufgesucht hatte. Von dort aus war es das Einfachste auf der Welt, ins Haus zu gelangen.
*Ich komme, um dich zu holen, Vater,* dachte sie jubelnd.
*Mich und wen noch?* brummte der Vater.
Verärgert unterdrückte sie ihre Emotionen.
*Weißt du, wo Radi ist?* fragte sie sachlich.
*Willst du unbedingt Radi wiedersehen oder den Magnaten? Und wie steht es mit Sheria? Die Rache ist ein so sinnloses Vorhaben, meine Tochter.*
Deza gab ihm keine Antwort. Mit der Hilfe der Lampe überwand sie die vier Kilometer bis zum Rand des Karsts rasch. Der Tunnel, in den sie nun geriet, verlief abwärts, und bald war an den Wänden die Staubigkeit der Mbuzim-Höhlen auszumachen. Deza bewegte sich vorsichtiger weiter.

Sie hörte schwach das Echo von Stimmen und einen dumpfen Aufschlag, als sei etwas hingefallen. Deza schaltete mit einer knappen Handbewegung die Lampe aus und blieb lauschend im Dunkeln stehen. Aber kein weiteres Geräusch war zu vernehmen. Sie schaltete die Lampe wieder an und bedeckte sie mit einer Hand, bis sie nur noch ein kurzes Stück weit sehen konnte. Dann bog sie um eine Ecke.
Deza befand sich nicht in den Ställen. Die Reihe von Kammern, die in den Fels gehauen war, war nicht für Mbuzim gedacht, sondern für Menschen. Ein tiefer Abgrund trennte die Kammern vom Gang. Kerker, schoß es ihr durch den Kopf. Ein Wunder, daß ich selbst nicht hier gelandet bin.
Dann hörte sie wieder ein Geräusch. Sie hielt die Lampe rasch nach links, an die Reihe mit den Kammern. Plötzlich ertönte sehr nahe an ihrem Ohr das trillernde Lied einer Singschlange.

## 17

Es war so dunkel, daß Radi nicht mehr unterscheiden konnte, ob seine Augen offen oder geschlossen waren. Er wußte nur, daß es ihn eine ungeheure Anstrengung kostete, die Lider zu heben, um dann nichts zu sehen. Aber er bemühte sich, die Augen offenzuhalten und auf das verräterische Licht von Harubikis Lampe zu warten, wenn die Leibwächterin zu ihnen herabkam, um sie zu ermorden.
»Sie bewegt sich, Radi«, hatte ihm der Junge vor Stunden – oder waren es Minuten – zugeflüstert. Edvar hatte sich neben ihn gesetzt und den Sack mit der Singschlange auf seinen Bauch gelegt, um dem Reptil die nötige Wärme zu geben, damit es in der Kälte in den Höhlen nicht erstarrte. Radi hatte keine Vorstellung, wieviel Zeit verstrichen war, seitdem man ihn und Edvar hier im Kerker angekettet hatte. Er besaß keine Möglichkeit, die Zeit zu messen, und das Fieber in seinem Körper verzerrte alle natürlichen Rhythmen, mit denen er normalerweise ungefähr wußte, welche Tageszeit gerade herrschte.

»Radi!« hauchte Edvar.
»Pst!« warnte ihn Radi. Zuerst fürchtete er, das Fieber würde seinen Augen Phosphene vortäuschen, doch dann erkannte er das Wackeln und langsame Hellerwerden eines Lichts, das nur auf einen Menschen schließen ließ, der sich ihnen mit einer Karbidlampe näherte. Keine Stiefelgeräusche wie die von den Soldaten des Magnaten begleiteten das Licht, also konnte es sich nur um Harubiki in ihren weichen Höhlenschuhen handeln. »Wirf die Schlange genau in dem Moment, in dem ihr Licht auf uns fällt«, flüsterte Radi dem Jungen zu.
Edvar veränderte so lautlos seine Stellung, daß Radi seine Bewegungen mehr zu spüren als zu hören schien. Während das Licht heller wurde, stellte er sich vor, wie Edvar sich zum Wurf bereitgemacht hatte, wie er den Arm zurückgezogen und die Muskeln angespannt hatte, wie er die Schlange an Schwanz und Maul hielt. Als der Lichtschein auf die beiden Männer fiel, blendete er Radi einen Augenblick lang, aber er wußte, daß Edvar die Schlange geworfen hatte, denn er hörte hinter sich ihr Lied, und damit konnte sie dort nicht mehr sein.
Radi sah, wie das Licht sich nicht mehr weiterbewegte, und hoffte, es würde nie mehr näher kommen. Plötzlich fuhr der Lichtstrahl an die Decke, blitzte über die Kristallstrukturen in den Kalksteinwänden und fuhr kurz über eine rote Wollhose.
»Wer ist da?« fragte Radi heiser. Er sorgte sich, ob da nicht vielleicht ein unschuldiger Bediensteter gekommen war, um den Gefangenen eine Mahlzeit zu bringen, vielleicht sogar, um Edvar freizulassen.
»Radi, bist du das?« Die Stimme von Deza.
»Deza! Lauf fort!« rief Edvar. »Eine Singschlange . . .«
Bevor der Junge seine Warnung beenden konnte, fiel die Lampe zu Boden, blieb dort stehen und beleuchtete den oberen Teil des Abgrunds.
»Sie hat sie erwischt«, schrie Edvar. »Radi! Die Schlange hat Deza erwischt!«
Radi kam mühsam auf die Beine und starrte auf das unbewegliche Licht. Die Helligkeit nach so langer Dunkelheit ließ ihn

blinzeln, oder verwischten ihm Tränen die Sicht? Er knurrte, und es war ihm schlecht vor Wut, weil der kranke Körper seinen Verstand so angegriffen hatte, daß er die Schritte der Frau, die er liebte, nicht mehr von denen Harubikis unterscheiden konnte, die kommen wollte, um ihn zu ermorden. Dabei spielte es keine Rolle, daß er geglaubt hatte, der Magnat habe sie im Karst ermordet, und daß ihr plötzliches Erscheinen ihn völlig überrascht hatte. Durch seine Mitwirkung an ihrem Plan, die Singschlange zu werfen, hatte er sich an Dezas Tod genauso mitschuldig gemacht, als wenn er ihr mit einem Messer die Kehle durchtrennt hätte. »Ach, Deza«, ächzte er.

»Ja?«

Radi blinzelte und wischte sich Staub – keine Tränen – aus den Augen. Dann sah er, wie Deza in den Lichtschein trat und versuchte, irgend etwas in die Hosentasche zu stopfen.

»Deza?« entfuhr es den beiden Männern gleichzeitig.

»Einen Moment noch, bitte.« Sie mühte sich mit der Singschlange ab, und sie verfügte über keine der Schlingen, mit der die Wüstenjäger diese gefährlichen Reptilien einfingen. »Verdammt, sie zappelt so . . . Aber jetzt.« Deza sah zu ihnen herüber. Ihr lockiges rotes Haar war strohig und zerzaust, und ihre gelbe Bluse war verschmutzt und zerrissen, aber ansonsten machte Deza einen durchaus lebendigen Eindruck. Sie stützte die Hände in die Hüften. »Was macht ihr beide denn hier unten? . . . Und warum seid ihr in Ketten?«

»Das ist eine lange Geschichte«, sagte Radi und lehnte sich an eine Wand der Zelle. Seine Knie drohten nachzugeben.

»Deza, hast du zufällig Wasser dabei?« fragte Edvar besorgt. »Ein Peketa hat Radi erwischt, und wir haben keine . . . wir haben nichts mehr zu trinken.«

»Ein Peketabiß? Hier unten im Kerker?« sagte Deza und verschwand in der Dunkelheit. Als sie zurückkehrte, hatte sie sich eine Karbidlampe um das Handgelenk gebunden und trug ein Bündel, aus dem sie einen tropfenden Wassersack zog.

»Vorsicht, Deza, zwischen dir und uns befindet sich ein Graben«, rief Radi. Aber das Mädchen mußte ihn schon gesehen oder von seiner Existenz gewußt haben, denn sie schob bereits mit einem Fuß die Metallbrücke über den Abgrund. Als sie hinüberlief, nahm Edvar sie in die Arme.

»Deza«, sagte er überglücklich. »Den Sternen sei Dank, daß du noch lebst. Ich wußte, daß mein Vater dich nicht umbringen würde, aber als ich dann die Schlange geworfen hatte . . . Deza, ach, Deza . . .«

Radi konnte nur zusehen, wie der Junge Deza immer wieder an sich preßte, und er beneidete ihn darum, ihren Herzschlag an seinem Körper zu spüren. Aber als er genauer hinsah, bemerkte er, daß ihre leuchtenden Augen nur die seinen suchten, daß sich all ihre Aufmerksamkeit trotz Edvars kräftigem Griff nur auf Radi richtete. Endlich schien der Junge zu begreifen, daß Deza auf seine Umarmungen kaum mehr als ein Strohsack reagierte. Er ließ sie los und trat einen Schritt zurück.

Ohne Edvar auch nur mit einem Blick zu bedenken, eilte Deza zu Radi, kniete sich neben ihn hin und öffnete den Wassersack. Mit den Händen hielt sie seinen Kopf, damit er besser an die Öffnung kam.

»Trinke, soviel du kannst«, befahl sie ihm sanft. »Vier oder fünf Wassersäcke müßten ausreichen, das ganze Gift aus deinem Körper zu spülen.« Sie klang zuversichtlich, aber Radi sah, daß sie sich auf die Unterlippe biß, um sich am weiteren Reden zu hindern, und ihr Blick war von Sorge erfüllt. Er mußte furchtbar aussehen. Er spürte, wie ihre Finger seine Kleider beiseite schoben, damit sie nach der Wunde sehen konnte. Sie hielt mit ihrer Suche kaum inne, als sie den Biß am Nacken entdeckte.

»Ich bin nur einmal gebissen worden«, sagte Radi und schob den Wassersack fort.

Deza seufzte erleichtert. Radi glaubte, ihre Gedanken erraten zu können. Ein Peketabiß war schon gefährlich genug, wenn nicht genügend Wasser zur Verfügung stand, das Gift zu bekämpfen, aber zwei oder drei Bisse würden unweigerlich zum Tod führen, außer das Opfer würde einen ganzen See leer trinken, was hier unten ausgeschlossen war. »Bist du in die

Wüste gegangen, um nach mir zu suchen?« fragte Deza. »Und hat dich dort das Peketa erwischt?«
»Nein und ja«, sagte Radi. »Ich bin mit Harubiki in die Wüste gegangen, und dort hat sie versucht, mich zu töten.«
»O! Ich hätte dich schon vorher warnen sollen, Radi. Harubiki hat nie eine Wasserbotschaft ausgesandt. Sie hat deine Befehle von Anfang an mißachtet.«
»Woher weißt du, daß sie die Botschaft nicht ausgesandt hat?« fragte Radi.
»Ich weiß es eben. Ich kann solche Wassersignale noch nach Stunden aufspüren. Aber da war nichts.«
»Und warum hast du mir nichts davon gesagt?«
Deza machte eine verärgerte Miene. »Ich hielt dich doch für einen Piraten.«
Radi schüttelte verdrossen den Kopf. »Nichts hat sich als das entpuppt, das zu sein es den Anschein hatte, nicht wahr, liebe Deza? So viel ist geschehen, um mich begreifen zu lassen, wie tief wir alle in einen unglaublichen Betrug verwickelt sind. Aber mich trifft als ersten die Schuld für das, was der Magnat dir im Karst angetan hat. Wenn ich mich in jener Nacht mehr um unsere Aufgabe gekümmert hätte, statt . . . mich mit anderen Dingen zu beschäftigen, dann hätte ich gewußt, daß der Magnat für uns beide nichts Gutes im Schilde führte. Ich habe mich leider zu sehr auf die Mariner verlassen, die nie gekommen sind – auf die Mariner, die Harubiki rufen sollte. Dein Instinkt war verläßlicher als meiner. Du hattest gute Gründe, dich zu fürchten. Aber zumindest hat der Magnat nicht versucht, dich zu töten.«
»Doch, das hat er. Aber er hatte eben keinen Erfolg damit. Wahrscheinlich wird er es nie verstehen, aber er hat mir einen großen Gefallen damit getan, mich in den Schacht zu werfen. Ich konnte zwar nicht mehr direkt nach oben, aber ich habe mich an den Weg durch die Höhlen und unterirdischen Gänge erinnert.«
»Was soll das heißen?« wollte Radi wissen und runzelte die Stirn. »Willst du damit sagen, du bist unter dem Karst herumgelaufen, bis du vor diesem Kerker standest?«

»Ja«, antwortete Deza. »Wenn der Magnat nicht mit mir auf den Karst geritten wäre, hätte ich mich wahrscheinlich nie an den Weg durch die Höhlen erinnert – oder daran, wer ich bin. Radi, kannst du dir vorstellen, wer ich bin?«

Radi dachte sich, daß die richtige Antwort jetzt nicht mehr Deza, die Schwindlerin, lauten konnte. Er erinnerte sich an die bis ins letzte Detail perfekten Wangen-Einlagen aus Perlbein, die so aussahen, als hätte sie sie immer getragen. Er erinnerte sich an die nasse und zitternde Deza, wie sie voller Ehrfurcht vor dem gewaltigen Ozean gestanden hatte. Und er erkannte, daß nur eine echte Wasserhexe ohne Angst und ohne Hilfsmittel mit einer Singschlange fertig werden konnte. Aber er schüttelte den Kopf. »Ich kenne nur eine wahre Wasserhexe. Sollte es etwa möglich sein, daß Akida und die Prinzessin Deshenaza nicht schon vor langer Zeit gestorben sind?«

»Desheneza«, flüsterte sie. »Seit langer Zeit hat mich niemand mehr so genannt. Ich hatte meinen richtigen Namen schon fast vergessen. Aber es gibt eine andere Prinzessin, deine Sheria.«

Radi verzog das Gesicht. »Meine Treue gehört der Roten Stadt, und Sheria hat sie verraten. Sie will die Reservoire des Magnaten mit dem Wasser des Maundifu füllen, und ich fürchte, bei diesem Umleitungsprozeß wird die Stadt der Großen Höhle überflutet. Das alles hat sie nur vor, um dafür eine Schiffsladung Waffen zu erhalten, mit denen sie die ganze Oberfläche Mahalis beherrschen will.«

»Dann ist Sheria keine wahre Wasserhexe. Sie kann den Maundifu nicht umlenken«, sagte Deza und wirkte trotz ihrer zerrissenen Kleidung und ihres zerzausten Haars auf königliche Weise indigniert. »Sie weiß nicht, wie sie das anstellen muß.«

»Sicher nicht, wie man den Fluß ohne Gefahr umlenken kann, aber im Prinzip ist ihr ein solcher Prozeß schon möglich. Als dein Vater mit dir die Stadt verlassen hat, gab es in ihr keine Wasserhexen mehr. Sherias Vater hat mit der Hilfe der Computer geherrscht, und diese Macht hat er an seine Tochter weitergegeben. Sheria glaubt, sie kann die Computer kontrol-

lieren, aber in Wahrheit könnte es eher umgekehrt sein. Sie hat Terminals in das Fort des Magnaten mitgebracht, und auf ihren Befehl hin können die Computer die Schleusen öffnen, damit das Maundifuwasser hierherfließt.«
»Sheria ist hier? In der Oase?« Dezas Augen blickten wild und erregt. »Ich dachte, ich müßte zurück durch die Höhlen in die Rote Stadt, um ihr zu begegnen. Aber wenn sie hier ist ...«
»Ja, sie ist hier. Aber was ist daran so wichtig?«
Deza ließ seine Hand los und stand auf. »Verstehst du denn nicht, Radi? Sie hat mich aus meinem Heim vertrieben, und sie hat zweimal versucht, mich zu ermorden! Und es ist ihr gelungen, meinen Vater umzubringen. Ich darf nicht zulassen, daß sie nun auch noch mein Volk in der Roten Stadt tötet. Also muß ich sie aufhalten. Ich muß in mein Heim zurück, und wenn ich dort ankomme, möchte ich auch ein Heim vorfinden und keinen See.«
Deza drehte sich um und rannte auf die Metallbrücke zu.
»Deza, nein! Du kannst das doch nicht allein bewerkstelligen. Such die Schlüssel für unsere Ketten und befreie uns. Und dann gehen wir auf dem unterirdischen Weg zusammen in die Stadt.« Deza blieb stehen und sah Radi an. »Du scheinst nicht zu wissen, auf was du dich da einläßt, Deza. Laß mich dir doch helfen.«
Sie schüttelte den Kopf. »Sheria hat meinen Vater ermordet. Sie hat ihn umgebracht, so wie ihr Vater Vira töten ließ.«
»Deza!« Der scharfe Ruf ließ sie noch einmal stehenbleiben. »Deza, ich bin der Oberbefehlshaber der Verteidigungsstreitkräfte der Roten Stadt. Ich mag nur ein Prinz geringeren Grades sein, aber ich stehe loyal zur wahren Dynastie. Ich gelobe dir, Deshenaza, meine Treue und Loyalität, und ich bitte dich, mir zu erlauben, mit dir zu kommen.« Aber sie rannte schon wieder weiter, und die weichen Sohlen der Sandalen blitzten im Schein der Lampe am Boden auf.
»Deza, ich liebe dich!« rief Radi ihr nach. Aber da war sie schon in der Dunkelheit verschwunden.
»Ich gelobe dir, Deshenaza, meine Treue und Loyalität«, äffte

Edvar ihn nach. »Statt ihr Kußhändchen zuzuwerfen, hättest du ihr besser gesagt, sie soll uns das Bündel zuwerfen. Sieh nur, was dort auf der anderen Seite des Grabens liegt.«
Radi schüttelte sich und versuchte, die Gedanken an die Gefahren, in die Deza sich begab, nicht übermächtig werden zu lassen. Er sah dorthin, worauf Edvar zeigte. Seile und Steigeisen lagen da, und Picken, mit denen sie Haken in die Kalksteinwände schlagen konnten, wenn diese Geräte nur auf ihrer Seite gelegen hätten. Schlimmer noch, die Karbidlampe lag außerhalb ihrer Reichweite und blendete ihre Augen. Wenn Harubiki jetzt kam, würde sie ein leichtes Spiel haben, und die beiden Männer verfügten über keine Singschlange mehr, um die Mörderin damit aufzuhalten.

## 18

Deza hatte fast die Ebene erreicht, auf der die Ställe der Mbuzim lagen, als sie endlich in ihrem Lauf innehielt und sich gegen den Fels lehnte, um wieder zu Atem zu kommen. Der Kerker, in dem sie Radi und Edvar gefangen und hilflos zurückgelassen hatte, lag tief unter ihr, fast auf der gleichen Höhe wie der Maundifu. Sie fragte sich, ob die Kerkeranlage ursprünglich Teil des unterirdischen Netzwerkes der Roten Stadt gewesen war.
Deza versuchte, ihren Vater zu erreichen. Sie hatte bislang die fixe Idee gehabt, ihr Mbuzim müßte sich noch immer dort befinden, wo sie ihn zurückgelassen hatte. Aber als sie jetzt die Ställe vor sich sah, verflog diese Idee rasch. Ihre Meinung über den Magnaten hatte sich draußen auf dem Karst drastisch gewandelt, und sie durfte ihn jetzt nicht mehr unterschätzen, sonst würde sie sich selbst als Gefangene im Kerker wiederfinden. Der Magnat mußte von den Geheimgängen in seinem Haus wissen. Und er wußte sicher auch über Dezas Mbuzim und ihr Verhältnis zu ihm Bescheid. Das Mädchen hatte keine Ahnung, was sie im Delirium alles ausgeplaudert hatte. Nicht ausgeschlossen, daß sie dabei über den neuen

Wohnsitz des Geistes ihres Vaters gesprochen hatte. Wahrscheinlich war sie jetzt auf dem besten Weg, in eine Falle zu laufen, in der ihr Mbuzim als Köder diente. Nein, das war falsch. Selbst der vorsichtige Magnat würde keine Falle für einen Toten errichten. Aber wo war ihr Vater? Schlief er? War er in seine Grübeleien versunken?

*Ich habe keine Zeit für dumme Spielchen, Vater.*

*Da stimme ich dir zu,* meldete er sich so plötzlich zu Wort, als habe er schon seit längerer Zeit ihren Gedanken gelauscht. *Dumme Spielchen sind ein Luxus, den wir uns bei der Kürze der uns zur Verfügung stehenden Zeit nicht erlauben können. Also komm schon, und hole mich hier heraus, damit wir endlich zur Roten Stadt aufbrechen können. Zu deiner Roten Stadt.*

*Es gibt da noch das eine oder andere, was ich vorher erledigen möchte,* sagte Deza.

*Ja, ich weiß, was du noch erledigen willst. Aber dazu bleibt uns keine Zeit. Wenn ich mir damals die Zeit genommen hätte, Viras Tod zu rächen, wärst du jetzt nicht hier, um mir zu widersprechen.*

*Vira?* sagte Deza, und der Schmerz in seiner Stimme brachte ihr augenblicklich das Bild der Frau ins Gedächtnis zurück, aus deren Hals das Blut auf die Hand des kleinen Mädchens geflossen war. *Vira, mein Kindermädchen?*

*Meine Geliebte. Meine Verlobte. Deine neue Stiefmutter.*

Deza konnte nicht antworten. Sie preßte das Gesicht fest gegen den Fels und versuchte, diese verwirrende neue Information zu verarbeiten. Endlich sagte sie: *Du hast ihren Tod nicht gerächt.*

*Den Toten kann man nicht mehr helfen, und sie schert es nicht, ob man Rache nimmt. Die Lebenden gilt es zu retten, und dafür ist die Zeit nun gekommen. Ich befinde mich in dem Geheimgang,* sagte er, und sie schloß aus seinem abrupten Schluß, daß er glaubte, er habe sie mit seinen Worten von irgend etwas überzeugt.

Aber das hat er nicht, sagte sie sich, hielt diesen Gedanken jedoch sorgfältig verborgen. Ich will den Tod meines Vaters rächen.

Sie begab sich vorsichtig zu den Ställen, und wurde augenblicklich für ihre Umsicht belohnt, denn der enge Raum, in den sie sich nun zwängte, um ihn auszukundschaften, erwies sich als der Ort, an dem die Stallknechte ihre Sachen aufbewahrten. Darunter befanden sich die Kerkerschlüssel und einige Wassersäcke. Deza steckte sich die Schlüssel ein und stellte zwei gefüllte Wassersäcke auf dem steilen Pfad ab, der sie hierhergeführt hatte. Später auf dem Rückweg würde sie sie mitnehmen. Vorsichtig machte sie sich nun auf den Weg durch die Stallreihen. Sie hielt sich dicht an den Wänden und sah sich ständig nach Stallburschen um, die Mbuzims versorgten.

Auf halbem Wege blieb sie stehen. Sie hatte schon viel zu lange gebraucht, um überhaupt so weit zu kommen. Und noch immer lag der halbe Stall vor ihr, bevor sie auf die Hintertreppe stoßen würde, über die sie mit der Bediensteten bei ihrem ersten Besuch der Mbuzim-Gehege gekommen war.

*Vater,* rief sie, *reichen die Geheimgänge bis in die Mbuzim-Ställe hinein?* Sie glaubte nicht, daß er das wußte, aber immerhin konnte sie ihn ja fragen.

Seine Antwort ließ etwas auf sich warten, aber dann klang seine Stimme kräftig und so, als sei er ganz in der Nähe. *Deza,* sagte er, und dann trieb seine Stimme wieder ab. *Komm und hol mich. Ich bin in dem Geheimgang.*

*Was ist denn los?*

*Zwischen deinem und Radis Zimmer. Komm schon.*

Er brach nicht einfach ab, sondern seine Stimme versiegte in einer Weise, die viel erschreckender als ein abruptes Ende war.

*Ich komme,* rief sie und stürmte aus ihrem Versteck direkt auf die Mitte des unterirdischen Stalls zu. Die Gehege selbst boten ihr einigen Schutz, aber ihre rote Hose mußte ganz einfach die Aufmerksamkeit der Männer erregen, die die Tiere fütterten. Aber ihr begegnete niemand. Ihr Glück hielt den ganzen Weg über von den Ställen bis zu dem schmalen Gang hin an, der zu den Scheunen führte.

Dort stand ein Posten und kehrte ihr den Rücken zu. Als er

sie hörte, fuhr er herum. Sein Mund stand vor Überraschung weit auf, und seine Hand fuhr an das Laserpistolen-Halfter.
»Laß mich durch«, sagte Deza und warf den Kopf in den Nakken. »Ich habe eine Botschaft für den Magnaten.«
»Aber du bist tot«, entgegnete der Posten.
»Nein«, sagte Deza herrisch. »Ich bin hier, und jetzt laß mich durch.«
»Ich führe dich zum Magnaten«, sagte der Mann und wandte den Blick ab, als müßte er mit seiner Verwirrung fertig werden.
Deza nutzte seine Konfusion. »Du bist kein guter Posten. Ich hoffe, du kannst das große Tor besser bewachen als diesen Gang hier. Ich bin durch die Stallreihen gegangen, ohne daß du mich bemerkt hast, und wenn ich gewollt hätte, wäre ich auch jetzt an dir vorbeigekommen, ohne daß du mich gesehen hättest. Wie ein Hauch wäre ich an dir vorbeigekommen, wie ein Geist. Du wirst mich nirgendwo hinführen. Ich kenne den Weg allein. Gehe du zu dem Posten am Tor und schlage Alarm. Ich bin aus der Wüste gekommen, von wo die Gefahr droht. Lauf schon, beeile dich.«
Sie war sich nicht sicher, ob sie ihn übertölpelt hatte und er jetzt wirklich nichts Besseres zu tun hatte, als zum Haupttor des Forts zu rennen. Wenn sie damit Erfolg hatte, würde es ihr gelingen, die Aufmerksamkeit der Soldaten dorthin zu lenken, wo sie Deza am wenigsten schaden konnten. Wenn der Posten nicht zum Tor eilte, dann hatte sie ihm zumindest die Vorstellung eingegeben, sie sei ein Geist. Und das würde dem Mann sicher als Erklärung dafür ausreichen, daß sie aus festem Fels hinter ihm aufgetaucht war. Und der Magnat würde einige wertvolle Minuten der Beunruhigung durchleben, bevor es ihm dämmerte, daß Deza offensichtlich nicht tot war.
Sobald sie aus dem Sichtkreis des Postens gelangt war, betrat Deza die Hintertreppe. Auf halber Höhe blieb sie stehen, wo sie früher schon ein schwaches Geräusch gehört hatte, und suchte nach der Vorrichtung für die Geheimtür. Sie fand sie, gerade noch rechtzeitig. Schritte ertönten, und dann erzählte

der Posten von vorhin von dem Mädchen, das wie ein Geist aufgetaucht und wieder verschwunden war.
»Du bist ja verrückt«, sagte eine andere Stimme. »Du sagst, sie sei diesen Weg gekommen? Dann fangen wir sie auf der Treppe ab. Der Magnat hat sie oben absperren lassen.«
»Das hält einen Geist nicht auf.«
Das hält mich wirklich nicht auf, dachte Deza und verschwand in dem Geheimgang. Kurz bedauerte sie es, die Karbidlampe bei Edvar und Radi im Kerker zurückgelassen zu haben, aber die Dunkelheit hier unterschied sich kaum von der in den Höhlen, und sie fühlte sich erleichtert, als ihr ausgezeichneter Orientierungssinn sie weiterführte. Auch wenn kein Wasser vorhanden war, das sie aufspüren konnte, verstand sie sich gut darauf, ihren Weg in der Dunkelheit zu finden. Sie bewegte sich rasch durch den Geheimgang und markierte in Gedanken die Räume, an denen sie vorbeilief: die Küche, die Bedienstetenkammern, dann die nächste Ebene mit dem Zimmer des Priesters. Mit einer Hand suchte sie nach dem Verbindungsgang zu ihrem Zimmer. Ihre Hand griff ins Leere, die Tür stand offen. Deza zog sich auf die vertraute Treppe zwischen ihren Räumen.
*Vater, hier bin ich.*
Sie hörte ein leises Geräusch und dachte, dies passe wirklich kaum zu ihrem Vater. Dann begriff sie, daß es sich dabei um das Summen von Maschinen handelte, die ganz in der Nähe stehen mußten. Es kam aus ihrem Zimmer. Radi hatte erzählt, daß Sheria ihre Terminals mitgebracht hatte und sie in Dezas Zimmer bediente.
Deza ertastete sich den Weg bis zur Tür zu ihrem Zimmer und stellte fest, daß das Maschinengeräusch wirklich von dort kam. Sie kehrte auf dem gleichen Weg um. Nach einigen Schritten entdeckte sie eine Abbiegung, die sie für einen weiteren Geheimgang und gleichzeitig für die Erklärung hielt, warum sie ihren Vater noch nicht gefunden hatte. Aber diese Abzweigung endete nach kaum zwei Metern. Und der Mbuzim war auch hier nicht.
Die Tür von Dezas Zimmer öffnete sich. Helles Licht drang

heraus, und Harubiki sagte: »Ich kontrolliere noch einmal den Geheimgang. Von dort aus gibt es eine Verbindung zur Haupttreppe.«
Eine Stimme antwortete Harubiki, aber Deza konnte nicht genau verstehen, was sie sagte. Das Licht verschwand. Deza preßte sich gegen die Wand der Nische, wünschte sich, sie würde über irgendeine Waffe verfügen, und versuchte, die Luft anzuhalten, um Harubiki im Geheimgang hören zu können.
Kein Geräusch war zu hören, und nach einer Weile hörte Deza zwei gedämpfte Stimmen aus ihrem Zimmer. Eine davon gehörte unzweifelhaft Harubiki. Wer auch immer sie angesprochen hatte, er oder sie hatte die Leibwächterin davon abgebracht, den Geheimgang zu kontrollieren. Das Erlebnis des Postens hatte sich rasch verbreitet, und Harubiki ließ sich von angeblichen Geistern nicht ins Bockshorn jagen.
Deza versuchte, ihren Vater zu erreichen, aber wieder erhielt sie keine Antwort. Im Grunde hatte sie auch keine erwartet. Harubiki kannte sich also mit den Geheimgängen aus, und das bedeutete, daß sie schon oft hier gewesen sein mußte. Und bis auf diese Nische gab es in dem Geheimgang keinen Platz für einen armen kleinen Mbuzim, sich zu verstecken. Ihr Vater war also nicht hier. Warum aber hatte er ihr gesagt, sie solle ihn hier abholen? Doch das war im Augenblick nicht so wichtig. Harubiki war in dem Zimmer dort oben, und vielleicht waren auch der Magnat und Sheria dort. Deza konnte sie alle auf einmal erledigen und so ihre Rache nehmen.
*Und wie soll das gehen?* fragte ihr Vater trocken. *Es wird dich eine Woche kosten, drei Menschen zu ermorden, wo du sie doch mit den bloßen Händen angehen mußt. Und ich persönlich glaube nicht, daß du den Magnaten oder Harubiki bezwingen kannst. Und bis du sie erledigt hast, schwimmen höchstens noch Fische in der Roten Stadt, aber sonst lebt dort kaum noch etwas. Die kannst du dann beherrschen, als Prinzessin über Federfische und Kretinrochen.*
*Wo bist du?* rief Deza. *Ist bei dir alles in Ordnung?*
*Ich bin im Stall,* antwortete der Vater ganz gelassen. *Du bist*

*direkt an mir vorbeigelaufen. Ich liege im letzten Gehege auf der rechten Seite. Ich habe auch dein kleines Spielchen mit dem Posten mit verfolgt. Nicht schlecht, aber auch nicht übermäßig pfiffig. Er hat sicher alles gleich dem Magnaten erzählt.*
*Warum hast du mich erst in den Geheimgang geschickt? Ich dachte, du hättest gesagt, wir hätten keine Zeit zu verlieren.*
*Ich dachte, du solltest erfahren, worüber man sich in deinem Zimmer unterhält. Dort hat sich ja schon einiges abgespielt, aber so etwas nun doch noch nicht.*
*Ich habe eigentlich nicht vor . . .*
*Sie sind alle dort. Sheria, der Magnat* und *Harubiki. Wenn dir das lieber ist, kannst du natürlich dort hineinstürmen und ihnen die Schädel einschlagen, vielleicht mit dem Daumen. Aber ich würde dir raten, vorher an der Tür zu lauschen. Nur ein Einfaltspinsel würde sich eine solche Gelegenheit zum Belauschen des Gegners entgehen lassen.*
Deza sperrte den Vater aus ihren Gedanken und fiel auf Hände und Knie. Sie erinnerte sich, mit dem Fuß gegen etwas gestoßen zu sein, als sie in die Nische trat, und das wollte sie nun finden. Sie kroch auf den Hauptgang zu und hoffte, es handele sich bei dem Gegenstand um einen Stock oder eine Stange oder sonst etwas, mit dem sie die Tür verkeilen konnte. Deza wollte sich nicht von einer sich plötzlich öffnenden Tür überraschen lassen, schlagartig im Licht stehen und von Harubiki entdeckt werden. Schließlich hatte sie ja vor, die drei Personen in dem Zimmer zu *überraschen.*
Ganz gleich, was Radi meinte, die beste Zeit, diese drei zu überwältigen, war jetzt. Und abgesehen von Dezas Rachegelüsten war es auch der beste Moment, der drohenden Gefahr für die Rote Stadt ein Ende zu machen. Einmal auf dem Weg in die Große Höhle, hätten sie und Radi keine Möglichkeit mehr, Sherias Taten in der Oase des Magnaten Einhalt zu gebieten. Vielleicht kamen der Magnat und die Prinzessin ja auf die Idee, gerade die Höhlen zu fluten, durch die Radi und Deza liefen, oder sie sprengten die Rote Stadt gleich in die Luft. Radi mochte sich der Vorstellung hingeben, mit einer ganzen

Armee aus dem unterirdischen Labyrinth an die Oberfläche zu steigen, aber was nützte ihm das, solange Sheria an den Computern saß? Sie konnte die entscheidenden Knöpfe drükken und Befehle geben, bevor Radis Männer überhaupt zu ihr vordrangen. Aber Deza wollte nicht in das Zimmer stürmen, ohne sich vorher von dem zu überzeugen, was dort vor sich ging.

Ihre Hand berührte eine Holzstange und fuhr daran entlang, bis sie das Ende erreichte. Ein Stab, nein, ein Speer. Genau das, was sie jetzt brauchte, und sie wollte nicht zu lange darüber nachdenken, wer mit dieser Waffe vor der Tür auf sie gewartet hatte. Deza kroch ans Ende des Ganges und preßte die Speerspitze in eine Vertiefung neben dem Öffnungsmechanismus der Tür. Das Metall würde den Schloßmechanismus unterbrechen und ein Öffnen der Tür verhindern. Das andere Ende des Speers rammte sie fest an der gegenüberliegenden Seite in den Boden. Erst dann preßte sie sich an die Tür und lauschte.

»Hast du nicht gesagt, sie sei tot?« Harubikis Stimme.

Mein lieber Vater, Neuigkeiten verbreiten sich hier aber rasch. Wenn du nicht auf die Laune verfallen wärst, Vater, mich in den Geheimgang zu schicken, hätte mich niemand gesehen. Jetzt weiß alle Welt, daß ich wieder da bin.

»Ich habe gehört, wie sie gefallen ist«, antwortete der Magnat verärgert.

»Hast du auch ihren Aufprall vernommen?« Wieder Harubiki. »Sie ist ein raffiniertes kleines Aas. Vielleicht ist es ihr gelungen, sich an einem Vorsprung festzuhalten und so dem Sturz bis auf den Grund zu entgehen.«

»Deza war ohne Bewußtsein«, erklärte der Magnat. »Als ich sie hinunterwarf, hielt ich sie schon für so gut wie tot. Und wie soll sie in die Ställe gelangt sein, ohne an einem Posten vorbeizukommen? Ich lasse die Anlagen gut bewachen.«

»Möglicherweise hatte sie einen Komplizen«, sagte Harubiki langsam und fügte dann verschlagen hinzu: »Genauso wie der Priester Radi. Einen Helfer, einen Verbündeten.«

»Nein.« Eine neue Stimme, gebieterisch und daran gewohnt,

Erklärungen abzugeben, die nicht in Frage gestellt wurden. Sheria. »Keinen Komplizen. Ich habe dieses Mädchen, ihre Bedienstete, umbringen lassen.«
Danach trat Schweigen ein. Deza lehnte den Kopf an die Tür. O Radi, selbst du würdest das rächen wollen. Das arme Mädchen hat doch nichts Unredliches getan. Wie viele andere hat Sheria schon getötet oder es zumindest versucht? Dich, Vater, Edvar, Radi und früher Vira, bevor sie mir nach dem Leben trachtete.
»Diese Deza ist tot. Die Bediensteten erfinden Geistergeschichten, um sich gegenseitig Angst einzujagen«, fuhr die befehlsgewohnte Stimme plötzlich fort. »Oder hast du etwas damit zu tun, Magnat? Willst du mich ablenken? Planst du etwa die Erfüllung deines Vertragsteils hinauszuzögern? Du bekommst kein Wasser für deine kostbaren Mbuzim, solange ich nicht die Schiffsladung Waffen erhalten habe.«
»Ich zeige dir, wo sie sich befinden, sobald wir anfangen zu reden«, sagte der Magnat.
»Worüber denn?« sagte Sheria etwas zu freundlich – wie eine Singschlange, die im nächsten Augenblick zubeißt. Ach, Radi, dein Geschmack in bezug auf Frauen vermag kaum zu beeindrucken.
»Über meinen Sohn Edvar«, erklärte der Magnat. »Ich möchte ihn nicht länger im Kerker belassen.«
»Vermutlich willst du auch Radi freilassen. Wirklich, du bist ein sehr nachgiebiger Mann.«
»Edvar ist mein Sohn. Ich weiß nicht, was du mit den beiden vorhast.«
»Nichts«, sagte Sheria.
»Nichts?« Die Stimme des Magnaten wurde erst vor Hoffnung lauter und machte dann leisem Mißtrauen Platz. »Oder meinst du, sie sollen dort unten bleiben, bis sie verhungert sind?«
»Verhungern wäre ein zu grausamer Tod für Verräter, und die beiden sind doch keine Verräter, sondern nur . . . Hindernisse.«
Deza konnte sogar draußen den Erleichterungsseufzer des

Magnaten hören. »Dann willst du sie nur so lange festhalten, bis unser Vertrag abgeschlossen ist, und sie dann freilassen?«
»Ich lasse sie frei, sobald unser Vertrag abgeschlossen ist.«
Wieder Schweigen, begleitet vom Geräusch sich entfernender Füße und dem Zuschlagen der Außentür von Dezas Zimmer. Das Maschinensummen wurde lauter und dämpfte die Stimmen.
Sheria sagte etwas, das Deza nicht verstehen konnte, und dann fragte Harubiki: »Wie lange wird es dauern?«
»Höchstens eine halbe Stunde«, sagte Sheria. »Die Kerkeranlagen befinden sich ein gutes Stück unter den Schleusen. Sie werden wie eine Tasse vollaufen.«
»Und damit erhält der Magnat sein Wasser nicht, oder?«
»Nein, deshalb habe ich ja auch bis jetzt gewartet, um eine Computersimulation von den Auswirkungen der örtlichen Überflutung zu erhalten. Der Kerker besteht aus porösem Sandstein. Das Wasser ist auf den ursprünglichen Stand versickert, bevor der Magnat etwas von der Flutung bemerkt. Aber es versickert nicht rasch genug, um unsere beiden speziellen Freunde vor dem Ertrinken zu retten. ›Edvar ist mein Sohn‹, tatsächlich, der Apfel fällt nicht weit vom Stamm.«
Deza riß sich so hastig los, daß sie dabei die Speerspitze an den Rand der Vertiefung stieß. Aber sie achtete nicht darauf. Ihr Verstand arbeitete auf Hochtouren. Sie rannte durch den Geheimgang zu den Gehegen, rief ihren Vater und fand ihn in dem angegebenen Stall. Wacklig stand er auf seinen spindeldürren Beinen da und begrüßte sie. Niemand hielt sich sonst in den Stallungen auf. Entweder bewachten die Knechte das Tor zur Wüste, oder sie fürchteten sich vor Dezas Geist und ließen sich lieber nicht hier blicken.
Sie glitt halb rennend, halb rutschend die Stufen zum Kerker hinunter, nahm unterwegs die zurückgelassenen Wassersäcke auf und befreite Edvar und Radi mit solcher Eile, daß die beiden ihr, ohne ein Wort zu sagen, in die Dunkelheit folgten. Erst nach einigen Metern unter dem Fels blieb Deza stehen und las in ihren Gedanken ihre Erinnerungen an das Wassernetz. Sie war fast so schnell wie Sherias Computer, aber nicht

schnell genug, um rechtzeitig hier herauszukommen. Deza mußte sich und die beiden Männer nach oben führen, zumindest über das Niveau der Schleusen. Sheria konnte sie jeden Augenblick öffnen, und dann würde das Wasser über sie hereinstürzen. Deza schulterte sich den Rucksack wieder über und schaltete die Karbidlampe an ihrem Handgelenk ein.
»Kommt schon«, sagte sie eindringlich und ließ alle Eindrücke gleichzeitig auf sich einströmen: Edvars trotzige Verdrießlichkeit, Radis ausgetrocknete Haut und sein steifer Gang, der Abgrund vor ihnen, der sich bereits mit Wasser füllte, und ihr eigener Verstand, der noch immer superschnell arbeitete, während sie irgendwo in einem abgelegenen Winkel ihres Bewußtseins wie in Zeitlupe die Speerspitze aus der Vertiefung fallen sah, bis sie klappernd und so laut auf den Boden krachte, daß Harubiki es hören mußte.

## 19

Deza, Deshenaza, die wahre Prinzessin der Stadt in der Roten Höhle, hatte Edvar und Radi aus der Gefangenschaft befreit. Wie eine Flamme war sie dem Prinzen erschienen. Rot und golden stand sie plötzlich mit dem Schlüssel da. Ihre Kommandos waren rasch und anspornend erfolgt, und sobald er von den Ketten befreit war, hatte er seine tauben Füße irgendwie dazu gebracht, Deshenaza zu folgen. Auf dem Weg nach oben hatte sie ihn an der Hand genommen, um ihn schneller voranzuziehen. Schritt um Schritt, fast schon trabend, lief sie voran, bemühte sich, mit dem Mbuzim und dem Rucksack auf dem Rücken das Gleichgewicht zu halten, und zog auch noch Radi hinter sich her, bis Edvar heraneilte und ihr den Prinzen abnahm.
Sie hatte Radi Edvar nicht gern überlassen und das nur getan, um zu einer Weggabelung vorauszulaufen. Sie hob den Arm mit der Lampe, beleuchtete den Gang und sah dann wie in Trance, ihr Blick schien über das Licht hinauszugehen, zuerst nach links und dann nach rechts. Danach kehrte sie zu Radi

und Edvar zurück, um sie nach rechts zu führen, hinauf und immer weiter nach oben.
Radis Knie zitterten, und beim schwerfälligen Gehen stieß er immer wieder gegen Edvar. Deza warf ihm einen besorgten Blick zu, ergriff seine Hand und zog ihn vorwärts. Radi wollte ihr sagen, sie solle anhalten, damit er sich einen Moment lang ausruhen könne. Aber er fand einfach nicht die zusätzliche Kraft, die er zum Sprechen benötigte.
Das Peketagift breitete sich in seinem Körper wieder aus. Radi hatte zu lange keine Flüssigkeit mehr zu sich genommen. Deshenaza mußte Wasser in ihrem Rucksack haben, da war er sich ganz sicher. Er hörte das Wasser in seinen Ohren donnern. Ein einziger Schluck schon würde ihm binnen Minuten weiterhelfen. Mehr Wasser, und er würde schon in wenigen Stunden wieder wohlauf sein. Aber er wollte das Mädchen nicht nach Wasser fragen. Aus den fieberverzerrten Strukturen seines Bewußtseins drang nur ein klarer Gedanke hervor: Deshenaza brauchte das Wasser selbst, um es durch die Höhlen bis zur Roten Stadt zu schaffen. Weniger deutlich war seine Hoffnung, daß sie es rechtzeitig dorthin schaffte, daß sie seine Freunde fand, daß sie diese von dem Verrat überzeugen konnte, den Sheria mit dem Magnaten beging, daß . . . Radis rechter Fuß wollte einfach nicht mehr, dann weigerte sich auch der linke weiterzugehen. Der Prinz wäre mit dem Gesicht auf den Kalksteinboden gefallen, wenn Edvars kräftige Arme ihn nicht davor bewahrt hätten.
»Geht allein«, ächzte Radi. »Laßt mich hier zurück. Rettet die Stadt.«
»Leg ihn hin«, sagte Deza zu Edvar und schnallte den Rucksack ab. »Trink, Radi. Wir rasten ein paar Minuten. Danach mußt du versuchen, weiter mit uns zu kommen.« Ihre Hände fühlten sich auf seiner fieberheißen Haut kühl an, und das Rascheln ihrer seidenen Bluse hörte sich an wie das Wasser eines reißenden Stroms.
Radi versuchte, den Wassersack fortzuschieben. »Rette die Stadt. Du brauchst das Wasser für . . . den langen Weg.«
»Trinke«, sagte sie. »Was glaubst du denn, was geschieht,

wenn ich allein mit dem Sohn des Magnaten in der Roten Stadt auftauche und niemand bei mir ist, der mich bei meinem Anspruch auf den Thron unterstützen kann? Bis sie sich dazu durchgerungen haben, mir Glauben zu schenken, ist es für die Stadt schon zu spät.«

»Ihr schafft es nie, wenn ihr mich mitschleppt«, entgegnete Radi.

»Trink«, sagte Deza wieder. »Das Fieber vernebelt deinen Verstand. Vertraue mir, ich weiß, was ich tue. Wenn ich mit meinen Sinnen in diesen Felsen kein Wasser finde, dann kann das niemand.«

Sie sprach nicht in dem gebieterischen Tonfall, den Sheria stets benutzte, aber dennoch gehorchte Radi und trank den Wassersack leer. Er stellte sich vor, wie seine vertrockneten und vergifteten Organe die einströmende Flüssigkeit genauso rasch aufsaugten, wie er sie zu sich nahm, und er bekam mehr Durst. Seltsam, wie sein Bewußtsein immer das hörte, was er sich wünschte.

»Es hat begonnen«, sagte Deza, drückte die Fingerspitzen gegen die Wangenknochen und zog von dort eine Linie zu den Schläfen.

»Was hat begonnen?« sagte Edvar, und die Neugier übertönte die Barschheit seiner Stimme. Der Junge war mürrisch und ihnen wohl nur gefolgt, weil er nicht wußte, was er sonst tun sollte. Radi erkannte das, aber Deza schien überhaupt nicht bemerkt zu haben, wie sehr sie den Jungen mit ihrer deutlichen Zuneigung für Radi verletzt hatte.

»Sheria hat die ersten der uralten Schleusen geöffnet. Sie will damit die Becken deines Vaters füllen, und sie weiß, daß dabei auch diese Höhlen hier überflutet werden. Ich bin mir sicher, daß der Computer ihr das gezeigt hat.« Sie wandte sich an Radi, um von ihm eine Bestätigung zu erhalten.

Radi nickte. »Dieser Teil des Karstes ist gründlich erfaßt. Gerade der Wasserfluß zur Küste als Gegenleistung für den Zehnten hält doch die Stadt am Leben.«

»Und die Hexen wie meine Mutter und mein Vater haben doch diese Kanäle, überhaupt das ganze Wassernetzwerk rund um die Stadt geplant und diese Informationen zum Segen der Stadt in den Computer eingegeben«, sagte Deza. »Aber was weiter im Inland liegt . . .« Ihre Stimme erstarb, und sie schüttelte den Kopf. »Ich bin die einzige, die das Gebiet kennt, nicht wahr?« Wieder sah sie Radi an.

»Zwischen diesem Punkt und der Stadt liegt nicht viel«, sagte Radi. Er setzte sich aufrecht hin und war überrascht, daß er die Kraft dazu hatte. »Ein paar Höhlen sind noch dort, wo einst der Maundifu geflossen ist. Größtenteils befindet sich dort jedoch nur metamorpher Fels.«

Deza schüttelte den Kopf. »Das ist alles, was die Computer ihnen zeigen: die Felshöhlen und das Schiefer-Flußbett. Aber es gibt Stellen, da sind die Berge nicht mehr als weiche Schalen, angefüllt mit Ton und Salz. Oh, hier unten gibt es sehr, sehr viel Salz, halb porös und aufgelöst vom Wasser, das die Stadt mal hierhin und mal dorthin an Orte schickt, wo es eigentlich nicht hingehört.«

Während Edvar und Radi in den dunklen Höhlenweg starrten, preßte Deza die Hände an die Schläfen, bis die Fingerspitzen sich weiß färbten. Sie schwankte, und der Mbuzim auf ihrer Schulter knurrte leise. Radi wußte, daß sie nicht in Trance war, sondern sich in einer merkwürdigen Form von Emphase befand, die Wasserhexen mit dem Wasser der Welt verband. Deza kämpfte dagegen an, wollte sich davon nicht überwältigen lassen, und Radi hatte seit seiner Jugend niemanden mehr so ringen sehen. Die Macht des Wassers drang hart gegen Deza an, gegen die, die das einzige verbliebene Kind der bedeutendsten Wasserhexen der Stadt war. Dezas Finger zitterten, und sie atmete schwer, während sie gegen den Strom in ihrem Bewußtsein ankämpfte. Das Muster des Netzwerks in ihrem Kopf war so vollständig, wie die Landmesser der Stadt es nie erfassen konnten, auch wenn sie noch hundert Jahre lang ihre Computer mit Daten fütterten. Radi hatte gehört, daß die Macht des Wassers einen Menschen in den Wahnsinn treiben konnte, wenn dessen Hexenkünste nicht stark genug waren, sie zu überwinden. Radi glaubte, daß das der Wahrheit entsprach, denn die Anzahl der Wasserhexen war zum Zeitpunkt

seiner Geburt auf eine bloße Handvoll zusammengeschmolzen. Die Wassersensitivität war ein dominanter Zug, aber viele von denen, die über diese Fähigkeit verfügten, wurden nicht alt genug, um ihre Gene weiterzugeben.
Endlich ließ Deza die Hände sinken, und sie war wieder die alte, wie sie blaß und und etwas ängstlich vor ihm stand. »Wir müssen uns beeilen«, sagte sie mit schwankender Stimme. »Das Wasser steigt rasch, zu rasch.«
Erst jetzt wurde Radi klar, daß er das Wasser nicht im Delirium gehört hatte. Sein Rauschen war wirklich da. Wasser strömte irgendwo hinter ihm durch die dunklen Höhlen, und es hörte sich bedrohlich laut und nah an. Radi grunzte und versuchte aufzustehen. Deza stützte ihn mit ihren Armen und half ihm so, sein Vorhaben zu beenden.
»Sie hat versucht, uns zu ersäufen«, sagte Edvar, als er auf den Weg zurücksah, den sie gekommen waren, »Sie wollte uns ertränken, und er hat es zugelassen!«
»Nein«, sagte Deza hart, »dein Vater hat nichts davon gewußt. Er hat mit ihr einen Handel geschlossen, um dich freizubekommen, aber sie hat auch ihn hintergangen, wie sie uns alle hintergangen hat.«
»Und du hast uns alle gerettet!« sagte Edvar bitter. Zum erstenmal schien Deza seine niedergeschlagene Stimmung zu bemerken.
»Ich denke, du hast auch einen Anteil an der Rettung von Menschenleben«, sagte sie sanft. »Ich bin dir sehr dankbar dafür.
»Ich wußte nicht, daß ich damit deinen Geliebten rette, sonst hätte ich vielleicht keine Lust dazu gehabt, ihn auszugraben.«
»Das kaufe ich dir nicht ab«, sagte Deza fest. »Du hast mir geholfen. Du warst der einzige, den ich um Hilfe bitten konnte, der einzige, dem ich vertrauen konnte.«
»Im Karst bin ich dir eine große Hilfe gewesen«, sagte er und klang jetzt eher traurig als bitter. »Ich hätte nie geglaubt, daß er versuchen würde, dich umzubringen. Daß mein eigener Vater so etwas tun könnte.«
»Er hielt mich schon für tot, als er mich in den Schacht stieß.

Er wollte nur eine Leiche fortschaffen, nicht aber jemanden umbringen«, erklärte Deza und sagte damit dem Jungen die Worte, die er jetzt am dringendsten brauchte. Radi konnte sich vorstellen, welche Anstrengung es Deza gekostet haben mußte, diese Lüge über die Lippen zu bekommen. »Dein Vater ist eigentlich nicht unser Feind, Edvar, sondern Sheria. Und dein Vater mag genauso als Opfer ihrer finsteren Pläne enden wie wir, wenn wir nicht rechtzeitig die Rote Stadt erreichen und die falsche Prinzessin an ihrem Vorhaben hindern können.«

»Werden wir denn rechtzeitig dort sein?« fragte Edvar.

»Nicht wenn wir hier noch lange herumstehen«, sagte Radi und stützte sich mit einem Arm auf den Sohn des Magnaten. »Auf denn.«

»Nein, warte noch einen Moment«, rief Edvar. »Ich möchte etwas sagen. Deza, ich weiß zwar nicht, wie ein Prinz einen Treueid ablegen würde, aber ich möchte dich wissen lassen, daß du dich auf mich verlassen kannst.«

»Das wußte ich bereits«, sagte Deza freundlich und schulterte den Rucksack.

»Zumindest hält uns niemand mehr auf«, sagte Radi und drehte den Kopf nach hinten zu dem immer lauter werdenden Getöse des einströmenden Wassers. »Durch diese Hölle vermag uns niemand zu folgen.«

»Ich kann nur hoffen, daß du recht behältst«, meinte Deza. »Harubiki hat vermutlich das Wasser schon hinter sich gelassen und befindet sich nicht weit von uns. Wenn sie mich bemerkt hat, als ich durch den Geheimgang lief, stand ihr genügend Zeit zur Verfügung, die Kerkeranlage vor der Überflutung hinter sich zu bringen.«

»Wenn sie dich *bemerkt* hat? Konnte sie das denn? Hast du dich nicht leise genug verhalten?« wollte Radi von ihr wissen.

Deza verzog das Gesicht. »Ich hatte es so eilig, und . . . Ja, der Speer ist sicher aus der Vertiefung gefallen.«

»Dann können wir darauf wetten, daß sie sich auf unserer Fährte befindet. Das steht wohl ohne Wenn und Aber fest. Sobald sie entdeckt hat, daß ich ihr schon wieder entkommen

bin, gibt es für sie kein Halten mehr. Sie würde den Maundifu durchschwimmen, um mich zu erwischen.«
Radi fühlte sich immer noch schwach und zerschlagen. Er lehnte sich an Edvars starke Schulter und bemühte sich, schneller zu gehen. In einer Stunde würden seine Kräfte zurückgekehrt sein. Aber woher konnte er wissen, daß ihnen noch eine Stunde blieb, wenn Harubiki ihnen auf den Fersen war?

## 20

Deza blieb zögernd stehen, machte einen Schritt nach vorn und hielt dann wieder inne. Sie gab den beiden Männern kein Zeichen, sich ruhig zu verhalten. Das brauchte sie auch nicht mehr, denn sie hatte bereits das Geräusch gehört, auf das sie schon so lange wartete. Deza wußte nicht genau, was das für ein Geräusch gewesen war – das Kullern kleiner Steinchen oder das Scharren eines Messers an einem Schleusentor –, aber sie hatte jetzt den Beweis, daß Harubiki sich hinter ihnen befand.
Deza lehnte sich für einen Augenblick erschöpft an eine Wand und wünschte, sie hätte die Gabe, Harubiki genauso leicht aufzuspüren wie das Wasser. Geräusche in diesem Höhlenlabyrinth täuschten leicht. Harubiki konnte noch Kilometer weit von ihnen entfernt sein oder sich nur ein paar Meter hinter ihnen befinden. Deza fragte sich, welche Waffen die Leibwächterin mitführen mochte.
»Radi«, sagte sie und bedauerte es im gleichen Augenblick, nicht geschwiegen zu haben. Er wirkte immer noch zerschlagen, obwohl sie ihm vor zwanzig Minuten das letzte Wasser gegeben hatte, und mittlerweile sollte er sich auf dem Weg der Besserung befinden. Falls er aber mehr als einen Peketabiß abbekommen hatte, wie Deza jetzt zu befürchten begann, dann würde das Wasser aus den Säcken nicht ausreichen, sein Leben zu erhalten, und der Weg zum Maundifu war noch lang.

»Was ist denn, Deza?« sagte Edvar. Er sah nicht viel besser aus als Radi. Die doppelte Anstrengung, durch dieses alptraumhafte Terrain zu klettern und dabei noch Radi tragen zu müssen, hatte seine Kräfte erschöpft. Deza dachte kurz daran, ihn anzulügen, um ihn zu schützen und ihm vielleicht neuen Mut zu geben. Aber sie verwarf diese Idee wieder. Alles, was Edvar bevorstand, war ein unerwarteter Messerstich in den Rücken.
»Harubiki folgt uns«, sagte sie schließlich. »Ich habe sie gehört.«
»Ich habe sie auch gehört«, sagte er leise. Deza fragte sich, wie lange er das vor ihr verschwiegen hatte.
»Wir müssen zur Roten Stadt durchkommen«, keuchte Radi. »Die Computer. Wir müssen zu den Computern. Denke nicht an mich. Nimm Deshenaza, die Prinzessin der Roten Stadt, und laufe mit ihr. Sie wird schon wissen, was sie in der Stadt zu tun hat. Bring sie zu den Computern.«
»Und was dann?« fuhr Deza ihn an. »Ich weiß doch rein gar nichts über Computer; und Edvar erst recht nicht. Erkläre mir doch bitte, was wir dort ohne deine Hilfe anstellen sollen?«
»Deshenaza wird schon wissen, was sie zu tun hat. Geh mit ihr.« Radi versank in einen halb bewußtlosen Zustand. Edvar mußte ihn jetzt nicht mehr nur tragen, sondern auch noch ziehen. Sie würden es niemals rechtzeitig schaffen.
Edvar schob Radi auf seiner Schulter in eine erträglichere Position. »Wir alle gehen in die Stadt, mein lieber Radi. Mach dir mal keine Sorgen. Du mußt dich nur konzentrieren. Setz einen Fuß vor den anderen, immer wieder einen vor den anderen, und dann schaffen wir es.« An Deza gewandt, meinte er etwas leiser: »Wir schaffen es nie. Er hört uns nicht mehr. Wir müssen ihn zum Wasser bringen, ganz gleich, ob Harubiki uns folgt oder nicht. Das ist unsere einzige Chance. Wie weit sind wir noch vom unterirdischen Fluß entfernt?«
»Einen knappen Kilometer, schätze ich«, sagte Deza. »Ich kann es nicht riskieren, uns auf den Weg zu bringen, den mein Vater und ich vor so vielen Jahren gegangen sind. Sie haben die Hälfte der Schleusen geöffnet, und der Rest des

Weges zum Maundifu ist voller Fallenhöhlen. Unsere Reise könnte abrupt enden, wenn wir einen Abgrund nicht bemerken und in die Tiefe stürzen.«

»Das müssen wir eben riskieren. Kannst du denn eine solche Falle mit deinen . . . mit deinen besonderen Fähigkeiten nicht erkennen?« Edvar klang dringlich und ungeduldig. Wie weit ist Harubiki noch von uns entfernt, fragte sich Deza. Sie entschied sich dafür, Edvar die Lage zu erklären.

»Mit meinen Fähigkeiten kann ich nur feststellen, wo Wasser ist und wohin es fließt. Ich kann aber nicht sagen, ob ein Höhlenweg an das Ufer eines Flusses oder Beckens führt oder ob er abrupt abbricht und einem gähnenden Abgrund Platz macht, zumindest dann nicht, wenn der Weg trocken ist. Das Schlimme ist ja, daß man bei einer Öffnung im Fels nie sagen kann, ob der Weg dahinter sicher ist oder nicht, und ehe man sich versieht, ist man über den Rand getreten.«

*Ach ja, die Fallenhöhlen*, meldete sich plötzlich Dezas Vater, *eine sinnvolle Einrichtung.*

*Wie kannst du von etwas behaupten, das uns umbringen kann, es sei sinnvoll? Vater, ich habe hier einen Kranken, und hinter mir lauert ein gefährlicher Gegner.*

*Wenn es dich nicht tötet, dann vielleicht deinen Gegner. Wenn ich es recht mitbekommen habe, ist Harubiki eine ausgezeichnete Spurenleserin. Sie folgt dir sicher überallhin, wohin du sie führst.*

»Ich bringe uns zum Maundifu«, sagte Deza. Edvar beruhigte das, er schien sogar zu glauben, sie habe mit ihrer besonderen Gabe eine Antwort aus ihrem Dilemma gefunden. »Wir müssen es eben darauf ankommen lassen. Ich vermag nur zu sagen, wo sich Wasser befindet, aber nicht, ob der Weg dahin sicher ist.«

»Dann wollen wir es versuchen«, sagte Edvar und bewegte Radi, der nun überhaupt nichts mehr mitzubekommen schien, halb schiebend und halb ziehend den engen Weg hinab.

Der Weg zum Ufer des Maundifu war länger als nur einen knappen Kilometer, und Deza mußte alle paar Meter stehenbleiben, um ihre Position zu überprüfen. Sie bewegten sich vorwärts, ohne ihre Lampen abzuschalten oder besonders geräuschlos zu sein. Deza hatte Edvar nur die halbe Wahrheit gesagt. Manchmal konnte sie nämlich eine Fallenhöhle aufspüren, und zwar dann, wenn das Wasser über den Rand in den Abgrund stürzte. Und auf eine solche Stelle richtete sie nun ihre Sinne aus. Wahrscheinlich hätte sie solch einen tückischen Gang einfacher finden können, wenn sie in eine Höhle nach der anderen hineingelauscht hätte, aber es wäre wenig sinnvoll, Harubiki in eine solche Falle zu führen, wenn sie selbst in eben diesem Gang standen. Deza benötigte vielmehr eine Kombination aus einem echten Gang zum Fluß und einem falschen, trügerischen. Beide mußten so nahe beieinanderliegen, daß Harubiki sich täuschen ließ. Endlich glaubte Deza, eine solche Stelle gefunden zu haben. Sie ließ sich rasch an einer Drehschleuse hinab, die gerade geleert worden war. Der Boden unter ihren Füßen war klebrig und glitschig. Deza wollte zurück und Edvar helfen, aber er winkte ihr zu, daß er allein zurechtkam.

Die Schleuse teilte sich nach rechts und nach links, nach oben und nach unten. Das Tosen des Maundifu konnten hier sogar die beiden Männer hören, und Radi hob den Kopf wie ein Tier, das ein Wasserloch erschnüffelt hat. Deza hieß die beiden, an der Schleusenteilung stehenzubleiben, reichte Edvar ihr Messer und verschwand dann in dem Gang, der nach oben führte. Wie sie vermutet hatte, stieg der Weg nur über wenige Meter an, bevor er in weiten, sanften Stufen hinab zum Ufer des Flusses führte. Deza lief weit genug, um sich von der Ungefährlichkeit des Weges zu überzeugen, und eilte dann zu Edvar und Radi zurück. Sie schob sie in den Gang. Edvar wollte ihr das Messer zurückgeben, aber sie nahm nur den Mbuzim von den Schultern, schob das Tier, das sich gegen diese Behandlung nicht wehrte, unter den Arm des Jungen. Dann trieb sie die beiden Männer zur Eile an.

Sobald sie die beiden außer Sicht gebracht hatte, lief Deza in den anderen Gang, der nach unten führte. Mit plötzlicher, schrecklicher Sicherheit wußte sie, daß Harubiki ihr dicht auf

den Fersen war. Deza schaltete die Lampe aus und kroch auf Händen und Knien weiter bis zu der Stelle, wo der Felskorridor abknickte und unmerklich anstieg.
Ein paar Zentimeter tief stand das Wasser auf dem Boden und sickerte langsam von einer höheren Stelle im Gang hinab. Es war nicht genug Wasser für Deza, um daraus den weiteren Verlauf des Gangs ablesen zu können. Jetzt stieg der Weg immer steiler an und wurde zunehmend enger.
Deza hatte vor, bis zur letzten sicheren Stelle zu gelangen, hinter der der Weg in einem Abgrund endete, dort soviel Lärm zu veranstalten, daß Harubiki auf sie aufmerksam werden mußte, und schließlich rasch genug zu verschwinden, bevor die Leibwächterin sich zeigte. Sollte das nicht gelingen, so wollte sie sich in einen schmalen Alkoven zurückziehen, kaum mehr als eine Delle im Fels, wo sie sich schlimmstenfalls verstecken konnte.
Deza spürte, wie das Wasser nur wenige Meter weiter über den Rand donnerte, obwohl der Pfad immer noch anstieg und sie nichts hören konnte. Sie wagte sich ein Stück weiter vor und entfernte sich von der Schleusenwand, an der sie sich bislang mit dem Rucksack abgestützt hatte. Sie setzte einen Fuß vor.
Deza schrie. Ihr Fuß berührte zwar den Boden, aber der führte bereits steil abwärts. Deza versuchte, ihren Sturz abzubremsen. Sie landete auf der Schulter, und der Rucksack wikkelte sich um ihren Arm. Sie kam sich vor wie auf einer Rutschbahn, wußte aber nur zu gut, daß diese Fahrt im Tod enden würde. Plötzlich war das Donnern des Wassers da, so laut, daß es in den Ohren schmerzte. Deza konnte ihren eigenen Schrei nicht mehr hören. Sie streckte den freien Arm aus, um sich irgendwo festzuhalten, aber die Tunnelwand war zu glatt, und sie glitt schneller hinab, als neue Wassermassen von oben hinzukamen und sie zu dem Abgrund zerrten.
*Strecke den Arm nach oben aus*, sagte ihr Vater, und er klang wie eine Insel der Ruhe in ihrem Kopf.
Sie griff nach oben, wehrte sich gegen die Behinderung durch den Rucksack und bekam eine kräftige Stange zu fassen. Als

sie die Finger darum schloß, hätte der plötzliche Ruck ihr fast den Arm vom Leib gerissen. Deza zog sich daran hoch, bis sie im Strom eine sitzende Position einnahm, und griff dann mit der anderen Hand nach der Stange. Zuerst hatte Deza sie für eine Metallstange gehalten, für einen Teil des uralten Leitungssystems der Roten Stadt. Aber nun begriff sie, daß es sich dabei um röhrenförmige Galenitkristalle handelte, die sich bei der Intrusion von Blei in das Vulkansteindach des Korridors gebildet hatten. Diese Stange würde Dezas volles Gewicht nicht tragen, aber sie konnte ihr helfen, das Abrutschen zu beenden und den Weg zurück zu der Stelle zu finden, an der sie den Halt unter den Füßen verloren hatte. Deza begann vorsichtig, sich Hand für Hand durch den Tunnel zurückzuschieben.

Das Tosen des Wassers verringerte sich zu einem leisen Plätschern, wie sie es anfangs gehört hatte. Und auch das war eine der Fallen in dieser Höhle. Der enge Gang dämpfte alle Geräusche, so daß der unglückliche Wanderer nichts von seinem Untergang hören konnte, der sich nur wenige Meter vor ihm befand. Auch das Stangenwerk der Kristalle hörte auf und war nur noch als gelegentlich auftauchende Färbung im Fels auszumachen. Deza zog sich den letzten Meter hoch und betete darum, nicht im letzten Moment wieder den Boden unter den Füßen zu verlieren und erneut ins Rutschen zu geraten. Und dann hörte sie Harubiki.

Das Geräusch eines Schritts. Der Fuß wurde tief genug ins Wasser gesetzt, um anzuzeigen, daß die Leibwächterin sich schon tief in dem Gang befinden mußte und sich rasch weiterbewegte. Wahrscheinlich trug sie eine Lampe. Deza durfte keine Zeit mehr verlieren. Sie befreite sich von dem Rucksack und warf ihn nach vorn auf den Abgrund zu. Dann ging sie vorsichtig zu dem Alkoven und zwängte sich hinein. Sie wußte nicht, ob der Schein von Harubikis Lampe einen Fuß oder eine Hand von ihr in der Nische entdecken würde. Deza zog sich so eng zusammen, wie ihr das möglich war, und hielt den Atem an.

Unmittelbar darauf kam Harubiki an ihr vorbei. Sie trug ein

Licht, aber es war nur eine Taschenlampe, die lediglich einen nadeldünnen Strahl von sich gab. Die Leibwächterin hatte eine Laserpistole in der Hand. Höchst unwahrscheinlich, daß sie den tückischen Abgrund vorzeitig entdecken würde. Deza lauschte, wie Harubiki vorankam. Das tiefer werdende Wasser verlangsamte ihre Schritte etwas, und dann ertönte das Geräusch, auf das Deza gewartet hatte. Harubiki schrie in höchster Not. Ein sonderbares Geräusch, zu leise und zu gedämpft, wofür die akustischen Besonderheiten dieses Korridors verantwortlich waren, und doch besaß der Schrei eine merkwürdige Klarheit und Eindringlichkeit. Deza hatte ihren eigenen Schrei im Tosen des Wassers nicht hören können, und so würde es auch Harubiki ergehen. Deza schloß die Augen.
Der Schrei erstarb, aber sonst ertönte kein Geräusch. Und doch fühlte Deza es und legte die Hände unwillkürlich an die Wangen. Sie spürte das plötzliche Verdrängen von Wasser, als ein Körper hineinfiel.
Sie fand rasch aus der Fallenhöhle hinaus und in den Gang hinein, der auf sicherem Weg zum Maundifu führte. Aber die beiden Männer waren nicht am Fluß. Deza schaltete ihre Lampe ein und suchte damit nach den im Fels eingelassenen Laternen. Damit entdeckte sie Fußspuren im Sand, die flußaufwärts zum See führten.
Edvar stand am See. Die Lampe an seinem Handgelenk warf Lichtringe auf das Wasser. Radi lag am Ufer und schöpfte mit den Händen Wasser, das er seinem Mund zuführte. Er schien noch immer nicht ganz klar bei Verstand zu sein, denn seine Augen blickten starr auf den See. Erst als er Deza hörte, drehte er sich abrupt um.
»Deza«, flüsterte er und kam schwankend auf die Beine. »Deza, ist mit dir alles in Ordnung?«
»Bist *du* in Ordnung?« entgegnete sie, nahm ihn bei der Hand und hob die Laterne, um ihn anzusehen.
»Er ist vielleicht zu angeschwollen, um noch einen Schritt gehen zu können«, sagte Edvar und warf einen Blick auf Radis vorgewölbten Bauch, »aber ich schätze, in seinem Kopf herrscht allmählich wieder Klarheit.«

Furchtbare Ringe waren unter Radis Augen, und seine Haut spannte sich noch immer zu straff über das Fleisch, aber sein Blick war nicht mehr so glasig wie zuvor. »Sehr schön«, sagte Deza und spürte einige Erleichterung. Sie drückte Radis Hand und kniete sich dann hin, um auch aus dem See zu trinken. Edvar sah sie fragend an. Sie nahm erst einen Schluck Wasser, bevor sie ihm mitteilte: »Harubiki ist tot.«
Edvar nickte nur, aber Radi war wie betäubt.
»Bist du dir auch ganz sicher?« fragte er. »Harubiki ist nur schwer auszuschalten.«
»Ich bin mir ganz sicher«, sagte Deza und war etwas irritiert. »Ich habe meine Sache so gut gemacht, daß ich fast selbst in den Abgrund gestürzt wäre, obwohl ich doch von seiner Existenz wußte. Harubiki ist keine Wasserhexe. Sie konnte nichts von der Falle ahnen und ist deshalb hineingetappt. Dabei hat sie ihr Leben verloren.«
Radi warf Edvar einen scharfen Blick zu, aber der Junge schüttelte nur den Kopf.
»Er ist wütend, weil ich dich habe gehen lassen. Aber jetzt scheint er sich wieder etwas beruhigt zu haben. Du hättest ihn vor zwanzig Minuten erleben sollen. Plötzlich hatte er wieder genug Kraft zu toben. Ich hatte allerdings kaum Mühe, ihn hierzuhalten.«
»Das hat wohl auch am Peketagift gelegen«, sagte Radi entschuldigend, »aber du mußt verstehen, Deza ist die Prinzessin. Das Überleben der Stadt wird nur vom Fortbestand der Wasserhexen-Dynastie gewährleistet.«
Deza sah Radi an und fühlte sich in ihrem Innern sonderbar. »In den Computern liegt keine Rettung«, erklärte sie und wußte, daß das der Wahrheit entsprach, obwohl sie sich nicht erklären konnte, woher dieses plötzliche Wissen kam. Vermutlich hatte sie als Kind einmal die Computer der Stadt gesehen, aber in dem Alter hatte sie doch nicht ihre Bedeutung oder ihre Grenzen ermessen können.
Radi lächelte Deza zu und reichte ihr eine Hand, um ihr aufzuhelfen. Sie nahm seine Hand, belastete sie aber nicht zu

sehr. Aber auch so erkannte sie, daß schon wieder etwas Kraft in seinen Körper zurückgekehrt war.
»Du bist ohne Zweifel deines Vaters Tochter«, sagte Radi. »Akidas Tochter. Weißt du, daß ich für deine Sicherheit verantwortlich gewesen bin, als ich selbst noch ein Junge war? Aber ich habe versagt. Viele Jahre lang habe ich der Falschen gedient. Ich dachte, Akida hätte gemeint, jede Prinzessin der Stadt sollte beschützt und darauf vorbereitet werden, die Linie der Wasserhexen fortzusetzen. Und bis vor kurzem glaubte ich, nur Sheria sei eine Prinzessin. Sie besaß die richtigen Gene, wenn auch nicht die Sensitivität. Erst heute weiß ich, daß Akida dich gemeint hat. Wenn es für die Stadt eine Errettung gibt, dann kann sie nur von dir kommen.«
»Wenn man dich so reden hört, weiß man nicht zu unterscheiden, ob deine Treue mir gilt oder nur der Stadt.«
Radi lächelte. »Deza, Prinzessin Deshenaza, da gibt es keinen Unterschied. Du magst es jetzt vielleicht noch nicht erkennen, aber du *bist* die Stadt.«
»Akida«, sagte Deza grüblerisch. »Er hat viele Namen benutzt, aber niemals diesen, und doch weiß ich jetzt, daß es sein wahrer gewesen ist. Ich habe noch im Ohr, wie mein Kindermädchen Vira ihn so gerufen hat.« Deza mußte inne halten. Zu stark strömten die Erinnerungen in ihren Kopf, und ihr Bewußtsein hatte Mühe, in ihnen zu lesen. *Vater*, rief sie, *Vater, ich weiß jetzt so viel und doch so wenig. Wie hast du es angestellt, daß ich alles vergessen habe? Willst du mir nicht helfen, auch den Rest ins Bewußtsein zu holen? Bitte, Vater.* Deza atmete tief ein und gewann das Gleichgewicht wieder, als Radi schon nach ihr griff, um sie zu stützen. Das Mädchen sah sich erschrocken um. »Der Mbuzim«, sagte sie, »wo ist der Mbuzim?«
»Wir haben nach ihm gesucht, als du zurückgekehrt bist«, sagte Edvar und hob die Lampe, um damit das Wasser zu beleuchten. »Er hat sich wohl davongeschlichen, als ich Radi zu beruhigen versuchte. Der Mbuzim schwimmt im Wasser und ist betrunken wie tausend Mann.«
»Wie konntest du das nur zulassen?« schimpfte Deza und trat

ins Wasser, um mit ihrer Lampe zusätzliches Licht über das Wasser zu bringen. »Du weißt doch, was passiert, wenn ein Mbuzim zuviel Grundwasser trinkt. Und das hier ist der Maundifu. Mittlerweile muß er wohl schon den Verstand verloren haben . . .«

*Wunderbar,* hörte Deza. *Du müßtest es nur einmal kosten, altes Dezamädchen. Das hier ist soviel besser als die Becken in Sindra. Komm doch auch herein.*

»Wo?« rief Deza erregt. Dann fiel ihr Licht auf kleine Kräuselungen im See zu ihrer Linken. Sie rannte durch das seichte Wasser darauf zu. Edvar und Radi folgten ihr dichtauf.

Der Mbuzim schwamm in engen Kreisen herum. Seine Nüstern waren gebläht und die Augen weit aufgerissen. Er bemerkte Deza und tauchte weg. Nicht tapferer Heldenmut stand ihm im Sinn, sondern schlicht ein Schabernack, als der Kopf und der Leib plötzlich untertauchten und nur die Ohrenspitzen noch sichtbar waren.

Deza wollte weiter auf das Tier zugehen, aber jetzt wurde das Wasser tiefer und reichte ihr bald bis an die Hüften. Die Wollhose sog sich voll und zog schwer an Dezas Beinen. *Vater, sofort kommst du heraus,* befahl sie ihm. Der Mbuzim tauchte auf und blökte. Sein Geschrei hallte endlos von den Höhlenwänden wider.

»Deza, laß ihn«, hörte sie Radi hinter sich. »Wir haben keine Zeit zu verlieren. Die Stadt braucht dich, Deshenaza.«

»Er wird dort herumschwimmen, bis er tot ist«, sagte Deza. »Das dumme Tier besitzt nicht genug Verstand, um ans Ufer zurückzukehren, bevor es zu müde dazu ist.« Sie watete ein Stück weiter auf das Tier zu, das jetzt parallel zum Strand schwamm. Deza tat einen Schritt zuviel und ging unter. Die Laterne erlosch, aber diesmal erinnerte sie sich daran aufzustehen. Sie war kaum wieder auf den Beinen, als sie auch schon die Hände von Edvar und Radi an sich spürte, die sie zum Strand zurückzogen.

»Nein«, beharrte Deza stur, »ich gehe nicht ohne ihn.« *Vater,* schrie sie in Gedanken, *komm sofort aus dem Wasser, sonst lasse ich dich hier ertrinken.*

*Nein, nein, das wirst du schon nicht, altes Dezamädchen. Du brauchst mich doch in der Roten Stadt. Wer soll denn die Computer für dich öffnen, wenn ich nicht da bin?*
*Wovon redest du da eigentlich?*
*Von den Schlüsseln zur Stadt. Haha, das gefällt mir. Die Schlüssel von Mahali. Du kannst mich gar nicht zurücklassen, ich bin nämlich unersetzlich, unscherschätschisch . . .*
*Du bist nicht unersetzlich, sondern nur ein großer Idiot. Ich hätte dich in der Wüste zurücklassen sollen.* Sie wollte wieder tiefer ins Wasser, aber Radis fester Griff hinderte sie daran. »Bitte, Radi«, sagte sie und versuchte, sich seinem Griff zu entwinden.
Plötzlich war ihr Arm wieder frei und Radi nicht mehr da. Zusammen mit Edvar stand Deza bis zu den Hüften im Wasser. Der Junge hielt die letzte funktionierende Lampe hoch.
*So ist's recht. Schicke mir nur dieses Affengesicht von deinem Bettgenossen nach. Ich warne dich, wenn er mir weh tut . . schließlich bin ich . . .*
*Ich weiß schon, unersetzlich, zumindest in deiner Einbildung.* Natürlich hatte es keinen Sinn, mit einem Betrunkenen zu debattieren, aber vielleicht vermochte Deza ihn lange genug abzulenken, bis Radi so nahe heran war, daß er ihn packen konnte.
*Ich habe doch an die Einlagen gedacht, nicht wahr? Selbst als Vira in ihrem Blut dalag. Die arme Vira. Die arme, blutüberströmte Vira!* Der Vater blubberte nur noch Unverständliches, aber seine trunkenen Gefühle schienen keinerlei Auswirkungen auf den Mbuzim zu haben, der stetig auf den Rand des Lichtscheins zupaddelte. Jetzt entdeckte Deza Radi, wie er hinter dem Tier herschwamm. Er kam nicht so schnell voran, schien aber im Wasser stetig an Kraft zu gewinnen. Der Mbuzim hingegen war nicht von Peketagift geschwächt. Nicht einmal die lange Reise durch die Höhlen unter dem Karst hatte ihn erschöpft, denn er hatte ja die ganze Zeit über auf Dezas Schultern gelegen und war jetzt voller Energie. Als er Radi kommen sah, stieß er ein gurgelndes Blöken aus.
*Du bist kein Gegner für mich, Affengesicht,* höhnte der Va-

ter. *Und ich glaube nicht, daß ich dich meine Tochter heiraten lasse. Mir begegnet man mit Respeck . . .*
Radi sprang nach dem Tier und ging in einem großen Wasseraufspritzen unter. Der Mbuzim schwamm ruhig weiter. *Überhaups kein Respeck mehr.*
»Ich wünschte, ich hätte dir das kleine Ungeheuer nie gegeben«, sagte Edvar bekümmert. »Wir müssen wirklich weiter.«
»Ich weiß, aber . . .« sagte Deza und stand kurz davor, dem Jungen zu erzählen, daß der Geist ihres Vaters in dem Tier wohnte. Aber wie sollte sie es ihm erklären? Diese Kreatur dort im Wasser, die wie ein mißglückter Ziegenbock aussieht, ist mein Vater?
Radis Kopf verschwand. Deza keuchte, und Edvar trat ein paar Schritte tiefer ins Wasser, um weiter mit dem Licht leuchten zu können. Der Mbuzim schwamm am äußersten Rand des Lichts und dann darüber hinaus. Edvar und Deza sahen von ihm nur noch die kleinen Wellen seiner Spur. Deza verschlug es den Atem. Edvar hielt den Arm mit der Lampe so hoch, wie es eben ging, um die ganze Höhle mit Licht zu überfluten.
Aber es war nichts zu sehen, nicht einmal mehr die kleinen Wellen.
»Radi ist untergegangen!« rief Edvar. »Ich suche ihn.« Er band sich die Lampe vom Handgelenk und reichte sie Deza. Dann bemerkte sie, wie am Rand des Lichtscheins Wasser aufspritzte.
»Warte«, rief sie. Die beiden starrten auf die Stelle, dann tauchte Radis Kopf über dem Wasser auf. Kurz darauf hörten sie auch den Mbuzim blöken, als litte er Schmerz.
*Aua! Sage dem Affengesicht, er soll meinen Schwanz loslassen!* verlangte ihr Vater.
*Du kannst von Glück sagen, daß er dich nicht an den Ohren gepackt hat, obwohl ich eigentlich glaube, daß er dich dort im Griff hat, wo bei dir das meiste Gehirn sitzt,* sagte Deza, und in ihren Ärger mischte sich Erleichterung.
Ihr Vater schien in Gedanken zu rülpsen — zumindest hörte

*Prinzessin Deza von der Roten Stadt, Prinz Radi, ein mutiger junger Bursche namens Edvar, eine gnadenlose Verfolgerin und ein unterirdisches Labyrinth – das ist schon eine ganze Menge. Aber etwas könnte noch hinzukommen: Sie!*
*Wenn Sie Abenteuer dieser Art nicht nur lesen, sondern selbst miterleben möchten, haben Sie jetzt Ihre große Chance. Mit dem fantastischen Fantasiespiel Das Schwarze Auge sind Sie dabei.*

*Bitte umblättern* ☞

es sich so an – und sagte dann indigniert: *Du warst schon immer eine verzogene Göre.*
Als Radi nahe genug heran war, streckte Edvar die Hände aus und zog den Mbuzim am Nackenfell aus dem Wasser. Das Tier schien in sich zusammenzusacken, tropfte am ganzen Leib und versuchte immer noch davonzuschwimmen. Die pupillenlosen Augen waren halb geschlossen. Deza nahm den Mbuzim und warf ihn sich über die Schulter. Sie wollte ihn ausschimpfen, aber sie wußte zu gut, daß das in seinem augenblicklichen Zustand zwecklos war.
»Können wir jetzt weiter?« sagte Radi. Auch er triefte und wirkte erbärmlich. Aber Deza fiel auf, daß er trotz der anstrengenden Verfolgung des Mbuzims alleine stand und sich nicht an Edvars Schulter anlehnte.
»Akida kann dir eines Tages vielleicht selbst seinen Dank aussprechen«, sagte Deza, »aber bis dahin mußt du dich damit begnügen, daß ich mich an seiner Stelle bedanke.«
Radi zuckte die Achseln. Er hatte ihre Worte gehört, aber nicht verstanden. Deza bemühte sich gar nicht erst, ihn aufzuklären. Niemand glaubte wirklich an die Geister Verstorbener in Perlbein, solange er so etwas nicht persönlich erlebt hatte. Und wie sollte sie ihn aufklären, wenn sie selbst nicht so recht wußte, worum es sich bei dieser Stimme handelte? Hatte womöglich ihr starker Wunsch, der Vater möge noch bei ihr sein, dieses Geistwesen erst erschaffen? Oder war es aus den hypnotischen Blocks entstanden, die Akida ihr als kleinem Mädchen eingegeben hatte? Die Enthüllung ihrer Vergangenheit hätte sie wahrscheinlich auf direktem Wege in den Wahnsinn getrieben, wenn ihr Vater nicht auf seine Weise dafür gesorgt hätte, daß sie nur stückweise davon Kenntnis erhielt. Ihr Vater, ein Mbuzim.
*Läscharlisch,* lallte ihr Vater. *Ich bin kein Geischtweschen, dasch sich irgendwer auschgetacht . . . sausgesacht hat. Gib mir noch mehr Maundifuwasser zu trinken, und dann zeige isch dir, wer hier ein Geischtwesen ist.*
*Ach, halt den Mund, Vater,* sagte Deza und ging aus dem Wasser.

# 21

Radi trottete hinter Deza und Edvar her. Sie liefen am Ufer des Sees entlang und trafen immer wieder auf uralte Schleusen, die durch den Sand schnitten. Die meisten waren leer, nur in wenigen tröpfelte etwas Wasser, und Radi wußte, daß sie eigentlich gefüllt sein müßten. Sheria hatte also begonnen. Das Wasser wurde aus seinem Bett gelenkt und sammelte sich irgendwo oberhalb der Stadt. Jede Minute war jetzt kostbar, und sie hatten unzählige davon mit der Jagd auf den verdammten Mbuzim vergeudet. Radi warf einen grimmigen Blick auf das schwarze Fellbündel, das über Dezas Schultern hing. Der Kopf des Tieres hing schlaff herab, und es beschwerte sich unablässig blökend darüber, daß man es so unfreundlich aus dem berauschenden Seewasser gezerrt hatte. Aber Radi wußte auch, daß er nicht anders hätte handeln können. Deza verband eine merkwürdige Zuneigung mit dem kleinen Biest, und in diesem Zusammenhang fiel es dem Prinzen schwer, nicht an Sherias kaltes Herz zu denken, in dem Platz für niemanden war, nicht für ihn und erst recht nicht für ein dummes Tier. Und gerade dieser Unterschied zwischen den beiden Frauen war entscheidend. Die gekrönte Königin der Roten Stadt mußte für alle Lebewesen in ihrem Reich Liebe empfinden, selbst für die Eingeborenen auf der Planetenoberfläche und für deren Haustiere.

»Kannst du nicht schneller laufen, Radi?« sagte Deza und hielt dabei nicht einmal inne, um sich nach ihm umzudrehen. Als Antwort darauf beschleunigte Radi seinen Schritt. Und das fiel ihm gar nicht so leicht. Seine Muskeln waren vom Gift und von den vergangenen Anstrengungen steif, und sein Magen fühlte sich an, als sei er mit Blei gefüllt. Aber Radi konnte sich jetzt wenigstens wieder aus eigener Kraft bewegen. Er hatte beim Schwimmen im See soviel Wasser geschluckt, daß die Wirkung des Gifts jetzt endgültig abflaute. Ja, er konnte auch wieder klarer denken, und die Muskeln gehorchten, wenn auch schmerzvoll, wieder seinem Willen.

Deza bog vom Ufer ab und führte sie in einen engen Tunnel,

der zum größten Teil natürlichen Ursprungs war. Nur an einigen Stellen hatten ihn vor langer Zeit Maschinen erweitert, um mehr Wasser hindurchfließen zu lassen. Soviel Zeit war seitdem verstrichen und soviel Wasser hindurchgeflossen, daß sich auf dem Fels eine dicke Travertinschicht gebildet hatte, die die alten Narben im Gestein überdeckte. Momentan war der Tunnel bis auf die Vertiefungen im unebenen Travertin trocken. Aber der Weg erwies sich als schlüpfrig, und Radi sah sich vor, nicht zu stürzen.

»Wie weit ist es noch, Deza?« fragte er.

»Wir müssen bald dort sein«, sagte sie und legte die Hände an die Wangen. Radi stellte sich vor, daß sie ähnliche Schmerzen verspürte wie er, wenn auch aus einer anderen Ursache. Große Wassermengen konnten Wasserhexen peinigen, wenn sie nicht danach trachteten, diese Schmerzen unter Kontrolle zu halten. Und Radi wußte, daß das in Streßsituationen nicht immer einfach war.

»Vielleicht sollten wir eine Rast einlegen«, schlug Radi vor.

»Nein«, sagte Edvar kurz angebunden, »wir haben keine Zeit zu verlieren.«

»Aber Deza braucht möglicherweise einen Augenblick der Ruhe . . .« meinte Radi. Sie warf ihm einen dankbaren Blick zu, schüttelte aber den Kopf. »Es geht schon.«

»Vielleicht im Augenblick noch«, sagte Radi, »aber ich erkenne jetzt, wie schwierig es für dich gewesen sein muß, mich aus dem Meer zu ziehen. Du bist doch die Konfrontation mit großen Wassermengen gar nicht gewöhnt.«

Deza lächelte etwas gequält, marschierte aber tapfer weiter und drückte dabei den Mbuzim auf ihren Schultern. »Nein, er hat mich darin geübt. In Sindra hat er mich in die Wasserbekken geworfen, und er hat es nie zugelassen, daß ich ein Bad ausfallen ließ. Leicht ist mir das nie gefallen, aber ich habe mich daran gewöhnt.«

»Keine Bange, das wird es schon noch«, sagte Radi.

»Was wird noch was?« fragte Radi.

»Eines Tages wird es dir so leichtfallen wie das Essen oder das

Atmen. Hexen, die keine Furcht bezwingen müssen, erleben meist nicht mehr das zwanzigste Lebensjahr.«
»Na ja, wenn wir uns nicht beeilen, werde ich auch keine zwanzig mehr.«
»Was war das?« sagte Edvar plötzlich. Der Mbuzim hatte wieder geblökt, aber Radi war klar, daß der Junge nicht das Geschrei des Tieres gemeint hatte, denn es machte unaufhörlich Lärm, seit sie den See verlassen hatten. Die drei blieben leise stehen und hörten dann ein kratzendes Geräusch.
»Ein Schleusentor«, sagte Deza. »Vor uns wird eines geöffnet oder geschlossen.«
Sie rannte voraus, und Radi vermutete, sie wollte nachsehen, ob ihnen der Weg nach vorn durch ein Schleusentor versperrt war. Edvar folgte Deza. Radis Herz klopfte wild, aber er rannte seinen Gefährten nicht hinterher. Sie hatten beim Stehenbleiben das Geräusch eines Schleusentors gehört, aber Radi war sich nicht sicher, ob das, was Edvar zuerst vernommen hatte, aus der gleichen Richtung gekommen war. Er drehte sich um und sah auf den Weg zurück, den sie gekommen waren. Aber weder seine Augen noch seine Ohren konnten etwas ausmachen. Dennoch blieb eine gewisse Unruhe in ihm zurück. Die Akustik in diesen Gängen täuschte den Hörer, die Geräusche wurden von den Windungen der Gänge und der niedrigen Decke abgelenkt. Aber Radi konnte das Kratzen eines Metalltores über Kalksteinfelsen vom dumpfen Aufschlag der Hand eines Menschen unterscheiden, der sich abstützen muß, weil seine Füße auf dem glatten Travertin ausgeglitten waren. Radi griff nach seinem Messer und mußte feststellen, daß es nicht mehr da war. Er besaß auch keine Lampe, und Edvar und Deza waren schon nicht mehr zu sehen.
Vielleicht sollte er einfach hier in der Dunkelheit abwarten. Jeder Verfolger würde sich durch seine Lampe verraten, ganz gleich, ob es die Soldaten des Magnaten waren oder Harubiki, die Dezas Falle überlebt hatte. Und der letzte Gedanke stimmte ihn um. Die Gefahren, die vor ihm lagen, waren konkreter als die, die von hinten kommen mochten. Er erwartete nicht, daß man Deza in der Roten Stadt mit allem Pomp empfangen

würde, und ganz sicher wurde auch ihm dort keine ehrenvolle Begrüßung zuteil. Radi rannte hinter Edvar und Deza her.
Das Schleusentor über dem Wasserlauf war offen, und Deza führte sie durch einen leeren künstlichen Kanal zu einer natürlichen Höhle und von dort aus auf einen Weg, der mit losem Gestein übersät und so steil war, daß nur die Enge des Ganges sie vor einem Absturz bewahrte. Sie konnten sich gegen die Wand werfen, wenn ihre Füße ausglitten, und sich selbst durch die engsten Stellen zwängen, auch wenn sie sich dabei Schrammen holten.
»Wo sind wir?« fragte Radi. Sie mußten mittlerweile sehr dicht an die Stadt herangekommen sein, aber er hatte auf den Plänen nie einen Weg wie diesen entdeckt, obwohl er glaubte, alle Passagen zu kennen, die so nahe bei der großen Roten Höhle lagen.
»Wir befinden uns auf dem Weg hinab in die Stadt«, sagte Deza und zwängte sich durch einen Spalt im Fels. Der Mbuzim blökte wütend, als sein Hinterteil über eine scharfe Kante schabte. »Die Galerien liegen direkt hinter dieser Wand«, erklärte Deza und schlug mit der flachen Hand gegen das Gestein. »Aber wir können erst weiter unten hinein. Das Wasser fließt wieder in seinem alten Bett und damit über der Stadt. Die oberen Schleusentore werden dem Ansturm nicht standhalten.« Ihre Stimme klang besorgt, aber sie schien keine Angst zu haben. Deza kletterte weiter nach unten, von einem Vorsprung zum nächsten gangbaren Stück.
Endlich weitete sich der schmale Felskamin, durch den sie gekommen waren, zu einer breiten, schrägen Wand, an der sie halb kletternd und halb rutschend hinabfanden. Am Boden befand sich eine kleine natürliche Kammer, die aus demselben roten Gestein geformt war wie die Stadt. Irgend jemand hatte hier eine Treppe in den reichhaltig mit oxidiertem Eisen durchzogenen Kalkstein gehauen, die eine Wand hinaufführte.
»Wir haben es geschafft«, verkündete Deza und eilte, zwei Stufen gleichzeitig nehmend, nach oben. »Dort befindet sich eine Tür. Sie besteht aus einem Stein von etlichen Tonnen

Gewicht, aber hier irgendwo muß ein Gegengewicht sein . . . wenn ich nur den entsprechenden Hebel finde.« Sie tastete oben auf der Treppe die Felswand ab und suchte nach dem Hebel. Edvar war bereits auf halbem Wege die Stufen hinauf, um ihr zu helfen.

Als Radi sich anschickte, den beiden zu folgen, kullerte von oben ein Stein herab. Ein kleines Stück losen Felsens nur, das gegenüber dem Lärm, den Deza und Edvar auf dem Treppenabsatz veranstalteten, kaum zu bemerken war. Jeder von ihnen konnte es beim Hinabklettern losgetreten und in sehr empfindlicher Balance zurückgelassen haben, bis es aus irgendeinem Grund endlich hinabgefallen war. Das war nicht auszuschließen, aber alle soldatischen Instinkte in Radi warnten ihn, daß auch jemand anders dafür verantwortlich sein konnte. Am besten verbarg er sich im Schatten und wartete ab, wer dort von oben auftauchte. Dann hörte er, wie Deza einen triumphierenden Schrei ausstieß, als die Steintür aufschwang.

»Warte«, rief Radi und lief zu der Treppe. »Deza, du kannst nicht einfach in die Stadt hineinplatzen. Edvar mag ja noch als Eingeborener durchgehen, aber nicht jemand, der die königlichen Einlagen trägt. Du kommst nie an den Wachen vorbei. Nimm doch wenigstens die Einlagen ab.«

Deza begann, die filigranen Perlbeinstücke von ihren Wangen zu lösen, hielt aber plötzlich damit inne. »Nein«, sagte sie, beugte sich hinab, durchwühlte ihren Rucksack und zog freudestrahlend ihren blauen Umhang hervor. »Was hältst du davon?« sagte sie, befestigte den Mantel um ihren Hals und zog sich die Kapuze tief ins Gesicht.

»Blau ist Sherias Farbe«, sagte Radi zweifelnd. »Da steht natürlich . . . ach was, immer noch besser als gar nichts. Aber halte dein Gesicht bedeckt. Und trage den Mbuzim lieber unter dem Arm. Sie halten dich niemals für Sheria, wenn du dieses Ungeheuer auf der Schulter trägst.«

Die drei verschwanden durch die Öffnung in der Dunkelheit und verschlossen die Tür hinter sich. »Kannst du sie nicht abschließen?« fragte Radi.

»Ich fürchte, nein, nur wieder schließen«, erklärte Deza. Radi sagte sich, daß ein einfaches Schließen ausreichen mußte, wenn sie sie schon nicht versperren konnten. Auf dieser Seite der Tür waren sie vorerst geschützt, aber auf der anderen Seite befand sich die Treppe, und Harubiki hatte wohl kaum Schwierigkeiten herauszufinden, wohin sie verschwunden waren und wo sich der Hebel befand.

Deza war stehengeblieben und sah sich in dem engen Flur um, in dem sie sich wiedergefunden hatten. Ein Stück weit entfernt war ein schwaches Licht. Edvar schaltete seine Lampe aus und steckte sie in die Tasche. Früher einmal war dieser Gang prächtig ausgestattet gewesen, aber nun hingen hier die blauen Teppiche in Fetzen von den Wänden, und es roch recht muffig.

»Ich denke, wir sollten diesen Weg weitergehen«, sagte Radi. »Das hier war früher eine der Zimmerfluchten vor dem Computer-Zentrum. Wahrscheinlich führt der Flur ins Innere der Stadt.«

»Nein«, sagte Deza und warf die Kapuze zurück. »Ich weiß jetzt, wo wir sind. Ich habe mich hier einmal vor Mördern verborgen. Oh, ich kenne diesen Ort gut.«

Sie zog den Umhang mit einer Hand am Hals zusammen und eilte an den beiden Männern vorbei. Rasch schritt sie voran, bis sie vor einer breiten Treppe stand.

Radi war ihr nachgeeilt und hielt sie dort am Arm zurück. »Deza!« sagte er erregt. »Du kannst hier nicht herumlaufen, als ob dir dieser Palast gehörte. Wir müssen vorher zumindest einen Plan machen. Edvar, die Treppe wird sicher bewacht, und ich weiß nicht, ob die Soldaten uns durchlassen oder nicht. Sie haben sicher mittlerweile bemerkt, daß hier etwas Ungewöhnliches vor sich geht. Und wahrscheinlich hat Sheria sie vor uns gewarnt. Ganz sicher führen sie uns nicht im Triumphzug durch die Stadt. Macht euch darauf gefaßt, daß wir uns wehren müssen.«

Edvar nickte grimmig und zog das Messer, das Deza ihm gegeben hatte, aus seinem Gürtel. Er hielt es in der Hand verborgen, als sie die Stufen hinaufliefen.

»Deza«, sagte Radi, »versuche durchzukommen und warte nicht auf uns. Begib dich auf dem schnellsten Weg ins Computer-Zentrum.«
»Aber ich habe noch nie an einem Computer gearbeitet.«
»Ich komme so bald wie möglich nach. Und verdecke dein hübsches Gesicht.«
Sie lächelte kurz und rannte dann Radi voran die Treppe hinauf. Er folgte ihr und hoffte, daß nicht mehr als zwei Wachen sie erwarten würden. Aber es waren sieben in voller Montur, die jeweils zu zweit auf den obersten Stufen standen, bis auf ihren Hauptmann, der sich etwas hinter ihnen befand. Ihre Schwerter waren noch nicht gezogen, und sie machten keinesfalls den Eindruck gespannter Aufmerksamkeit. Sie beobachteten Radi, Deza und Edvar, wie sie näher kamen, rührten sich aber nicht von der Stelle. Nur der Hauptmann starrte die drei an. Radi erkannte in ihm einen der jungen Männer, die er vor einigen Jahren ausgebildet hatte. Und jetzt wußte auch der Offizier, wen er da vor sich hatte. Er regte sich nicht und rief auch keinen Befehl, aber Radi entging nicht der Schrekken, der sich kurz auf dem Gesicht des jungen Mannes breitmachte. Er war ein gelehriger Schüler gewesen, wie Radi sich erinnerte. Vielleicht könnte man mit ihm . . .
»Bleib ganz ruhig«, flüsterte Edvar, und Radi spürte eine Messerspitze an seinen Rippen. Im gleichen Augenblick rief der Hauptmann:
»Ergreift sie!«
»Nicht nötig«, sagte Edvar und trat einen Schritt beiseite, damit die Soldaten sein Messer sehen konnten. »Ich habe ihn.«
Aber Radi wußte, daß dieser Trick diesmal nichts nützen würde, nicht hier in der Roten Stadt. Die Soldaten der Prinzessin ließen sich nicht mit den Männern des Magnaten vergleichen. Sie hatten ja auch keinen Grund, einem Eingeborenen Vertrauen zu schenken, insofern sie Edvar diese Rolle überhaupt abnahmen. Radi sprang aus dem Weg, als der erste Wächter mit halb gezogenem Schwert auf sie zustürmte. Dann fielen mehrere Soldaten über Edvar her.
Radi entledigte sich des ersten Mannes, indem er ihm fest ge-

gen den Kopf trat, sah sich dann aber zu beiden Seiten von weiteren Wächtern bedroht. Er griff den ersten an und entwand ihm das Schwert, bevor er den zweiten anging. Er fühlte sich mit einer Waffe in der Hand deutlich besser. Die Klingen kreuzten sich, und bald erfüllte Kampflärm die Halle. Radi entdeckte, daß weitere Soldaten von den höher gelegenen Galerien und Gängen herbeieilten, und als er den Hauptmann endlich mit seiner Klinge in die Enge getrieben hatte, brüllte Radi, um den Lärm zu übertönen.

»Hört mir zu. Man hat uns betrogen. Die Prinzessin Sheria hat vor, uns alle umzubringen.« Der Hauptmann duckte sich und war dann frei.

Wahrscheinlich hätte er an ihrer Stelle diesen Worten auch keinen Glauben geschenkt, sagte sich Radi. Er kämpfte nun gegen zwei Soldaten gleichzeitig und entdeckte bei einem Seitenblick, daß auch Edvar sich wacker schlug. Aber er wußte, daß sie in wenigen Sekunden schon hoffnungslos unterlegen sein würden. Radi sah sich verzweifelt nach Deza um, konnte sie jedoch nirgendwo entdecken. Dafür fiel ihm Harubiki ins Auge, die über die Stufen am Kampfgeschehen vorbeieilte.

»Nein!« schrie Radi und wollte ihr nacheilen. Aber er war noch keine zwei Stufen weit gekommen, als die Wächter ihm den Weg versperrten.

## 22

An der obersten Stufe angekommen, wandte sich Deza nach links und rannte zu den Wasserverzeichnissen. Hier setzte sie ihre besondere Sensitivität nicht mehr ein, denn sie kannte den Weg noch gut von ihren Besuchen mit dem Vater im Computer-Zentrum und den verbotenen Versteckspielen mit Vira.

Bald war sie durch das Labyrinth der Verzeichnisse von Edvar und Radi und auch von den Soldaten getrennt. Als sie sich umdrehte, sah sie nur die Computeranlagen – aufrecht stehende Kästen, auf deren Bildschirmen die verschlungenen

Pfade des Wassernetzes und endlose Koordinatenlisten, die keinen Sinn für Deza ergaben, erschienen und wieder gelöscht wurden.
*Warum bleibst du stehen?* fragte ihr Vater. Er klang viel nüchterner als vorhin, und der Mbuzim blökte nicht mehr, trat aber unter dem Umhang ängstlich um sich. *Du kennst doch den Weg zum Hauptterminal.*
*Ich warte auf Radi.*
*Er hat dir doch gesagt, du sollst alleine gehen,* sagte der Vater milde, aber der Mbuzim strampelte, als fürchte er zu ersticken.
*Ich muß auf ihn warten,* sagte Deza stur. *Er weiß schließlich, wie man die Computer bedient.*
*Du auch.*
*Wie kannst du so etwas behaupten?* sagte Deza, machte sich aber wieder auf den Weg an den Computern vorbei, deren Bildschirme wie Mauern wirkten. *Selbst diese Zahlenkolonnen und Graphiken sagen mir nichts. Dabei sind die simpel im Vergleich zu den Kontrollen des Hauptterminals. Und erzähle mir jetzt bloß nicht, du hättest mir beigebracht, wie man mit einem Computer umgeht, und es mich dann wieder vergessen lassen. Ich war damals erst drei Jahre alt. Das einzige, was ich zu jener Zeit in diesen Räumen getan habe, war Verstecken spielen.*
*Das stimmt,* sagte ihr Vater nachdenklich. *Besser, du erinnerst dich wieder an dieses Spiel. Ich höre nämlich jemanden kommen.*
*Ich nicht,* sagte Deza, eilte aber durch den Rest des Labyrinths. Sie nahm einen Zickzackkurs, der sie schließlich zu der Zentralanlage mit all den Hilfsterminals brachte.
Der eigentliche Hauptcomputer stand noch ein Stockwerk höher und war nur über eine recht steile Treppe zu erreichen, die frei im Raum stand und zu einer Plattform führte, auf der gerade genug Platz für einen thronähnlichen Sessel und das komplexe Hauptterminal war. Deza hatte diesen Ort auf der hohen, roten Säule in ihrer Kindheit den »Turm« genannt. Damals hatte ihr Vater es zugelassen, daß sie die Stufen zum Turm auf und ab lief, während er hier beschäftigt war.

Heute konnte sie nicht laufen, nicht mit dem Mbuzim unter dem Arm. Auf halbem Weg blieb sie stehen und legte das Tier unter eine schmale Stufe.
*Hoffentlich stimmt das, was du eben behauptet hast, Vater,* sagte sie, während sie allein weiter nach oben stieg. Deza hätte den Mbuzim nicht später ablegen dürfen. Die Stufen wurden jetzt nicht nur steiler, sondern auch schmaler, und an der Spitze war kaum noch genügend Platz für sie vorhanden, um sich direkt vor das Terminal zu stellen. Der dunkelblau gepolsterte Sessel mit dem hohen Rücken und der gebogenen Kopfstütze nahm so gut wie allen freien Raum ein.
Sie hatte ihrem Vater fast geglaubt, hatte es wirklich für möglich gehalten, nur einen Blick auf die Kontrollen werfen zu müssen und schon wie durch Zauberei Bescheid zu wissen. Aber nun erwies sich die Anlage als genauso unentzifferbar wie die Zeichen und Abbildungen auf den Bildschirmen unten. Kein Licht leuchtete hinter den Kontrollen auf, und der Zentralbildschirm blieb dunkel. Deza drückte auf Knöpfe und Panels, berührte nach dem Zufallsprinzip dieses oder jenes. Aber der Automat reagierte nicht.
Verzweifelt drehte sie sich um und sah nach der Stufe, an der sie den Mbuzim zurückgelassen hatte. *Ich habe es dir doch gesagt, Vater. Weißt du, wieviel Zeit ich jetzt schon vergeudet habe?*
*Du brauchst gar nicht zu wissen, wie der Computer funktioniert,* sagte ihr Vater. *Warte es nur ab, Deza.*
*Jetzt will ich nichts mehr von dir hören, sondern hole Radi, wie ich es gleich von Anfang an hätte tun sollen.* Sie lief über die Treppe nach unten und verschwand im Labyrinth. Diesmal bemühte sie sich gar nicht erst, ihren Kurs zu verschleiern, sondern begab sich auf direktem Weg zu den Galerien.
Eine Hand schoß mit solch schrecklicher Plötzlichkeit hinter einem Computer hervor, daß Deza »Chuma!« keuchte und sich mehr unbewußt aus dem Griff befreite. Sie prallte gegen einen der Automaten und würgte in der gleichen Furcht, die sie noch aus ihrer Kindheit kannte.
»Da haben wir uns also wiedergefunden, Deza«, sagte Haru-

biki. Sie hielt ein Messer in der Hand. Wenn Deza nicht aus einem puren Reflex gehandelt und sich so plötzlich in den Alptraum aus der Kindheit zurückversetzt gesehen hätte, wäre ihre Kehle nun durchschnitten, und ihr Blut würde über den Steinboden fließen. Deza fixierte Harubiki schweigend und kämpfte darum, ihre Atmung zu beruhigen, damit sie nachdenken konnte – was sie dringend tun mußte.

»Bist du überrascht, mich zu sehen?« sagte Harubiki. Sie war naß und verschmutzt. Viele Schrammen zeigten sich auf ihrem bleichen Gesicht. »Natürlich bist du das, wo du mich doch in eine tödliche Falle geschickt hast. Allerdings hättest du dortbleiben sollen, um nachzusehen, ob ich wirklich in den Tod gegangen bin.«

Hier war nichts, was sich als Waffe hätte gebrauchen lassen, nur die Kontrollcomputer. Und Deza besaß nicht einmal mehr ihr Messer, um sich gegen das von Harubiki wehren zu können – oder gegen ihr Kurzschwert und gegen ihre Laserpistole, die sie im Höhlensystem bei ihr gesehen hatte. Sie hatte nichts. Noch nicht einmal in ihrer Tasche war etwas Brauchbares. Oder?

»Ich habe gehört, wie du abgestürzt bist«, sagte Deza und drehte sich vorsichtig zur Seite, damit Harubiki nicht sehen konnte, was sie aus ihrer Tasche holte.

»Das war dein Rucksack. Du hättest ihn nicht dort zurücklassen dürfen. Er hat mir das Leben gerettet und gleichzeitig dich verraten. Was hattest du denn vor zu tun, sobald ich ausgeschaltet war? Etwa über die Rote Stadt zu herrschen?«

»Nein, vielmehr die Rote Stadt zu retten«, sagte Deza. Langsam glitt ihre Hand zum Gürtel. Sie hat eine Laserpistole, dachte Deza verzweifelt, und ich kann mich kaum mit den Fäusten gegen sie durchsetzen. »Sheria wird die Stadt überfluten, und du wirst in ihr ertrinken.«

Deza fiel auf, daß sie ihre Gegnerin nicht mehr deutlich sehen konnte. Sie fragte sich, ob die Furcht ihren Blick trübte. Dann erkannte sie die Ursache: Ein feiner Nebel fiel herab und benäßte den Steinboden.

»Es hat begonnen«, sagte Deza. Harubiki sah nach oben.

Ich muß die Schlange herausholen, dachte Deza. Ihre Hand fuhr in die Tasche und schloß sich um das zappelnde Tier. Vorsichtig zog sie die Hand wieder heraus und ließ sie lose herabbaumeln. Wie sollte sie jetzt vorgehen? Die Schlange auf Harubiki schleudern? Damit die Leibwächterin das Tier noch in der Luft abschießen konnte? Deza war davon überzeugt, daß Harubiki irgendwo am Körper eine Laserpistole trug. Sobald sie die Schlange geworfen hatte, würde das Tier sehr rasch zubeißen, aber würde es rasch genug sein? Deza konnte nicht mehr klar denken. Das Wasser, dachte sie plötzlich, es türmt sich in den leeren Salzkuppeln hinter der Stadt auf. Aber Deza fürchtete sich davor, sich auf das Wasser zu konzentrieren, um so seine Auswirkungen auf sie zu mildern, denn dann konnte Harubiki sie erst recht überrumpeln.
Deza richtete ihre Gedanken nur auf die Leibwächterin und die Singschlange. Alles hing davon ab, ob Harubiki das Tier entdeckte oder nicht. Das bedeutete, daß Deza nicht nach dem Tier sehen durfte, sondern sich auf den Gesang verlassen mußte, um die Position der Schlange zu bestimmen. Deza öffnete die Hand und ließ das Tier leise zu Boden fallen. »Es ist soweit!« schrie sie und zeigte mit einem Arm auf die Decke. »Wir werden alle ertrinken!«
»Nein, Wasserhexe«, sagte Harubiki, »du ertrinkst nicht, denn vorher töte ich dich.« Sie hatte wirklich eine Laserpistole und richtete sie auf Deza.
»Das Wasser!« kreischte Deza und schwieg dann abrupt. In der folgenden Stille ertönte das Lied der Schlange ganz nahe bei Deza.
Harubiki wurde noch weißer. Die Schrammen zeichneten sich dunkelrot auf dem bleichen Gesicht ab. »Wo ist sie?« fragte sie atemlos.
»Keine Ahnung«, sagte Deza. »Sie ist hinter dir her, nicht hinter mir.« Sie bemühte sich, nur auf Harubiki zu sehen und keinen Blick auf den Boden zu werfen, wo die Schlange jetzt kroch, wahrscheinlich nur noch ein kurzes Stück von der Leibwächterin entfernt. Es fiel ihr immer schwerer, sich auf Harubiki zu konzentrieren. Das Wasser ergoß sich nun unge-

hindert in die Salzkuppeln und drückte gegen die letzte Reihe von Wassertoren vor der Stadt. Es preßte auch mit solch mörderischer Macht gegen ihre Wangenknochen, daß Deza befürchtete, sie würde darin untergehen.
»Sage mir sofort, wo sie ist, oder ich bringe dich auf der Stelle um«, sagte Harubiki mit schwankender Stimme. Die Laserpistole bewegte sich in ihrer Hand hin und her. Deza hätte sich jetzt auf sie stürzen und ihr die Waffe entwinden sollen. Das Lied der Schlange ertönte wieder, diesmal ein Stück weiter seitlich. Harubiki wirbelte herum und starrte auf die Stelle, von der der Gesang gekommen war. Jetzt muß ich mich auf sie stürzen, dachte Deza. Jeden Moment kann sie sich wieder umdrehen. Aber warum ist die Schlange weitergewandert? Warum hat sie noch nicht zugebissen? Sollte sie etwa nicht wissen, wo ihr Opfer stand?
Erneut ertönte das Lied, jetzt ein gutes Stück entfernt. Deza sah zu Boden. Die kleine Schlange war zu ihren Füßen und kroch hinter sie. Warum tut sie das? Außer Harubiki und mir ist doch niemand hier. »Was ist denn los?« sagte Deza wie durch eine Wand und wurde sich nur am Rande bewußt, daß die Nähe der Wassermassen sie mehr beeinträchtigte als die unmittelbar vor ihr stehende Gefahr. Deza bemerkte einen Lichtblitz, und dann war von der Schlange nur noch ein verbrannter schwarzer Fleck auf dem roten Felsboden übrig. Wie im Traum sah sie zu Harubiki.
»Du bist also doch keine Wasserhexe«, sagte die Leibwächterin, »sonst wäre die Schlange wohl nicht auf dich losgegangen. Jetzt bleibt mir das Vergnügen, dich eigenhändig zu töten.« Sie hielt die Pistole nur wenige Zentimeter von Dezas Gesicht entfernt, aber Deza konnte sie nur noch undeutlich ausmachen. Das Wasser hinter der Stadt drängte mit überwältigender Macht gegen die letzten Tore. Schon gab das erste, eingebettet in aufgeschichtetes Gestein, langsam nach. Aber die Schlange hatte sie gar nicht beißen wollen, denn sie war ja an ihr vorbeigekrochen, auf jemand anderen zu. Wer war noch hier? Deza drehte sich um.
Radi und Edvar tauchten zwischen zwei Computerkästen auf

und blieben ruckartig stehen. Harubiki drehte den Laser, um sie alle drei unter Beschuß nehmen zu können. Das Tor bebte auf den Resten des weggespülten Kalksteins. Wasser sickerte darunter hindurch. Immer mehr, bis die Pfosten zerbrachen, die das Tor hielten.
»Da sind ja alle meine Lieblinge zusammen«, sagte Harubiki.
Deza fiel ihr entgegen.
Beide gingen zu Boden, ein Schuß löste sich aus der Pistole, und Deza griff nach der Waffe, während sie die Leibwächterin immer noch mit ihrem Körpergewicht niederhielt. Sie konnte die Pistole nicht ganz erreichen, aber es gelang ihr, Harubikis Arm so heftig auf den Boden zu schlagen, daß ihr die Waffe entglitt. Der Laser glitt über den Boden bis zu der geschwärzten Stelle, an der die Schlange ihr Ende gefunden hatte. Wieder löste sich ein Blitz aus ihr.
Harubiki rollte unter Deza hinweg und stand fast im gleichen Augenblick wieder auf den Beinen. Schon hatte sie das Messer in der Hand und stürmte auf Radi zu. Deza griff nach Harubikis Fuß, erhielt aber einen Tritt ans Kinn, der ihre Gesichtsknochen zum Vibrieren brachte. Es dauerte einige Sekunden, bevor sie die anderen durch den ständig dichter werdenden Nebel erkennen konnte: Radi und Harubiki bewegten sich wie zwei Raubtiere vorsichtig in einem Kreis umeinander. Radi hatte ein Schwert in der Hand, das er einem der Soldaten abgenommen haben mußte. Harubiki schwang bedrohlich ihr Messer. Ein heftig blutender Schnitt war auf seiner Stirn, und er hatte Mühe, auf dem schlüpfrigen Boden einen festen Stand zu bekommen. Deza bewegte sich zentimeterweise auf Händen und Knien zum Laser.
»Nein, Deza«, rief Radi hart. »Sie ist mein Feind. Halte dich aus meinem Kampf heraus.« In diesem Augenblick sprang Harubiki vor.
Deza erreichte die Pistole und nahm sie in die Hand. Sie lehnte sich gegen einen der Kästen und wartete auf die günstigste Gelegenheit zum Feuern. Radi und Harubiki waren einen Moment lang miteinander verschlungen, und Deza sah, wie das Messer aufblitzte, aber dann befreite Radi sich von ihr.

Allerdings war er nun ohne sein Schwert. Schwer atmend stand er da und stützte sich gegen einen der Automaten, als würde er jeden Augenblick den Boden unter den Füßen verlieren.

Deza feuerte die Pistole ab und schloß vor der Helligkeit des Blitzes die Augen. Aber der Schuß blieb ohne Folgen. Harubiki stürmte wieder vor und hielt das Messer hoch, um es Radi in den Hals zu stoßen.

»Nein!« schrie Deza und rannte auf die Leibwächterin zu. Sie rutschte auf dem feuchten Felsboden aus und prallte mit einer Wucht gegen Harubiki, daß die beiden Frauen hinfielen und ein Stück weit davonglitten. Deza spürte, wie Harubiki sich im Fall zusammenrollte, um sich nach dem Aufkommen sofort befreien zu können. Aber Deza war zu eng über ihr, und Harubikis Körper milderte ihren Sturz ab.

Bevor Deza sich wieder aufrichten konnte, zog Radi sie schon von Harubiki herunter und setzte sich auf die Leibwächterin. Aber seine ehemalige Begleiterin blieb still liegen. Vorsichtig drehte Radi sie um. Das tödliche Messer steckte bis zum Heft in ihrer Brust. Harubiki atmete noch, aber nur flach und röchelnd. Radi zog das Messer heraus und trat von ihr zurück.

»Edvar ist verletzt«, sagte er zu Deza. »Ein Laserschuß hat ihn getroffen. Sieh doch bitte nach ihm.«

Deza war besorgt. Seit die beiden Männer hier aufgetaucht waren, hatte sie Edvar nicht mehr gesehen. Dann entdeckte sie ihn am anderen Ende des Raums, wie er vor einem der Automaten lag. Er hatte wohl ebenfalls versucht, Harubikis Laser zu erreichen.

Deza ging zu ihm. Harubiki bekam den Saum ihres Umhangs zu fassen und hielt sich mitleiderregend daran fest. »Laß mich hier nicht sterben«, hauchte sie, und Deza beugte sich über die Leibwächterin. »Ich weiß jetzt, daß du die wahre Prinzessin bist. Hilf mir!« Das Kurzschwert, von dem Deza bereits vermutet hatte, daß Harubiki es mit sich führte, blitzte auf. Deza zog wie verrückt an ihrem Umhang, um aus der Reichweite der Waffe zu kommen, aber Harubikis Griff war eisern, und das Kurzschwert kam immer näher.

Radi stieß Harubiki das eigene Messer in den Hals. Ihr Arm sank hinab, und das Schwert fiel zu Boden. »Sieh nach Edvar«, sagte Radi und steckte das Kurzschwert in seinen Gürtel. Deza rannte über den schlüpfrigen Boden und riß sich dabei den Umhang vom Körper, der ihr plötzlich ekelerregend vorkam.

»Hallo, Deza«, sagte Edvar. »Offensichtlich ist Harubiki jetzt endgültig tot. Ich habe von hier leider nicht alles mitbekommen.« Er lag, schrecklich anzusehen, neben einem der Automaten, hatte sich fast hinter ihm verkrochen. Sein verletzter Arm hing schlaff herab. Der Hemdsärmel war schwarz und rauchte. Deza riß ihn ab. Der Laserstrahl hatte zwar den Knochen verfehlt, ansonsten jedoch großen Schaden angerichtet.

»Du kommst schon wieder in Ordnung«, sagte Deza. »Der Laserstrahl verätzt die Wunden, so daß du nicht verbluten mußt.« Deza riß noch mehr Stoff aus dem Hemd und verband damit die Wunde. »Wir lassen dich hier, während wir versuchen, mit Hilfe des Computers das Wasser aufzuhalten. Wir sind bald zurück, in Ordnung?«

Edvar nickte, und Deza stand auf. Etwas dröhnte – wie Wassermassen, die sich in eine Vertiefung ergießen. Aber als Deza die Hände an die Wangen legte, spürte sie den gleichen Druck, der schon vor einiger Zeit eingetreten war. Sie stellte fest, daß die anderen Tore hielten, zumindest so lange, wie keine neuen Wogen gegen sie anpreschten.

»Soldaten«, zischte Edvar und versuchte, auf die Füße zu kommen. »Versteck dich, Deza.« Sie zog ihn rasch hinter den Automaten und war nicht bereit, ihn allein zu lassen.

»Da ist er!« hörte Deza eine laute Stimme rufen, und dann füllte sich der ganze Raum mit Soldaten.

»Radi ist gefangen«, flüsterte Edvar. »Sie werden seinen Worten jetzt erst recht keinen Glauben mehr schenken, wo er die Leibwächterin der Prinzessin getötet hat.«

»Ich kann die Computer ohne ihn nicht bedienen«, flüsterte sie zurück. »Ich habe keine Ahnung von diesen Geräten.«

»Du mußt es aber versuchen. Radi ist gefangen. Ich versuche,

ob ich ihn nicht befreien kann. Du schleichst dich jetzt besser zum Hauptcomputer, sonst fangen sie dich auch noch. Los!«
Deza zögerte einen Moment lang und rannte dann durch das lange Labyrinth, fort von den Soldaten und hin zum Turm, während sie in Gedanken schrie: *Vater, du mußt mir helfen!*
*Natürlich helfe ich dir*, antwortete er, als sie die erste Stufe zum Turm erreichte. *Ich hätte dir ja vorhin schon geholfen, wenn du auf mich gehört hättest. Paß auf, du steigst bis ganz nach oben und setzt dich in den Sessel.*
Deza erreichte die letzte Stufe und stand atemlos vor der Konsole. *Mir bleibt nicht die Zeit, mich hinzusetzen. Sage mir doch endlich, wie man dieses Ding hier bedient.*
*Du brauchst nicht zu wissen, wie man den Computer bedient. Setze dich nur hin.*
Er ist immer noch im Rausch, fuhr es Deza durch den Kopf. Radi und Edvar können mir nicht helfen, niemand kann mir helfen, und alles, was Vater sagen kann, ist, daß ich mich hinsetzen soll.
*Sage mir doch bitte, wie ich die Kontrollen zu bedienen habe,* sagte sie so geduldig, wie es ihr möglich war. *Wahrscheinlich hast du es mir ja doch beigebracht, aber ich kann mich nicht mehr daran erinnern.*
*Setz dich hin.*
*Wozu soll das denn gut sein?* sagte Deza und konnte ihren Ärger nicht mehr zurückhalten. *Radi und Edvar kämpfen gegen die halbe Stadt, damit ich mich hier hinfläzen und du mir sinnlose Anordnungen geben kannst. Das führt ja alles zu nichts. Ich gehe jetzt zu den beiden und helfe ihnen. Zumindest können wir zusammen untergehen.*
*SETZ DICH HIN!* brüllte ihr Vater so heftig, daß die Worte in Dezas Bewußtsein widerhallten. *Dein ganzes Leben lang hattest du einen zu dicken Kopf, um selbst den vernünftigsten und simpelsten Anordnungen zu folgen. Aber dieses Mal wirst du damit nicht durchkommen. SETZ DICH HIN!*
Deza ließ sich nieder. Sie beugte sich auf dem Sitz des Throns vor und sah sich die unvertrauten Kontrollen an. Falls ihr Vater geglaubt hatte, mit seinem Gebrüll weitere Erinnerungen

aus der unterbewußten Verankerung lösen zu können, so hatte er sich getäuscht. Deza war sich sicher, in ihrem ganzen Leben noch nicht auf diesem Thron gesessen zu haben.
*Lehne dich zurück*, sagte der Vater. Jetzt brüllte er nicht mehr, aber seine Stimme wies wieder das Gebieterische auf, dem Deza bislang noch immer gehorcht hatte, auch wenn ihr Vater das Gegenteil behauptete.
Deza lehnte sich behutsam zurück, drückte den Kopf vorsichtig an die gebogene Stütze und preßte die Ellenbogen auf die Lehnen. Wenn sie sich ganz zurücklehnte, würde sie in dem Sessel versinken und die Kontrollen gar nicht mehr sehen können, ganz zu schweigen davon, sie zu bedienen.
*Ganz zurück*, sagte ihr Vater. *Und bleib still sitzen.*
Ganz zurück. Ihr Kopf ruhte an der gepolsterten Stütze. Seine gebogenen Seiten bewegten sich langsam nach innen und formten sich gemäß den Konturen ihres Gesichts. Deza kämpfte gegen das Gefühl an zu ersticken, als die Seiten ihre Wangen erreichten, und saß ganz still da. Das Material berührte ihre Einlagen und drückte sanft dagegen.
Deza atmete tief ein. Kein Wunder, daß ihr Vater gesagt hatte, sie brauche nicht zu wissen, wie man einen Computer bedient – denn sie war der Computer. Sie hatte geglaubt, ihr Geist arbeite auf Hochtouren, als sie durch das Höhlenlabyrinth gelaufen war und die Wasserströme gelesen hatte. Aber das war nichts im Vergleich zu dem, was sie jetzt tat. Sie sah vor ihrem geistigen Auge das gesamte Wassernetz des Planeten, von der Küste des Ozeans über die große Wüste Tegati bis hin zu den fernen Bergen, ein gigantisches Netzwerk unterirdischer Schleusen und Wasserwege. Eine Anlage, wie sie sich kein lebender Mensch vorstellen konnte. All das sah sie innerhalb einer Sekunde – und mehr noch. Der Weg, auf dem sie eben gekommen waren, veränderte sich bereits, der See trat über seine Ufer, um die Tunnels zu füllen, hinter den Schleusen sammelte sich das Wasser, und Wasser strömte durch den Felskamin, flutete die Teppe und an anderer Stelle die Oase des Magnaten. Und dort war Sherias Computerterminal.

»Hallo, Sheria«, sagte Deza und spürte den Schock der Erkenntnis am anderen Ende, in der Oase, als die Hand der Prinzessin kurz vor dem Panel zögerte. Wenn Sheria etwas sagte, so konnte Deza das nicht hören, denn die falsche Prinzessin konnte nicht so durch die Computer sprechen, wie Deza das tat, aber sie konnte sich vorstellen, was ihre Gegenspielerin zu sagen hatte. »Ich übernehme jetzt«, sagte Deza, und noch bevor sie es ausgesprochen hatte, hatte sie bereits die Kontrolle übernommen und begann schon, die Maßnahmen in die Wege zu leiten, die die Rote Stadt retten sollten. Sie drückte keine Knöpfe, machte nicht einmal den Versuch, die Kontrollen zu erreichen. Alles geschah durch und in ihrem Kopf.

Deza schloß die Schleusen, die der Stadt am nächsten lagen, teilte das Wasser unter und östlich des Canyons und ermöglichte ihm so, auf den Weg zu fließen, den Deza mit Edvar und Radi gekommen war. Sie öffnete jeden Gang entlang des Maundifu und füllte sie auf, um so den gewaltigen Ansturm des Flusses abzubremsen, den Sheria unwissentlich in Gang gesetzt hatte, als sie die Höhlen fluten ließ, in denen Edvar und Radi gefangen gewesen waren. Sheria hatte damit beinahe bewirkt, den Maundifu ganz und gar freizusetzen, und das durfte nicht geschehen. Der Fluß würde dann die Stadt, die Oase und das riesige Netzwerk dazwischen zerstören. Sheria hatte keine Ahnung, mit welchen Mächten sie sich da eingelassen hatte, glaubte, sie könne die Becken des Magnaten so einfach füllen, als würde sie eine Tasse in eine Schüssel tauchen. Nie begriff sie, welche Kraft im Wasser lag.

Der See stieg immer noch. Deza öffnete Schleusen zwischen ihm und der Stadt und begriff im gleichen Augenblick, daß das genau die falsche Maßnahme war. Der Überfluß drängte zurück in die Salzhöhlen hinter der Stadt, wo die Tore der Belastung bereits kaum noch standhalten konnten. Deza schloß diese Schleusen so rasch wie möglich wieder, aber das Wasser kam immer noch durch und sammelte sich hinter der Stadt zu einem großen See. Deza führte Wasser unter die Stadt ab und füllte so das alte Flußbett neben der Großen Höhle auf. Auch

diese Maßnahme barg Gefahren in sich, aber sie beendete zumindest den Regen, der auf die Stadt herniederging.
Nun konnte allerdings das Wasser, dem sie den Weg zu den Salzkuppeln versperrt hatte, nirgendwohin mehr abfließen. Zum See zurück konnte Deza es nicht lenken, denn dann stand zu befürchten, daß es sich mit dem Maundifu vereinigte. Sie konnte es an keine Stelle umleiten, ohne damit die Stadt zu gefährden. Und der Gedanke, der sie schon die ganze Zeit über begleitet hatte, der Gedanke, den sie unterdrücken konnte, als die Einlagen sie mit dem Computer verbunden und ihr damit die absolute Wahrnehmungsfähigkeit verschafft hatten, dieser Gedanke breitete sich wie eine Woge der Verzweiflung in ihrem Bewußtsein aus: Sie war zu spät gekommen.
Deza warf einen ängstlichen Blick zur Decke. Es regnete nicht mehr, aber immer noch tropfte Wasser aus Spalten, die vor kurzem noch nicht dort gewesen waren, und sammelte sich auf dem Boden des Computerzentrums zu Pfützen. Der Mbuzim hatte sich in einer der Lachen breitgemacht. Deza ruckte vor, um ihn herauszuholen, aber im selben Augenblick war die Verbindung zum Computer unterbrochen.
*Bleib ruhig sitzen,* befahl ihr Vater. *Ein bißchen Wasser wird mir nicht schaden.*
*Ich kann die Stadt nicht retten,* sagte Deza hilflos. *Ich bin zu spät gekommen.*
*Was für ein Unsinn! Natürlich bist du nicht zu spät gekommen. Laß den Maundifu frei.*
*Edvar,* sagte Deza und sank dann in ihrem Thron zurück.
Sie konnte ihn und Radi sehen, als ob sie vor ihr stünden. Keine grobkörnigen Abbildungen auf einem Monitor, sondern lebendige Wesen. Sie waren ins Computerzentrum gelangt, aber die Soldaten hatten sie dort gestellt und zwischen den Terminals und Monitoren eingekreist. Doch niemand kämpfte. Sie sahen nach oben. Edvar, Radi und die Soldaten, alle sahen nach oben. Die Risse in der Decke hatten sich verbreitert, und ein ständiger Regen kam aus ihnen – schmutziges Wasser, vermischt mit Staub und Steinchen aus dem Felsen, die es mit sich riß.

»Wollt ihr mir jetzt zuhören?« rief Radi. »Sheria ist im Begriff, diese Stadt und alle, die in ihr sind, zu ertränken. Ich muß sofort an den Computer.«
»Niemand außer der Prinzessin darf in die Nähe des Hauptterminals«, erklärte einer der Soldaten. Er blickte auf den Turm. Überraschung und Entsetzen spiegelten sich auf seinem Gesicht wider, als er Deza auf dem Thron ausmachte. »Niemand darf das! Ergreift das Mädchen dort!«
Edvar fiel ihm in den Arm und stellte sich dann, leicht schwankend, vor den Soldaten. »Sie ist die Prinzessin. Die *wahre* Prinzessin. Und nur sie kann die Stadt davor bewahren, in den Wasserfluten unterzugehen.« Der Soldat streckte einen Arm aus, um Edvar beiseite zu schieben, aber er kam nicht dazu, den Sohn des Magnaten zu berühren. Edvar sackte auf den nassen Boden.
Radi schoß sofort auf den Jungen zu, aber das Schwert des Soldaten hielt ihn auf. »Holt dieses Mädchen herunter«, rief er, und die anderen Wächter stürmten auf den Turm zu.
*Dir bleibt keine Zeit mehr, etwas anderes zu unternehmen,* sagte ihr Vater. *Davon abgesehen kannst du damit Rache nehmen, wie du es schon lange vorgehabt hast.*
*Aber der Maundifu wird mein halbes Königreich zerstören. Wie viele wollen danach Rache an mir nehmen?* sagte Deza und war von ihren eigenen Worten überrascht. Ja, es war wahr, sie hatte ein Königreich zu schützen, ein Königreich, das sie allein sehen und verstehen konnte, das sie allein retten oder untergehen lassen konnte.
*Es ist die einzige Möglichkeit. Jeden Augenblick können die Soldaten hier oben sein. In dem Augenblick, in dem sie dich vom Thron zerren, sind alle Hoffnungen zunichte gemacht. Niemand kann dir dann mehr helfen. Also, entscheide dich.*
*Vater . . .*
*Dein Vater ist tot.*
Deza schloß die Augen, sah aber weiterhin alles vor sich. Von nun würde die geistige Sicht immer mit ihr sein. Der Mbuzim unten auf den Stufen, Radi, der sich die Seele aus dem Leib redete, um die Soldaten aufzuhalten, Edvar in einer Lache auf

dem Boden und die Felsen und das Wasser, die alles wie eine Glocke umschlossen. Dezas Königreich.

Sie ließ den Maundifu frei. Die mächtigen Tore des Flusses – seit wie vielen Jahren verschlossen? – öffneten sich augenblicklich. Der Maundifu strömte in sein natürliches Bett zurück, ungehindert von Schleusen, Kanälen und Dämmen. Wie eine Chumakatze stürmte er los, raste durch sein trockenes Bett, füllte die Höhle, in der der See lag, bis unter die Decke, und donnerte dann wie eine gewaltige Wand durch die Kanäle, riß Kristalle, Felsen und die jahrelange Arbeit der Menschen einfach mit sich. Ergoß sich auf den Karst zu. Auf die Oase zu, in der Sheria an ihrer Konsole saß und noch nicht ahnte, was da auf sie zukam.

»Schleusen schließen«, kam der Befehl aus Sherias Computer. Dem folgten endlose Koordinatenreihen. Deza machte sich nicht die Mühe, ihre Gegnerin aufzuhalten. Die Befehle aus der Oase waren bedeutungslos, es gab keine Schleusen mehr. Der Maundifu hatte sie aus den Angeln gerissen.

»Umleiten in Ersatzkanäle«, gab Sheria dem Computer ein, und Deza stellte sich vor, wie der Magnat, besorgt über die Schulter der Prinzessin gebeugt, fragte: »Was geht da vor? Was tust du da?«

Falls Sheria ihm antwortete, würde sie ihn anraunzen: »Pack dir dein fettes Weib und suche dir einen hohen Hügel!« Oder war Sheria wie Harubiki, würde sie sich um ihren eigenen Tod nicht scheren, solange sie nur andere mitreißen konnte? Aber es gab dort keine hohen Hügel. Der Maundifu strömte durch den Karst, überspülte den Weg, den Deza und ihr Vater auf ihrer Flucht genommen hatten. Der Strom verschüttete den warmen, sandigen Schacht, in den Deza gestürzt war, durchtoste die Höhlen und füllte jeden einzelnen Gang. Und mit jedem Kilometer, den er vorankam, gewann er an Gewaltigkeit.

Näher und näher an die Oase und an das Meer heran.

»Stop!« befahl Sheria. »Maundifu umdirigieren«, ordnete sie in aller Ruhe an, so als säße ihr nicht bereits eine Kraft von der Gefährlichkeit einer wütenden Chumakatze im Nacken.

»Schleusentore öffnen«, gaben ihre Finger auf dem Terminal ein. Deza erkannte die Koordinaten nicht sofort. Und dann begriff sie: die Salzdome hinter der Stadt. Deza schloß eilig die dortigen Tore, aber zwei – nein, drei – von ihnen wurden vom Stoß des heranbrausenden Wassers davongeschwemmt. Deza sprang vom Thron und rannte die Stufen hinab. Die Soldaten waren am Fuß der Treppe und kamen ihr entgegen. »Lauft!« rief sie und dachte im gleichen Moment verzweifelt, daß sie ihr wohl keinen Glauben schenken würden. »Bringt alle Einwohner an eine höhere Stelle. Zur Ostseite, auf die oberen Balkone. Macht schon, beeilt euch!«
Sie sah den Unglauben auf ihren Gesichtern, doch dann rannten sie in alle Richtungen davon. Zuerst begriff Deza den Sinneswandel der Soldaten nicht, bis sie mit den Ohren vernahm, was sie schon die ganze Zeit über im Kopf gehört hatte: Wasser, heranstürmendes Wasser. Sie eilte die letzten Stufen hinab und rannte zu Radi, der Edvar über den nassen Boden zog.
»Wie hoch wird das Wasser steigen?« fragte Radi.
»Oben auf dem Turm sind wir sicher«, sagte Deza und zog ihn an seinem Körper, weil sie ihn nicht an seinem verletzten Arm berühren wollte. Eine Alarmklingel ertönte und hallte in der Höhle wie eine riesige Glocke wider.
Radi hob Edvar hoch und warf ihn sich über die Schulter. Sie stiegen die Stufen des Sturms hinauf. Deza bildete den Schluß und stützte Edvar ab, damit Radi nicht das Gleichgewicht verlor. »Es kommt«, sagte sie mit Schmerz in der Stimme und blieb stehen. »Das Wasser kommt.«
Radi setzte Edvar ab. »Ich kann ihn nicht länger tragen, die Stufen sind zu schmal dafür. Wir müssen ihn ziehen.« Deza kletterte zu ihm hinauf, und beide nahmen sie einen Arm des Jungen. Edvar schrie, aber es war die einzige Möglichkeit, ihn über den Wasserspiegel zu bekommen.
Der Maundifu röhrte wie ein wildes Tier durch die Kerker und Höhlen. Er hielt sich kurz bei den Mbuzim-Ställen auf, füllte die große Anlage fast schon gemächlich aus, während die hilflosen Tiere unentwegt blökten, bis sie zum Schweigen gebracht wurden. Dann fiel er wie eine Detonation über die

Oase her, zerschmetterte die Gebäude, die Tiere, die in aller Eile davonhastenden Bewohner und schwemmte alles in einer letzten titanischen Woge in den Ozean.

»Deza«, sagte Radi. »Bleib nicht stehen, wir sind fast oben.«

»Ich habe Sheria getötet«, sagte sie wie im Selbstgespräch. »Und ich habe den Magnaten getötet. Habe sie alle umgebracht. Und mein halbes Königreich dazu.«

»Aber du hast die Stadt gerettet«, entgegnete Radi. »Und jetzt mußt du mir helfen, Edvar zu retten.«

»Ja«, sagte Deza nur. Das Wasser brach durch die westliche Wand der Stadt.

»Da ist es schon«, rief Radi und ruckte so heftig an Edvars Arm, daß er ihn fast ausgekugelt hätte. Das Wasser wirbelte um die untersten Turmstufen, überstieg die Terminals, die Konsolen und die Monitoren und eroberte die Treppe wie ein rachsüchtiger Verfolger immer weiter. Deza zerrte an Edvars Körper und versuchte, ihn auf den Thron zu heben. Dazu mußte sie einige Stufen die Treppe hinabsteigen, um den Jungen zu schieben. Das Wasser erreichte ihre Füße.

Obwohl Deza knöcheltief im Wasser stand und einige Mühe hatte, ihre Balance zu halten, schien das Wasser seine furchtbare Macht über sie verloren zu haben. Ja, es war nur Wasser. Radi reichte ihr seine Hand, um ihr hinaufzuhelfen, aber sie achtete gar nicht darauf, sondern starrte nur fasziniert auf das Wasser, wie es bis zur höchsten Stufe anstieg und dann langsam zurücklief, ruhig, aber stetig zum Fluß zurücktrieb. Es drückt überhaupt nicht mehr, dachte Deza verwundert.

*Natürlich nicht,* sagte ihr Vater. *Ein bißchen Wasser hat noch niemandem geschadet.*

Deza sprang dem Mbuzim hinterher, der bereits vom Turm forttrieb. Blökend und strampelnd versuchte er, den Kopf in der stärker werdenden Strömung über Wasser zu halten. Aber Radi war schneller. Er hielt das Mädchen mit einem Griff im Nacken zurück.

»Vater!« schrie sie, bevor Radi sie aus dem Wasser zog und auf die oberste Stufe stellte.
*Deza, altes Mädchen*, sagte ihr Vater noch, dann war er verschwunden.

## 23

Radi hielt Deza lange Zeit fest, während sie leise vor sich hin weinte. »Ich kann ihn jetzt nicht verlieren, nicht nach allem, was geschehen ist«, schluchzte sie. »Ich hätte ihn nicht allein lassen dürfen.«
Radi versuchte, sie über den Verlust des Mbuzims hinwegzutrösten, und fragte sich gleichzeitig, warum ihr das Verschwinden des Tieres so nahe ging, wenn gleichzeitig die halbe Stadt unter Wasser stand.
Plötzlich schüttelte sie bitter den Kopf. »Er war mein Vater, Radi. Sein Geist hat seit dem Absturz des Hovercrafts im Perlbein des Mbuzim gewohnt.« Unter Tränen erzählte sie ihm die ganze Geschichte. Wie sie vor langer Zeit mit ihrem Vater durch die Höhlen geflohen war, sich aber erst wieder an diese entbehrungsreiche Reise erinnert hatte, als der Magnat mit ihr in den Karst geritten war. Wie der alte Mann seine Tochter geschützt hatte, indem er sie mit hypnotischen Blocks unwissend hielt. Und selbst nach seinem Tod hatte er noch versucht, Deza vor einer Entdeckung durch ihre Feinde aus der Stadt zu bewahren. Aber nach dem Absturz, der für Akida tödlich geendet hatte, war seine Kontrolle über sie nur noch indirekter Natur gewesen. Zumeist hatte er sich in Gedankensprache über den Mbuzim an sie gewandt. Vielleicht noch nicht einmal das – möglicherweise waren die Worte in ihrem Kopf nichts weiter als Ratschläge und Befehle, die er vor Jahren ihrem Unterbewußtsein eingepflanzt hatte. Diese hatten allerdings nicht ausgereicht, sie davor zu bewahren, auf das nächste Wasser zuzuhalten, das sie aufspüren konnte: den Ozean. Dort hatte sie Radi vor dem Ertrinken gerettet.
Radi sagte sich, wenn seine Gedanken damals nicht so sehr

mit dem vielen Pech auf seiner Mission beschäftigt gewesen wären, hätte er sicher Dezas Unruhe in der Nähe des Wassers bemerkt und nicht ihr merkwürdiges Verhalten darauf zurückgeführt, daß sie ihn nur berauben wollte. Nachdem er die Geschichte gehört hatte, war er davon überzeugt, daß die hypnotischen Blocks, die Akida ihr eingepflanzt hatte, die Wahrheit besser vor Deza als vor dem Rest der Welt verbargen – ihr Wesen und ihre natürlichen Gaben mußten sie mehr als tausendmal verraten. Nur der brillante Plan ihres Vaters, sie als Wasserhexe auszugeben, hatte die beiden über all die Jahre vor einer Entdeckung bewahrt. Wenn jemand der Wahrheit zu nahe kam, hatte Akida zuverlässig dafür gesorgt, daß weitere Nachforschungen nur ein Pärchen einheimischer Schwindler entdecken konnten. Da wohl niemand gern zugab, daß man ihn hereingelegt hatte, bestand wohl stets die schwerste Strafe für Akida und Deza darin, auf der Stelle das Weite suchen zu müssen. Und dennoch, fragte sich Radi, wie viele Menschen mochten Dezas Einlagen gesehen und als echt erkannt haben? Erst jetzt erinnerte er sich daran, daß gestohlene Einlagen nie so perfekt auf Wangen sitzen konnten. Ein Meister seines Fachs mußte sie für Deza angefertigt haben, und der war niemand anderer als Akida. Sie hatte ihren Vater vor einigen Tagen in der Wüste verloren, aber in ihrem Kopf trug sie seinen Geist weiter mit sich, bis es ihr gelungen war, die Stadt zu retten. Und für Radis Geschmack schien diese Entwicklung durchaus angemessen zu sein.

Irgendwer stellte das Alarmsignal ab. Sein plötzliches Ausbleiben rief eine ebensolche Aktivität hervor wie sein Ertönen. Viele Köpfe tauchten über den Brüstungen der oberen Balkone auf, um nach der Bescherung zu sehen. Auch Radi sah hinab und entdeckte, daß das Wasser fast vollständig zurückgeströmt war. Nur noch an den tiefsten Stellen des Höhlenbodens gab es schmutzige Pfützen. Zerbrochene Möbel, Einrichtungsgegenstände und rote Steine verstopften die Abflußrinnen oder sammelten sich in Ecken und Winkeln. Blätter und Pflanzen aus den Gärten trieben auf den Pfützen. Glücklicherweise waren nirgendwo Leichen zu entdecken. Ra-

di gab sich der Hoffnung hin, daß das Alarmsignal für jedermann rechtzeitig ertönt war. Deza hob den Kopf und rieb sich mit einer Faust die Tränen von den Wangen, während sie sich umsah.
»Radi«, meldete sich Edvar, »was geht dort vor?«
Radi sah zu dem Jungen hinüber, der naß, verschmutzt und mit weißem, schmerzverzerrtem Gesicht immer noch auf Dezas Thron saß. Mit seinem gesunden Arm zeigte er auf das andere Ende des Computerzentrums. Als Radi sich umdrehte, entdeckte er Soldaten, die in den Komplex eindrangen. »Sie wollen die Monitoren checken, vielleicht ein Playback durchführen«, meinte Radi. »Das ist gut. Danach können sie nicht mehr daran zweifeln, daß Deza die Stadt gerettet hat. Zumindest erspart uns das einiges an langwierigen Erklärungen.«
»Dort sind noch mehr Soldaten«, sagte Edvar.
Viele weitere Soldaten waren dort. Sie schwärmten auf den Turm zu und gruppierten sich um den Treppenabsatz.
»Was sollen wir jetzt tun?« fragte Deza, und ihre Hand griff nach der von Radi. »Sie werden herausfinden, daß . . . ich Sheria getötet habe.« Für einen winzigen Moment traf Dezas furchtsamer Blick die Augen Radis. Sie wirkte jetzt genauso erschrocken wie damals, als sie zum erstenmal begriff, daß der Schwindel in der Oase des Magnaten zu platzen drohte. Nur kurz stand die Trauer in ihrem Gesicht, dann sah sie den Jungen voller Besorgnis an. »Edvar, dein Vater. Ich . . . Es gab keine Möglichkeit, ihn . . .«
Der Sproß des Magnaten streckte eine Hand aus und strich Deza über die feuchten und verdrehten Locken. »Mach dir keine Vorwürfe«, sagte er. »Du hast das getan, was getan werden mußte. Und so war es recht für Mahali.«
»Sie warten«, sagte Radi.
»Was ist?« entfuhr es Deza.
Radi deutete auf den Treppenabsatz am Fuß des Turms. Schulter an Schulter hatten die Soldaten dort einen Ring gebildet. Sie hielten die Hände an den Griff ihrer Schwerter, und die Offiziere hatten die Laserpistolen gezogen. »Sie warten auf den Bericht der Männer, die die Monitoren checken.

Sie wissen, daß du an der Hauptkonsole gesessen hast, aber sie wissen nicht, was du dort getan hast . . . noch nicht.« Radi grinste sie an, aber sein Lächeln erstarb sofort, als er bemerkte, wie sie Edvars Hand an ihre Wange drückte. Er konnte sich einfach nicht gegen das plötzliche Auflodern der Eifersucht wehren.

»Helft mir schnell vom Thron«, sagte Edvar eilig. »Wenn sie den Beweis dafür finden, daß Deza sie gerettet hat, und erkennen, wer sie wirklich ist, sollen sie mich nicht für einen Usurpator halten.«

Radi ließ Dezas andere Hand los und half Edvar. Der Junge legte seinen gesunden Arm um Radis Schulter, glitt vom Thron und flüsterte: »Es ist trotzdem angenehm, auch wenn man genau weiß, daß sie es nicht so meint.«

»Was habt ihr beide denn da zu flüstern?« wollte Deza wissen. Sie half Radi dabei, Edvar auf die oberste Stufe zu stellen.

»Ich habe Radi gerade erzählt, daß die Bewohner der Roten Stadt ihre neue Prinzessin verehren werden und daß er sich rechtzeitig darauf einstellen soll, deine Zuneigung mit ihnen zu teilen.«

»So viel ist zu tun. Ich wünschte, sie würden sich etwas mehr beeilen«, sagte Deza gedankenabwesend. Dann setzte sie sich und starrte auf die Soldaten hinab. Zivilisten versammelten sich hinter ihnen, sahen mit offener Neugier zu den dreien hinauf und tuschelten unentwegt miteinander.

Ja, sie würden Deza lieben. Sie stellte all das dar, was Sheria nicht war und nie hatte sein können. Deza war beherzt, intelligent und verfügte außerdem über die wunderbaren Hexenkräfte. Aber am wichtigsten war ihre angeborene Fähigkeit, die Menschen zu lieben und sich so zu geben, daß sie von ihnen wieder geliebt wurde. Seit sie drei Jahre alt gewesen war, hatte Deza diese Menschen nicht mehr gesehen, und dennoch hatte sie für sie ihr Leben gewagt. Deza war die Prinzessin, die die Stadt brauchte, und sie war die Frau, die Radi wollte.

»Warum kommen sie nicht heraus?« sagte Deza nervös, und ihre Augen starrten wie gebannt auf die Tür zum Archivgebäude, hinter der die Männer das Playback durchführten.

»Das dauert seine Zeit, Deza. Sicher ist das Wasser nicht bis überallhin gelangt, und wahrscheinlich ist auch kaum etwas Wichtiges von der Anlage zerstört worden, aber sie wollen eben sichergehen und überprüfen daher alles doppelt gründlich. Vielleicht sogar dreifach gründlich . . . Oh, sieh nur«, sagte Radi und zeigte mit dem Finger nach unten. »Einige von den Ältesten gehen ins Archiv. Wahrscheinlich wollen auch sie sich vom Zustand der Anlagen überzeugen.«

Deza stöhnte und wischte sich die Handflächen an ihrer feuchten und verschmutzten Hose ab. »Ich möchte endlich beginnen«, sagte sie und warf einen Blick zurück auf den Thron. Dann wandte sie sich plötzlich an Edvar. »Du sollst mein Botschafter für die Fremden von Kalmar sein.«

Edvar lächelte geschmeichelt. »Sie werden Anteile am Grundwasser erwerben und natürlich Mbuzim kaufen wollen. Mittlerweile dürfte es sich auch auf Kalmar herumgesprochen haben, was es mit dem Perlbein-Kreislauf und den Wasserbotschaften auf sich hat. Du legst sehr viel Macht in meine Hände, Deza.«

»Ja, aber dort ist sie auch sicher«, sagte Deza vertrauensvoll. Sie berührte eine seiner Hände und sah besorgt auf seinen verletzten Arm. »Tut es sehr weh?«

»Nicht mehr so schlimm«, sagte Edvar doppeldeutig. Er mußte die Schmerzen kaum noch aushalten können, bemerkte sie jetzt aber, da Deza ihn berührte, kaum noch.

»Und wir müssen natürlich die Stadt wieder aufbauen«, sagte Deza zu Radi. »Aber ich denke, wir sollten damit aufhören, uns hier in dieser Höhle zu verstecken, und wir sollten diesen Hokuspokus abschaffen, mit dem die Schwindelpriester die Eingeborenen auf der Oberfläche erschrecken. Wir verlangen von jedem einen fairen Preis für das Wasser. Am Anfang wird der recht hoch sein, weil wir hart arbeiten müssen, bis wir dieses Fiasko hier behoben haben und wieder ausliefern können. Aber ab jetzt ist Schluß damit, daß wir ihnen einreden, böse Geister würden ihre Brunnen vergiften, wenn sie den Preis nicht zahlen können oder wollen.«

»Wie – du glaubst nicht an Geister?« bemerkte Radi leicht amüsiert, bedauerte aber im gleichen Augenblick, damit auf ihren Vater im Mbuzim angespielt zu haben. Schon schien Dezas Entschlossenheit zu wanken, und sie biß sich auf die Unterlippe.
»Es kommt mir ihm gegenüber so unfair vor«, sagte sie, »daß es ihm nicht gegönnt war, mit eigenen Augen zu sehen, wie seine größte Hoffnung für Mahali wahr wurde.«
»Und deine doch wohl auch«, fügte Radi hinzu. Deza nickte nur. Offensichtlich war ihr nicht bewußt, daß sie als Souverän der Roten Stadt über ungeheure persönliche Reichtümer verfügte und eine Behandlung und einen Luxus genießen konnte, den sie sich wohl in ihren kühnsten Träumen nie vorgestellt hatte.
»Ich wünschte mir so sehr, er wäre hier«, sagte Deza.
Radi nahm sie in die Arme, drückte sie an sich und fühlte sich mit einemmal als ihr gnadenloser Beschützer. »Alle Teile haben zusammengefunden, mein Schatz«, sagte er leise. »Ich war erst sieben Jahre alt, als Akida mich mit dem Schutz der Prinzessin beauftragte. Erst jetzt begreife ich, was er gemeint hat – damals war mir das noch nicht bewußt. Er hat für deine Sicherheit gesorgt, bis er dich an mich weitergeben konnte. Und ich liebe dich, Deza.«
»Auch ich liebe dich, Radi.«
»Sie kommen heraus«, rief Edvar.
Radi und Deza sahen hinüber zum Archivgebäude. Soldaten und Älteste kamen durch die Tür und marschierten würdigen Schritts an den Computern und Bildschirmen entlang. Den dicken, roten Schlick, den die Flut zurückgelassen hatte, schienen sie gar nicht zu bemerken. Die Menge, die sich am Treppenabsatz versammelt hatte, machte bereitwillig Platz, bis die Gruppe beim Befehlshaber der Soldaten angelangt war. Einige Minuten lang blieben sie dort stehen und redeten miteinander. Die Menschen darum herum drängten näher, um etwas zu hören. Bevor Älteste und Soldaten ihr Gespräch beendet hatten, ging ein Raunen durch die Menge, schwach und kaum zu verstehen zuerst: »Deshenaza . . . Deshenaza . . .

Deshenaza . . .« Es wurde stetig lauter, während auch die hinteren Reihen den Ruf aufnahmen und sich bald ein großer Chor bildete, der nur ein einziges Wort sang: »Deshenaza, Deshenaza, Deshenaza.«

»Dein Volk ruft dich, Deza«, sagte Radi und drückte sie ein letztesmal.

Deza atmete tief durch, nickte und erhob sich dann. Ihr langes Haar war naß und verklebt, und ihre Kleider waren verschmutzt. Aber sie hatte die Schultern zurückgeworfen, und ihr Rücken war gerade. Vielleicht aufgrund der jahrelangen Übung, eine Wasserhexe vorzutäuschen, vielleicht aber auch aus reinem Instinkt heraus trat Deza mit einer Grazie vor, die die Menge zum Jubeln brachte. Unter dem Salut der Hochrufe stieg sie die ersten Stufen hinunter und war bereit, ihre königlichen Pflichten wahrzunehmen.

Radi stützte Edvar, damit auch er Deza folgen konnte. Akida, dachte Radi, ich will alles in meiner Macht Stehende tun, um Schaden von ihr und der Stadt abzuwehren.

*Das wurde aber auch Zeit. Wo hast du dich während der letzten fünfzehn Jahre herumgetrieben?*

»Was?« entfuhr es Radi.

Edvar sah ihn verwundert an, schüttelte lächelnd den Kopf und deutete damit an, daß er durch den Lärm der jubelnden, begeisterten Menge kein einziges Wort von Radi hatte verstehen können.

*Soviel Muskeln, soviel Kraft. Ich dachte, du wolltest dich um sie kümmern.* Radi hörte die Stimme ganz deutlich. *Jetzt geh schon hinunter und bahne ihr einen Weg, du geistloser Klotz, bevor die Menge sie in ihrer Liebe zu Tode drückt!*

Edvar im Schlepptau, eilte Radi die Treppe hinunter. Die Menge drängte sich um Deza, drohte, sie in ihrem Enthusiasmus zu zerquetschen. Radi legte Edvars Arm um einen Wächter, der sich an den Hochrufen beteiligte, und tauchte in die Menge ein. »Platz gemacht«, rief er gebieterisch. »Aus dem Weg, Platz da!« Er erreichte Deza und bahnte ihr den weiteren Weg. Das hätte er ohnehin getan, sagte er sich, selbst wenn Akidas Stimme ihm das nicht aufgetragen hätte. Nur

die allgemeine Erregung des Augenblicks hatte ihn kurz zögern lassen, und dann natürlich die Stimme von Akida, dem zu Lebzeiten bedeutenden Kopf . . .
*Nur zu Lebzeiten?*
Immer ein bedeutender Kopf, dachte Radi rasch. Ihm ging es bald so schlimm wie Deza, wenn er jetzt schon Akidas Geist in seinem Kopf hörte. Wohin mochte sein Geist diesmal gesprungen sein, nachdem der Mbuzim in den sicheren Tod schwamm? Nirgendwo war Perlbein in der Nähe, abgesehen von Dezas Einlagen. Und in die konnte er nicht eindringen, sonst hätte er das schon beim Absturz des Hovercrafts getan, statt Deza damit zu belasten, über die vielen Kilometer ein stinkendes Tier mit sich herumtragen zu müssen. Radis Finger spielten mit dem Perlbein-Medaillon an seiner Brust. Akida würde doch nicht etwa . . . Nein, Deza war es, zu der er reden wollte, der er Ratschläge geben mußte.
*Mit den Ratschlägen ist das nicht mehr so einfach, jetzt, wo sie die Prinzessin ist. Deza war immer davon überzeugt, mit allem besser fertig werden zu können als jeder andere. Und dieser Jubel, diese Hochrufe hier, das steigt ihr sicher bald zu Kopf. Aber mit unserer Hilfe wird sie schon davor beschützt, einen kompletten Narren aus sich zu machen.*
*Mit unserer Hilfe?* fragte Radi leise in Gedanken. Dann rief er laut: »Mit *unserer* Hilfe?«
*Aber klar doch, du Tropf. Und komm bloß nicht auf den Gedanken, dir einzureden, fremde Stimmen im Kopf und so weiter seien nichts weiter als das Produkt einer überreizten Phantasie. Bei meiner Tochter habe ich mich schon oft genug darüber ärgern müssen.*
Seine Kopfhaut prickelte, und Radi blieb stehen. Er drehte sich um und sah nach Deza. Sie lächelte ihn an. Ganz ausgeschlossen, daß sie sich so lange Zeit über mit dem Geist ihres Vaters unterhalten hatte. Und die Stimme Akidas, die er selbst zu hören glaubte, war natürlich nichts anderes als eine durch eine erhöhte Adrenalinzufuhr hervorgerufene Verirrung seines Geistes. Sobald der ganze Trubel hier vorüber war, würde die Stimme nicht mehr vorhanden sein und sich

als das herausstellen, was sie in Wirklichkeit war: seine Jugenderinnerung an einen großen Mann aus der Geschichte der Stadt in der Roten Höhle.
*Darauf würde ich mich nicht hundertprozentig verlassen,* meldete sich die Stimme wieder. *Aber das ist ja auch egal. Was zermarterst du dein Bewußtsein? Stelle dir nur einmal vor, Edvar hätte auch dir einen kleinen Mbuzim geschenkt. Wie wäre dir dann wohl zumute?*